고대 중국의 이해

고대 중국의 이해

김만원

역락

서 문

필자는 중국의 고전과 관련하여 폭넓은 지식과 다양한 정보에 관한 자료를 체계적으로 구축하고자 하는 마음에, 다음과 같은 4종의 총서 역주서를 세상에 선보인 적이 있다.

중국고전총서1 고사편 : ≪산당사고 역주≫ 20책(2014)
중국고전총서2 어휘편 : ≪사물기원 역주≫ 2책(2015)
중국고전총서3 인물편 : ≪씨족대전 역주≫ 4책(2016)
중국고전총서4 도서편 : ≪사고전서간명목록 역주≫ 4책(2017)

이상 4종의 총서를 발간한 뒤로는 이를 바탕으로 고문헌에 대해 보다 깊이 있는 탐구를 시도해 보고자 하는 욕심에, 고대 중국의 전장제도와 문화에 관한 고증학적 저서들과 관련하여, 후한 반고班固의 ≪백호통의白虎通義 역주≫(2018), 후한 채옹蔡邕의 ≪독단獨斷 역주≫·진晉나라 최표崔豹의 ≪고금주古今注 역주≫·후당後唐 마호馬縞의 ≪중화고금주中華古今注 역주≫(합본 2019), 남조南朝 양梁나라 원제元帝의 ≪금루자金樓子 역주≫(2020), 당唐나라 소악蘇鶚의 ≪소씨연의蘇氏演義 역주≫·이부李涪의 ≪간오刊誤 역주≫·이광예李匡乂의 ≪자가집資暇集 역주≫(합본 2021) 등, 2종의 독립 역주서와 2종의 합본 역주서를 덧붙여 출간하였다.

필자는 이러한 작업을 하면서 언젠가 이를 기반으로 일반 독자들도 고대 중국학에 관해 보다 손쉽게 다가설 수 있도록 도움을 받을 수 있는 지침서를 저술해 보고자 하는 의도를 품게 되었다. 이 책 '고대 중국의 이해'는 그러한 의도에서 작업한 결과물이다. 다시 말해서 이 책은 고대 중국의 정치·경제·사회·문화·예술·종교·과학 등 다방면에 걸친 기본적인 지식과 정보에 관하여, 중국학을 전공하는 학자들은 물론 일반 독자들도 쉽게 이해할 수 있도록 기술한 일종의 안내서이다.

필자는 강의 시간에 학생들에게 '현대인의 상식이나 과학적 지식에 기반했을 때 중국 고문헌에 등장하는 내용 가운데 상당 부분은 신빙성이 없지만, 중요한 것은 그 속에 담겨 있는 고대 중국인들의 사유체계를 이해하고, 어떠한 논리적 인과관계가 숨어 있는지를 간파해 내는 것'이라는 말을 되풀이해서 강조하곤 한다. 왜냐하면 실제로 고대 중국인들의 서술 가운데 사실에 반하는, 다시 말해서 상상력에 의한 창작물들이 이루 헤아릴 수 없을 정도로 많기 때문이다. 그러나 필자가 보기에 상식적이고 과학적인 사실 여부는 그다지 중요하지 않다고 생각한다. 핵심적인 것은 그들의 사유체계를 어떻게 이해할 것인가 하는 것이다.

이 책은 비록 여러 고문헌에서 단편적이고 산재된 기록들을 발췌하고 종합하여 기술한 데다가, 전적으로 필자 개인의 견해에 근거한 것이기에 체례가 산만하고 논거가 미약할 수 있지만, 중국의 고전을 읽거나 대중매체에서 제공하는 중국 관련 프로그램을 접하면서 직면하게 되는, 여러 정보들에 대한 궁금증을 해소하는 데 적잖이 도움을 받을 수 있으리라 생각한다. 다만 이 책에서 기재한 원문들 가운데는 원전이 아니라 타 문헌에서 인용된 것을 다시 재인용한 것들이 있는데, 문맥을 이해하는 데 지장이 없으면 일일이 원전과의 대조 작업을 거치지 않았다는 점을 밝힌다.

끝으로 앞에서 열거한 고전총서와 고증학 역주서들은 물론, 이 책의 출간을 흔쾌히 승낙하고 도움을 주신 도서출판 역락의 모든 임직원 여러분들께 고개 숙여 깊이 감사의 인사를 올린다.

2022년 8월 31일

강원도 강릉시 청헌재淸軒齋에서 필자 씀

참 고 문 헌

1. 사전류

≪漢韓大辭典≫ 동양학연구소 한국: 단국대학교출판부(2008)
≪韓國漢字語辭典≫ 동양학연구소 한국: 단국대학교출판부(1996)
≪漢韓大字典≫ 한국: 민중서관(1983)
≪中韓辭典≫ 고대민족문화연구소 한국: 고려대학교출판부(1993)
≪漢語大詞典≫ 漢語大詞典編纂委員會 中國: 上海辭書(1986)
≪中文大辭典≫ 中文大辭典編纂委員會 編 臺灣: 中華學術院(1973)
≪四庫大辭典≫ 李學根・呂文郁 編 中國: 吉林大學出版社(1996)
≪二十六史大辭典≫ 馮濤 編 中國: 九洲圖書出版社(1999)
≪十三經大辭典≫ 吳楓 編 中國: 中國社會出版社(2000)
≪中國歷史大辭典≫ 中國歷史大辭典編纂委員會 中國: 上海辭書(2000)
≪中國古今地名大辭典≫ 謝壽昌 等 編 中國: 商務印書館(1931)
≪中國歷代職官辭典≫ 沈起煒・徐光烈 編 中國: 上海辭書(影印本)
≪中國古代文學家字號室名別稱辭典≫ 張福慶 編 中國: 華文出版社(2002)
≪中國文學家大辭典≫ 譚正璧 編 中國: 上海書店(1981)
≪中國文學家列傳≫ 楊蔭深 臺灣: 中華書局(1984)
≪中國文學大辭典≫ 傅璇琮 等 編 中國: 上海辭書(2001)
≪中國詩學大辭典≫ 傅璇琮 等 編 中國: 浙江教育出版社(1999)
≪中國詞學大辭典≫ 馬興榮 等 編 中國: 浙江教育出版社(1996)
≪中國曲學大辭典≫ 齊森華 等 編 中國: 浙江教育出版社(1997)
≪唐詩大辭典≫ 周勛初 編 中國: 鳳凰出版社(2003)
≪宋詞大辭典≫ 王兆鵬・劉尊明 主編 中國: 鳳凰出版社(2003)
≪元曲大辭典≫ 李修生 主編 中國: 鳳凰出版社(2003)
≪詩詞曲小說語辭大典≫ 王貴元 主編 中國: 群言出版社(1993)
≪中國古典小說鑑賞辭典≫ 谷說 主編 中國: 中國展望出版社(1989)

≪中國哲學大辭典≫ 方克立 編 中國: 中國社會科學出版社(1994)
≪中國哲學辭典≫ 韋政通 編 中國: 水牛出版社(1993)
≪中國典故大辭典≫ 辛夷・成志偉 編 中國: 北京燕山出版社(2009)
≪中華成語大辭典≫ 中國: 吉林文史出版社(1992)
≪宗敎辭典≫ 任繼愈 編 中國: 上海辭書(1981)
≪佛敎大辭典≫ 任繼愈 編 中國: 江蘇古籍出版社(2002)
≪佛經解說辭典≫ 劉保全 著 中國: 河南大學出版社(1997)
≪中華道敎大辭典≫ 胡孚琛 編 中國: 中國社會科學出版社(1995)
≪十三經索引≫ 葉紹均 編 臺灣: 開明書店(影印本)
≪諸子引得≫ 臺北: 宗靑圖書出版公司(影印本)

2. 원전류

≪四庫全書簡明目錄≫ 淸 于敏中 等 撰 中國: 上海古籍(1995)
≪四庫全書叢目提要≫ 淸 紀昀 撰, 王雲五 主編 臺灣: 商務印書館(1978)
≪文淵閣四庫全書≫ 淸 乾隆帝 勅撰 中國: 上海古籍(1995)
≪續修四庫全書≫ 編纂委員會 編 中國: 上海古籍(1995)
≪四庫全書存目叢書≫ 編纂委員會 編 中國: 齊魯書社(1997)
≪四庫未收書輯刊≫ 編纂委員會 編 中國: 北京出版社(1998)
≪四庫禁毁書叢刊≫ 編纂委員會 編 中國: 北京出版社(1998)
≪全上古三代秦漢三國六朝文≫ 淸 嚴可均 編 中國: 中華書局(1999)
≪全唐文≫ 淸 董皓 編 中國: 上海古籍(2007)
≪先秦漢魏晉南北朝詩≫ 逯欽立 編 中國: 中華書局(1982)
≪全漢三國晉南北朝詩≫ 丁福保 編 臺灣: 世界書局(1978)
≪全唐詩≫ 淸 康熙帝 勅撰 中國: 中華書局(1999)
≪全宋詩≫ 北京大學古文獻硏究所 編 中國: 北京大學出版社(1998)
≪全宋詩索引≫ 北京大學古文獻硏究所 編 中國: 北京大學出版社(1999)
≪御定詞譜≫ 淸 康熙帝 勅撰 中國: 上海古籍(1995) 四庫全書本

≪北堂書鈔≫ 唐 虞世南 撰 中國: 上海古籍(1995) 四庫全書本
≪藝文類聚≫ 唐 歐陽詢 勅撰 中國: 上海古籍(2010)
≪初學記≫ 唐 徐堅 勅撰 中國: 中華書局(2010)
≪白孔六帖≫ 唐 白居易 撰 中國: 上海古籍(1995) 四庫全書本
≪太平御覽≫ 宋 李昉 勅撰 中國: 河北教育出版社(2000)
≪太平廣記≫ 宋 李昉 勅撰 中國: 中華書局(1986)
≪冊府元龜≫ 宋 王欽若 勅撰 中國: 鳳凰出版社(2006)
≪玉海≫ 宋 王應麟 撰 中國: 廣陵書社(2002)
≪海錄碎事≫ 宋 葉廷珪 撰 中國: 中華書局(2002)
≪記纂淵海≫ 宋 潘自牧 撰 中國: 上海古籍(1995) 四庫全書本
≪古今事文類聚≫ 宋 祝穆 撰 中國: 上海古籍(1995) 四庫全書本
≪古今合璧事類備要≫ 宋 謝維新 撰 中國: 上海古籍(1995) 四庫全書本
≪職官分紀≫ 宋 孫逢吉 撰 中國: 上海古籍(1995) 四庫全書本
≪錦繡萬花谷≫ 宋 著者 未詳 中國: 上海古籍(1995) 四庫全書本
≪翰苑新書≫ 宋 著者 未詳 中國: 上海古籍(1995) 四庫全書本
≪喩林≫ 明 徐元太 撰 中國: 上海古籍(1995) 四庫全書本
≪天中記≫ 明 陳耀文 撰 中國: 上海古籍(1995) 四庫全書本
≪御定淵鑑類函≫ 淸 康熙帝 勅撰 中國: 上海古籍(1995) 四庫全書本
≪御定騈字類編≫ 淸 康熙帝 勅撰 中國: 上海古籍(1995) 四庫全書本
≪御定子史精華≫ 淸 康熙帝 勅撰 中國: 上海古籍(1995) 四庫全書本
≪御定佩文韻府≫ 淸 康熙帝 勅撰 中國: 上海古籍(1995) 四庫全書本
≪通典≫ 唐 杜佑 中國: 中華書局(1992)
≪御定續通典≫ 淸 康熙帝 勅撰 中國: 商務印書館(1935)
≪通志≫ 宋 鄭樵 撰 中國: 中華書局(1987)
≪御定續通志≫ 淸 康熙帝 勅撰 中國: 浙江古籍出版社(2000)
≪文獻通考≫ 元 馬端臨 撰 中國: 中華書局(1986)
≪御定續文獻通考≫ 淸 康熙帝 勅撰 中國: 商務印書館(1936)

3. 주석류

≪十三經注疏≫ 淸 紀昀 等 編 臺灣: 藝文印書館
≪說文解字注≫ 後漢 許愼 撰・淸 段玉裁 注 臺灣: 黎明文化事業公司
≪曹子建詩注≫ 魏 曹植 撰・黃節 注 臺灣: 藝文印書館
≪曹植詩解譯≫ 魏 曹植 撰・聶文郁 解釋 中國: 靑海人民出版社
≪阮步兵詠懷詩注≫ 魏 阮籍 撰・黃節 注 臺灣: 藝文印書館
≪嵇康集注≫ 魏 嵇康 撰・殷翔 郭全芝 注 中國: 黃山書社
≪陸士衡詩注≫ 晉 陸機 撰・郝立權 注 臺灣: 藝文印書館
≪陶淵明集校箋≫ 晉 陶潛 撰・楊勇 校箋 臺灣: 鼎文書局
≪謝康樂詩注≫ 宋 謝靈運 撰・黃節 注 臺灣: 商務印書館
≪鮑參軍詩注≫ 宋 鮑照 撰・黃節 注 臺灣: 藝文印書館
≪謝宣城詩注≫ 齊 謝朓 撰・郝立權 注 臺灣: 藝文印書館
≪謝宣城集校注≫ 齊 謝朓 撰・洪順隆 校注 臺灣: 中華書局
≪李白詩全譯≫ 唐 李白 撰 中國: 河北人民出版社(1997)
≪杜詩詳註≫ 唐 杜甫 撰・淸 仇兆鰲 注 中國: 中華書局
≪杜甫詩全譯≫ 唐 杜甫 撰・韓成武 譯 中國: 河北人民出版社(1997)
≪樊川詩集注≫ 唐 杜牧 撰・淸 馮集梧 注 中國: 上海古籍(1982)
≪詳注十八家詩抄≫ 淸 曾國藩 撰 臺灣: 世界書局
≪新譯唐詩三百首≫ 邱燮友 譯註 臺灣: 三民書局(1973)
≪增訂註釋全唐詩≫ 陳貽焮 主編 中國: 文化藝術出版社(1996)
≪二十四史全譯≫ 章培恒 等 譯 中國: 漢語大詞典出版社(2004)
≪資治通鑑全譯≫ 宋 司馬光 撰 中國: 貴州人民出版社(1993)
≪中國歷代名著全譯叢書≫ 王運熙 主編 中國: 貴州人民出版社(1997)
≪二十二子詳注全譯≫ 韓格平 等 主編 中國: 黑龍江人民出版社(2004)
≪孔子家語譯註≫ 王德明 譯註 中國: 廣西師範大學出版社(1998)
≪春秋繁露今註今譯≫ 前漢 董仲舒・賴炎元 註譯 臺灣: 常務印書館(1984)
≪鹽鐵論譯註≫ 前漢 桓寬 撰 中國: 冶金工業出版社(影印本)

≪法言註釋≫ 前漢 揚雄・王以憲 等 註釋 中國: 北京華夏出版社(2002)
≪潛夫論註釋≫ 後漢 王符・王以憲 等 註釋 中國: 北京華夏出版社(2002)
≪白虎通疏證≫ 後漢 班固・淸 陳立 注 中國:中華書局(1994)
≪古文觀止全譯≫ 楊金鼎 譯 中國: 安徽敎育出版社
≪두보 초기시 역해≫ 김만원(공역) 솔출판사(1999)
≪두보 지덕연간시 역해≫ 김만원(공역) 한국방송대출판부(2001)
≪두보 위관시기시 역해≫ 김만원(공역) 서울대학교출판부(2004)
≪두보 진주시기시 역해≫ 김만원(공역) 서울대학교출판부(2007)
≪두보 성도시기시 역해≫ 김만원(공역) 서울대학교출판부(2008)
≪두보 재주시기시 역해≫ 김만원(공역) 서울대학교출판부(2010)
≪두보 2차성도시기시 역해≫ 김만원(공역) 서울대학교출판문화원(2016)
≪두보 기주시기시 역해 1≫ 강민호(공역) 서울대학교출판문화원(2017)
≪두보 기주시기시 역해 2≫ 강민호(공역) 서울대학교출판문화원(2019)
≪두보 기주시기시 역해 3≫ 강민호(공역) 서울대학교출판문화원(2021)
≪두보 고체시 명편≫ 김만원(공역) 서울대학교출판문화원(2015)
≪두보 근체시 명편≫ 김만원(공역) 서울대학교출판문화원(2018)
≪山堂肆考 譯註≫(전20책) 김만원 도서출판역락(2014)
≪事物紀原 譯註≫(전2책) 김만원 도서출판역락(2015)
≪氏族大全 譯註≫(전4책) 김만원 도서출판역락(2016)
≪四庫全書簡明目錄 譯註≫(전4책) 김만원 도서출판역락(2017)
≪白虎通義 譯註≫ 김만원 도서출판역락(2018)
≪獨斷・古今註・中華古今註 譯註≫ 김만원 도서출판역락(2019)
≪金樓子 譯註≫ 김만원 도서출판역락(2020)
≪蘇氏演義・刊誤・資暇集 譯註≫ 김만원 도서출판역락(2021)

4. 저술류

≪중국시와 시론≫ 김만원(공저) 현암사(1993)

≪중국시와 시인≫ 김만원(공저) 사람과책(1998)
≪死不休-두보의 삶과 문학≫ 김만원(공저) 서울대학교출판문화원(2012)
≪중국통사≫ 徐連達 等 著・중국사연구회 옮김 청년사(1989)
≪중국철학소사≫ 馮友蘭 著・문정복 옮김 이문출판사(1997)
≪중국 고전문학의 이해≫ 김학주 한국방송통신대학교출판부(2005)
≪중국문학사≫ 김학주・이동향 한국방송통신대학교출판부(1989)
≪中國文學發展史≫ 劉大杰 中國: 上海古籍(1984)
≪中國歷史紀年表≫ 臺灣: 華世出版社編著印行(1978)
≪東亞歷史年表≫ 鄧洪波 撰 中國: 嶽麓書院(2004)
≪中國類書≫ 趙含坤 中國: 河北人民出版社(2005)
≪中國古代的類書≫ 胡道靜 中國: 中華書局(2008)

목 차

제1장 고대 중국의 정치

제2장 고대 중국의 경제

제3장 고대 중국의 사회

제4장 고대 중국의 문화

제5장 고대 중국의 예술

제6장 고대 중국의 종교

제7장 고대 중국의 과학

제8장 고대 중국의 생물학

제1장 고대 중국의 정치

고대 중국의 정치 체제는 우리나라 고대 여러 왕조에도 영향을 미쳐 양자의 구조상에 유사점이 발견되고 있고, 공무원을 중심으로 한 현대의 중앙정부의 그것과도 연관성이 있다. 이에 고대 중국의 행정 체계의 윤곽을 살펴봄으로써 고려나 조선시대를 배경으로 하는 사극에 등장하는 우리나라 고대의 행정 체계는 물론, 현대 정부의 행정 조직의 윤곽을 가늠하는 데도 도움을 줄 수 있다고 생각되기에, 이 장에서는 최고권력자인 제왕과 그 가족들, 그리고 신하들로 구성된 중앙 행정조직과 지방 행정조직에 관한 개념을 체계적으로 정리함으로써, 그와 관련한 여러 가지 지식과 정보들을 소개해 보고자 한다.

제1절 황제皇帝

우리는 일반적으로 최고권력자의 위치에 있는 임금을 통칭하여 '제왕帝王'이라고 부른다. 그러나 엄밀한 의미에서 '제帝'와 '왕王'은 의미가 다른 별개의 칭호였다. 원래 '제'는 하늘의 신인 천제天帝나 전설상의 이상적인 군주인 '삼황오제三皇五帝'를 지칭하는 말이고, '왕'은 인간세계의 군주인 임금을 가리키는 말이었다. 따라서 역사시대로 간주되는 하夏나라·상商(은殷)나라·주周나라 때는 임금을 지칭할 때 '왕'으로 불렀고, 각 지역을 할거하고 있던 제후국의 군주를 지칭할 때는 작위명에 따라서 '공公·후侯·백伯·자子·남男'의 5등급으로 분류하여 불렀다.

주나라 때 도읍을 서쪽의 섬서성 장안 일대에서 동쪽의 하남성 낙양 일대로 옮기면서 천자가 실권을 잃고 꼭두각시나 진배없는 존재로 전락한 동주東周 시기, 다시 말해서 흔히 춘추전국시대春秋

戰國時代라 일컫는 시기가 도래하면서, 중원 변방에서는 초楚나라나 진秦나라처럼 천자의 권력을 넘어서는 제후국의 군주들이 등장하여 천자와 동등한 지위를 자처하기 위해서 스스로 '왕'을 자칭하게 되었고, 천자에게만 부여되던 왕의 지위가 각 제후국의 군주로까지 전이되고 말았다.

전국시대를 통일한 진秦나라 영정嬴政(B.C.259-B.C.210)은 통일국가의 군주로서의 지위를 독점하기 위한 생각을 품어 신하들에게 의견을 구했고, 결국 이사李斯(?-B.C.208) 등 측근들의 건의를 받아들여 중국 역사 이래 '삼황오제'를 뛰어넘는 '최초의 황제'라는 의미에서 스스로를 '시황제始皇帝'로 칭하게 되었으니, 중국의 역대 황제 중에서도 가장 건방진 극존칭을 제정한 셈이다. 그리고 전국시대 때 너도나도 자칭 '왕'이라고 한 것을 답습하여, 각 제후국의 군주의 호칭으로 인정해 주었다. 그 뒤로 '제왕'은 최고권력자인 황제와 그 혈족이나 공신에게 분할한 각 제후국의 군주를 합칭하는 의미가 되었다. 다시 말해서 주나라 때 천자와 제후를 총칭하는 '왕공王公'이란 칭호 대신, 진나라 시황제 이후로는 '제왕'이란 칭호가 등장하면서, '왕공'은 제후와 재상을 지칭하는 말로 격하되고, 그 대신 '제왕'이 황제와 제후에 대한 합칭으로 자리잡게 되었다고 이해하면 될 듯 싶다.

황제는 '하늘이 낳은 아들'이란 고귀한 의미에서 '천자天子'로도 불릴 만큼 '천상천하, 유아독존'적인 존재이기는 했지만, 그렇다고 해서 모든 일을 자의적으로 결정할 수는 없었다. 중요한 국가대사는 재상들과 함께 조정에서의 회의를 통해 정하였고, 그 임기도 무제한적이 아니어서 나이가 들어 치매에 걸릴 위험이 높아지면 적장자인 태자太子에게 황제의 지위를 선양할 수밖에 없었다. 황위를 선양한 뒤에는 '태상황太上皇'이나 그 준말인 '상황上皇'이란 존칭으로 불리며 모든 권력을 내려놓은 채 궁궐의 별채에서 한가로이 여생을 보냈다. 물론 끝까지 권력욕을 버리지 못 하고, 사사건건 아들인 황제의 권한에 간섭함으로써 부자간에 갈등을 조성하는 경우도 있기는 하지만, 그러한 경우는 비교적 드문 편이었다.

당나라 때 태평성대를 구가하던 현종玄宗이 안녹산安祿山(703-757)·사사명史思明(703-761)의 난을 겪으면서 사천성 촉주蜀州(성도成都)로 피난을 가게 되자, 자신의 무능함을 처절하게 깨달아 북방으로 피난을 간 태자 숙종肅宗에게 생전에 황제의 자리를 물려주었고, 남송南宋 때 효종孝宗이 연로하여 아들인 광종光宗에게 황제의 자리를 물려주고서 중화궁重華宮에서 조용히 여생을 보낼 때, 광종이 문안인사를 자주 올리지 않자 신하들이 자식된 도리를 다하라고 간언을 올렸다는 고사가 이를 방증해 준다.

그럼에도 불구하고 청나라 때 강희제康熙帝나 건륭제乾隆帝처럼 50년 넘게 황제의 자리를 굳건히 지킨 이들도 있었으니, 이는 대부분 어린 나이에 황제의 자리에 올라 피비린내 나는 숙청을 자행함으로써 권력을 유지했기 때문이지, 결코 그들이 장수했기 때문만은 아니다. 대개는 중년의 나이에 황제에 올라 심신이 미약해지고 치매에 걸릴 가능성이 높은 70세, 즉 고희古稀의 나이가 되면 스스로 황제의 자리에서 물러나고 아들에게 황위를 선양하는 것이 일반적이었다고 볼 수 있다. 이는 일반 신하들이 중년의 나이인 40세에 벼슬길에 올라 70세 전후로 관직에서 물러나는 것이 통상적인 관례였던 것과도 이치상 일맥상통한다.

황제는 조정에서 신료들과의 회의를 통해 국가의 중대사를 심의하고 결정하는 막중한 책임을 안고 있었다. 그러기에 황제에게 가장 필요한 기본 덕목은 아래 ≪서경≫의 기록에서도 알 수 있듯이, 천도를 지키고 백성들을 사랑하는 책무라 할 수 있다. 그렇지 않으면 언제든지 제위에서 축출당할 수 있었다.

(상商나라 이윤이 말했다.) 하나라 걸왕桀王이 상도常道를 지키지 못 하여 신에게 오만하게 굴고 백성들을 괴롭혔기에,

하느님이 보호할 수 없어 천하를 살펴서 천명을 받을 사람을 이끌고 큰 덕을 지닌 사람을 찾아, 그로 하여금 모든 신의 주인이 되게 하셨다.[1)]

국가를 창건한 건국황제가 가장 먼저 확립해야 할 급선무로는 문자와 도량형의 통일을 들 수 있다. 그래서 이를 보통 '동문동궤同文同軌'라고 한다. 문지가 통일되지 않아 각 지역마다 사용하는 글자가 다르다면 어떤 일이 벌어질까? 소통의 장애로 인해 국사를 처리하는 데 엄청난 혼란이 야기될 것이다. 또 도량형이 통일되지 않는다면 무슨 일이 벌어질까? 전장에 나갔을 때 전차의 부속품을 구하지 못 해 전투에서 패하는 불상사가 발생할 수 있을 것이다. 그렇기에 건국 초기 황제가 할 일 가운데 문자와 도량형의 통일은 그 무엇보다도 중차대重且大한 급선무일 수밖에 없었다.

고대 사회에서 황제의 권한은 막강하기 그지없었지만, 그에 비례해서 책임 또한 막중하기 그지없었다. 그렇기에 일식이나 월식이 일어나고, 하늘에 혜성이 나타나거나 운석이 떨어지고, 지상에서 지진이 일어나고 홍수와 가뭄이 들어도 모두 황제의 책임이었다. 그래서 하늘에 제사를 지내고, 신하들에게 바른 정책을 강구하도록 요청하는 일이 비일비재하였던 것이다. 자연현상에 대한 과학적 지식이 부족하던 당시로서는 누군가에게 책임을 전가할 수밖에 없었기에, 모든 허물을 황제가 뒤집어써야 했을 것이다. 절대 권력이란 막강한 힘에 대한 대가 치고는 너무 가혹한 것이 아닐까? 황제라는 자리가 마냥 달가운 것만은 아닐 듯 싶다. 심지어 혼란기에는 암살이나 독살을 당하는 일도 수없이 일어났으니 더 말할 나위가 없었을 것이다. 오늘날에도 국가에 불상사가 생기면 대통령 탓을 하는 것도 새삼스러운 일은 아닌 듯 싶다. 그러나 옛날처럼 터무니

---

1) ≪書經・商書・咸有一德≫卷7: (伊尹曰,) 夏王弗克庸德, 慢神虐民, 皇天弗保, 監于萬方, 啓廸有命, 眷求一德, 俾作神主.

없이 책임을 묻지는 않으니, 그나마 다행이라면 다행이라고 할까?

1. 성군과 폭군으로 명명된 역대 황제들

고대 중국 사회에서 성군으로 칭송받은 인물로는 전설상의 황제인 당唐나라 요왕堯王과 우虞나라 순왕舜王을 비롯하여, 하夏나라 우왕禹王·상商나라 탕왕湯王·주周나라 문왕文王과 무왕武王 등을 예로 들 수 있다. 그 뒤로도 역대로 수많은 성군들이 등장하였다. 그러나 개중에는 과연 성군으로 칭송할 만한 인물인지 의구심을 품게 만드는 이들도 적지 않다. 이는 그 기준을 어디에 두느냐 하는 관점의 차이에 따라 달라질 수 있기 때문이다.

이를테면 과연 국토를 광대하게 넓힌 임금을 성군의 반열에 올릴 수 있을까 하는 점을 생각해 볼 수 있다. 중국 역대 황제 가운데 영토 확장에 가장 공을 들인 이로는 한나라 때 무제武帝를 꼽을 수 있다. 베트남을 정복하여 일남군日南郡을 설치하고, 우리나라 한반도를 침공하여 한사군漢四郡을 설치하였을 정도이니 하는 말이다. 비록 국위를 크게 떨친 점은 부인할 수 없겠으나, 그로 인해 수많은 백성들을 전장으로 내몰아 죽음에 이르게 하였으니, 그 죄악 역시 가볍지 않다 하겠다. 이러한 점에서 우리나라 고구려의 광개토왕廣開土王에게 '대왕大王'이란 극존칭을 붙여주는 것이 과연 타당한 일인지 생각지 않을 수 없다. 그의 별칭이 말해 주듯 국토를 넓게 개척하기는 했으나, 그로 인해 수많은 백성들이 전사하였을 테니까 던지는 말이다.

한편 고대 중국의 역사에서는 자타공인 폭군으로 일컬어지는 인물들도 있었으니, 하나라 걸왕桀王·상나라 주왕紂王·주나라 여왕厲王과 유왕幽王을 그 대표적인 예로 들 수 있다. 그 뒤로도 역대로 일일이 열거할 수 없을 정도로 수많은 폭군들이 등장하였다가 사라졌다. 우리나라 조선시대 때 연산군이나 광해군이 폭군으로 몰려 종묘에 신위가 들어가지 못 하는 바람에, 후손들에게 제삿밥도 얻어먹지 못 하는 신세로 전락한 것도 그러한 예라 하겠다. 그렇기에 태종이나 세종처럼 묘호를 받지 못 한 채 단지 '군君'이란 초라한 호칭으로 불리는 것이 아닐까 싶다.

2. 도읍의 건설과 천도遷都

황제가 즉위하면 맨먼저 해야 하는 것이 아마도 도읍을 정하는 일이 아닐까 싶다. 고대 중국인들은 예로부터 황제의 거처를 '경京'이라고도 하고 '도都'라고도 하였는데, 중국에서 도읍의 유래와 관련한 가장 오래된 기록은 아마도 다음의 예에서 찾아볼 수 있을 듯하다.

> (전설상의 임금인 삼황 가운데) 복희는 진 땅에 도읍을 정하였는데, 지금의 (하남성) 진주陳州이다. 신농 역시 진 땅에 도읍을 정하였다가 다시 곡부를 건설하였는데, 지금의 (산동성) 연주 곡부현에 해당한다. 황제黃帝는 탁록에 도읍을 정했는데, 지금의 (하북성) 유주이다. 일설에 의하면 유웅에 도읍을 정했다고도 한다. (전설상의 임금인 오제 가운데) 소호는 궁상에 도읍을 정했는데, 노 지역 북쪽에 있었다. 전욱은 고양에 도읍을 정했는데, 주나라 때는 위나라 지역이었고, 지금의 (하남성) 복양현이다. 제곡은 (하남성) 박현에 도읍을 정했는데, 일설에서는 고신에 도읍을 정했다고도 한다. (당唐나라) 요왕은 (산서성) 평양에 도읍을 정했는데, 지금의 진주晉州이다. (우虞나라) 순왕은 포판에 도읍을 정했는데, 지금의 (산서성) 포주이다.[2)]

2) 晉 皇甫謐 ≪帝王世紀·自開闢至三皇≫卷1: 伏羲都陳, 今陳州. 神農亦都陳, 又營曲阜, 今兗州曲阜縣. 黃帝都涿鹿, 今幽州. 一云, 都有熊. 少昊都窮桑, 在魯北.

그러나 위의 예문은 전설상의 임금인 삼황오제三皇五帝에 관한 기록이라서 신빙성이 떨어진다. 중국의 경우 본격적으로 역사시대로 간주할 수 있는 하夏나라 때는 산서성 안읍安邑(포주蒲州)에 도읍을 정하였고, 상商나라 때는 하남성 박읍亳邑에 도읍을 정했다가 여러 차례 천도를 하였으며, 주周나라 때는 섬서성 장안 일대인 풍현豐縣과 호현鎬縣에 도읍을 정하였다가, 천자의 권위가 실추되면서 동쪽인 하남성 낙양 일대로 천도함으로써 춘추전국시대를 열었다.

전국시대를 통일한 진秦나라 시황제는 섬서성 장안 근처인 함양咸陽에 도읍을 정했고, 전한 고제高帝는 장안에, 후한 광무제光武帝는 하남성 낙양에 도읍을 정했다. 후한이 망한 뒤 다시 분열시기를 맞이한 삼국시대 때 위魏나라는 하남성 낙양에, 촉蜀나라는 사천성 성도成都에, 오吳나라는 호북성 악주鄂州에 도읍을 정했다가 강소성 건업建業[3](남경)으로 도읍을 옮겼다.

삼국시대을 통일한 진晉나라는 낙양에 도읍을 정했으나, 중원 땅을 잃고 장강 이남으로 남하한 동진東晉 때는 강소성 건업(남경)에 도읍을 정하였다. 북조北朝 때 왕조들이 주로 장안이나 낙양에 도읍을 정한 반면, 남조南朝 때 여러 왕조들은 북조의 여러 이민족의 위세에 밀려 장강 이남에 안착하면서 동진과 마찬가지로 강소성 건강建康(남경)에 도읍을 정했다.

수나라는 섬서성 장안에 도읍을 정했다가 하남성 낙양으로 천도하였고, 당나라는 다시 장안에 도읍을 정하면서 낙양을 제2의 수도로 정하였다. 제3의 춘추전국시대라 할 수 있는 오대십국五代十國을 통일한 송나라는 오대 왕조의 뒤를 이어 낙양 근처인 하남성 개봉開封(변주汴州)에 도읍을 정하였으나, 남송에 들어서 북방의 여

顓頊都高陽, 在周爲衛地, 今濮陽縣. 帝嚳都亳, 一曰, 都高辛. 堯都平陽, 今晉州. 舜都蒲阪, 今蒲州.

3) 지금의 강소성 남경시南京市의 옛 이름. 전국시대 초楚나라 때 '금릉金陵'이라고 하던 것을 삼국 오吳나라 때 '건업建業'으로 개명하였고, 다시 진晉나라 때 민제愍帝 사마업司馬鄴의 이름을 피휘避諱하기 위해 '건강建康'으로 개명하였다.

진족이 세운 금金나라에 밀려 장강 이남으로 남하하면서 절강성 임안부臨安府(항주杭州)에 임시로 도읍을 정하였다.

원나라는 모국인 몽고에서 가까운 하북성 북경에 도읍을 정했고, 한족漢族이 중원을 회복하면서 세운 명나라는 남경에 도읍을 정했다가 북경으로 천도하였으며, 만주족이 세운 청나라는 원나라와 마찬가지로 본토인 만주에서 가까운 북경에 도읍을 정하였다. 따라서 한족의 입장에서 역대로 전통적인 도읍을 거론한다면 장안·낙양·남경·개봉의 네 도시를 꼽을 수 있겠지만, 지역의 대표성을 가지고 논한다면 서경(장안)·동경(낙양)·남경·북경의 네 도시를 열거할 수도 있을 듯하다. 필자의 개인적인 생각은 전자에 무게를 두는 편이다.

3. 연호年號의 제정과 개정

중국은 전통적으로 십간十干[4]과 십이지十二支[5]를 활용하여 연도를 표기하였다. 십간의 홀수 번째 한자는 십이지의 홀수 번째 한자하고만 결합하고, 십간의 짝수 번째 한자는 십이지의 짝수 번째 한자하고만 결합하는 방식을 취한다. 즉 갑자년甲子年은 있어도 갑축년甲丑年은 있을 수 없고, 을축년乙丑年은 있어도 을자년乙子年은 있을 수 없다. 따라서 간지干支에 의한 연도 표기는 60년마다 반복된다. 이는 물론 서양의 역법이 전래되기 전의 전통적인 표기법이다.

중국은 역대로 연호를 사용하여 연도를 표기하기도 하였는데, 이는 한나라 무제武帝 때부터 시작되었다. 또 황제가 재임 중에 연호를 바꾸기도 하였는데, 이는 대개 정변이나 재앙이 일어나 '새

4) 천체의 방위를 본떠 만든 천간天干을 이르는 말. 즉 갑甲·을乙·병丙·정丁·무戊·기己·경庚·신申·임壬·계癸를 가리킨다.

5) '자子'(쥐)부터 '해亥'(돼지)까지의 지지地支를 일컫는 말. 여기에 속하는 동물들을 '십이속十二屬' '십이초十二肖' '십이생초十二生肖' '십이상속十二相屬' '십이진속十二辰屬'이라고도 한다.

술은 새 부대에 담는다'는 말처럼 국가적으로 분위기를 쇄신하기 위해서였던 것으로 보인다. 무제는 대략 5, 6년마다 연호를 개정하였으니, 55년 재위 기간 동안 건원建元·원광元光·원삭元朔·원수元狩·원정元鼎·원봉元封·태초太初·천한天漢·태시太始·정화征和 등 무려 열 차례나 연호를 바꾸기까지 하였다. 반면 당나라 현종玄宗은 45년 재위 동안 개원開元과 천보天寶 두 연호를 사용하여 한 번만 연호를 개정하였고, 청나라 성조聖祖처럼 61년 재위 기간 동안 오직 '강희康熙'라는 연호만 사용하고, 청나라 고종高宗처럼 60년 재위 기간 동안 오직 '건륭乾隆'이란 연호만 사용하면서 단 한 차례도 연호를 개정하지 않은 경우도 있다. 이는 그만큼 정치적으로 안정기를 구가하였다는 해석이 가능하다.

또 연호를 바꾸는 것을 '개원改元'이라고 하는데, '원元'이란 말을 사용하는 것은 상나라 탕왕湯王 때 재상 이윤伊尹이 원년을 '원사元祀'라고 칭하고, 춘추시대 노魯나라 공자가 ≪서경≫에 서문을 쓰면서 상나라 임금인 태갑太甲의 즉위 연도를 '원년元年'이라고 표기한 데서 유래하였다고 한다. 그래서 전한 무제가 연호를 제정하기 전인 경제景帝나 문제文帝 때는 연도 표기를 바꿀 경우, 단순히 '중원년中元年'이나 '후원년後元年'이란 명칭을 사용하였을 뿐이다. 이는 곧 원년을 두 번 바꿨다는 의미가 된다.

4. 황제의 혈족

황제의 혈족으로 가장 중요한 인물은 아무래도 그의 혈통을 이어받은 아들들을 꼽을 수 있다. 주周나라 때 천자의 아들들은 서열에 상관없이 모두 동등하게 '세자世子'라고 칭하였으나, 후대에는 황위를 계승할 맏아들을 '태자太子'로 높이고, 나머지 아들들을 '세자'로 구분하여 칭하게 되었다. 태자가 거처하는 궁궐인 태자궁은 '아침 일찍 일어나 학문에 매진하라'는 의미에서 해가 뜨는 동쪽

건물에 위치하였기에 '동궁東宮'으로도 불리고, 동쪽이 오행五行상 청색에 해당하기에 '청궁青宮'으로도 불렸다. 그리고 태자나 세자의 아내는 황제의 본부인처럼 '후后'라고 부를 수 없었기 때문에, '후'보다 한 등급 아래인 '비妃'자를 붙여 '태자비'나 '세자비'로 불렸다.

황제의 혈족 가운데 제후에 봉해진 형제나 아들들은 '친왕親王'으로 불렸다. 황제는 그들이 반란을 일으키지 않고 편히 여생을 보낼 수 있도록 봉토를 나눠주고서, 그곳에서 거두는 세금으로 아무런 불편없이 생활할 수 있게 해 주었다. 즉 오늘날의 연금과 비슷한 제도였다고 볼 수 있다. 이를테면 삼국 위魏나라에서 글재주로 이름을 떨친 조식曹植(192-232)은 무제武帝 조조曹操(155-220)의 아들이자 문제文帝 조비曹丕(187-226)의 동생으로서, 최종 봉호인 '진왕陳王'과 시호인 '사思'를 붙여 '진사왕陳思王'으로 불렸다. 그러나 시호를 통해서도 알 수 있듯이 뛰어난 글재주 때문에 형의 시기와 질투심을 한몸에 받았기에, 행복한 여생을 보내지는 않은 듯하다. 다음의 일화는 비록 실화라고 단언할 수는 없지만, 조식과 그의 형인 조비와의 관계가 어떠했는지를 잘 보여준다.

(삼국 위나라) 문제(조비)는 동아왕(조식)에게 명을 내려, 일곱 걸음 안에 시를 완성하되 완성하지 못 하면 큰 벌을 내리겠다고 하였다. 조식은 그 소리를 듣자마자 곧바로 다음과 같은 시를 지었다. "콩을 끓여서 국을 만들고, 가지를 걸러서 즙을 만드느라, 콩깍지는 솥 아래서 불타고, 콩은 솥 안에서 눈물을 흘리네. 본시 같은 뿌리에서 태어났건만, 들들 볶아대는 것이 어찌 이리도 급할까?" 문제가 무척 부끄러워하였다.[6]

---

6) 南朝 劉宋 劉義慶 ≪世說新語・文學≫卷上: 文帝令東阿王, 七步中作詩, 不成者, 行大法. 應聲便爲詩曰, "煮豆持作羹, 漉枝以爲汁. 萁在釜下燃, 豆在釜中泣. 本自同根生, 相煎何太急?" 帝大有慚色." 예문에서 '동아왕'은 조식의 초기 봉호를 가리킨다.

한편 황제의 딸은 '공주公主'로 불렸다. 이는 황제 스스로 자기 딸의 결혼식에서 주례를 설 수 없기 때문에, 종실 가운데 공작公爵의 지위를 가진 제부諸父나 형제에게 자기 딸의 결혼식 주례를 맡긴다는 의미에서 생겨난 존칭이다. 또 송나라 때는 '공주'를 '제희帝姬'로 개명한 적도 있다.

공주의 신분도 항렬에 따라 여러 계층이 있었다. 그래서 황제의 자매는 딸보다 높이기 위해 앞에 '장長'자를 붙여 '장공주長公主'로 부르고, 황제의 조고모나 고모는 '장공주'보다 높이기 위해 다시 앞에 '대大'자를 더 붙여서 '대장공주'로 불렸다. 반면 황제의 형제나 세자들이 봉해진 제후국의 경우는 군주(翁) 스스로 자기 딸의 주례(主)를 책임진다는 의미에서 '옹주翁主'라고 불렸다. 옹주는 보통 현縣에 봉해지기에 '현주縣主'로도 불렸다. 잠시 장공주와 관련한 흥미로운 일화를 한 토막 소개하면 다음과 같다.

후한 광무제의 누나인 호양공주가 막 과부가 되었다. 광무제가 그녀와 뭇 신하들에 대해 논의를 하면서 넌지시 그녀의 의중을 살피자 공주가 말했다. "송공(송홍宋弘)이 위용이 있고 인품이 뛰어나 다른 신하들이 미치지 못 한답니다." 광무제가 말했다. "장차 한 번 시도해 보지요." 후에 송홍이 부름을 받아 알현하게 되었는데, 광무제가 누나에게 병풍 뒤에 있으라고 하고는 그참에 송홍에게 말했다. "속담에 '부자가 되면 친구를 바꾸고, 고관이 되면 아내를 바꾼다'고 하던데, 인정상정이겠지요?" 송홍이 말했다. "신이 듣자하니 '빈천했을 때 친구는 잊어서 안 되고, 술지게미와 쌀겨를 먹으며 함께 고생했던 아내는 집에서 쫓아내서 안 된다'고 하였나이다." 그러자 광무제가 공주를 돌아보며 말했다. "일이 잘 안 풀리네요!"[7]

7) 南朝 劉宋 范曄의 ≪後漢書·宋弘傳≫卷56: 漢光武姊湖陽公主新寡. 帝與共論群臣, 微觀其意, 主曰, "宋公威容德器, 群臣莫及." 帝曰, "方且圖之." 後弘被引見,

위의 예문은 '조강지처糟糠之妻'라는 유명한 고사성어의 유래를 적은 기록으로서, 비록 정사正史에 실려 전하기는 하지만, 실제 역사적 사실로 받아들이기에는 다소 난감한 구석이 있다. 왜냐하면 상식적으로 황제가 위의 내용과 같은 황당한 실수를 저질렀다는 것이 언뜻 믿기지 않기 때문이다. 만약 위의 예문이 사실이라면, 광무제는 세 가지 어이없는 실수를 범한 경우가 된다. 누나인 호양공주의 재혼을 위해 유부남인 송홍宋弘에게 이혼과 재혼을 권유하는 듯한 발언을 한 것이 첫 번째 실수이고, 신하가 칠언시七言詩 형태의 고상한 표현법을 구사한 반면, 황제 자신은 시중의 속담을 인용함으로써 스스로 천박한 언어를 구사한 것이 두 번째 실수이며, 대신과 독대한 자리에서 아녀자가 숨어서 엿볼 수 있게 해 주었다가 스스로 누나의 존재를 노출시킨 것이 세 번째 실수라 하겠다. 여하튼 사실 여부를 떠나서 황제와 신하 사이에 오간 보기드문 해학적 이야기라는 점에서, 사람의 뇌리에 오래 남을 만한 고사임에는 분명해 보인다.

한편 공주의 남편은 '부마駙馬'로 불렸다. '부마'는 원래 황제가 타는 말을 관장하는 직책인 '부마도위駙馬都尉'의 준말이다. 부마도위는 한나라 무제武帝 때 처음 설치된 관직 이름으로서, 초기에는 종실 사람이나 외척, 제후의 자손들이 이 직책을 담당하였다. 그러다가 삼국시대 위魏나라에 이르러 대장군 하진何進의 손자인 하안何晏(190-249)이 공주에게 장가들어 부마도위를 맡으면서 황제의 사위를 지칭하는 별칭이 되었다. 하안이 당시 미남이라서 아내의 질투가 무척 심하였다는 일화를 한 토막 소개하는 것으로 마무리하고자 한다.

帝令姉在屛風後, 因謂弘曰, "諺云, '富易交, 貴易妻,' 人情乎?" 弘曰, "臣聞, '貧賤之交不可忘, 糟糠之妻不下堂.'" 帝顧謂主曰, "事不諧矣!" 예문에서 '호양湖陽'은 장공주의 봉호를 가리킨다.

(삼국 위나라) 하안은 금향공주를 부인으로 맞았는데, 바로 하안과는 부친이 다르나 모친이 같은 여동생이다. 공주는 현명하여 모친인 패왕의 태비에게 말했다. "하안의 나쁜 짓이 날로 심해지니, 몸을 보전하지 못 할 것입니다." 그러자 모친이 웃으며 말했다. "네가 하안을 질투하지 않을 리가 있겠느냐?"[8)]

제2절 황후皇后와 후궁後宮

황제와 신하가 남자들의 권력세계라면, 황후皇后와 후궁後宮은 여자들의 권력세계라고 부를 수 있을 것이다. 후궁에서 벌어지는 치열한 권력투쟁은 황제 휘하의 조정에서 벌어지는 그것보다도 더 살벌하였다고 말할 만하다. 이는 우리나라 조선시대도 예외가 아니어서 장희빈張禧嬪과 같은 여인들이 영화나 드라마의 좋은 소재로 활용되어 온 것이 이를 반증해 준다. 여기서는 여인천하의 구성과 그에 얽힌 일화들을 소개해 보고자 한다.

1. 황후

남자 세계에서의 유아독존적인 존재가 '황제'라면, 여자 세계에서의 그와 유사한 존재가 '황후'이다. 상고시대 때 '후后'는 원래 황제를 뜻하는 말이었고, 황제의 배필은 '비妃'라고 하였다. 뒤에 '비'의 수치가 많아지면서 '비' 가운데 황제의 적처 역시 지극히 존귀한 신분이란 연유로 '후'로 승격시켜 부르게 되었다. 그래서 전설상의 임금인 황제黃帝나 제곡帝嚳・순왕舜王 등은 여러 명의 비를 두었으나, 주周나라에 이르러 본부인을 '후'에 책립하면서 '왕후王

---

8) 唐 歐陽詢 ≪藝文類聚・公主≫卷16에 인용된 ≪魏本傳≫: 何晏婦金鄉公主, 卽晏同母妹也. 公主賢明, 謂其母沛王太妃曰, "晏爲惡日甚, 將不保身." 母笑曰, "汝得無妬晏耶?"

后'라는 명칭이 생겼고, 진秦나라 때 영정嬴政(B.C.259-B.C.210)이 제후국의 군주인 '왕'과 구분하기 위해 자신을 '시황제始皇帝'라고 부르면서 '왕후' 역시 '황후'로 격상시켰으며, 이후로는 '황후'가 황제의 본부인만을 지칭하는 정식 명칭이 되었다.9)

황제가 한 명뿐이듯이 황후 역시 한 명으로 한정되었다. 그러나 어느 시대 어느 왕조에서나 다 그런 것은 아니었다. 송나라 때 성리학의 집대성자인 주희朱熹(1130-1200)의 다음과 같은 비판적인 글이 이를 방증한다.

> **한나라(전조前趙)가 세 황후를 세운 것은 오랑캐 풍습이라 치겠으나, (북제北齊) 고위에 이르러 두 황후를 세운 것은 잘못된 것이다. 그리하여 북주北周의 군주는 다시 네 황후를 세웠다가 수를 늘려 다섯 황후까지 세웠으니, 이를 일러 무어라 할 것인가?10)**

비록 위의 예문에 등장하는 전조前趙나 북제北齊·북주北周 등은 한족이 세운 정통 왕조로 간주할 수 없다손 치더라도, 여하튼 황후를 여러 명 세우는 것을 인륜에 어긋나는 것으로 여겼던 것은 분명해 보인다.

한편 황후보다 연배가 위의 여인인 황후의 시어머니가 존재하였으니, 그녀는 황후보다 더 높여 '황태후皇太后' 혹은 줄여서 '태후太后'라고 존칭하였다. 이는 마치 황제의 부친을 높여 '태상황太上皇' 혹은 줄여서 '상황上皇'으로 존칭하는 것과 같은 이치이다. 또 이따

---

9) 唐 徐堅 ≪初學記·中宮部≫卷10에 인용된 ≪白虎通≫: 黃帝·帝嚳, 俱有四妃. 至周, 則天子立后, 正嫡曰王后. 秦稱皇帝, 正嫡曰皇后. 현전하는 사고전서본 ≪백호통≫에는 실전된 기록이다.

10) 宋 朱熹 ≪資治通鑑綱目≫卷35: 漢立三后, 夷也. 至高緯而立二后, 非矣. 於是周主又立四后, 增而至五后焉, 謂之何哉? 예문에서 한나라는 '전한' '후한' 할 때의 한나라가 아니라 오호십육국五胡十六國 가운데 전조前趙의 별칭을 가리킨다.

금 태후의 시어머니도 생존해 있을 경우가 있었으니, 그녀는 태후보다 더 높여 '태황태후太皇太后'라고 존칭하였다. 아마 옛날에도 남자보다는 여자가 더 수명이 길었던 것 같다. 또 태후나 태황태후를 부를 때는 그녀의 거처로 대신하기도 하였으니, "(한나라 때는 거처하는 궁전의 이름을 본떠서) 황제의 조모는 '장신궁'이라고 부르고, 황제의 모친은 '장락궁'이라고 불렀다. 애제는 조모인 '제태태후'를 '황태태후'라고 존대하면서 '영신궁'이라고 불렀고, (모친인) '제태후'는 '중안궁'이라고 불렀다"[11]는 후한 응소應劭의 ≪한관의≫ 권하의 기록이 이를 증명해 준다.

고대 중국에서는 여자의 몸으로 직접 황제의 자리에 오른 유일한 인물도 있었다. 바로 당나라 때 '측천무후則天武后'이다. '측천'은 그녀의 시호諡號이고, '무'는 성씨이며, '후'는 그녀의 신분을 가리킨다. 그녀의 본명이 무조武曌[12]라서 '무후武后'나 '무측천武則天'으로도 불렸다. 언젠가 혹자가 필자에게 그녀의 시호에 대해 왜 '즉천'이나 '칙천'으로 발음하지 않고 '측천'으로 발음하는지에 대해 물은 적이 있다. 만약 '즉천'으로 발음한다면 '곧 하늘이다'라는 뜻이 되고, '칙천'으로 발음한다면 '하늘을 본받다'는 뜻이 되지만, '측천'으로 발음하게 되면 '則'은 '測'과 통용자가 되어 '하늘의 뜻을 헤아린다'는 의미가 된다. 어느 것이 더 거창하고 그럴싸한 의미로 들릴런지는 독자들도 짐작할 수 있으리라 여겨진다. 그래서 중국인들이 'zétiān'으로 발음하지 않고 'cètiān'으로 발음하기에, 우리나라에서도 중국음을 따라 '측천'으로 발음할 수밖에 없으리라 생각된다.

측천무후는 친아들인 예종睿宗과 중종中宗을 폐위시키고 황제의 자리에 오를 정도로 권력욕이 무척 강했던 여인이다. 그녀는 심지

---

11) 後漢 應劭 ≪漢官儀≫卷下: 帝祖母稱長信宮, 帝母稱長樂宮. 哀帝尊其祖母帝太太后爲皇太太后, 稱永信宮, 帝太后稱中安宮.

12) '조曌'는 '부뚜막 조竈'의 이체자異體字로서 측천무후가 자신의 이름을 돋보이게 하기 위해 새로 만든 한자이기에 그녀의 이름에만 쓰였다.

어 국호를 '당唐'에서 '주周'로 개명하고, 관제官制 역시 고대 주周나라 때 체제를 답습하였다. 그러나 여자가 황제의 자리에 오르는 것을 용납할 수 없었던 남존여비의 전통사회에서, 여자가 황제 노릇하기란 쉽지 않았을 것이다. 결국 당시의 명재상인 적인걸狄仁傑(630-700) 등의 집요한 압박 끝에, 측천후무는 다시 자신의 아들들에게 정권을 돌려주는 '반정反正'을 실천하여 황위를 선양하고 권좌에서 물러나고 말았다. 남성 위주 전통의 견고함을 무너뜨리기가 얼마나 어려운지를 단적으로 보여주는 일화를 한 토막 소개하고자 한다. 원문은 원나라 때 저자 미상의 ≪씨족대전氏族大全≫권3에 다음과 같이 전한다.

양국공梁國公에 봉해진 적인걸이 재상을 지낼 때, 사촌이모인 노씨가 나이 들어 자오교 남쪽에 살고 있었다. 적인걸이 그녀에게 아뢰었다. "제가 지금 재상을 맡고 있으니, 이모님 아들이 무엇을 원하든지 뜻대로 다 이루어 드릴 수 있습니다." 그러자 노씨가 대답하였다. "이 늙은 이모에게는 단지 아들이 이 아이 하나뿐이라서, 여자 군주(측천무후)를 섬기게 하고 싶지는 않네." 적인걸이 멋쩍은 표정을 지으며 물러났다.[13]

2. 삼비三妃

'비妃'는 '후后' 다음 가는 신분으로서 황제 휘하의 최고위 관직인 삼공三公에 비견된다. 그러나 제후국에서는 '비'가 곧 제후국 군주의 본부인이 된다. 제후국 군주 휘하 사람들의 신분은 황제 휘하 신하의 신분에 비해 품계가 한 등급씩 강등되기 때문이다. 이는 마치 황제에 대한 존칭이 '폐하陛下'[14]인 반면, 태자나 제후국 군주에

13) ≪氏族大全≫卷3: 狄梁公爲相, 有堂姨盧氏, 姥居子午橋南. 公啓之曰, "吾今爲相, 爾子有何願, 悉如指." 盧曰, "老姨止此一子, 不欲使事女主." 公慙而退.

대한 존칭이 '전하殿下'로 한 등급 강등되는 것과 같은 원리이다.

자존심이 상하는 일이긴 하지만, 중국에 조공을 바쳤던 우리나라 조선시대 임금의 부인들이 신하들로부터 '황후'라는 존칭 대신 '왕비'라는 존칭으로 불린 것도 바로 이 때문이다. 조선시대 말엽 고종高宗의 부인이었던 '민비'가 '명성황후'로 불릴 수 있었던 것도, 일본의 압력으로 '대한제국'이란 국호를 채택하면서 독립국임을 천명한 이후에나 가능했던 일이다. 따라서 '민비'와 '명성황후'는 시대적 상황에 따른 별칭일 뿐, '민비'라는 호칭이 일제의 잔재라는 설은 너무 과한 주장이 아닐까 싶다. '조선'을 '고조선'과 구별하기 위해 앞에 건국 군주의 성씨를 붙여 '이씨조선'으로 부르는 것이 고유의 왕조 표기법일 뿐, 일제의 잔재와는 별 상관이 없는 것과도 같은 이치이다. 중국에서 역대로 송나라가 여러 차례 등장하였기에, 남조南朝 때 송나라와 오대십국五代十國을 통일한 송나라를 구별하기 위해 앞의 송나라를 건국 황제인 무제武帝 유유劉裕(363-422)의 성씨를 붙여 '유송劉宋'이라고 하고, 뒤의 송나라를 역시 건국 황제인 태조太祖 조광윤趙匡胤(927-976)의 성씨를 붙여 '조송趙宋'이라고 부름으로써 구별짓는 것과 마찬가지다.

삼비三妃는 주周나라 때 '삼부인三夫人'의 체례를 계승한 것으로, 후대에 황제의 권력이 강해지면서 '사비四妃'로 그 정원수를 늘리기도 하였다. 당송 때는 사비를 '귀비貴妃' '숙비淑妃' '덕비德妃' '현비賢妃'라 명명하였다. '귀비'의 신분을 가진 여인 가운데 대표적 인물이 바로 당나라 현종玄宗의 총희寵姬로서, 미인의 대명사로도 잘

---

14) '섬돌 아래 공손히 자리한다'는 의미에서 유래한 황제에 대한 존칭을 가리킨다. 황제皇帝에게는 '섬돌 아래 있다'는 의미의 '폐하陛下'를, 친왕親王이나 제후에게는 '전각 아래 있다'는 의미의 '전하殿下'를, 고관에게는 '누각 아래 있다'는 의미의 '각하閣下'를, 그리고 신분이나 연령이 높은 사람에게는 '발 아래 있다'는 의미의 '족하足下'를 사용함으로써 상대방의 지위가 낮아질수록 점차 거리를 가까이하는 의미가 담겨 있다. 조선시대 때 우리나라 신하들이 임금을 높여 '전하'라고 칭한 것은 당시 중국에 조공을 바치는 제후국의 입장이었기 때문이다.

알려진 양귀비楊貴妃이다. 다시 말해 앞의 한자인 '貴'는 사비의 서열을 가리키고, 뒤의 한자인 '妃'는 후궁으로서의 품계인 일품一品을 가리킨다. 우리나라 사극에서 임금의 후궁과 관련하여 '희빈禧嬪'이니 '숙빈淑嬪'이니 하는 호칭이 등장할 때, 앞의 한자가 서열을 나타내고, 뒤의 한자가 품계를 나타내는 것도 같은 이치일 것이다.

역대 중국의 '비' 가운데 이름이 가장 잘 알려진 여인을 꼽는다면, 단언코 당나라 현종의 사랑을 독차지한 양귀비를 들 수 있을 듯하다. 그러나 당시 양귀비에게도 강력한 맞수가 있었으니, '매비梅妃'라는 후궁이 바로 그녀이다. 매비는 성이 '강姜'씨이고, 이름은 ≪시경≫에 정통했다는 이유로 ≪시경·소남召南≫에 실려 있는 노래 이름을 따서 '채빈采蘋'이라고 하였다. 현종은 처음에는 그녀에게 총애를 베풀면서 그녀가 매화를 각별히 좋아하였기에, '매비'라는 별명을 지어주고는 총애를 베풀었으나, 양귀비가 등장한 뒤로는 그녀와의 경쟁에서 밀려나 매비는 결국 애정 전선에서 뒤처지고 말았다.

한편 '비' 가운데는 특별한 신분의 여인이 있었으니, 이를 '태비太妃'라고 한다. 황후가 아들을 낳지 못 한 대신 후궁의 신분으로 태자를 낳았을 경우, 특별히 '태'자를 붙여 다른 '비'들과 구분할 필요가 있었을 것이다. 즉 '비' 가운데서도 특별한 신분에 붙이는 별칭이라고 이해하면 될 듯 싶다.

3. 구빈九嬪과 기타 후궁

주周나라 때 조정의 관원으로 신분에 따라 삼공三公·구경九卿·대부大夫·사士를 두었듯이, 후궁도 비妃·빈嬪·첩여婕妤·미인美人·재인才人과 같은 관제를 설치하였는데, 그 인원은 조정의 신하나 후궁이나 모두 3배수로 정원을 정하였고, 후대에도 대체로 이러한 체례를 답습하였다.

황제의 후궁 가운데 '비' 다음으로 품계가 높은 직책의 여인을 '빈嬪'이라고 하는데, 보통 그 명수를 '삼비三妃'의 세 배인 아홉 명을 배정하기에 흔히 '구빈九嬪'이라고 부른다. 그 명칭은 시대마다 차이가 있지만, 예를 들어 당나라 때 '구빈'은 소의昭儀·소용昭容·소원昭媛·수의修儀·수용修容·수원修媛·충의充儀·충용充容·충원充媛의 9명을 가리킨다. 우리나라의 경우 조선시대는 중국의 제후국에 해당하였기에, '빈'이 중국에서는 2품에 해당하지만, 우리나라에서는 1품에 해당하였다. 예를 들어 장희빈의 직책인 '희빈'에서 '빈'은 품계를 가리키고, '희'는 서열을 나타냈던 것으로 보인다. 그래서 '희빈'이 '숙빈'보다는 높은 서열이었을 것이다. TV 드라마에서 '희빈'이 '숙빈'보다 중전마마로부터 가까운 자리에 위치하고, 중전과 권력 다툼을 벌이면서 대사를 많이 내뱉는 주역을 연기하는 것도 바로 서열의 고하에 기인해서일 것이다.

후궁 가운데 구빈 다음으로 첩여婕妤는 품계가 3품에 해당하고, 미인美人은 품계가 4품에 해당하며, 재인才人은 품계가 5품에 해당한다. 그 외에도 '후궁의 업무를(宮) 관장한다(尙)'는 의미에서 생긴 '상궁尙宮'을 비롯하여 잡무를 관장하는 수많은 궁녀들이 있었다.

후궁들은 그 인원이 많을수록 황제와 대면할 기회가 많지 않았기에 외로움을 느낄 수밖에 없었을 것이다. "궁중 안의 비빈들은 매번 봄이 오면 궁중에서 짝을 지어 동전을 던지면서 놀았다. 대개 고독과 번민을 풀 데가 없어서였다"[15]는 ≪개원천보유사≫권2의 기록이 이를 웅변적으로 말해 준다. 그래서 그들의 잠자리 순서를 정할 때는 동전이나 윷을 사용했다는 기록도 보인다. 심지어 그때 사용한 윷을 '모서리를 다듬은 중매쟁이'란 의미에서 '좌각매인剉角媒人'으로 불렀다는 웃지못할 고사도 전한다.[16] 또 그들이 황제를

---

15) 五代 後蜀 王仁裕 ≪開元天寶遺事·戱擲金錢≫卷2: 內庭妃嬪, 每至春時, 於禁中結伴, 擲金錢爲戱. 蓋孤悶無所遣也.

16) 宋 陶穀 ≪淸異錄·君道·彩局兒≫卷上: (당나라 현종玄宗) 개원(713-741) 연간에 후궁이 너무 많아 천자의 침소를 모시는 이를 취사선택하기 어려웠기

모시는 방식에서도 나름대로의 독특한 체계를 갖추었으니, 다음의 기록이 이를 잘 설명해 준다.

> 후비와 첩실들이 예법에 따라 임금의 처소에 들어가 모실 때면, 여자 사관이 그 날짜를 기록하고 팔찌를 주어서 그들의 진퇴를 정했다. 자식을 낳은 달이면 금팔찌를 주어 물러나게 하였다. 임금을 모실 차례가 된 사람은 은팔찌로 그녀를 들여보내는데, 왼손에 착용하였다. 모시고 난 뒤에는 오른손에 착용하였다. 대소사를 막론하고 (여자 사관이) 기록으로 남겨 법제화하였다.[17]

고대 중국의 후궁들은 임금의 총애를 얻기 위해 살벌한 경쟁을 벌였으니, 이는 신하들의 권력 투쟁보다 심하면 심했지 덜하지는 않았던 것으로 보인다. 다음의 고사는 그러한 정황을 해학적으로 잘 보여준다.

> (전국시대) 위나라 왕이 초나라 왕에게 미인을 선물로 주자, 초나라 왕이 그녀를 좋아하였다. 부인 정수는 왕이 그녀를 좋아한다는 것을 알자, 왕보다 더 그녀에게 총애를 베풀었다. 왕이 말했다. "아내가 남편을 섬기는 것은 미색을 꾸며서이고, 질투하는 것은 애정 때문이다. 이제 정수가 과인이 좋아한다는 것을 알면서도 과인보다 총애를 더 베풀고 있으니, 이는 효자

에 윷을 던져서 정하였다. 궁빈들을 모아 놓고 윷을 던지게 해서 이기는 사람 한 명이 결국 혼자서 임금을 모셨다. 그래서 궁중에서는 자기들끼리 윷을 ('모서리를 다듬은 중매쟁이'란 의미에서) '좌각매인'으로 불렀다.(開元中, 後宮繁衆, 侍御寢者, 難於取捨, 爲彩局兒以定之. 集宮嬪, 用骰子擲, 最勝者一人, 乃得專夜. 故宮中私號骰子爲剉角媒人.)

17) 明 彭大翼 ≪山堂肆考 · 帝屬≫卷40: 后妃群妾, 以禮進御于君所, 則女史書其日月, 授之以環, 以進退之. 生子月辰, 則以金環退之. 當御者以銀環進之, 著于左手, 既御, 著于右手. 事無大小, 記以成法.

가 부친을 섬기고 충신이 임금을 섬기는 도리로다." 정수는 왕이 자신이 질투하지 않는다고 생각하리라는 것을 알고는 미인에게 말했다. "왕께서 자네를 무척 총애하지만, 자네 코는 싫어하니 자네는 왕을 뵐 때면 필시 코를 가리도록 하게." 미인이 그녀의 말을 따르자 왕이 정수에게 말했다. "미인이 과인을 보면 필시 코를 가리는데, 어째서인지 아시오?" 정수가 대답하였다. "전하의 냄새가 맡기 싫은가 보옵니다." 왕이 "고약한지고!"라고 말하고는, 명을 내려 그녀의 코를 베어버렸다.18)

심지어 후궁이 왕위를 계승할 태자를 낳으면, 그 생모를 살해한 예도 있었다. 비록 아래의 예문의 경우, 북위가 한족이 세운 나라가 아니긴 하지만, 아마도 후궁에서의 권력 투쟁을 사전에 방지하기 위한 미봉책이었던 것 같다. 그만큼 후궁에서의 권력 투쟁이 어느 정도였는지를 방증해 주는 사례라 하겠다.

(북조北朝) 북위北魏 때 관례에 의하면, 후계자를 세울 때마다 생모를 먼저 죽였다. 북위 숙종肅宗(효명제) 원후元詡의 생모인 호충화는 무시백에 봉해진 호국진胡國珍의 딸이다. 처음 후궁에 들어갔을 때 다른 궁빈宮嬪들이 관례에 따라 그녀를 축하하며 말했다. "친왕이나 공주를 낳으시지 태자를 낳지 않기를 바랍니다." 호충화가 말했다. "소첩의 뜻은 여러분과 다릅니다. 어찌 한 몸 죽는 것이 두려워 나라에 후계자가 없도록 할 수 있겠습니까?" 임신을 하자 다른 궁빈들이 없애라고 권했지만, 호충화는 안 된다고 하며 은밀히 맹세하였다. "만약

18) ≪戰國策·楚策≫卷5: 魏王遺楚王美人, 王悅之. 夫人鄭褎知王之悅之也, 愛之甚于王. 王曰, "婦人所以事夫者色也, 而妬者其情也. 今鄭褎知寡人之所悅, 其愛甚于寡人, 此孝子所以事親, 忠臣所以事君也." 鄭褎既知王以爲不妬, 因謂美人曰, "王愛子, 甚矣, 然惡子之鼻, 子見王必掩其鼻." 美人從之. 王謂鄭褎曰, "美人見寡人, 必掩其鼻, 何也?" 對曰, "似惡聞王之臭." 王曰, "悍哉!" 令劓之.

다행히 아들을 낳는다면 항렬상 맏이에 해당하니, 사내아이가 태어나고 나 자신이 죽는다 해도 여한이 없을 것이다." 얼마 안 있어 원후元詡를 낳았다.[19]

4. 외척外戚

고대 중국의 조정에서 제왕의 선정에 방해 요인으로 작동한 세력으로 환관宦官만큼 폐해가 컸던 집단을 든다면, 단연코 외척을 꼽을 수 있을 듯하다. 제왕의 본부인의 혈족은 물론 태자나 세자를 출산한 후궁의 혈족까지 포함하여, 그들의 전횡은 결코 가벼이 볼 대상이 아니었다. 비록 그들의 재능을 잘 활용한다면 제왕이 선정을 베푸는 데 도움을 받을 수도 있었지만, 역으로 그들의 횡포는 제왕의 통치에 치명적인 해악을 끼치기도 하였다. 그래서 늘 제왕의 견제 대상이 되기도 하였다.

일례로 후한 때 명장인 마원馬援(B.C.14-A.D.49)은 재차 한나라를 건국하고 남방을 평정하는 데 혁혁한 전공을 세웠지만, 명제明帝의 황후인 명덕황후明德皇后의 부친으로서 광무제光武帝의 사돈이자 명제에게는 장인 어른이었다. 광무제가 건국공신들의 초상화를 궁궐 안 운대雲臺에 그려넣으면서 마원의 초상화를 제외시킨 것도 이러한 관계에 대한 일종의 견제 심리가 작용했기 때문이었을 것이다. 그 외에도 전한 때 고조高祖 유방劉邦(B.C.247-B.C.195)의 황후인 여치呂雉의 혈족이나, 당나라 때 고종高宗의 황후인 측천무후則天武后 무조武曌의 혈족 등은 고대 중국에서도 정계 전반에 막대한 해악을 끼친 대표적인 외척 집단에 속한다. 외척을 견제하기 위해 고대 중

19) 宋 司馬光 ≪資治通鑑·梁紀≫卷147: 元魏故事, 凡立嗣子, 輒先殺其母. 魏主詡母胡充華, 武始伯國珍之女也. 初入掖庭, 同列以故事祝之曰, "願生諸王公主, 勿生太子." 充華曰, "妾之志異於諸人, 奈何畏一身之死, 而使國家無嗣乎?" 及有身, 同列勸去之, 充華不可, 私誓曰, "若幸而生男, 次第當長, 男生身死, 所不憾也." 既而生詡.

국의 황제들이 어떠한 결심을 품고 있었는지는 아래의 예문에서 잘 드러난다.

> **송나라 경력 6년(1046)에 이장李璋이 합문부사가 되었는데, 동생인 이순李珣이 통사사인이 되고 싶다고 요청하자, 인종이 말했다. "외척 가문에서 형제가 승진하여 모두 자기가 바라는 대로 된다면, 짐이 어떻게 훈구대신들을 대할 수 있겠는가?"[20]**

제3절 태자궁太子宮의 관제官制

고대 중국에는 궁중에 세 개의 조정이 있었다고 말할 수 있다. 하나는 당연히 황제가 거느리는 조정이고, 또 하나는 황후가 총괄하는 후궁의 조정이며, 마지막 하나로 바로 태자가 관장하는 태자궁의 조정을 들 수 있다. 황제의 부친인 태상황은 정치에 관여하지 않고 별궁에서 여생을 보냈기에, 별도의 조정을 보유하지 않았다.

태자궁은 태자로 하여금 아침 일찍 일어나 학습에 전념할 수 있도록 하기 위해 거처를 해가 뜨는 동쪽에 두었기에, 보통 '동궁東宮'으로도 불리고, 동쪽은 오행상 청색에 해당하기에 '청궁靑宮'으로도 불렸다. 태자가 관할하는 조정은 비록 황제의 그것에 비해 비교할 수 없을 정도로 규모가 작지만, 황제로 즉위하기 전에 예비 황제로서의 여러 가지 경험을 쌓게 하기 위해 황제의 조정에 손색이 없게끔 나름대로의 행정 체제를 구축해 놓았다. 이 장에서는 이에 관해 간략히 설명하고자 한다.

---

20) 宋 李燾 ≪續資治通鑑長編・仁宗≫卷159: 宋慶曆六年, 李璋爲閤門副使, 弟珣求爲通事舍人, 上曰, "戚里之家, 兄弟遷補, 皆如己欲, 朕何以待勳舊乎?"

1. 태자삼사太子三師와 태자삼소太子三少

태자궁에는 명예직으로 여섯 명의 스승을 두었는데, 큰 스승을 뜻하는 말로서 태자삼사太子三師인 '태자태사太子太師' '태자태부太子太傅' '태자태보太子太保'와, 작은 스승을 뜻하는 말로서 태자삼소太子三少인 '태자소사太子少師' '태자소부太子少傅' '태자소보太子少保'가 바로 그들이다. 이는 마치 황제에게 큰 스승을 뜻하는 말로서 삼사三師인 '태사' '태부' '태보'와, 작은 스승을 뜻하는 말로서 삼고三孤인 '소사' '소부' '소보'가 있는 것과 같은 이치이다. 이들은 명칭 그대로 태자의 학문 진전에 도움을 주면서 여러 가지 국사에 대해 자문을 해 주는 직무를 담당하였다. 다만 어디까지나 명예직이었기에, 실제로 막강한 권한을 행사하지는 않았다. 태자의 스승 가운데 전한 때 소광疏廣과 그의 조카인 소수疏受에 관한 유명한 고사를 아래에 소개해 본다.

전한 때 소광과 소수는 각각 태자태부와 태자소부 자리에 5년 동안 있었는데, 황태자가 나이 12살에 《논어》와 《효경》에 통달하자, 소광이 소수에게 말했다. "내 듣자하니 '만족을 알면 욕을 당하지 않고, 그칠 줄 알면 위험하지 않다'고 하였네. 이제 벼슬이 연봉 2천석에까지 올라 관운도 누렸고, 명예도 세웠거늘, 이러한데도 떠나지 않는다면 후회하게 될까 두렵네." 그날로 상소문을 올려 사직을 청하였다. 황제가 이를 허락하고, 황금 20근을 하사하였다. 공경과 친구들이 길제사를 지내주고 잔치를 베풀었는데, 전송하러 나온 사람이 수레로 수백 대나 되었다. 도로에서 구경하는 이들이 모두 말했다. "어질도다! 두 대부는!"[21]

---

21) 明 彭大翼 《山堂肆考·臣職》卷53: 漢疏廣·疏受, 在位五歲, 皇太子年十二, 通論語·孝經. 廣謂受曰, "吾聞'知足不辱, 知止不殆.' 今仕至二千石, 宦成名立,

이후로도 중국의 고문헌이나 역대 시문에 소광과 소수 두 사람에 관한 고사가 자주 등장하였다. 이는 그들이 때를 잘 알고 관직에서 물러나 고향으로 돌아가서 고향 친지들에게 재물을 나눠주는 선행을 베풀었기 때문이다. 그래서 이 두 사람은 사리판단이 현명하고 인품이 훌륭한 사람의 대명사로 중국인들에게 각인되어 전해 내려왔다.

2. 태자궁의 관제

태자궁에서 태자삼사와 태자삼소를 제외하면 신분이 가장 높은 직책은 태자빈객太子賓客이다. 즉 '태자에게 손님과도 같은 존재'라는 말이다. 당나라 때 시인인 유우석劉禹錫(772-842)의 문집을 ≪유빈객문집劉賓客文集≫이라고 칭하는 것도 유우석이 지낸 관직 가운데 태자빈객이 가장 높은 직책이었기에, 그의 관직 이름을 따서 문집에 이름을 지어준 것이다.

태자빈객 휘하로는 태자궁의 여러 가지 업무를 총괄하는 직책인 첨사부詹事府 소속 태자첨사太子詹事가 있다. 이는 황제의 조정에 상서성尙書省 소속 장관인 상서尙書를 설치한 것과 유사하다. 그 업무가 과중하면 이를 좌・우첨사로 나누거나, 소첨사少詹事를 설치하여 두 명으로 증원함으로써 부담을 덜어주기도 하였다.

그 외에도 업무에 따라 황제의 조정에 설치한 문하성・중서성과 유사하게 좌・우 춘방春坊을 설치하여, 그 소속으로 태자서자太子庶子・태자유덕太子諭德・태자중윤太子中允・태자선마太子洗馬・태자가령太子家令・태자율경령太子率更令 등 다양한 관직을 설치하였고, 또 태자의 교육을 전담케 하기 위해 태자시독太子侍讀・태자시강太子侍

如此不去, 懼有後悔." 卽日上疏, 乞骸骨. 上許之, 賜黃金二十斤. 公卿・故人, 設祖道供帳, 送者車數百兩. 道路觀者皆曰, "賢哉! 二大夫!" 예문에서 곡식 2천 가마를 의미하는 '二千石'은 태수 이상 고관의 연봉을 가리킨다.

講과 같은 관직도 설치함으로써, 별도의 조정으로서 손색이 없도록 규모와 체례를 갖추게 하였다.

제4절 중앙관제

고대 중국의 행정체계는 크게 중앙관제와 지방관제로 나눌 수 있다. 그중 중앙관제는 최고위 관직인 재상과 장・차관에 해당하는 고관 및 일반 관리로 나눌 수 있을 듯하다. 최고위 관직인 재상은 황제의 권력의 강도나 당시 국가 재정의 튼실한 정도에 따라 시대마다 정원의 변동이 있었다. 황제 휘하의 최고위직인 삼공三公을 비롯하여 각 기관의 장관들이 이에 해당하며, 국가대사를 처리함에 있어서 보다 광범위한 의견을 청취하기 위하여 국가 재정에 따라 그 정원의 수치를 가감하기도 하였다. 물론 정원의 조정은 마치 당근과 채찍 같은 기능을 담당하였기에, 절대 권력을 누리고자 하는 황제에게는 유용한 수단으로 작용하기도 하였다. 당송 때 필요에 따라 '참지정사參知政事'나 '동중서문하평장사同中書門下平章事'와 같은 직책을 더 설치한 것이 그러한 실례에 해당한다고 말할 수 있다.

필자는 학생들에게 강의할 때 '우리말도 모든 어휘에 의미가 있듯이, 한자로 구성된 어휘도 개별 한자를 들여다보면 그속에 답이 들어 있다'고 누차 강조해 왔다. 위에 언급한 어휘들을 예로 보면 '참지정사'는 글자 그대로 '정사를 관장하는(知) 데 참여하는(參) 직책'을 의미한다. 또 '동중서문하평장사'는 조정의 핵심 기관인 상서성尙書省・중서성中書省・문하성門下省의 장관인 상서령尙書令・문하시중門下侍中・중서령中書令을 재상이라고 하는데, 상설하지 않는 대신 다른 고관 가운데 선임하여 '국사(事)를 심의・결재하는(平章) 업무를 관장하는 중서령(中書)이나 문하시중(門下)과 동급으로 대우해 주는(同) 직책'을 의미한다.

그래서 후대로 갈수록 행정조직이 비대해지면서 재상에 준하는 직책들도 늘어났던 것으로 보인다. 다만 국가 재정의 절감을 위해 대개는 조정의 고관에게 겸직시키는 것이 일반적이었다. 다음의 일화는 재상의 정원을 늘리면서 새로이 명칭을 정하게 된 이유를 잘 설명해 준다.

송나라 건덕 2년(964)에 태조가 조보를 재상에 임명하고서, 그의 전횡을 염려하여 관리를 뽑아서 부관으로 삼으려고 하였으나, 그 명칭을 정하기 어려워 도곡을 불러서 물었다. "승상보다 한 등급 낮은 것으로 어떤 관직이 있소?" 도곡이 대답하였다. "당나라 때 참지기무와 참지정사가 있었으니, 이제 이를 활용할 만하옵니다." 마침내 설거정 등을 참지정사에 임명하였으나, 아직 관리들의 서열을 정하는 일에 관여하지 못 하게 하고, 관리들의 인장을 관장하지 못 하게 하였으며, 정사당에 오르지 못 하게 한 채 단지 선휘사의 청사에 가서 일을 보게 하였다. 임금이 일을 볼 때 정전正殿의 마당에 달리 표지를 설치하고, 재상의 뒤에서 칙서의 끝머리에 서명을 하되 재상보다 몇 자 아래에 썼으며, 봉록과 기타 보급품은 재상의 절반으로 하였다.[22]

고문헌에 의하면 복희伏羲·신농神農·황제黃帝와 같은 전설상의 임금들은 구름·불과 같은 자연현상이나 용·새와 같은 동물의 이름을 가져다가 소박하게 관직의 이름을 정하였다가, 후대에는 인간사와 관련된 용어를 가지고 관직의 이름으로 정했다고 한다.[23] 그

---

22) 明 彭大翼 ≪山堂肆考·臣職≫卷44: 宋乾德二年, 太祖相趙普, 畏其專, 將擇官以爲副, 而難其名稱, 召陶穀問曰, "下丞相一等, 有何官?" 對曰, "唐有參知機務·參知政事, 今可用之." 遂命薛居正等爲參知政事, 仍令不押班, 不知印, 不升政事堂, 止令就宣徽使廳. 上視事, 殿庭別設塼位, 於宰相後, 敕尾書銜, 降宰相數字, 月俸雜給半之.

23) 明 彭大翼 ≪山堂肆考·君道≫卷36: 복희는 용으로 관직명(용사龍師)을 삼았고, 신농은 불로 관직명(화사火師)을 삼았으며, 헌원(황제黃帝)은 구름으로 관

리고 주周나라에 이르러 360여 종의 관직이 생기면서 후대와 같은 정교한 관제가 갖추어졌다.

근자에 우리나라는 청년 실업이 커다란 사회 문제로 대두된 지 오래되었다. 요즘 젊은이들에게는 미안한 말이지만, 고대 중국 사회에서 취직은 그다지 빠르지 않았다. ≪예기·곡례상曲禮上≫권1의 기록에 의하면, 처음 관직에 오르는 나이를 마흔 살로 잡고 있다. 마흔 살이 되어야 육체적으로나 정신적으로 건강한 경지에 오른다고 본 것이다. 아마도 공자가 말한 것처럼 '불혹不惑'의 나이가 되어야 비로소 세상을 제대로 보는 안목이 생기기에, 마흔 살이 되어야 비로소 관직을 맡길 만한 성인으로 간주했던 것 같다. 물론 천재적 자질을 타고나 20대 전후에 과거시험에 급제하여 조기에 벼슬길에 오르는 사람도 있었지만…… 그리고 치매기가 시작되는 일흔 살을 퇴임의 최적기로 간주하였다. 이 장에서는 재상을 비롯하여 각 기관의 장차관 및 실무직을 맡았던 고관들에 대해 당송 시기를 중심으로 간략히 기술해 보고자 한다.

1. 삼공三公

조선시대를 배경으로 하는 사극을 시청하다 보면, 임금 휘하에서 가장 높은 지위를 가지고 있는 직책으로 '영의정' '좌의정' '우의정'이란 명칭을 흔히 접하게 된다. 이는 중국의 '삼공'이란 직제

직명(운사雲師)을 삼았고, 소호는 새로 관직명(조사鳥師)을 삼았다. 전욱 이래로는 먼 자연현상을 가지고 명칭을 지을 수 없어 결국 가까운 인간사를 가지고 명칭을 정하였기에, 목민관을 임명하면서 백성과 관련된 업무로 명명하였다. 당나라(요堯)와 우나라(순舜)는 옛 일을 살펴 관직을 정하면서 오직 어진 일만 생각하였다. 하나라와 상나라는 관직이 배로 늘었어도 다 활용할 수 있었다. 또 주나라에 이르러서는 관직이 360종류로 불어났다.(伏羲以龍紀官, 神農以火紀官, 軒轅以雲紀官, 少昊以鳥紀官. 顓頊以來, 不能紀遠, 乃紀於近, 爲民師而命以民事. 唐·虞稽古, 建官惟賢. 夏·商官倍, 亦克用. 又至周而增爲三百六十屬.)

에서 영향을 받은 것으로 보인다. '삼공'은 시대마다 명칭에 변화가 있어 주周나라 때는 태사太師·태부太傅·태보太保를 삼공이라고 하였다가, 후대에는 이들을 '삼사三師'라고 하여 황제의 스승으로 격상시킴으로써 명예로운 직책으로서 일종의 자문위원으로 삼는 대신, 진秦나라와 전한 초에는 승상丞相·어사대부御史大夫·태위太尉를 삼공이라고 하였고, 전한 말엽에는 대사마大司馬(태위太尉)·대사도大司徒·대사공大司空을 삼공이라고 하였으며, 그 뒤로는 태위太尉·사도司徒·사공司空을 삼공이라고 하였다. 오늘날 행정 체계에 비추어 보면 국무총리와 경제부총리·사회부총리(교육부총리)가 이에 해당한다고 볼 수 있다. 삼공의 지위가 사대부들에게 얼마나 선망의 대상이었는지는 아래의 고사가 웅변적으로 말해 준다.

진나라 도간陶侃은 왼손의 손금이 가운데 손가락까지 곧장 뻗어나가다가, 가로난 손금이 있는 윗마디에 이르러 끊어져 있었다. 점술가가 이 손금이 만약 손가락 끝까지 관통한다면 지위가 한없이 오를 것이라고 하자, 도간은 바늘로 그것을 후벼 파서 끝까지 통하게 하고는, 피가 흐르자 벽에다가 뿌려서 '공公'자를 만들었는데, 종이로 탁본을 뜨자 '공'자가 더욱 선명하였다.[24]

위에 인용한 예문은 삼공의 지위가 얼마나 고귀한 것인지, 그리고 그 위치에 오르기 위한 고대 중국인들의 열망이 얼마나 간절했는지를 단적으로 보여준다. 물론 위의 일화가 실제로 있었던 일인지, 아니면 동진東晉 때 전원시인田園時人으로 유명한 도연명陶淵明(365-427)의 조부 도간陶侃(257-332)의 세속적인 열망을 희화화하여

---

24) 南朝 劉宋 劉敬叔 ≪異苑≫卷4: 晉陶侃左手有文, 直達中指, 至橫文上節, 便絶. 占者以爲此文若通, 位無極. 侃以針挑, 令徹, 血流, 彈壁上, 仍作公字, 以紙裛之, 公字愈明.

조롱하기 위해서 누군가 인위적으로 지어냈는지 여부는 불분명하다. 아마도 도간을 시기하는 누군가가 지어낸 일화일 가능성이 농후해 보인다.

황제의 최측근에서 황제의 업무를 긴밀하게 보좌하는 직책으로 삼공 외에도 승상과 같은 관직을 더 설치하였다. 이들은 황제의 수족과도 같은 직책이기에, 신체의 명칭을 빌어 '임금의 다리와 팔과 같은 역할을 담당한다'는 의미에서 '고굉股肱'으로도 불리고, '임금의 목구멍과 혀와 같은 역할을 담당한다'는 의미에서 '후설喉舌'로도 불렸으며, '조정에서 핵심적인 신하로서의 지위를 차지한다'는 의미에서 '정신鼎臣'으로도 불리는 등 다양한 별칭이 생겨났다. 승상은 필요에 따라 좌승상과 우승상으로 분리하여 설치하기도 하고, 재정 상황에 따라 좌승상만 두거나 아예 폐지하고 설치하지 않기도 하였다.

승상이 갖추어야 할 덕목으로는 황제의 정사를 보필할 수 있는 혜안을 갖추는 것이 무엇보다도 우선시되겠지만, 그 외에도 타의 모범이 될 수 있는 청렴하고 검소한 생활 태도 역시 간과할 수 없는 주요 덕목으로 꼽을 수 있다.

(송나라 때) 이항은 재상을 지내면서 (하남성) 봉구현의 성문 안에 저택을 마련하였는데, 청사 앞은 겨우 말머리를 돌릴 수 있을 정도밖에 안 되었다. 누군가 너무 비좁다고 말하자, 이항이 웃으며 대답하였다. "사는 집이야 당연히 자손들에게 물려줄 것이지요. 이곳은 재상의 청사로 삼기에 사실 좁긴 하지만, 태축이 제사를 받드는 청사로 삼기에는 이미 넓은 편이랍니다."[25]

---

25) 明 彭大翼 ≪山堂肆考·臣職≫卷43: 李沆爲相, 治第封邱門內, 廳事前僅容旋馬. 或言其太隘, 沆笑曰, "居第當傳子孫. 此爲宰相廳事, 誠隘, 爲太祝奉祠廳事, 則已寬矣." 예문에서 '태축太祝'은 제사를 관장하는 직책을 가리킨다.

위의 고사는 송나라 진종眞宗때 황제를 잘 보필하여 '성상聖相'으로 칭송받은 이항李沆(947-1004)이란 인물의 행실에 관한 것이다. 그의 언행을 보면 우리나라 조선시대 때 검소한 재상으로 인구에 회자되던 황희黃喜 정승을 떠올리게 한다. 그만큼 재상의 청렴성은 타의 모범이 되어야 하는 주요 덕목 가운데 하나였다.

반면 비록 청렴하고 검소한 성품으로 칭송을 받으며 재상의 자리에 오르긴 했지만, 우유부단한 행동 때문에 황제에게까지 조롱을 받은 인물도 있다. 앞의 이항과 같은 시기인 송나라 진종 때 재상을 지낸 상민중向敏中(949-1020)이 바로 그러한 예이다.

문간공文簡公 상민중이 상서우복야에 임명되자, 진종이 창무昌武 이종악李宗諤에게 말했다. "짐이 즉위한 이후로 일찍이 상서복야를 제수한 적이 없으니, 상민중은 분명 무척 기뻐할 것이고, 그를 찾는 손님들도 필시 많을 것이오. 경이 가서 한 번 살펴보도록 하시오." 다음날 이종악이 살펴보러 갔는데, 승상은 한창 손님을 사절하여 집안에 사람이 아무도 없었다. 이종악이 들어가 축하 인사를 올리며 말했다. "오늘 임명장이 내려졌다는 말을 들었습니다. 그러니 사대부들이 모두들 기뻐하며 축하하겠군요." 그러나 공은 단지 "네! 네!" 하며 건성으로 대답하였다. 이종악이 또 말했다. "주상께서 즉위한 뒤로 일찍이 재상을 제수한 적이 없는데, 총애가 남다르지 않고서야 어찌 이 자리에 오르셨겠습니까?" 공은 다시 "네! 네!" 하며 건성으로 대답하였다. 다시 전대에 상서복야가 된 사람들의 성대한 공적과 융숭한 예우를 두루 진술했지만, 공은 역시 "네! 네!" 하며 건성으로 대답하였다. 이종악이 사람을 시켜 주방에 가서 음식대접을 받는 사람이 있는지 물었지만, 역시 조용하니 한 사람도 없었다. 이튿날 본 것을 소상하게 임금에게 아뢰었다. 그러자 진종이 웃으며 말했다. "상민중이 재상 자리에서

잘 버티고 있구려!"[26]

중국에서 역대로 칭송을 받은 재상들은 무수히 많다. 이를테면 한나라 때 건국공신인 소하蕭何와 조참曹參을 비롯하여 위상魏相과 병길丙吉, 당나라 때 4대재상으로 이름을 떨친 방현령房玄齡·두여회杜如晦·요숭姚崇·송경宋璟, 송나라 때 구양수歐陽修와 사마광司馬光 등을 그 대표적인 예로 들 수 있다. 끝으로 사마광(1019-1086)과 관련하여 재상 자리에서 은퇴한 뒤 부부 사이에 오고간 흥미로운 일화가 있기에 한 편 소개해 보고자 한다.

(송나라 때) 온국공에 봉해진 사마광이 (하남성) 낙양에서 은퇴하여 지냈는데, 때가 정월 대보름날이라서 부인이 등불을 구경하러 외출하고자 하였다. 그러자 사마광이 말했다. "집안에도 등불을 켜 놓았는데, 어찌하여 굳이 구경하겠다고 외출하려고 하시오?" 부인이 대답하였다. "겸사겸사 유람 나온 사람들도 구경하고 싶어서요." 그러자 사마광이 말했다. "그러면 아무개(나 사마광)는 귀신이오?"[27]

2. 문하성門下省

문하성門下省은 황제의 명령을 출납하는 일을 비롯하여 황제를

---

26) 宋 朱熹 《宋名臣言行錄·向敏中》前集卷3: 向文簡除右僕射, 上謂李昌武曰, "朕卽位以來, 未嘗除僕射, 敏中應甚喜, 賓客必多, 卿往觀之." 明日昌武往見, 丞相方謝客, 門無一人. 昌武入賀曰, "今日聞降麻, 士大夫莫不歡慰." 公但"唯! 唯!" 又曰, "自上卽位, 未嘗除端揆, 自非眷倚殊絶, 何以至此?" 公復"唯! 唯!" 又歷陳前世爲僕射者, 勳業之盛, 禮命之隆. 公亦"唯! 唯!" 使人至廚中, 問有飮宴者, 亦寂無一人. 明日乃具以所見對. 上笑曰, "向敏中大耐官職!"

27) 明 陶宗儀 《說郛》卷34에 수록된 宋 呂本中의 《軒渠錄》: 司馬溫公, 在洛陽閑居, 時上元節, 夫人欲出看燈. 公曰, "家中點燈, 何必出看?" 夫人曰, "兼欲看游人." 公曰, "某是鬼耶?"

근거리에서 보필하는 업무를 관장하는 기관으로서, 한 마디로 말하면 황제의 수발을 드는 곳이라고 할 수 있다. 그런 만큼 그 수장은 황제가 출행할 때 국새國璽와 어검御劍을 휴대하고, 심지어 '설기褻器'나 '호자虎子'[28] 같은 더러운 용기를 손에 들고서, 한시도 황제 곁을 떠나지 않은 채 늘 그림자처럼 수행하였다. 그래서 그 수장을 세간에서는 '요강을 드는 벼슬'이란 의미에서 '집수자執獸子'로 폄훼하여 부르기도 하였다.

문하성의 수장은 주周나라 때 '상백常伯'이란 관직명에서 유래한 것으로, 시대마다 '납언納言' '내시內侍' '황문감黃門監' 등 다양한 명칭으로 불리다가, 뒤에는 '시중侍中'으로 개명하기도 하고, 문하성이 궁중의 동쪽, 즉 좌측에 위치하였기에 '좌상左相'으로 개명하기도 하였다. 문하시중은 늘 황제의 곁에서 대화를 나누었기에, 입냄새를 감추기 위해 정향나무꽃으로 닭의 혀처럼 만든 계설향鷄舌香을 입에 물었다고 한다. 따라서 '계설향'이란 입냄새 제거제는 곧 시중의 직책을 상징하기도 한다.

시중이 비록 황제의 수발을 드는 잡다한 일을 관장하기는 했지만, 결코 하인처럼 잡무만 담당한 것은 아니다. 때에 따라서는 황제에게 자문도 해 주고, 직언마저 서슴지 않았다. 아래의 고사는 이러한 사례를 잘 보여준다.

시중 신비는 자가 좌치이다. (삼국) 위나라 문제文帝 **조비**曹丕**가 (하북성) 기주의 10만 가구를 이주시켜 하남 일대를 채우려 하자, 신비가 안 된다고 주장하였다. 문제가 화를 내자, 신비가 대답하였다. "폐하께서 신을 정사를 논의하는 관직에 배치하셔 놓고, 어째서 신과 논의를 하지 않으려 하십니까?**

28) 요강이나 타호唾壺처럼 오물을 받는 물품을 이르는 말. 황제의 권위를 고려해 호랑이 새끼 모양으로 제작한 데서 유래한 것으로 보인다. '청기淸器' '수자獸子'라고도 한다.

신이 하는 말은 사적인 것이 아니라 종묘사직을 염려하는 것이온데, 어찌 신에게 화를 내실 수 있습니까?" 조비가 대답을 못 하고 일어나 내전으로 들어가려고 하자, 신비가 뒤따라가서 그의 하의를 끌어당겼다. 조비는 결국 옷을 떨치고 자리를 떴다가 한참 뒤에 다시 나와서 말했다. "좌치! 경은 어째서 그리도 조급하게 나를 몰아붙이는가?" 신비가 대답하였다. "이제 이미 민심을 잃었고, 또 백성들은 먹고 살 수가 없으니, 필시 도적떼가 될 것입니다. 그러니 감히 강력하게 말씀 드리지 않을 수가 없사옵나이다." 조비가 결국 절반만 이주시켰다.[29]

시중의 휘하에서 가장 직책이 높은 관원은 그 다음으로 차관급에 해당하는 문하시랑門下侍郎이다. 한나라 이래로 '황문시랑黃門侍郎' '시중시랑侍中侍郎' '동대시랑東臺侍郎' '난대시랑蘭臺侍郎' 등으로 명칭이 바뀌다가 당나라에 이르러 '문하시랑'으로 확정되었다. 그 아래로는 실무를 관장하는 관원으로 급사중給事中을 비롯하여, 기거랑起居郎・좌보궐左補闕・좌습유左拾遺 등의 직책이 있었다.[30] 필자의 개인적인 추측으로는 '습유拾遺'가 '빠뜨린 부분을 줍는다'는 뜻인 반면, '보궐補闕'은 '부족한 부분을 보충한다'는 뜻이라서 의미상 보다 더 거창한 측면이 있기에, 품계도 한 등급 더 높은 것이 아닐까 싶다. 그만큼 관직의 품계를 정하는 데도 명칭이 지니고 있는 함의가 중요한 영향을 미쳤으리라고 본다.

---

29) 明 彭大翼 ≪山堂肆考・臣職≫卷59에 인용된 晉 魚豢 ≪魏略≫: 侍中辛毗, 字佐治. 魏主丕欲徙冀州十萬戶, 實河南. 毗論其不可. 主怒, 毗曰, "陛下置臣謀議之官, 安得不與臣議? 臣所言非私, 乃社稷之慮也, 安得怒臣?" 丕不答, 起入內, 毗隨而引其裾. 丕遂奮衣而去, 良久, 乃出曰, "佐治! 卿何持我太急耶?" 毗曰, "今旣失民心, 又無以食, 必將爲寇, 故不敢不力言." 丕乃徙其半.

30) 당나라 때 '보궐'과 '습유'를 송나라 때는 '사간司諫'과 '정언正言'으로 개명하였다.

3. 중서성中書省

중서성中書省은 황명의 작성과 검토를 관장하는 기관을 말한다. 그곳의 장관은 중서령中書令이라고 하고, 차관은 중서시랑中書侍郎이라고 하며, 실무를 관장하는 관원은 중서사인中書舍人이라고 하였다. 중서사인은 황명의 작성과 관련한 실무를 직접적으로 관장하는 직책이었기에 엄선을 통해 선발되었다. 송나라 때 구양수歐陽修(1007-1072)가 스스로 "우리 송나라가 건국한 이래로 시험을 치르지 않고 (황제의 조서를 관장하는 중서사인인) 지제고에 임명된 사람은 세 명으로서, 양억과 진요좌가 있고, 그리고 나 구양수가 외람되게도 그중 한 자리를 차지하게 되었다"[31]고 자랑삼아 말한 것으로 보아도, 시험을 거치지 않고 중서사인에 임명되는 것은 매우 이례적이라고 할 만큼 명예로운 일이었다.

중서사인 휘하에는 기거사인起居舍人·우보궐右補闕·우습유右拾遺 등의 관원을 설치하여 실무에 종사케 하였다. 이는 문하성의 기거랑·좌보궐·좌습유와 쌍벽을 이루는 관직으로서 서로 견제와 경쟁을 유도하기 위한 의도에서 비롯된 것이 아닐까 생각된다.

삼국 위魏나라 때는 중서령을 비서감祕書監으로 개명하였다가, 진晉나라 때는 중서감中書監과 중서령으로 양분하였다. 이처럼 한 기관의 수장을 둘로 늘리는 것은 권력을 분산시켜 서로 견제케 하려는 의도일 것이다. 그러나 두 수장의 알력이 다른 부작용을 초래하기도 하였다. 다음의 고사는 이러한 실례를 여실히 보여준다.

중서감과 중서령은 관례대로라면 함께 수레를 타고 입조하였다. 화교가 중서령이 되고, 순욱이 중서감이 되면서, 화교가 천성적으로 고집이 강해 수레를 독차지하고 앉았다. 이에 중서

31) 宋 歐陽修 《歸田錄》卷上: 有國以來, 不試而命者三人, 楊億·陳堯佐, 及脩忝其一爾.

감과 중서령에게 따로 수레를 타게 한 것은 이로부터 비롯되었다.[32]

그래서 수나라 이후로는 중서령 한 명만 설치하여 중서성의 업무를 총괄케 하였다. 중서성은 앞의 문하성과 함께 오늘날 행정조직에 비추어 보면, 대통령 비서실의 업무를 관장하는 기관에 해당한다고 볼 수 있다.

4. 상서성尙書省

상서성尙書省은 황제 휘하에서 실질적으로 행정 업무를 총괄하는 핵심적인 행정 기관을 가리킨다. 상서성의 관제는 요즘으로 말하면 국무총리 격에 해당하는 상서령尙書令을 비롯하여 장관인 상서尙書와 차관인 시랑侍郞, 그리고 실무진인 낭관郞官으로 구성되었다. 낭관은 한나라 때 유사시에는 황제를 호위하고, 태평성대 때는 황제의 곁에서 질의에 답변을 해 주는, 일종의 호위무사이자 자문위원에 해당하는 직책에서 유래하였다.

'상서'란 직책은 한漢나라 이후로 정무와 관련한 문서의 발송을 주관하는 일을 담당하는 핵심 행정 기관의 장관을 가리키는데, '상尙'은 '주관한다'는 뜻으로 조정의 주요 공문서를 관장한다는 말이다. 이는 마치 황후가 관할하는 후궁의 주요 행정 업무를 관장하는 여관女官을 '상궁尙宮'이라고 칭하는 것과 같은 이치이다.

상서 휘하에는 차관에 해당하는 시랑을 한 명 혹은 두 명 설치하고, 다시 그 휘하에 실무를 관장하는 낭관을 설치하였는데, 뒤에는 인구가 증가하고 국가 재정이 커져 행정조직이 비대화되면서

---

32) 明 彭大翼 ≪山堂肆考·臣職≫卷44에 인용된 晉 曹嘉之 ≪晉記≫: 中書監與中書令, 舊例同車入朝. 至和嶠爲令, 而荀勖爲監, 嶠性强抗, 專車而坐, 乃使監令異車, 自此始也.

낭관을 낭중郎中과 원외랑員外郎으로 세분화하기도 하였다. 낭중이 요즈음 행정부처의 국장이나 실장이라면 원외랑은 과장에 비유할 수 있을 듯하다. '원외랑'은 말 그대로 업무가 과다해지자 필요에 의해 '정원 외로 더 설치하였던 낭관'을 의미한다.

따라서 엄밀히 말하면 원외랑은 낭중 휘하의 하위직이었으나, 실무를 직접 관장하였기에 '상서성의 핵심 요직'이란 의미에서 '성안省眼'으로도 불렸다. 원외랑을 거치지 않고 곧장 낭중에 오른 관원과 그렇지 않은 관원 사이에는 미묘한 알력 관계가 형성되기도 하였다. 해학적인 내용을 담고 있는 아래의 고사는 이러한 사례를 잘 보여준다.

당나라 때는 여러 낭중 가운데 원외랑으로부터 배수받지 않은 사람을 ('흙산 꼭대기'라는 의미에서) '토산두'라고 불렀다. 조겸광은 (사천성) 팽주사마로부터 입궐하여 대리정이 되었다가, 마침내 호부낭중으로 승진하였다. 호부원외랑 하수섭이 낭중인 조겸광을 조롱하며 시를 지어 말했다. "원외랑의 유래는 아름답거늘, 낭중의 명망은 넉넉하지 않구나. 상서성 안이 뒤집어져, 흙산이 될 줄을 어찌 알았으리오?" 그러자 조겸광이 답시를 지어 말했다. "비단 장막(낭중들)은 인정 따라 기뻐하거늘, 쇠 화로(원외랑 하수섭)는 제멋대로 연기를 피워대는구나. 단지 걱정스러운 것은 원외랑이 내버려져, 별자리(낭중)에 늘어서지 못 하는 것이라네."[33]

호부원외랑 하수섭은 아마도 조겸광이 원외랑을 거치지 않고 바로 호부낭중에 파격적으로 발탁된 데 대해 반감을 품었기에 이를

33) 明 彭大翼 ≪山堂肆考·臣職≫卷46에 인용된 唐 胡璩 ≪談賓錄≫: 唐時諸郎, 不自員外郎拜者, 謂之土山頭. 趙謙光, 自彭州司馬入爲大理正, 遂遷戶部郎中. 戶部員外賀遂涉嘲趙郎中云, "員外由來美, 郎中望不優, 寧知粉署裏, 翻作土山頭?" 謙光答詩, "錦帳隨情悅, 金爐任意燻, 惟愁員外置, 不應列星文."

시로 표출하였을 것이고, 조겸광 역시 하수섭에 대해 일종의 경고장을 날리기 위해 시로써 되받아친 듯하다. 그밖에도 낭관 아래로는 하위직으로서 실무를 직접 처리하는, 요즈음 공무원의 직급 명칭에도 그대로 활용되고 있는 주사主事나 서기書記, 영사令史 같은 관직이 있었다.

상서성에는 휘하에 부처가 여섯 개 있었다. 인사 업무를 관장하는 이부吏部, 세금과 재정을 관장하는 호부戶部, 교육과 제례祭禮를 관장하는 예부禮部, 군사 업무를 관장하는 병부兵部, 법률과 형벌을 관장하는 형부刑部, 건설과 공사를 관장하는 공부工部가 바로 그것이다.

그리고 각 부서 아래로는 다시 네 개의 부서를 설치하여 세부적인 실무를 관장케 하였는데, 이부 휘하에는 업무의 종류에 따라 이부吏部·사봉司封·사훈司勳·고공考功의 4사司를, 호부 휘하에는 호부戶部·탁지度支·금부金部·창부倉部의 4사를, 예부 휘하에는 예부禮部·사부祠部·선부膳部·주객主客의 4사를, 병부 휘하에는 병부兵部·직방職方·가부駕部·고부庫部의 4사를, 형부 휘하에는 형부刑部·도관都官·비부比部·사문司門의 4사를, 공부 휘하에는 공부工部·둔전屯田·우부虞部·수부水部의 4사를 설치함으로써, 도합 24사의 진용을 갖추었다. 이에 관한 세부적인 내용은 아래의 각 항목에서 소상히 다루고자 한다.

1) 이부吏部

이부는 구품九品에 속하는 정식 관원을 선발하는 유내전流內銓(대선大選)과 구품 외의 하급 관리를 선발하는 유외전流外銓(소선小選) 등 관리들의 인선과 전형을 총괄하는 부서를 가리킨다. 우리나라 조선시대로 말하면 이조吏曹에 해당하는 명칭으로서, 오늘날로 말하자면 공무원의 인사를 총괄하는 내무부나 행정안전부와 같은 부서에 해당한다. 그 장관은 주周나라 때 천관天官[34]의 수장인 총재冢宰에서 유래한 것으로 이부상서吏部尙書라고 하고, 차관은 이부시랑吏部侍郎이라고 하며, 휘하에 이부낭중吏部郎中과 이부원외랑吏部員外郎을 비롯한 다양한 직책을 설치하여 업무를 분담케 하였다.

이부상서는 관원들의 인사를 관장하는 만큼, 상서성 소속 여섯 명의 상서 가운데서도 서열이 가장 높고, 그 권한도 가장 막강하였다. 오늘날 9급 공무원 제도의 전신이라고 할 수 있는 '구품중정제九品中正制'를 처음으로 발안한 이도 삼국 위魏나라에서 이부상서를 지낸 진군陳群(?-237)이었다. 그렇기에 이 자리를 거쳐간 사람은 남에게 칭송을 받을 수도 있지만, 원성을 사는 일도 비일비재했을 것이다. 아래의 예문에 등장하는 진晉나라 때 사람 왕홍王弘은 나름대로 지혜를 발휘하여 남의 원성을 사는 일을 사전에 차단하고자 노력하였지만, 그 방법이 현실 속에서도 약이 될지 독이 될지 필자로서는 쉽게 판단이 서지 않는다. 역시 인간의 지혜란 한계가 있는 것이 아닐까? 그 내용을 소개하면 아래와 같다.

진나라 왕홍은 인재 선발을 맡으면서부터, 장차 남에게 명예와 녹봉을 보태줄 때는 매번 먼저 꾸짖은 다음에 시행하였다. 반면 만약에 안색을 좋게 꾸미고 면접을 하면 반드시 벼슬을 주는 일이 없었다. 사람들이 그 까닭을 묻자 대답하였다. "주상께서 내리신 작위가 이미 그 사람에게 보태졌는데, 다시 그를 격려하고 위로한다면, 이는 곧 주상과 공을 나누는 것이 되지요. 만약 요청한 사람에게 벼슬을 주지 못 한다면 이미 은혜라고 할 수 없는데, 게다가 조금이라도 안색을 꾸미지 않는다면, 곧 크게 원성을 듣는 사람이 될 겁니다."[35]

34) 주周나라 때는 육경六卿 휘하 6부의 명칭을 소박하게 자연에서 따와서 천관天官・지관地官・춘관春官・하관夏官・추관秋官・동관冬官이라고 칭하였는데, 후대의 이부・호부・예부・병부・형부・공부와 유사하다.

35) 南朝 梁 沈約 ≪宋書・王弘傳≫卷42: 晉王弘自領選, 將加榮祿於人, 必先呵責,

또한 이부에 속하는 관원은 관서의 특성상 사람을 식별하는 혜안이 각별히 요구되었을 것이다. 아래의 고사는 이와 관련한 흥미로운 이야기를 전해준다.

천관낭중(이부낭중) 이지원은 임시로 시랑직을 겸임하게 되었다. 임용후보자 가운데 성이 조씨인 사람이 있었고, 또 왕원충이란 사람이 있었는데, 함께 낙방하였다. 그러자 은밀히 이부의 아전들과 서로 통지하여 글씨의 점획을 줄여서 '조刁'를 '정丁'으로 고치고, '왕王'을 '사士'로 고치고서는, 관직을 제수받은 뒤에 곧바로 점획을 첨가하여 글자를 완성하려고 시도하였다. 이지원이 한 번 훑어보자마자 말하였다. "올해 수많은 사람을 전형했어도 성명을 다 아는데, 어디 정丁과 사士라는 성씨가 있었던가? 이는 분명 조 아무개와 왕 아무개일 것이오." 조정 내 사람들이 귀신 같은 안목이라고 생각하였다.[36]

위의 예문에 의하면 이부낭중의 직책으로 이부시랑을 겸직한 당나라 때 이지원李知遠이란 인물이 얼마나 대단한 기억력과 관찰력의 소유자였는지를 짐작할 수 있을 것이다. 응시생 중에 '조'씨와 '왕'씨가 탈락한 것을 명확히 기억하고, 아울러 획의 첨삭에 따라 '조刁'자를 '정丁'자로 조작하고 '왕王'자를 '사士'자로 조작하였지만, 두 성씨마저 임용후보자 명단에 들어 있지 않다는 점까지 정확히 간파하였으니, 가히 천재적인 인물이라 평할 수 있을 듯하다.

然後施行. 若善相眄接, 必無所與. 人問其故, 答曰, "王爵旣加於人, 又相撫勞, 便成與主分功. 若求者不與, 旣無以爲惠, 又不微借顔色, 卽大成怨府."

36) 宋 王溥 ≪唐會要·選部上·掌選善惡≫卷74: 天官郎中李知遠, 權知侍郎, 有選人姓刁, 又有王元忠者, 竝被放. 乃密與令史相知, 減其點畫, 刁改爲丁, 王改爲士, 擬授官後, 卽添成文字. 知遠一覽便曰, "今年銓覆萬人, 總識姓名, 安有丁士姓者? 此必刁某王某也." 省內以爲神明. 예문에서 '天官郎中'은 측천무후가 국호를 '당唐'에서 '주周'로 바꾸면서 주나라 때 관제를 따라 '이부낭중'을 개명한 것이다.

2) 호부戶部

호부는 말 그대로 전국의 호구수를 조사하여 세금을 거두어서 국가의 예산과 재정을 튼튼히 하는 업무를 관장하는 부서를 가리킨다. 우리나라 조선시대로 말하면 호조戶曹에 해당하는 명칭으로서, 오늘날로 말하자면 국가 재정을 총괄하는 기획경제부와 같은 부서에 해당한다. 그 장관은 주나라 때 지관地官의 수장인 대사도大司徒에서 유래한 것으로 호부상서戶部尙書라고 하고, 차관은 호부시랑戶部侍郎이라고 하며, 휘하에 호부낭중戶部郎中과 호부원외랑戶部員外郎을 비롯한 다양한 직책을 설치하여 업무를 분담케 하였다.

호부 소속 관원은 국가의 재정을 책임지기에 무엇보다 회계에 밝아야 할 뿐만 아니라, 몸소 법률을 엄격히 지켜 부정을 차단해야 하고 근검절약하는 정신이 투철해야 했다. 당나라 때 호부상서를 맡은 한황韓滉(723-787)에 관한 아래의 기록이 이를 잘 보여준다.

> **당나라 대종 대력 6년(771)에 한황에게 탁지상서(호부상서)를 겸임케 하였다. 전란이 있은 이래로 각지의 세금 징수가 절도가 없어지고, 창고의 출입에 법도가 없어져, 국가 예산이 헛되이 소모되고 있었다. 한황은 사람됨이 청렴하고 근면하며 장부에 정통해 세금 출납의 법제를 만들어서 아랫사람들을 엄격하게 통제하였기에, 아전들이 감히 속임수를 쓰지 못 했다.**[37]

3) 예부禮部

예부는 말 그대로 교육과 제례에 관한 업무를 관장하는 부서를

37) 明 彭大翼 ≪山堂肆考・臣職≫卷48: 唐代宗大曆六年, 以韓滉判度支. 自兵興以來, 所在賦斂無度, 倉庫出入無法, 國用虛耗. 滉爲人廉勤, 精於簿領, 作賦出入之法, 御下嚴急, 吏不敢欺.

가리킨다. 우리나라 조선시대로 말하면 예조禮曹에 해당하는 명칭으로서, 오늘날로 말하자면 교육 업무를 총괄하는 교육부와 같은 부서에 해당한다. 다만 다른 점이 있다면, 지금은 거국적으로 제례를 행하지 않는다는 것이다. 그 장관은 주나라 때 춘관春官의 수장인 태종백太宗伯에서 유래한 것으로 예부상서禮部尙書라고 하고, 차관은 예부시랑禮部侍郞이라고 하며, 휘하에 예부낭중禮部郎中과 예부원외랑禮部員外郞을 비롯한 다양한 직책을 설치하여 업무를 분담케 하였다.

예부 소속 관원은 제례와 교육을 총괄하기에, 기본적으로 유가경전에 대한 조예가 깊어야 했다. 또 예부는 교육뿐만 아니라 한동안 인재 선발도 관장하였다. 처음에는 과거시험을 예부 휘하의 고공원외랑考功員外郞이 관장하였으나, 뒤에는 자격을 높여 차관인 예부시랑禮部侍郞에게 관장케 하였다. 고공원외랑의 품계가 낮아 응시생들이 그를 얕잡아 보고 부정행위를 하는 경우까지 생기자, 고관인 예부시랑에게 주관케 함으로써 권위를 높여 응시생들이 함부로 경거망동을 하지 못 하게 한 것이다.

타인의 실적을 심사하는 업무, 즉 요즘 흔히 말하는 인사고과를 관장하는 일은 신중에 신중을 기해도 그 객관성과 공정성을 담보하기 어렵기에, 선뜻 나서서 맡으려는 사람은 없을 것이다. 당나라 때 사람 육지와 관련하여 이를 잘 시사해 주는 고사가 하나 있기에 아래에 소개해 본다.

당나라 때 육지를 고공낭중에 임명하자 사양하며 말했다. "벌을 줄 때는 신분이 높고 가까운 신하에게 먼저 하고, 신분이 낮고 먼 신하에게 나중에 하시면, 법을 범하지 않을 것입니다. 상을 줄 때는 신분이 낮고 먼 신하에게 먼저 하고, 신분이 높고 가까운 신하에게 나중에 하시면, 공을 저버리지 않을 것입니다. 바라옵건대 큰 공로를 먼저 택하시고, 다음에 뭇 신하

들에게 두루 베푸신다면, 신 또한 감히 혼자서 사양하지 않겠나이다." 그러나 덕종德宗이 허락하지 않았다.[38]

4) 병부兵部

병부는 말 그대로 군사 업무를 관장하는 부서를 가리킨다. 우리나라 조선시대로 말하면 병조兵曹에 해당하는 명칭으로서, 오늘날로 말하자면 국방의 업무를 총괄하는 국방부와 같은 부서에 해당한다. 그 장관은 주나라 때 하관夏官의 수장인 대사마大司馬에서 유래한 것으로 병부상서兵部尙書라고 하고, 차관은 병부시랑兵部侍郎이라고 하며, 휘하에 병부낭중兵部郎中과 병부원외랑兵部員外郎을 비롯한 다양한 직책을 설치하여 업무를 분담케 하였다.

병부 소속 관원은 문무를 겸비하여 병법에도 밝고, 재정이나 전략 등 병무와 관련한 각 방면에 대해서도 조예가 깊어야 했다. 송나라 때 병부시랑을 지낸 허장이 이 직책을 맡으면서 올린 상소문의 내용을 보면 이러한 면을 엿볼 수 있다.

병사와 관련된 일은 세 가지가 있으니 금병·상병·민병이고, 말과 관련된 일은 세 가지가 있으니 말을 키우는 일·말을 매매하는 일·말을 방목하는 일이며, 병기와 관련된 일은 두 가지가 있으니 무기의 수선과 제작, 그리고 공급과 활용입니다.[39]

---

38) 明 彭大翼 ≪山堂肆考·臣職≫卷48: 唐以陸贄爲考功郎中, 辭曰, "行罰, 先貴近而後卑遠, 則令不犯, 行賞, 先卑遠而後貴近, 則功不遺. 望先錄大勞, 次徧群品, 則臣亦不敢獨辭." 上不許.

39) 宋 王偁 ≪東都事略·許將傳≫卷96: 兵之事有三, 曰禁兵·廂兵·民兵, 馬之事有三, 曰養馬, 曰市馬, 曰牧馬. 兵器之事有二, 曰繕作, 曰給用. 예문에서 '금병' '상병' '민병'은 송나라 때 군제軍制의 종류를 가리킨다.

당나라 이후로 무과시험이 생기면서 병부에서는 훌륭한 무관을 선발하는 일도 관장하게 되었다. 그러나 문관과 마찬가지로 무관 역시 적절한 인재를 선발하는 일은 수월한 업무가 아니었기에, 그 막중한 임무 때문에 이를 꺼리는 일도 없지 않았다. 아래의 고사를 통해 그 단면을 엿볼 수 있다. 아마도 단지 권한 문제에만 국한된 얘기는 아니었을 것이다.

당나라 때 노승경은 민부시랑(호부시랑)으로 승진하였는데, 태종이 얼마 안 있어 그에게 검교병부시랑을 맡기면서, 아울러 5품의 인선 업무를 관장케 하였다. 그러자 노승경이 사양하며 말했다. "인선 업무는 그 직권이 상서에게 있습니다. 신이 지금 이를 관장한다면 곧 월권 행위가 됩니다." 태종이 윤허하지 않으며 말했다. "짐이 지금 경을 믿는데, 경은 어찌하여 자신을 믿지 못 하오?"[40]

5) 형부刑部

형부는 말 그대로 법률과 형벌에 관한 업무를 관장하는 부서를 가리킨다. 우리나라 조선시대로 말하면 형조刑曹에 해당하는 명칭으로서, 오늘날로 말하자면 법률에 관한 업무를 총괄하는 법무부와 같은 부서에 해당한다. 그 장관은 주나라 때 추관秋官의 수장인 대사구大司寇에서 유래한 것으로 형부상서刑部尙書라고 하고, 차관은 형부시랑刑部侍郎이라고 하며, 휘하에 형부낭중刑部郎中과 형부원외랑刑部員外郎을 비롯한 다양한 직책을 설치하여 업무를 분담케 하였다.

40) 明 彭大翼 ≪山堂肆考·臣職≫卷49: 唐盧承慶遷民部侍郎. 太宗尋令檢校兵部侍郎, 仍知五品選事. 承慶辭曰, "選事, 職在尙書, 臣今掌之, 便是越局." 太宗不許曰, "朕今信卿, 卿何自不信也?"

형부 소속 관원은 형벌을 관장하기에 성품이 대쪽 같고 법률적 지식이 해박해야 할 뿐만 아니라, 뛰어난 판별력을 기반으로 형평성에 어긋나지 않는 판단을 잘 해야 했다. 당나라 때 형부상서를 지낸 최은보崔隱甫(?-739)와 관련한 아래의 고사는 이를 잘 보여준다.

당나라 때 최은보는 청렴하고 꿋꿋한 성품으로 자신을 지키고, 강직하고 바르다는 칭송을 받아 형부상서가 되었다. 현종玄宗**이 그를 재상으로 삼고자 하여 말했다. "우선객은 함께 대화를 나눌 만한데, 경은 그를 만나 본 적이 있소?" 최은보가 대답하였다. "아직 만나보지 못 했습니다." 현종이 말했다. "그와 만나보도록 하시오." 그러나 최은보는 끝내 찾아가지 않았다. 후일에 다시 물었는데, 대답이 처음과 같았다. 현종이 이에 기용하지 않았다. 그러나 사관**史官**은 다음과 같이 칭송하였다. "엄정지(엄준**嚴浚**)는 재상을 거절하여 이임보를 만나려고 하지 않았고, 최은보는 현종의 명을 거역하여 우선객에게 몸을 굽히지 않았으니, 진실로 강직한 사람들이로다! 두 사람은 이 때문에 모두 재상에 오르지 못 했지만, 그래도 자신들의 의지를 분명히 하였다."**41)

당나라 때 한유韓愈(768-824)가 형부시랑의 신분으로서, 불교의 흥성을 막기 위해 부처의 사리를 궁중에 들이는 것에 대해 반대하며 <부처 사리에 대해 논하는 상소문(論佛骨表)>을 올렸다가 좌천을 당했다는 고사나, 송나라 때 형부시랑을 지낸 공종한孔宗翰이 공자를 조롱하는 연극을 펼친 악관樂官을 재판에 송부하라고 철종哲宗

41) 明 彭大翼 ≪山堂肆考・臣職≫卷50: 唐崔隱甫, 潔介自守, 以强正稱, 爲刑部尙書. 帝欲相之, 因曰, "牛仙客可與語, 卿常見否?" 對曰, "未也." 帝曰, "可見之." 隱甫終不詣. 他日又問, 對如初. 帝乃不用. 史氏贊, "嚴挺之拒宰相, 不肯見李林甫, 崔隱甫違詔旨, 不屈牛仙客, 信剛者乎! 二人坐是皆不得相. 彼亦申其志也."

에게 상주했다는 고사도 이와 관련한 흥미로운 일화로 전해지고 있다.

6) 공부工部

공부는 말 그대로 토목공사나 건설에 관한 업무를 관장하는 부서를 가리킨다. 우리나라 조선시대로 말하면 공조工曹에 해당하는 명칭으로서, 오늘날로 말하자면 건설이나 교통에 관한 업무를 총괄하는 건설교통부와 같은 부서에 해당한다. 그 장관은 주나라 때 동관冬官의 수장인 대사공大司空에서 유래한 것으로 공부상서工部尙書라고 하고, 차관은 공부시랑工部侍郎이라고 하며, 휘하에 공부낭중工部郎中과 공부원외랑工部員外郎을 비롯한 다양한 직책을 설치하여 업무를 분담케 하였다.

당나라 때 공부는 업무가 많아서 '업무가 과중한 부서'라는 의미에서 '극조劇曹'로도 불렸다. 주로 사회문제를 비판하는 시를 많이 지었기에 사회시인社會詩人으로 이름을 떨친 두보杜甫(712-770)는 과거시험에 번번이 낙방한 뒤, 현종玄宗에게 직접 글을 올려 특채의 방식으로 벼슬길에 오르면서 공부원외랑工部員外郎에 임명된 적이 있다. 그의 시집을 ≪두공부시집杜工部詩集≫이라고 부르는 것도 그의 관직명에서 이름을 딴 것이다.

그러나 두보는 특채로 얻은 습유拾遺와 같은 낮은 관직에 불만을 품어 관직을 포기했다가, 전란으로 결국 조정을 떠나 사천성 성도에서 객지생활을 영위하였는데, 그를 공부원외랑에 추천한 엄무嚴武와의 우스꽝스러운 고사는 흥미로운 일화로 전한다.

당나라 엄무는 황문시랑을 지내다가, (사천성) 성도를 진수하면서 두보를 참모에 임명하겠다고 보고하고, 다시 상서성의 검교공부원외랑에 추천하였다. 두보는 완화계에 집을 짓고, 대

나무와 각종 나무를 심고서 마음껏 술을 마시고 웃고 떠들며 시를 읊조렸다. 농부나 시골 노인들과도 서로 친하게 지내면서 전혀 구속을 받지 않아, 엄무가 이를 탓하기도 하였다. 한 번은 모자를 벗은 채 술에 취해 엄무의 평상에 올라가서, 눈을 부릅뜨고 엄무를 바라보며 말했다. "엄정지(엄준嚴浚)에게 이런 아들이 있었단 말인가?" 엄무 역시 성격이 사나워 겉으로는 거스르지 않는 듯했지만, 속으로는 사실 앙심을 품었다.[42]

엄준嚴浚의 아들인 엄무嚴武는 두보의 글재주를 끔찍이 아꼈기에, 그에게 집도 지어주고 생계비도 대주었다. 그렇기에 망정이지 모친의 만류가 없었다면, 두보는 주사로 인해 엄무의 손에 생을 달리했을지도 모를 일이었다. 따라서 위의 일화는 그냥 농으로 받아들이기에는 미심쩍은 곳이 적지 않은 고사라 하겠다.

5. 구시九寺

'구경九卿'은 주周나라 때 재상인 삼공三公의 휘하에서 대부大夫와 사士 등 실제 행정 업무를 담당하는 여러 관원들을 총괄하기 위해 설치한 장관급의 관직을 가리킨다. 후대에는 인구가 늘어나 조정의 조직이 방대해지면서 중앙 행정을 총괄하는 육상서六尙書의 업무를 보완하기 위한 역할을 담당하게 되었다. '구경' 역시 '상서'와 마찬가지로 시대에 따라 명칭이나 업무 범위에서 다소의 변동이 있었다.

보다 상세히 밝히자면, 한나라 때는 구시九寺, 즉 태상시太常寺·광록훈光祿勳·위위시衛尉寺·태복시太僕寺·정위시廷尉寺·홍려시鴻臚寺·종정시宗正寺·대사농大司農·소부시少府寺의 장관을 '구경'이

42) 明 彭大翼 ≪山堂肆考·臣職≫卷75: 唐嚴武以黃門侍郎鎭成都, 奏杜甫爲參謀, 又薦爲檢校尙書工部員外郎. 結廬浣花溪, 種竹植樹, 縱酒笑咏, 與田畯野老相狎蕩, 都無拘檢, 武過之. 有時不冠, 嘗醉登武牀, 瞪目視武曰, "嚴挺之乃有此兒耶?" 武亦暴猛, 外若不爲忤, 中實銜之.

라고 하였고, 수당隋唐 이후로는 태상시太常寺·광록시光祿寺·위위시衛尉寺·종정시宗正寺·태복시太僕寺·대리시大理寺·홍려시鴻臚寺·사농시司農寺·태부시太府寺의 장관을 '구경'이라고 하였다.

'태상太常'은 조정의 주요 예식을 거행할 때 세우는 황제의 깃발을 뜻하는 말이므로, 이에서 유래한 '태상경'이란 관직은 종묘宗廟의 제례를 관장하는 최고위 직책으로서, 오늘날의 행정 체제에 비추어 볼 때는 존재하지 않는 직책이라고 할 수 있다. 반면에 광록경은 대통령 경호실장과, 위위경은 경찰청장과, 종정경은 대통령친인척관리위원장이나 특별감찰관과, 태복경은 의전실장과, 대리경은 대법원장과, 홍려경은 외교부장관과, 사농경은 농림수산부장관과, 태부경은 국세청장과 각각 유사한 성격을 가진다고 볼 수 있다.

구경이 관장하는 기관은 황제를 근거리에서 모신다는 의미에서 '시寺'를 붙여 '태상시' '광록시' 등으로 불렀고, 이를 통칭하여 '구시'라고 하였다. 여기서 '시寺'는 '모실 시侍'의 본글자이자 통용자에 해당한다. 오늘날에는 주로 절을 의미하는 한자로 쓰이고 있고, 독음을 '사'라고 하는데, 이에는 특별한 연유가 있다. 후한 명제明帝 때 천축(인도)의 두 승려인 섭마등攝摩騰과 축법란竺法蘭이 도성인 하남성 낙양을 방문하여 불교를 전파하면서 백마白馬에 불경을 싣고 왔는데, 그들이 처음 묵은 곳이 바로 외국 손님의 접대를 관장하던 기관인 홍려시鴻臚寺였다. 그들이 뒤에 외지로 나가 절을 짓고서 불경을 실은 말에서 '백마'를, 조정의 기관 명칭에서 '시'를 따서 절 이름을 '백마시白馬寺'라고 하였는데, 뒤에 조정의 기관 명칭인 '시'와 구분하기 위해 음을 '사'라고 변경한 데서 유래하였다. 그래서 오늘날에도 절 이름을 부를 때 '낙산사'니 '해인사'니 하는 말을 쓰고 있는 것이다. 중국에서는 수나라 때 절을 '도량道場'[43]으로 부르다가, 뒤에 다시 '사寺'라고 부르게 되었다.

---

43) 우리나라에서는 도교의 도사들이 수도하는 장소 이름과 구별하기 위해 관습적으로 독음을 '도량'이라고 달리하는 듯하기에 이를 따른다.

6. 기타 주요 기관 및 관제

이상 조정의 핵심 행정 기관으로 문하성・중서성・상서성의 '삼성三省'과 구시'九寺' 외에도 다양한 업무를 담당하는 기관들이 있었다. 우선 오늘날 감사원과 유사한 기능을 담당하던 곳으로 어사대御史臺를 들 수 있다. 어사대는 관리들의 비위와 불법을 감찰하는 곳으로서, 장관인 어사대부御史大夫와 차관인 어사중승御史中丞, 그리고 휘하에 시어사侍御史・전중시어사殿中侍御史・감찰어사監察御史 등을 거느렸다. 그중에서도 감찰어사는 품계가 9품이기에 비록 직급은 낮았지만, 현장으로 출동하여 몸소 활동하였기에, 관리들이 가장 두려워하던 존재였다. 당나라 때 문인으로서 강직한 성품을 지녔던 한유韓愈에 관한 기록을 일례로 들어본다.

> **당나라 한유는 몸가짐이 흔들림 없고 강직하며 바른 말을 거리낌 없이 하였기에 감찰어사로 승진하였으나, 글을 올려서 환관이 저자 물품을 강제로 매입한 일에 대해 강력하게 따지다가, 덕종의 노여움을 사 (강소성) 산양현의 현령으로 폄적당했다.**[44]

다음으로는 황명의 기초와 신하들의 상주문을 관장하는 한림원翰林院이 있는데, 장관인 한림승지翰林承旨 휘하에 여러 학사學士들을 두어 학술과 문서를 관장케 하였다. 우리나라 조선시대 때 임금의 측근에서 국사를 보필하던, '임금의 교지를 받드는 일을 총괄하는 직책'이란 의미의 '도승지都承旨'란 관직명도 이와 관련이 있어 보인다. 한림승지 휘하의 한림학사는 비록 직급이 높은 편은 아니

---

44) 明 彭大翼 ≪山堂肆考・臣職≫卷63: 唐韓愈操履堅正, 鯁言無忌, 遷監察御史. 上疏極論宮市, 德宗怒, 貶山陽令. 예문에서 '宮市'는 환관을 시켜 저자에 가서 물건을 빼앗다시피 강제로 사들인 일을 일컫는다.

었으나, 학문과 수양이 깊은 학자가 아니면 임명받을 수 없는 자리였기에, 학자들 사이에서는 매우 명예로운 직책으로 여겨졌다. 송나라 때 대문호인 소식蘇軾(1036-1101)이 그 어느 직책보다도 한림학사의 별칭인 '내한內翰'으로 불리는 것을 좋아했다는 일화가 이를 여실히 증명해 준다.

그 외에도 황실과 귀족의 자제들의 교육을 관장하는 국자감國子監과 군사 용품을 관장하는 군기감軍器監, 그리고 궁중에서 필요로 하는 물품의 제작과 관리를 관장하는 장작감將作監, 궁중의 재정을 관장하는 소부감少府監, 산림과 호택湖澤의 자원을 관장하는 도수감都水監 등을 조정의 주요 기관으로 열거할 수 있을 듯하다.

또 황제의 언행을 수시로 기록하는 업무를 담당하는 기거사인起居舍人과 기거랑起居郎이 속한 기거성起居省, 국가의 도서와 기록물을 관장하는 비서성祕書省, 황제의 의복과 음식 등을 관장하는 전중성殿中省, 내시들을 총괄하는 내시성內侍省 등도 있었다.

그중 내시성 소속 '내시'는 비록 품계는 하찮은 직책이었지만, 늘상 황제를 그림자처럼 따라다니며 시중을 들었기에, 그들의 권력은 실상 무시할 수 없을 정도로 막강한 때가 있곤 하였다. 당송 때 군사기밀을 분장케 하기 위해 임시로 설치했던, 오늘날 국가정보원이나 보안사와 유사한 기관인 추밀원樞密院의 수장 추밀사樞密使의 자리에 처음에는 내시를 임명한 것도 내밀한 정보를 최측근에게 맡기고자 한 데서 비롯되었을 것이다. 그러나 뒤에는 폐해가 심해지자, 송나라 태종太宗 때 호부상서戶部尙書 석희재石熙載(928-984)를 추밀사에 임명하면서부터는 결국 문무를 겸비한 문관文官이 전담토록 제도를 바꾸게 되었다.

한때 우리나라에서 국정농단 사건이 신문의 전면을 도배할 때 등장했던 '십상시十常侍'와 같은 용어도 전한 말엽과 후한 말엽에 황제의 측근에서 국정을 농단하던 일련의 내시 무리를 지칭하는 말에서 유래하였으니, 그 역사적 유래는 요원하기 그지없다고 하겠다. 중국 역대 왕조의 말기에는 늘 내시들이 발호하여 나라를 혼란에 빠뜨리곤 하였는데, 이러한 역사가 되풀이되는 것을 보면 인간의 무지와 단견은 어찌할 수 없는가 보다.

제5절 지방관제

1. 사신使臣

고대 중국에서는 황제가 지방에서 일어나는 모종의 사안을 해결하기 위해 수시로 사신을 파견하였다. 주周나라 때 일종의 황제의 심부름꾼을 뜻하는 말인 '행인行人'이란 직책이 있었으니, 이것이 사신의 원조격이라 할 수 있을 것 같다. 따라서 사신은 항상 존재하는 고정적인 관직이 아니라, 필요할 때 설치했다가 사안이 해결되면 폐지하는 임시 관직이었기에, 조정의 고관을 겸직의 형태로 파견하는 경우가 많았다. 그중 옛 문헌에 자주 등장하는 사신의 명칭으로는 절도사節度使·관찰사觀察使·경략사經略使·안무사安撫使·전운사轉運使·안찰사按察使·제점형옥사提點刑獄使 등을 들 수 있다.

절도사는 보통 전공을 세워 군대에서 두각을 나타낸 장수에게 수여하였는데, 황제의 부절符節을 가지고 전권을 행사하였기에 파견지에서의 권한이 막강하였다. 당나라 현종玄宗 때 전국을 혼란에 빠뜨린 안녹산安祿山(703-757)도 절도사의 권한을 기반으로 반란을 일으킨 사례에 해당한다. 성당盛唐 때 이백·두보와 함께 시명을 떨친 왕유王維도 안녹산과 악연이 있었는데, 자신이 지은 시 때문에 화를 면한 일화가 있기에 아래에 소개해 본다.

당나라 때 궁원 안에서 안녹산이 반란을 일으켰을 때, 급사중을 맡고 있던 왕유가 그에게 억류당했다. 안녹산이 응벽지에서 크게 연회를 베풀자, 왕유는 이 소식을 듣고서 비감에 젖어

시를 지어 애통해 하며 말했다. "만백성의 상심 속에 들판에 전화戰火가 피어오르니, 백관은 언제나 다시 천자를 조알할 수 있으려나? 텅 빈 궁중에는 가을날 홰나무 잎새가 떨어지건만, 응벽지 가에는 음악 소리 구슬퍼라." 뒤에 반군이 평정되고서 누군가가 이 시를 황제에게 아뢰었기에, 왕유는 감형을 받을 수 있었다. 그래서 공과 죄를 논하라는 명령이 내려져 태자중윤으로 자리를 옮겼다.[45]

관찰사는 당나라 때 '안찰사按察使' '채방사採訪使' '관찰처치사觀察處置使' 등 여러 명칭으로 불리던 사신이다. 관찰사 역시 황제의 전권을 위임받아 막강한 권한을 발휘하였으나, 송나라에 이르러서는 그 권한이 너무 막강해지면서 견제를 받아 유명무실한 직책으로 전락하고 말았다.

경략사는 주로 변방 지역을 개척하기 위해 파견하던 사신을 말한다. "경략사를 설치하면서 전략을 잘 짜는 것을 상급 고과로 삼았고, 일을 잘 성사시키는 것을 중급 고과로 삼았으며, 군의 장비를 수리하고 제조하는 것을 하급 고과로 삼았다"[46]는 ≪신당서·백관지≫권49의 기록이 그 직무의 중요성을 말해 준다.

전운사는 다른 사신과 달리 특별한 임무를 띤 사신을 가리킨다. 전운사는 일명 '발운사發運使'라고도 하는데, 그 명칭이 말해 주듯 군량이나 군사 용품의 운송을 전담하는 사신을 가리킨다. 송나라 이후로는 수로를 많이 이용하면서 '조운사漕運使'란 명칭으로 불리기도 하였다.

---

45) 明 彭大翼 ≪山堂肆考·地理≫卷24: 唐禁苑中, 安祿山反, 給事中王維爲其所得. 祿山大宴凝碧池, 維聞, 悲甚, 賦詩痛悼云, "萬戶傷心生野煙, 百官何日再朝天? 秋槐落葉空宮裏, 凝碧池頭咽管絃." 後盜平, 或以此詩聞, 故維得減. 論下, 遷太子中允.

46) 宋 歐陽修 ≪新唐書·百官志≫卷49: 置經略使, 計度爲上考, 集事爲中考, 修造爲下考.

제점형옥사는 각 지방에서 형벌이 제대로 집행되는지를 감찰하기 위해 파견하는 사신을 말하는데, 농업과 잠업을 권장하면서 관리들의 비리를 조사하고, 청렴한 관리를 발굴하여 조정에 보고하는 일도 겸임하였다.

그밖에 차와 소금의 운송 및 관리를 관장하는 차염사茶鹽使와 같은 특수한 신분의 사신을 설치하기도 하였다. 그러나 이러한 여러 사신들은 필요할 때 설치하는 일종의 임시직이었기에, 파견할 필요성이 발생했을 때만 설치하였으니, 이는 국가 재정과도 긴밀한 연관성이 있었던 것으로 보인다.

2. 자사刺史와 태수太守

자사刺史는 지방 행정 체계 가운데서도 대단위 행정 구역인 주州를 총괄하는 직책으로서, 요즈음으로 말하면 우리나라의 도지사나 미국의 주지사에 해당한다고 볼 수 있다. 송나라 이후로는 '주의 업무를 관장한다'는 의미에서 '지주사知州事'로도 불렸다. 요즘 쓰이는 '주지사州知事'란 용어는 아마도 일본식 한자어에서 유래한 말인 듯하다. 자사 휘하에는 시대에 따라 부관으로 '별가別駕' '장사長史' '통판通判'을 설치하였다. 그중 '별가'는 자사 휘하에서 서열 1위에 해당하는 고관이었기에, 특별히 '수레를 별도로 몬다'는 의미에서 붙여진 이름이므로, 명칭 자체에서 고관의 어감이 느껴진다. 요즘으로 말하면 '부도지사'에 해당한다고 할 수 있다.

반면 중국 고대 지방 행정 체제에서 주현제州縣制 대신 군현제郡縣制를 실시할 때는, 태수太守가 자사와 같은 직책을 담당하였고, 병행되었을 때는 태수가 자사의 속관이었다. 원래 '군수郡守'로 칭하다가 진秦나라 때 '태수'라고 개칭한 것은 아마도 보다 존칭의 의미를 살리기 위해서인 듯하다. 태수야말로 현령縣令과 함께 황제가 지방을 통치하는 데 있어 가장 긴요한 직책이라고 말할 수 있다. 따라서 태수에게는 무엇보다도 청렴과 정직한 도덕성이 필요했다. 이를 강조한 고사를 하나 아래에 소개해 본다.

후한 사람 양진은 자가 백기로 (산동성) 동래태수로 승진하였다. 그가 천거했던 (호북성) 형주 출신 수재 왕밀이 (동래군의 속현인) 창읍현의 현령을 맡고 있었는데, 한밤중에 금을 품에 넣고 와서 양진에게 주려고 하였다. 그러자 양진이 말했다. "나는 자네를 아는데, 자네는 나를 모르다니 어찌된 일인가?" 왕밀이 대답하였다. "한밤중이라 아무도 아는 사람이 없을 것입니다." 그러자 양진이 말했다. "하늘이 알고, 땅이 알고, 자네가 알고, 내가 아는데, 어찌 아무도 아는 사람이 없다고 하는가?" 왕밀이 부끄러워 사죄하고 물러갔다.[47]

태수 휘하에는 자사와 마찬가지로 부관으로 군승郡丞을 설치하였는데, 군의 규모나 재정에 따라 설치하기도 하고 폐지하기도 하였다. 그 외에도 비록 시대에 따라 변화가 있긴 하지만, 업무 범주에 따라 군위郡尉·독우督郵·서기書記 등 여러 휘하 관원이 있었다.

3. 현령縣令

원래 춘추시대 때는 현縣이 군郡보다 큰 행정구역이었으나, 전국시대 이후로는 군을 현의 상위 행정구역으로 바꿨다. 즉 군을 현보다 큰 행정 단위로 변경함으로써 지방 행정구역의 기본 단위가 현이 되었다는 말이다.

현의 수장인 현령縣令은 지방 행정 체계 가운데 주州나 군郡 다

47) 明 彭大翼 ≪山堂肆考·臣職≫卷73: 東漢楊震, 字伯起, 遷東萊太守. 所擧荊州茂才王密爲昌邑令, 暮夜懷金遺震. 震曰, "故人知君, 君不知故人, 何也?" 密曰, "暮夜無知." 震曰, "天知, 地知, 子知, 我知, 何謂無知?" 密愧謝而去.

음으로 큰 행정 구역인 현을 총괄하는 직책으로서, 요즈음으로 말하면 각 지역 도시의 시장이나 군의 군수에 해당한다고 볼 수 있다. 일명 '현윤縣尹'으로도 불렸는데, 현의 규모에 따라 만 호 이상의 비교적 큰 현의 장관은 '현령'이라고 하고, 만 호 미만의 작은 현의 장관은 '현장縣長'으로 구분하여 부르기도 하였다.

현령은 지방의 소규모 행정구역을 관할하는 직책이지만, 그 휘하에도 다양한 직책의 관원이 있었다. 현령 다음 직책으로 현령의 직무를 대신할 수 있었던 현승縣丞, 주요 문서를 주관하는 주부主簿, 치안을 관장하는 현위縣尉, 교육을 담당하는 문학文學이나 교수敎授 등의 직책이 그러하다. 마치 우리나라 조선시대 때 사또 휘하에 이방·호방 등 여러 아전들이 있었던 것과 유사하다고 하겠다.

요즘도 지방으로 발령나면 무슨 좌천이라도 당한 듯이 얼굴을 찌푸리는 공무원들이 있는 듯하다. 고대 중국에서도 지방관인 현령으로 발령나는 것을 꺼리는 분위기가 조성되었다. 그래서 송나라 때 흠종欽宗은 정강靖康(1126-1127) 초에 조서를 내려 "처음 관직을 바꿀 때는 반드시 현령에 임명토록 하라!(初改官必爲縣!)"고 명하였고, 효종孝宗은 건도乾道 2년(1166)에 조서를 내려 "이후로 두 차례 현령을 맡은 자가 아니면, 감찰어사에 제수하는 것을 허락하지 않겠노라!(後非兩任縣令, 不許除監察御史!)"[48]라고까지 명하였다고 하니, 옛날이나 오늘날이나 사람들의 심리는 별 차이가 없는 듯하다. 현령에 관한 이야기는 그 정원수의 방대함에 비례하듯이 만인의 주목을 끌 만한 요소가 많다.

여기서는 다소 냉혹하더라도 지혜를 발휘하여 무속과 미신으로 인한 폐해를 제거함으로써, 역대로 지방관의 표상으로 존경받은 전국시대 위魏나라 사람 서문표西門豹에 관한 고사를 끝머리에 소개해 보고자 한다.

---

48) 이상은 明 彭大翼 ≪山堂肆考·臣職≫卷76에서 재인용.

서문표는 전국시대 사람으로 위나라 문후 때 (하남성) 업현鄴縣의 현령을 지냈다. 업현의 삼로와 정연은 해마다 백성들의 돈을 거두어 하백에게 아낙을 제물로 삼아 시집 보내고 있었다. 무녀가 양가집을 두루 돌아다니다가 여자 중에 용모가 아름다운 이가 있으면 즉시 데려다가 목욕을 시키고, 붉은 장막을 펼쳐 여인을 그 속에 집어넣고는 황하에 배를 띄워 수십 리를 가서 그녀를 빠뜨렸다. 세인들은 하백에게 아낙을 시집 보내지 않으면 홍수가 와서 백성들을 익사시킨다고 얘기하였다. 서문표가 그러한 풍속을 바꾸고자 하여 말했다. "때가 되면 내게 와서 보고하도록 하시오. 나도 가서 아낙을 배웅하리다." 서문표가 황하 가에 도착하자, 속관과 호족·원로들이 모두 모여 있었다. 서문표가 말했다. "하백의 아낙 될 사람을 불러 오시오. 그녀의 용모를 봐야겠소." 즉시 여자를 장막에서 나오게 하고는 서문표가 말했다. "이 여인은 용모가 추하니, 수고스럽겠지만 무녀보고 황하에 들어가 하백에게 다시 미인을 구하여 보내겠다고 알리라고 하시오." 즉시 아전에게 명하여 무녀를 데려다가 황하에 던지게 하고는 잠시 뒤 말했다. "어째서 이리 오래 걸리는가?" 다시 무녀의 제자를 황하에 던지게 했는데, 모두 3명이나 되었다. 서문표가 말했다. "이들 무녀의 제자도 여자이니, 일을 아뢸 수 없을 것이오. 수고스럽겠지만 세 원로보고 황하에 들어가 아뢰라고 하시오." 다시 세 원로를 황하에 던져넣었다. 서문표는 붓을 비녀에 꽂은 채 황하를 향해 서서 한참 기다렸다가 말했다. "무녀와 세 원로가 돌아오지 않으니 어쩌겠소?" 다시 정연과 호족들을 보내려고 하자, 모두들 피가 흐를 때까지 머리를 조아리며 사죄하였다. 서문표가 말했다. "하백이 너무 오래 객지에 머무는 바람에 다 그만두고 떠났나 보오." 업현의 백성들이 대경실색하며 두려워하여 더 이상 하백에게 아낙을 시집 보내자는 말을 하지 못

하게 되었다. 서문표는 그참에 황하를 개간하여 도랑 열두 개를 만들어서 밭에 물을 댔다.[49]

제6절 무관武官

중국은 수많은 전쟁을 치르면서 다양한 무관武官이 형성되었다. 후대에는 엄격한 선발 기준이 필요해짐에 따라 정식으로 무관을 채용하는 과거시험도 등장하였는데, 사서史書에 의하면 당나라 측천무후則天武后 때 처음으로 무과시험이 실시되었다고 한다.

당나라 때 무과武科에서 실시하던 과목을 보면, 마치 예전에 우리나라 고등학교에서 졸업생에게 실시하던 기초 체력 테스트를 연상케 한다. 그 과목명을 보면 장거리 활쏘기를 평가하는 '장타長垜', 말을 타고서 얼마나 활을 잘 쏘는지를 평가하는 '마사馬射', 걸으면서 얼마나 활을 잘 쏘는지를 평가하는 '보사步射', 비교적 먼 거리에서 과녁을 맞히는 것을 평가하는 '통사筒射', 말을 타고서 창술을 펼치는 것을 평가하는 '마창馬槍', 무거운 것을 얼마나 잘 드는지 완력을 평가하는 '교관翹關', 무거운 것을 짊어지고 나르는 일종의 힘겨루기를 평가하는 '부중負重', 체격과 체력을 평가하는 '신재身材' 등의 항목이 있었다. 이 장에서는 무관의 관제와 그에 얽힌 고사들을 소개해 보고자 한다.

---

49) 明 彭大翼 ≪山堂肆考・臣職≫卷73: 西門豹, 戰國人, 魏文侯時爲鄴令. 鄴三老廷掾, 歲斂民錢, 爲河伯娶婦, 巫徧視良家, 女子好者, 卽聘取洗沐, 張絳帷, 女居其中, 浮之河中, 行數十里, 乃沒. 俗言不爲河伯娶婦, 水來, 漂溺其人民. 豹欲變其俗, 乃曰, "至期, 幸來告我, 吾亦往送女." 豹至河上, 官屬豪長父老皆會. 豹曰, "呼河伯婦來, 視其好醜." 卽將女出帷, 豹曰, "是女不好, 煩大巫嫗, 爲入報河伯, 更求好女送之." 卽令吏卒抱大巫嫗, 投之河中. 有頃曰, "何久也?" 復以巫弟子投河中, 凡三. 豹曰, "是巫嫗弟子, 女子也, 不能白事, 煩三老爲入白之." 復投三老於河中. 豹簪筆, 向河立, 待良久曰, "嫗與三老不來, 奈之何?" 復欲使廷掾及豪長趣之, 皆叩頭流血. 豹曰, "河伯留客之久, 可皆罷去." 鄴之吏民大驚恐, 不敢復言爲河伯娶婦矣. 豹因開其河爲十二渠, 以漑田.

1. 장군

고대 중국의 대표적인 무관으로는 장군將軍을 들 수 있다. 상고시대인 주周나라 때 군대 편제를 보면, 12,500명을 1군軍으로 하여 천자는 6군을 거느리고, 제후는 작위에 따라 3군·2군·1군을 거느릴 수 있었다. 따라서 이를 통솔할 장수가 필요하였기에, 자연스레 무관의 체례가 구비되기 시작하였다. 후대에는 장군의 수치가 늘어나면서 보다 다양한 직급이 생겨났는데, 장군보다 상위직으로 대장군大將軍을 설치하였다가, 다시 대장군 위로 상장군上將軍을 설치하기도 하였다. 즉 상장군-대장군-장군의 직제가 형성되었다.

무관 가운데서도 가장 중요한 요직을 꼽는다면, 역시 황궁을 호위하는 장수들을 예로 들 수 있다. 고대 중국의 무관은 당송 때 관제에서 그 체례가 정교해졌다. 일례로 당나라 때 황궁을 호위하는 군대를 통솔하던 장군들의 체례를 보면 십이위대장군十二衛大將軍을 그 대표적인 장수들로 꼽을 수 있다. 십이위대장군은 좌우위대장군左右衛大將軍·좌우효위대장군左右驍衛大將軍·좌우무위대장군左右武衛大將軍·좌우위위대장군左右威衛大將軍·좌우영군위대장군左右領軍衛大將軍·좌우금오위대장군左右金吾衛大將軍을 가리키는 말로서, 황궁을 호위하는 금군禁軍의 여러 사령관을 가리킨다.

그 외에도 각 지역을 방비하는 장수나 변방을 개척하고 반군을 진압하는 장수가 있었는데, 예를 들어 동쪽 정벌에 나서는 장수에게 '정동장군征東將軍'이란 직책을 수여하고, 남쪽 정벌을 나서는 장수에게 '정남장군征南將軍'이란 직책을 수여하는 것이 그러한 예이다. 그러나 이러한 직책들은 반란이 평정됨으로써 그 역할이 끝나면 사라지는 벼슬이었기에 임시직에 해당하였다.

2. 중국 역대의 명장들

고대 중국의 명장과 관련하여 당나라 현종玄宗 때 여상呂尙(강태공)의 사당인 태공묘太公廟를 건축하면서 조정에서 역대 열 명의 명장을 선발하고는, '십철十哲'이란 명예로운 칭호를 정한 일이 있다. '십철'은 곧 주周나라 초엽 사람 무성왕武成王 여상呂尙을 비롯하여, 춘추시대 때 제齊나라 사람 사마양저司馬穰苴와 손무孫武, 전국시대 때 위衛나라 사람 오기吳起・진秦나라 사람 백기白起・연燕나라 사람 악의樂毅, 그리고 전한 때 사람 한신韓信(?-B.C.196)과 장양張良(?-B.C.185), 삼국시대 촉蜀나라 때 사람 제갈양諸葛亮(181-234), 당나라 때 사람 이정李靖(571-649) 등 10명을 가리킨다.

주나라 여상呂尙은 별칭인 '강태공姜太公'으로 더 잘 알려져 있다. 우리나라에서는 흔히 낚시꾼의 대명사로 불리고 있지만, 이는 실상 그가 낚시를 즐기다가 주나라 문왕文王에게 발탁되어 아들인 무왕武王 때 재상까지 오른 데서 유래한 말이다. 문왕이 그를 처음 만났을 때 "우리 태공(선친)께서 그대를 만나고 싶어하신 지 오래되었소"[50]라고 말한 데서 '태공망太公望'이란 별칭이 생겼고, 무왕이 재상에 임명하고서 '부친처럼 모셨다'는 의미에서 그의 성(姜)을 붙여 '강태공'으로도 불리게 된 것이다. 뒤에는 제齊나라를 봉토로 받아 후손들에게 춘추시대 때 강대국인 제나라를 물려주었다.

춘추시대 때 제齊나라 사람 사마양저司馬穰苴는 전완田完의 후예로서 본명이 전양저田穰苴이나, 군사 업무를 총괄하는 대사마大司馬란 직책을 맡아 북방의 연燕나라와 서방의 진秦나라의 침공을 막았기에, 별칭인 '사마양저'로 더 잘 알려져 있다. 그는 또한 진위 여부를 떠나 병법서인 ≪사마법司馬法≫의 저자로도 유명하다.

역시 춘추시대 때 제齊나라 사람인 손무孫武는 병법서인 ≪손자≫의 저자로 잘 알려져 있다. 그가 오吳나라 왕 합려闔廬 앞에서 병

50) 前漢 司馬遷 ≪史記・齊太公世家≫卷32: 吾太公望子, 久矣.

사를 지휘하는 방법에 대해 시범을 보일 때 궁녀들을 대상으로 시험하였는데, 궁녀들이 장난기가 발동하여 명을 받들지 않자, 두 궁녀의 목을 베어 조리돌림을 실시함으로써 궁녀들의 기강을 바로잡았다는 고사[51]로 유명하다.

전국시대 때 위衛나라 사람 오기吳起(?-B.C.381)는 ≪손자≫와 더불어 쌍벽을 이룬다고 평가받는 ≪오자≫의 저자로도 잘 알려져 있다. 그는 원래 위衛나라 출신으로 노魯나라에서 벼슬길에 올랐는데, 제齊나라 군대가 침공하였을 때 자신의 아내가 제나라 출신이라서 첩자로 의심받자, 자신의 아내를 죽여 첩자가 아님을 증명할 정도로 냉혹한 인물이기도 하다.[52] 그러나 결국 장군의 자리에 올라 제나라를 격파함으로써 자신의 능력을 입증하였다고 전한다.

전국시대 때 진秦나라 사람 백기白起(?-B.C.257)는 용병술에 정통하여 좌서장左庶長에 기용되어서 적국의 수많은 성을 정복하였고, 산서성 장평현長平縣의 전투에서 조趙나라 장수 조괄趙括의 대군을 물리치고 적군 40만 명을 생매장시켰다고 전한다.[53] 그러나 그 잔혹성 때문에 송나라 태조太祖 때는 강태공의 사당에 함께 걸렸던 초상화가 내려지기도 하였다.

전국시대 때 연燕나라 사람 악의樂毅는 소왕昭王 때 상장군上將軍에 올라 제齊나라의 수많은 성을 정복하는 큰 전공을 세웠다. 그러

51) 明 彭大翼 ≪山堂肆考・臣職≫卷70: 齊孫武子以兵法見吳王闔廬, 王曰, “子之書, 吾盡觀之, 可以小試勒兵乎?” 曰, “可.” 王曰, “可試以婦人乎?” 曰, “可.” 于是出宮中美人, 得百八十人. 武乃分爲二隊, 以王之寵姬二人爲隊長, 皆令持戟. 令曰, “汝, 前, 視心, 左, 視左手, 右, 視右手, 後, 卽視背.” 婦人曰, “諾.” 約束旣畢, 卽三令五申而鼓之右, 婦人大笑, 復三令五申而鼓之左, 婦人復大笑, 武欲斬左右隊長. 王從臺上見, 且斬愛姬, 趣使下令曰, “寡人已知將軍能用兵矣, 願勿斬此二姬也.” 武曰, “將在軍, 君命有所不受.” 遂斬隊長二人以狥, 用其次爲隊長. 于是復鼓之, 婦人左右前後跪起, 皆中規矩繩墨.

52) 여기서 목적을 달성하기 위해 수단과 방법을 가리지 않는 것을 비유하는 말인 ‘아내를 죽여서 장군 자리를 구하다’란 의미의 ‘살처구장殺妻求將’이란 고사성어가 생겨났다.

53) 元 無名氏 ≪氏族大全≫卷21: 白起善用兵. 秦昭王用爲左度長, 戰勝, 攻取凡七十餘城. 長平之戰, 坑趙降卒四十萬. 封武安君.

나 뒤에는 소왕의 뒤를 이은 혜왕惠王이 제나라 전단田單의 계략에 넘어가는 바람에 조趙나라로 망명하여 망제군望諸君에 봉해졌다. 삼국시대 때 명장 제갈양諸葛亮이 가장 존경했던 인물이 바로 이 사람이다.

전한 때 사람 한신韓信(?-B.C.196)은 장양張良(?-B.C.185)・소하蕭何(?-B.C.193)와 함께 '삼걸三傑'로 불리는 한漢나라의 건국공신이다. 한신은 원래 전국시대 한韓나라의 종실 출신으로서 망국의 한을 풀기 위해 한나라를 재건하려 했으나, 유방劉邦(B.C.247-B.C.195)의 예우에 감동하여 그의 장수가 되어서 항우項羽(B.C.232-B.C.202)를 물리치는 데 혁혁한 공을 세웠기에 초왕楚王에 봉해졌다. 그러나 뒤에는 유방의 의심을 사는 바람에 사형을 당하고 말았다.

역시 전한 때 사람인 장양張良은 전설상의 인물인 황석공黃石公으로부터 병법을 전수받아 뛰어난 책략으로 유방을 도와서 한나라를 건국한 일등공신이다. 후한 반고班固(32-92)가 지은 <(전한) 고조의 고향인 (강소성) 패현의 사수정에 있는 비석에 새긴 글(高祖沛泗水亭碑銘)>에 의하면, 장양은 18명의 건국공신 가운데 서열 3위에 올라 유후留侯에 봉해졌다고 한다.[54]

삼국시대 촉蜀나라 제갈양諸葛亮(181-234)은 후한 말엽 평민의 신분에서 유비劉備의 삼고초려三顧草廬로 벼슬길에 올라, 삼국 가운데 촉蜀나라에서 재상이자 장수직을 역임한 입지전적인 인물이다. 제갈양은 초기에 은자의 생활을 즐겼기에 '와룡선생臥龍先生'이란 호로도 불렸고, 그의 자를 따서 '제갈공명諸葛孔明'으로 불리기도 하

54) 元 無名氏 ≪氏族大全≫卷9: 張良, 字子房. 少遊下邳圯上,(楚人謂橋曰圯) 有一老父至其所, 墮履圯下曰, "孺子下取履." 良取而跪進父, 以足受之曰, "孺子可教矣." 期以再會. 良凡三往父, 乃出書一編, 與之曰, "讀是, 爲王者師. 後十三年, 見我濟北穀城下, 黃石卽我也." 旦日視書, 乃太公兵法. 後過濟北, 果得黃石, 寶祠之. 良死, 幷葬其石. 伏臘上塚, 祠黃石. 佐漢祖, 運籌帷幄, 決勝千里, 與蕭韓爲三傑. 封留侯曰, "吾以三寸舌爲帝者師, 封萬戶侯. 此布衣之極, 於良足矣. 願棄人間事, 欲從赤松子遊耳." 泗水亭銘, 漢功臣十八, 良第三. 謚文成侯. 子不疑, 嗣爲侯. 次子辟强, 年十五爲侍中.

며, 그의 시호를 따서 '제갈무후諸葛武侯'로도 불린다.

당나라 때 사람 이정李靖(571-649)은 병법에 밝아 고조高祖 때 행군총관行軍總管을 지냈고, 태종太宗 때 형부상서刑部尙書와 병부상서兵部尙書 등의 고관을 역임하였으며, 그 공을 인정받아 위국공衛國公에 봉해졌다. 그는 "대장부라면 의당 공명을 세워 부귀를 취해야지, 어찌 장을 분석하고 구절을 분석하는 학문이나 일삼는 서생에 머물 수 있단 말인가?"[55]라고 말할 정도로 오로지 병법 연구에 전념하였다. 그러나 그가 지었다고 하는 병법서로서 ≪이위공문대李衛公問對≫ 3권이 사고전서四庫全書에 전하기는 하지만, 위서僞書로 의심받고 있다. 이정이 비록 중국인의 입장에서는 명장으로 존경받겠지만, 고구려를 침공한 장수이기에 우리나라 입장에서는 마냥 달갑지만은 않은 인물이라 하겠다.[56]

한편 비록 '십철'에 속하지는 않지만, 전한 때 곽거병霍去病(?-B.C.117)과 곽광霍光(?-B.C.68)도 이복형제로서 함께 명장으로 이름을 떨쳤다. 곽거병은 위청衛青의 수하 장수로서 수 차례 흉노족匈奴族 정벌에 나서 전공을 세움으로써 표기장군驃騎將軍에 올랐고, 이복동생인 곽광은 소제昭帝와 선제宣帝의 옹립에 큰 공을 세워 대장군에 오르고 박륙후博陸侯에 봉해졌다.

또 후한 마원馬援(B.C.14-A.D.49)은 광무제光武帝 때 복파장군伏波將軍을 맡아 남방 개척에 앞장선 일등공신이다. 마원은 손님들 앞에서 "대장부가 뜻을 품으면 가난해도 더욱 의지를 굳건히 하고, 늙을수록 더욱 강인해야 하지요"[57]라고 말했다는 '노익장老益壯'이란 고사성어와, "남자라면 의당 들판에서 전사하여 말가죽에 시체를 싸서 돌아와 장사지내야 할 것이지, 어찌 침대에 누워 아녀자 손아귀에서 놀아날 수 있으리오?"[58]라고 말했다는 '마혁과시馬革裹

---

55) 宋 歐陽修 ≪新唐書・李靖傳≫卷93: "大丈夫當以功名取富貴, 何至作章句儒?"

56) 당나라 장수 이정李靖은 우리에게 소정방蘇定方이란 별칭으로 알려진 소열蘇烈의 상관으로서 고구려 정벌을 지휘한 적이 있다.

57) 南朝 劉宋 范曄 ≪後漢書・馬援傳≫卷54: 丈夫爲志, 窮當益堅, 老當益壯.

屍'란 고사성어로도 널리 알려진 인물이다.

당나라를 대표하는 명장으로는 위에서 언급한 이정 외에도 곽자의郭子儀(697-781)와 이광필李光弼(708-764)을 꼽을 수 있을 듯하다. 곽자의는 안녹산安祿山과 사사명史思明의 반란을 진압하고, 복고회은僕固懷恩과 토번吐蕃이 결탁한 반란을 토벌하는 등 혁혁한 무공을 세워 당대 최고의 무장武將으로 칭송받으며 절도사節度使와 중서령中書令 등 고관에 올랐고, 분양군왕汾陽郡王에 봉해졌다.

이광필 역시 당나라 숙종肅宗 때 절도사를 배수받아 안녹산과 사사명의 반란을 평정하고 곽자의와 나란히 이름을 떨쳐 세간에서는 '이곽李郭'으로 불렸다. 그가 섬서성 삭방군朔防郡에서 곽자의를 대신하여 군대를 통솔할 때는 군영의 장병들이 깃발이 바뀌지 않았는데도 이광필의 명령이나 기색을 더욱 분명히 알아보았다고 한다. 이광필은 전공을 인정받아 대종代宗 때 임회군왕臨淮郡王에 봉해지고, 능연각凌烟閣에 초상화가 걸리는 영예를 안았다.

송나라 때 사람 악비岳飛(1103-1141)도 중국인들이 존경하는 명장 중에 명장으로 손꼽히는 인물이다. 악비는 활의 명수로서 병법에도 정통하였다. 북송 말엽에 금金나라 군대가 남침하여 휘종徽宗과 흠종欽宗 두 황제가 북쪽으로 끌려가자, 악비는 군대 모집에 응모하여 전장에 뛰어들었다. 그는 특히 적은 수의 군대로 많은 적군을 격파하는 데 뛰어난 솜씨를 발휘하여, 수백 차례의 전투를 치르면서 단 한 번도 패한 적이 없었다고 전한다. 그러나 금나라와의 화친을 주장하던 진회秦檜(1090-1155)의 마수에 걸려 살해당하고 말았다. 그의 저서로는 시호를 딴 《악무목유문岳武穆遺文》 1권이 사고전서에 전한다. 끝으로 악비가 진회의 간교한 술수 때문에 뜻을 이루지 못 한 상황에 관한 명나라 팽대익의 《산당사고·군도》 권35의 기록을 소개해 보고자 한다.

---

58) 南朝 劉宋 范曄 《後漢書·馬援傳》卷54: 男兒要當死於邊野, 以馬革裹尸, 還葬耳. 何能臥床上在兒女子手中邪?

(송나라) 악비는 금나라 왕을 (호북성) 언성에서 격퇴시키고, (하남성) 주선진까지 추격하여 크게 격파하였다. 악비가 대단히 기뻐하며 부하들에게 말했다. “이 길로 곧장 (길림성) 황룡부까지 진격하여 제군들과 통렬하게 술을 마시고 싶소.” 막 날을 서둘러 황하를 건넜으나, 진회가 회수 이북 땅을 가지고 금나라와 화친을 맺으려 획책하고는, 대신에게 군대를 철수하라고 주청할 것을 넌지시 내비추었다. 이에 먼저 장준과 양기중 등을 돌아오게 하라고 주청하고, 뒤에 상소하여 악비의 군대가 고립되어 오래 버틸 수 없으니 속히 소환하라고 요청하였다. 악비가 하루는 12개의 금색 글씨가 씌여 있는 패(조서)를 공손히 받쳐들고서, 비분강개하여 눈물을 떨구고는 (황제가 있는) 동쪽을 향해 재배를 올리며 말했다. “십 년 동안 쌓은 공이 하루 아침에 무너지는구나!” 결국 언성으로부터 군대를 이끌고 돌아갔다.[59]

59) 明 彭大翼 ≪山堂肆考・君道≫卷35: 岳飛擊走金烏珠於郾城, 追至朱仙鎭, 大破之. 飛大喜, 語其下曰, “直抵黃龍府, 與諸君痛飮耳.” 方指日渡河, 而秦檜欲畫淮以北與金和, 諷臺臣請班師, 乃先請張俊楊沂中等歸, 而後上言, 飛孤軍不可久留, 乞速召還. 飛一日奉十二金字牌, 乃憤惋泣下, 東面再拜曰, “十年之功, 廢於一旦!” 乃自郾城引兵還.

제2장 고대 중국의 경제

과학기술이 발달한 현대사회는 서비스업인 3차 산업이 주를 이루고 있지만, 서양과 마찬가지로 고대 중국도 농업이나 어업·임업과 같은 1차 산업이 주를 이룰 수밖에 없었다. 이 장에서는 고대 중국의 경제와 관련된 내용을 소개해 보고자 한다.

제1절 농업

기원전 약 5,000년 경 지금의 이라크 지역에서 형성된 메소포타미아 문명, 기원전 약 3,000년 경 나일강 유역에서 형성된 이집트 문명 및 인더스강 유역에서 형성된 인도 문명과 함께, 세계 4대문명의 발상지 가운데 하나인 기원전 약 2,000년 경 황하黃河 중류에서 형성된 중국 고대 문명은 일찌감치 신석기시대 때부터 농경사회를 유지하였기에, 당연히 중국은 상고시대 때부터 농업을 가장 중요한 산업으로 간주하였다.

≪순자·수신≫권1에서 "훌륭한 농부는 수재나 가뭄 때문에 농사를 멈추지 않는다"60)고 하고, ≪시경·주송周頌·신공臣工≫권27에서 "우리 백성들에게 명하노니, 그대들 농기구를 잘 준비하여, 수확을 살피도록 하라"61)라고 한 말에서도 짐작할 수 있듯이, 고대 중국에서 가장 중요한 산업은 농업이었다. 그래서 당시를 흔히 '농경사회'라고 부른다. 그때는 먹고사는 것을 해결하는 것이 가장 중요하였기에, 천문학적으로는 가뭄이나 홍수가 공포의 대상이었고, 이로 인한 흉년을 가장 걱정할 수밖에 없었다.

오죽하면 기근에 대해서도 다양한 해석이 나왔을까? 이에 대해

---

60) ≪荀子·修身≫卷1: 良農不爲水旱輟耕.
61) ≪詩經·周頌·臣工≫卷27: 命我衆人, 庤乃錢鎛, 奄觀銍艾.

≪춘추경≫의 세 가지 해설서인 춘추삼전春秋三傳 가운데 하나인 ≪곡량전≫권16에는 다음과 같은 기록이 전한다.

한 종류의 곡식이 익지 않는 것을 '겸歉'이라고 하고, 두 종류의 곡식이 익지 않는 것을 '기饑'라고 하며, 세 종류의 곡식이 익지 않는 것을 '근饉'이라고 하고, 네 종류의 곡식이 익지 않는 것을 '황荒'이라고 하며, 다섯 종류의 곡식이 익지 않는 것을 '대침大侵'이라고 한다.62)

얼마나 기근에 대한 염려가 심하였으면 흉년의 종류에 대해 상세하게 분류까지 하였을까? 그렇기에 역대로 수많은 문인들이 기근을 해결할 수 있는 방책을 마련하기 위해 다양한 견해를 피력한 글들을 고문헌에서 어렵지 않게 발견할 수 있다. 이를테면 전한 때 조조鼂錯(B.C.200-B.C.154)가 올린 <곡식을 소중히 여길 것을 주장하는 상소문(論貴粟疏)>과 같은 글을 그 대표적인 실례로 꼽을 수 있다.

또 고대 중국인들은 어떻게 하면 농사를 잘 지을 수 있는지, 어떻게 하면 기근 문제를 해결할 수 있는지에 특별히 관심이 많았다. 그래서 이에 관한 여러 서책들이 지속적으로 저술되었다. 그 대표적인 예로 북조北朝 북위北魏 때 사람 가사협賈思勰(?-?)이 농사를 잘 지어 음식과 의복을 마련하는 방법에 대해 세세한 부분까지 기술한 ≪제민요술齊民要術≫ 10권, 원나라 때 왕정王禎(?-?)이 농사 짓는 방법 및 농기구에 관해 상세하게 적은 ≪농서農書≫ 22권, 명나라 때 종실 사람인 주숙朱橚(1361-1425)이 기근에 대비하기 위한 구황식물救荒植物에 관해 상세하게 서술한 ≪구황본초救荒本草≫ 8권, 명나라 때 서계광徐光啓(1562-1633)이 농사 전반에 관해 소상하

62) ≪穀梁傳・襄公24年≫卷16 : 一穀不升曰歉, 二穀不升曰饑, 三穀不升曰饉, 四穀不升曰荒, 五穀不升曰大侵.

게 기술한 ≪농정전서農政全書≫ 60권 등을 들 수 있다.

송나라 때 재상을 지낸 범중엄范仲淹(989-1052)은 심지어 기근을 해결하기 위해 일부러 대규모 토목공사를 벌여 백성들의 생계를 도우려고 하였다는 기록이 아래와 같이 전한다.

> (송나라 때 강소성과 절강성 일대인) 오 지역에 대기근이 들자, 문정공文正公 범중엄范仲淹은 백성들에게 용선龍船 경주를 시키고, 태수들에게 날마다 호숫가에서 연회를 열게 하였다. 그래서 봄부터 여름까지 주민들이 거리를 텅 비운 채 놀러 다녔다. 또 불사로 그들을 불러서 대규모 토목공사를 일으켰고, 또 창고와 관사를 신축하며 날마다 수천 명의 인부를 고용하였다. 그러자 감찰관이 (절강성) 항주에서 기근을 구제할 정사를 펼치지 않고 무절제하게 유희를 즐긴다고 탄핵하였다. 범중엄은 이에 연회를 열고 토목공사를 일으킨 연유가 모두 남은 재물을 꺼내 가난한 백성들에게 혜택을 베풀고자 함이라고 조목조목 서술하여 보고하였다. 그래서 절동과 절서 일대에서는 오직 항주에서만 기근을 당한 백성들이 흩어지지 않았다.[63]

오늘날에도 국가경제가 불안해지면 건설 경기를 활성화시켜 해결하겠다고 온갖 부양책을 강구하지만, 이는 어디까지나 일시적인 방편일 뿐 근본적인 해결책이 못 된다는 비판을 받곤 한다. 아무리 과학기술이 발달하여 3차산업, 4차산업 발전에 총력을 쏟는다 해도, 결국 먹거리가 해결되지 않으면 무슨 소용이 있으랴? 1차산업인 농업의 근간을 튼튼히 하는 것은 어느 시대를 막론하고 가장

63) 明 彭大翼 ≪山堂肆考・政事≫卷90 : 吳中大饑, 范文正公縱民競渡, 太守日出宴於湖上, 自春至夏, 居民空巷出遊. 又召諸佛寺, 大興土木之役, 又新廒倉吏舍, 日役千夫. 監司劾杭州不恤荒政, 嬉遊無節. 公乃條敍所以宴遊興造之故, 皆欲發有餘之財, 以惠貧民也. 由是兩浙之間, 惟杭州饑民不流徙.

먼저 해결해야 할 선결 과제가 아닐까 싶다. 근자에 우크라이나 전쟁이 일어났을 때도 가장 우선적으로 염려한 것이 세계 식량 문제이지 않았던가? 그렇기에 송나라 때 사람인 범중엄도 천 년 전에 이처럼 일차적인 해결책을 시도한 것이 아닐까 싶다.

그렇다면 고대 중국인들은 어찌하면 농사를 잘 지을 수 있다고 보았을까? 이와 관련하여 당나라 때 육귀몽陸龜蒙(?-약 881)은 <코끼리처럼 밭을 갈고 새처럼 김을 매는 일에 대해 논하는 글(象耕鳥耘辯)>에서 다음과 같이 설명한 적이 있다

> 밭을 갈 때는 걸음을 단정하고도 느리게 내딛으면서 땅을 깊이 갈아엎어야 한다. 코끼리는 단정하게 걸으며 깊숙이 밟는다. 그러한 단정하고도 깊숙한 면을 본받기에 '상경'이라고 한다. 김맬 때는 빨리 하도록 힘쓰고 느린 것을 염려해야 한다. 새는 먹이를 쪼아먹을 때 빨리 먹으면서 빼앗길까 봐 두려워한다. 그러한 속도와 두려움을 본받기에 '조운'이라고 한다.[64]

즉 육귀몽의 주장에 의하면 간단하다. 밭을 갈 때는 코끼리가 걸음을 내딛듯이 서두르지 않고 침착하게 땅을 깊이 갈아야 하고, 김을 맬 때는 새가 먹이를 먹을 때처럼 신속하고 주의를 기울여 잡초를 제거해야 한다는 것이다. 무척 명쾌하고도 간결한 논법이자 문학적 표현이지만, 이를 실천하는 것이 어찌 말처럼 그리 쉽기만 할까? 하여튼 농사에 대한 고민은 고대 중국인들의 관심사였기에, 이처럼 문구마다 배어 있다고 해도 과언이 아닐 듯 싶다. 끝으로 농부를 걱정하는 당나라 때 이신李紳이란 시인의 작품을 두 수 소개하는 것으로 마무리하고자 한다.

---

64) 唐 陸龜蒙 ≪甫里集・雜著≫卷19: 耕者行端而徐, 起撥欲深. 象行端履深, 法其端深, 故曰象耕. 耘者務疾而畏晩. 鳥之啄食, 務疾而畏奪, 法其疾畏, 故曰鳥耘.

봄에 곡식 한 알을 심으면,
가을에 만 개의 낟알을 거두는데,
온세상에 한가로운 밭이 없건만,
농부는 오히려 굶어 죽는구나.

벼의 잡초를 제거하느라 정오가 되면,
땀방울이 벼 아래 흙으로 떨어지는데,
쟁반 안의 밥 한 알 한 알이,
모두 피땀 어린 노력의 결실이란 것을 누가 알아주리오?[65)]

제2절 잠업

사람이 생계를 유지하는 데 있어서 반드시 필요로 하는 기본 요건을 흔히 '의식주衣食住'라고 일컫는다. 그중에서도 인간 사회에서 예법을 지키기 위한 필수 요소가 '의衣', 즉 옷일 것이다. 고대 중국인들도 의복을 만들기 위한 재료를 개발하는 데 주의를 기울였고, 그중에서도 가장 고급 재료인 비단 생산에 심혈을 쏟았다.

주지하다시피 비단의 재료는 누에고치에서 나오는 비단실이다. 그리고 이 비단실의 생산 산업은 고문헌에 "촉나라 선조로 잠총제가 있다. 또 고신씨 때 촉나라에는 잠녀가 있었는데, 성씨는 알려지지 않았다"[66)]는 기록이 있고, ≪주례・하관・마질馬質≫권30에 잠업蠶業을 관장하는 벼슬인 '마질'에 대한 기록이 전하는 것으로 보아, 아마도 상고시대인 주周나라 이전부터 옛날의 촉주蜀州, 즉 지금의 중국 서남부 지역인 사천성 일대에서 가장 먼저 발달한 듯

65) 宋 姚鉉(968-1020)의 ≪唐文粹・詩癸・傷嘆19≫卷16에 수록된 唐 李紳의 <憫農詩> 2首: 春種一粒粟, 秋收萬顆子. 四海無閒田, 農夫猶餓死. 鋤禾日當午, 汗滴禾下土. 誰知盤中飧, 粒粒皆辛苦?

66) 宋 祝穆 ≪古今事文類聚・民業部・蠶家≫前集卷36에 인용된 ≪圖經≫: 蜀之先有蠶叢帝. 又高辛氏時, 蜀有蠶女, 不知姓氏.

하다.

더 나아가 잠업의 역사가 얼마나 오래되었는지를 알 수 있는 고사를 한 편 소개해 보면 아래와 같다. 물론 아래의 이야기는 신화에 가깝기에 액면 그대로 믿을 수는 없겠지만, 사실 여부를 떠나서 그 역사의 유구함을 웅변적으로 말해 준다고 할 수 있다.

황제黃帝의 부인은 서릉씨 출신 누조로서 처음으로 백성들에게 누에를 키워 실을 뽑는 것을 가르쳐서 의복을 공급케 하였다. 후세 사람들은 그녀에게 제사를 올리며 잠신蠶神으로 모셨다.[67]

송나라 진부陳旉의 ≪농서農書≫에 부록으로 전하는 진담秦湛의 ≪잠서蠶書≫란 서책의 기록에 의하면, 고대 중국에는 왕이 농사의 모범을 보이기 위해 직접 적전藉田을 경작하였던 풍습이 있었던 것과 마찬가지로, 왕비도 모범을 보이기 위해 누에를 치고 뽕잎을 건조시키는 일에 몸소 종사하는 관습이 있었다고 한다.[68] 그만큼 고대 산업에서 잠업이 차지하는 비중은 심대하였다고 볼 수 있다. 그로 인해 후대에는 다양한 섬유가 개발되어 귀족에서 서민에 이르기까지 비단옷을 비롯하여 베옷, 모시옷 등 갖가지 의복을 갖출 수 있게 되었을 것이다.

67) 明 彭大翼 ≪山堂肆考・民業≫卷144: 黃帝元妃, 西陵氏嫘祖, 始敎民育蠶治絲, 以供衣服. 後世祀爲先蠶.

68) 宋 陳旉의 ≪農書≫에 부록으로 전하는 秦湛의 ≪蠶書≫: 옛날에 왕은 몸소 적전藉田을 경작할 때 농기구를 세 번 밀고서 멈추었고, 왕비는 몸소 누에를 칠 때 뽕잎을 세 번 말리고서 멈추었다.(古者王親耕, 三推而止, 后親蠶, 三曬而止.)

제3절 상업

물론 최근 과학자들에 의해 달걀이 먼저임이 입증되었다고는 하지만, '닭이 먼저냐 달걀이 먼저냐?'라는 수수께끼 같은 명제처럼, 상인이 주축이 되어 국가를 건설하였기에 나라 이름을 '상商'이라고 한 것인지, 아니면 상商나라 멸망 후 그 유민들이 상업에 종사하였기에 '상商'이란 개념이 생겨난 것인지에 대해서는 단언하기 어려울 듯하다. 그러나 고대 중국인들 가운데는 일찌감치 상업에 종사하는 계층이 생겨났다. 다만 농업과 달리 직접적인 노동력의 제공 없이 일종의 불로소득과 같은 형태의 노동으로 간주되었기에, 농업에 비해서는 상대적으로 천시받았던 것이 사실이다.

그러나 중국을 대표하는 역사책인 ≪사기史記≫의 저자로 잘 알려진 전한 사마천司馬遷(B.C.135-?)이 "가난한 삶 때문에 부유해지기를 바란다면 농업보다는 수공업이 낫고, 수공업보다는 장사가 낫다"69)고 말한 것처럼, 부를 축적하기 위한 방법으로 농업보다 상업이 수월하다는 인식은 고대 중국인들에게도 공통적이었다고 할 수 있다. 그럼에도 불구하고 고대 중국 사회에서는 농업을 중시한 반면, 상업은 무척 천시하는 경향이 있었다. 이는 ≪전국책・진책秦策4≫권6의 다음과 같은 문장에서 여실히 드러난다.

> 돈약이 진나라 왕에게 말했다. "실속은 있으나 명분이 없는 자는 상인이 바로 그러한 예입니다. 큰 호미와 기다란 호미를 손에 쥐는 노고도 없이 곡식을 쌓는 실속을 챙기니, 이것이 실속은 있으나 명분이 없다는 것입니다. 실속은 없으나 명분이 있는 자는 농부가 바로 그러한 예입니다. 얼음이 녹으면 밭을 갈고 등에 햇볕을 받으며 호미질을 하면서도 곡식을 쌓는 실

69) 前漢 司馬遷 ≪史記・貨殖列傳≫卷129: 用貧求富, 農不如工, 工不如商.

속이 없으니, 이것이 실속은 없으나 명분이 있다는 것입니다.”[70]

이러한 개념이 고착화된 데는 실질적인 노동력의 발휘 없이 단지 유통 과정을 통해 간접적으로 소득을 취한다는 관념이 저변에 깔려 있었기 때문이 아닐까 싶다. 전국시대 추鄒나라 맹자(맹가孟軻) 역시 그나 제자의 유작에서 다음과 같이 비판적인 논조를 펼친 적이 있다.

옛날에 ‘저자’라고 하는 것은 자신이 가지고 있는 것을 자신에게 없는 것과 바꾸기 위한 곳으로, 담당관은 이를 관리만 할 뿐이었다. 그런데 어느 천박한 사내가 언제나 언덕이 끊긴 높은 곳을 찾아 그곳에 올라가서 좌우를 살피며 저자의 이익을 독차지하였다. 그래서 그에게 세금을 물리게 된 것이다.[71]

위의 기록은 그 유명한 고사성어인 ‘농단壟斷’의 원문이다. 상인을 마치 불로소득자처럼 천박하다고 한 것은 그들이 단순히 거래를 통해 이득을 취하기 때문이다. 여기서 고대 중국인들이 상업을 어떠한 눈으로 바라보았는지 알 수 있다.

당나라 두우杜佑(735-812)의 ≪통전通典·식화食貨11·평준平準≫ 권11의 기록에 의하면, 한나라 무제武帝에 이르러서는 정식으로 상인에게 무거운 세금을 징수하는 강력한 정책을 시행하기 시작했다고 한다.[72]

---

70) ≪戰國策·秦策4≫卷6: 頓弱言于秦王曰, “有其實而無其名者, 商人是也. 無把銚挂耨之勞, 而有積粟之實, 此有其實而無其名者也. 無其實而有其名者, 農夫是也. 解凍而耕, 暴背而耨, 無積粟之實, 此無其實而有其名者也.”

71) ≪孟子·公孫丑下≫卷4: 古之爲市, 以其所有易其所無, 有司者治之爾. 有賤丈夫焉, 必求龍斷而登之, 以左右望, 而罔市利. 故從而征之. 예문에서 ‘龍’은 언덕을 뜻하는 분별자分別字인 ‘壟’ 혹은 ‘壠’의 본글자이다. 시중의 출판물에서 ‘농단’을 ‘희롱할 弄’자가 들어간 ‘弄斷’으로 표기한 경우도 본 적이 있으나, 이는 잘못된 표기이다. ‘弄斷’이란 어휘 자체가 존재하지 않는다.

한 마디 덧붙여 상인에 대한 한자어에 대해 언급하자면, 고대 중국인들은 흔히 장사꾼을 '상고商賈'라는 말로 즐겨 표현하곤 하였다. '상고'에서 '상商'과 '고賈'는 엄연히 다른 신분의 장사꾼을 가리킨다. 보따리장수를 '보부상褓負商'이라고 부르는 데서도 알 수 있듯이, '상'은 자본금이 없어 상품을 휴대하고서 이곳 저곳을 돌아다니며 판매하는 사람을 가리키고, '고'는 자본금이 있어서 한곳에 정착하여 매점을 열고서 상품을 판매하는 사람을 가리킨다. 누구나 '상'보다는 '고'의 신분을 누리기를 원하겠지만, 그것이 어디 본인이 원한다고 마음대로 이루어질까? 그저 부유한 상인이 되고 싶은 욕망에 불과한 것일 게다.

제4절 수공업

≪논어·자장≫권19에서 "장인은 점포에 머물며 자기 제품을 완성한다"[73]고 하고, 또 ≪논어·위령공≫권15에서 "장인은 자기 제품을 잘 만들려면 먼저 자신의 공구를 날카롭게 다듬어야 한다"[74]고 기록하고 있듯이, 고대 중국인들은 일찌감치 수공업의 중요성을 인지하고 있었다. 농사를 통해서 거두어들인 곡식이나 잠업을 통해 획득한 직물들을 정돈하고 가공하려면, 그에 상응하는 기구가 필요한 것은 당연한 일일 것이다.

실상 원시시대에 사람들이 석기를 만들면서부터 수공업 제품은 실생활에 필요불가결한 물품이었다고 말할 수 있다. 그럼에도 도가

72) 唐 杜佑 ≪通典·食貨十一·平準≫卷11: 전한 무제가 처음으로 상인들에게 세금을 징수하였다. 당시 사방 오랑캐를 정벌하면서 국가 재정이 고갈되었기에 이익을 불리는 관리들이 이때부터 나오기 시작하였다. 비록 기원은 한나라로부터 시작되었지만 역시 ≪맹자≫에서 말한 '천박한 사내에게 세금을 징수한' 고사에서 유래한 것이다.(漢武始稅商賈. 時征伐四夷, 國用空竭, 興利之官, 自玆始也. 雖原起于漢, 亦自孟子'征賤丈夫'之事.)

73) ≪論語·子張≫卷19: 百工居肆, 以成其事.

74) ≪論語·衛靈公≫卷15: 工欲善其事, 必先利其器.

사상 쪽에서는 이에 대한 부정적인 생각도 있었던 것으로 보인다. 이를 단적으로 말해주는 예시가 ≪장자 · 천지≫권5에 전하기에, 아래에 한번 소개해 보고자 한다.

자공(단목사端木賜)이 한수 남쪽을 지나다가 한 노인이 한창 농삿일을 하는 것을 발견하였는데, 좁은 길을 뚫고 우물에 들어갔다가, 항아리를 안고 나와 물을 주면서 낑낑대고 힘을 많이 쓰지만, 효과를 별로 보지 못 하고 있었다. 자공이 말했다. "여기 있는 이 기계는 하루에 백 이랑에 물을 댈 수 있는데, 이름을 '길고'(두레박)라고 합니다. 힘을 적게 쓰면서도 효과는 만점이니, 선생께서는 사용해 보지 않으시렵니까?" 채마밭을 일구던 노인이 화가 나서 낯빛을 바꾸며 말했다. "기계를 가진 사람은 기계에 의존해서 일을 하게 되고, 기계에 의존해서 일을 하는 사람은 잔꾀를 부리려는 마음이 생기는 법이오. 잔꾀를 부리려는 마음이 가슴 속에서 일어나면 순수함을 잃게 되고, 순수함을 잃게 되면 정신이 불안정해지며, 정신이 불안정해지면 도가 사라지고 만다오. 나는 모르는 것이 아니라, 수치스러워서 하지 않는 것일 뿐이라오." 자공이 눈길을 제대로 주지 못 하고 부끄러워 고개를 숙인 채 아무런 대답을 하지 못 했다.75)

노동의 효율성을 제고하기 위해 기계를 만들어 작업하는 것에 대해 고대 중국인들이 모두 장자와 같은 생각을 가지고 있었던 것은 아니겠지만, 여하튼 농업과 비교하면 훨씬 덜 중시하였던 것 같

75) ≪莊子 · 天地≫卷5: 子貢過漢陰, 見一丈人方將爲圃畦, 鑿隧而入井, 抱甕而出灌, 搰搰然用力甚多, 而見功寡. 子貢曰, "有械於此, 一日灌百畦, 其名曰桔槔. 用力甚寡, 而見功多, 夫子不欲乎?" 爲圃者忿然作色曰, "有機械者, 必有機事, 有機事者, 必有機心. 機心存於胸中, 則純白不備, 純白不備, 則神生不定, 神生不定者, 道之所不載也. 吾非不知, 羞而不爲也." 子貢晩然慙俯而不對.

다. 그러나 기본적으로 의식주를 해결하려면, 집을 지을 때 초석이든 대들보든 기와든 필요하고, 옷감을 마련할 때 베틀과 베틀북이 필요하고, 음식을 준비할 때 취사도구와 그릇이 필요할 수밖에 없으니, 수공업 제품을 멀리한다는 것은 상상할 수조차 없는 일이라 하겠다. 더욱이 농사에 종사하는 일이 여의치 않을 경우는 생계 수단의 일환이 될 수도 있었으니, 당나라 때 한유韓愈(768-824)의 글에 이러한 실례가 적혀 있기도 하다.

> 왕승복王承福은 대대로 (섬서성) 경조부 장안현의 농부였다. (당나라 현종玄宗) 천보(742-756) 연간의 난 때 농토를 잃어 미장이 일로 의식주를 해결하면서 30년을 넘게 살았다. 저자의 주인에게 숙소를 임대해 그에 마땅한 방세와 식비를 그에게 지불하였다. 그때 그때 방세와 식비를 살펴서 미장이 일의 임금을 조절하여 주인에게 갚고는, 남는 것이 있으면 길에서 병들고 굶주린 사람들에게 나눠주었다.[76]

조금 심하게 말하면 수공업은 농업을 보조하기 위한 수단이라고까지 평가절하할 수는 있을지 몰라도, 여하튼 농업이나 잠업 못지않게 중요한 산업 가운데 하나임은 분명한 사실이라 하겠다.

제5절 세법

필자는 무신론자이다. 어려서도 그러했고, 지금까지도 그에 대한 생각은 거의 변함이 없는 편이다. 그러나 모태신앙에 가까울 정도

76) 宋 魏仲擧 ≪五百家注昌黎文集≫卷12에 수록된 <圬者王承福傳>: 承福世爲京兆長安農夫. 天寶之亂, 喪其土田, 手墁衣食, 餘三十年. 舍于市之主人, 而歸其屋食之當焉. 視時屋食之貴賤, 而上下其圬之傭以償之, 有餘, 則以與道路之廢疾餧餓者.

로 종교 방면에 독실한 아내와 결혼하기 위해 한때 작전상 교회에 발목을 들여놓은 적이 있다. 그래서 목사님으로부터 '필요할 때만 발목을 들여놓는다'고 해서 '발목신도'라는 우스꽝스러운 별명을 얻은 적도 있다.

그런데 필자가 교회에서 가장 듣기 거북한 얘기가 있었으니, 바로 '십일조十一租'를 내라는 말이었다. 교회에서 '십일조'란 말을 들을 때마다 구시렁거리면 아내가 내 옆구리를 쿡쿡 찌르곤 하였지만, '십일조'라니? 십일조는 고대 중국 사회에서도 가장 무거운 세법이었다. 자신의 수입 가운데 10분의 1을 낸다면, 얼마나 가혹한 세금 징수인가?

물론 당나라 두우杜佑의 ≪통전·식화·부세상≫권4에서는 "10분의 1을 거두는 '십일조'가 천하의 바른 세법이다"77)라고 하였으나, 이는 국가 재정이 어려울 때의 얘기라서 결코 태평성대의 세법이라고는 말할 수 없을 것이다. 이는 다음과 같은 기록을 통해서도 알 수 있다.

전한 효경제 2년(B.C.155)에는 백성들에게 조세를 반만 내게 하여 30분의 1을 과세하였다. 후한 광무제는 건무 6년(A.D.30)에 조서를 내려 말했다. "근자에 군대가 해산되기 전에는 재정이 부족하였기에 십일조의 과세제도를 시행하였으나, 이제 군사들도 (식량을 자급자족하는) 둔전제를 실행하여 식량이 다소 비축되었도다. 명하노니 각 군과 제후국에서는 옛날 제도대로 30분의 1을 과세토록 하라!"78)

위의 기록을 보면 나라 형편이 좋을 때는 세금을 소득의 30분의

77) 唐 杜佑 ≪通典·食貨·賦稅上≫卷4: 什一, 天下之中正.
78) 明 彭大翼 ≪山堂肆考·政事≫卷87: 漢孝景二年, 令民半出田租, 三十而稅一. 東漢光武建武六年, 詔曰, "頃者師旅未解, 用度不足, 故行什一之稅. 今軍士屯田, 糧儲差積. 其令郡國三十稅一如舊制!"

1로 줄였다가 사정이 나쁘면 '십일조'로 거두었다는 것을 알 수 있다. 물론 현대를 살아가는 직장인들은 자신의 전체 수입에서 십일조가 아니라, '십이조' 내지 '십삼조'를 내고 있다. 옛날에 비해 더욱 복잡해진 현대사회에서는 사회 기반 시설의 확충은 물론 대다수 국민의 복지 제공 등 국가 재정을 필요로 하는 곳이 많으니, 세금이 더 세질 수밖에 없을 것이다. 그래서 봉급에서 거의 십일조를 뗄 뿐만 아니라 각종 물품을 구입할 때마다 다시 부가가치세로 십일조를 내고 있는 것일 게다. 그런 면에서 보면 오늘날이야말로 '가렴주구苛斂誅求'의 세상이라고 말할 수 있을 듯하다. 더욱이 휘발류나 담배·주류의 경우는 판매 가격의 절반 이상을 세금으로 거두고 있으니, 자가용도 몰고 담배도 피우고 술도 마시는 사람이야말로 진정한 애국자라고 말할 수 있지 않을까?

헌데 화폐가 발달하지 않았던 고대 중국 사회에서는 무엇으로 세금을 냈을까? 당연히 떠오르는 것이 곡식일 것이다. 그렇다면 곡식이 생산되지 않는 지역은 어떠할까? 대체할 품목이 있었다. 즉 비단이 특산물인 지역에서는 비단으로 납부하고, 소금이나 차가 특산물인 지역에서는 그러한 특산물로 대신할 수 있었다. 단지 가치만 그에 상당하면 되었던 것이다.

제3장 고대 중국의 사회

널리 잘 알려져 있다시피 중국은 5천 년 이상의 유구한 역사 속에 수많은 사회적 자산을 남겼다. 이 장에서는 고대 중국의 사회와 관련하여 전반적인 측면에서 역사·지리부터 명절과 풍습 및 형벌 등 다양한 사회 현상에 대해 간략히 기술해 보고자 한다.

제1절 역사

전한 사마천司馬遷(B.C.135-?)의 저서인 ≪사기史記≫에 주를 단 당나라 사람 사마정司馬貞은 상상의 나래를 펼쳐, 춘추시대 노魯나라 때 공자가 ≪춘추경≫을 지은 계기인 기린이 잡힌 해(B.C.481) 이전까지의 327만6천 년을 '십기十紀'로 나누고, 인간이 살아온 세대를 7만6백 년으로 간주한 뒤, 10기 중에 첫 번째를 '구두기'라고 하고, 두 번째를 '오룡기'라고 하고, 세 번째를 '섭제기'라고 하고, 네 번째를 '합락기'라고 하고, 다섯 번째를 '연통기'라고 하고, 여섯 번째를 '서명기'라고 하고, 일곱 번째를 '수비기'라고 하고, 여덟 번째를 '회제기'라고 하고, 아홉 번째를 '선통기'라고 하고, 열 번째를 '유흘기'라고 하였다.[79] 현대인이 보기에는 아무런 과학적 근거가 없는 황당무계한 소리로 들릴지 모르겠으나, 유구한 역사를 하나의 전통으로 세우고자 애쓴 결과가 아닐까 싶다.

중국의 역사를 언제부터 기원으로 잡을 것인지는 논쟁의 여지가 있지만, 적어도 고적이나 유물에 의해 입증이 되었거나 입증 가능성이 엿보이는 시기를 기준으로 한다면, 하夏나라로부터 잡을 수

---

79) 唐 司馬貞 ≪史記索隱≫卷30에 첨부된 ≪補史記≫: 自開闢至于獲麟, 凡三百二十七萬六千歲, 分爲十紀, 凡世七萬六百年. 一曰九頭紀, 二曰五龍紀, 三曰攝提紀, 四曰合雒紀, 五曰連通紀, 六曰序命紀, 七曰修飛紀, 八曰回提紀, 九曰禪通紀, 十曰流訖紀.

있을 듯하다.

그 이전의 삼황오제三皇五帝 시기는 전한 사마천의 ≪사기≫와 진晉 황보밀皇甫謐의 ≪제왕세기帝王世紀≫에서의 주장이 서로 다르다. 즉 ≪사기≫에서는 '삼황'에 대한 언급이 없이 '오제'에 대한 설만 내세웠는데, 이에 의하면 '오제'는 황제黃帝·전욱顓頊·제곡帝嚳·요堯·순舜을 가리킨다. 반면 ≪제왕세기≫의 설에 의하면 '오제'는 소호少昊·전욱顓頊·제곡帝嚳·요堯·순舜을 가리킨다. 더욱이 '삼황'의 경우는 ≪주례周禮≫와 ≪제왕세기≫의 복희伏羲·신농神農·황제黃帝, ≪백호통의白虎通義≫의 복희伏羲·신농神農·축융祝融, ≪상서대전尙書大傳≫의 수인燧人·복희伏羲·신농神農, ≪여씨춘추呂氏春秋≫의 복희伏羲·여와女媧·신농神農 등 설이 더 다양하여 혼동을 일으키는 결과만 야기하였다.

따라서 '삼황오제'는 어느 설을 따르느냐에 따라 유동적일 수밖에 없다. 이는 '전설상의 역사를 어떻게 지어낼 것인가?' 하는 창작자의 관점의 차이에서 비롯되었기 때문이다. 역설적으로 말하면 어떠한 설을 따르더라도 모두 신빙성이 떨어진다는 말로 해석될 수도 있을 듯 싶다.

중국의 역사는 보통 '삼대三代'라 일컬어지는 하夏나라·상商(은殷)나라·주周나라를 거쳐, 주나라가 도읍을 섬서성 장안長安 일대에서 하남성 낙양洛陽 일대로 천도한 동주東周, 즉 이른바 춘추전국시대를 맞았는데, 이를 통일한 시황제始皇帝 영정嬴政(B.C.259-B.C.210)의 진秦나라, 그리고 그 뒤를 이은 고제高帝 유방劉邦(B.C.247-B.C.195)의 전한과 광무제光武帝 유수劉秀(B.C.6-A.D.57)의 후한의 통일왕조, 다시 제2의 춘추전국시대라 일컬을 수 있는 위魏나라·오吳나라·촉蜀나라의 삼국시대三國時代와 양진남북조兩晉南北朝 시기를 거쳐 다시 통일국가를 이룩한 수隋나라와 당唐나라, 제3의 춘추전국시대라 일컬을 수 있는 오대십국五代十國, 다시 통일국가를 이룬 송宋나라, 그리고 원元나라·명明나라·청淸나라로 요약할 수 있다.

이 가운데 송나라 때까지는 중국 고유 왕조의 정통성을 계승하기 위한 명분 때문에 고대 왕조의 명칭이 반복되어 등장하였다. 즉 송나라를 예로 들면, 주나라 때 상商(은殷)나라의 후손들이 봉토로 받은 제후국인 '송나라'가 있는가 하면, 남조南朝 때 유유劉裕(363-422)가 세운 '송나라', 그리고 조광윤趙匡胤(927-976)이 오대십국을 통일한 '송나라' 등 같은 왕조명이 여러 차례 반복되었다. 그래서 남조 때 송나라는 건국황제인 유유의 성씨를 따서 '유송劉宋'으로, 당나라 뒤에 등장한 송나라도 건국황제인 조광윤의 성씨를 따서 '조송趙宋'으로 구분하기도 한다. 이는 마치 우리나라에 조선이 두 차례 등장하여 고조선과 이씨조선으로 구분하는 것과 마찬가지 이치일 것이다.

반면 원나라와 명나라·청나라는 그 이전에는 찾아볼 수 없는 독창적인 왕조명에 해당한다. 원나라야 이민족인 몽고족이 세운 국가이고, 청나라도 이민족인 만주족이 세운 국가이니, 굳이 한족이 세운 왕조의 명칭을 답습할 필요가 없었을 터이지만, 한족이 중원을 되찾은 뒤 세운 명나라가 굳이 이전의 정통성을 계승하기 위해 고대 왕조명을 재활용하지 않은 이유는 무엇일까? 아마도 '새 술은 새 부대에 담는다'는 우리나라 속담처럼 흥망성쇠를 반복한 이전의 왕조명을 계승하고 싶지 않았던 것은 아니었을까 조심스레 추측해 본다.

역사의 기록은 고대 왕조에서는 주로 사관史官이 담당하였다. 사관으로는 황제를 늘 수행하며 그의 언행을 기록하는 기거사인起居舍人과 기거랑起居郎뿐만 아니라, 왕조 전체의 기록을 관장하는 사관수찬史館修撰 등 분야별로 다양한 관직이 있었다. 역사의 기록은 객관성이 생명이겠지만, 그 업무의 어려움에 대해 일찍이 진晉나라 때 문인인 원산송袁山松(?-401)이 다음과 같이 밝힌 바 있다.

사서를 쓸 때의 난점으로 다섯 가지가 있다. 번다해지고 가

지런하지 못 한 것이 첫 번째 난점이고, 속되어 전아하지 못 한 것이 두 번째 난점이며, 글을 쓸 때 사실대로 적지 못 하는 것이 세 번째 난점이고, 상과 벌을 적절하게 적용하지 못 하는 것이 네 번째 난점이며, 형식상의 아름다움이 내용을 능가하지 못 하도록 하는 것이 다섯 번째 난점이다.[80]

위의 내용에 의하면 역사 기록에서 중요한 점으로 간결성, 우아함, 객관성, 형평성, 내실있는 문장력 등을 들 수 있다. 그만큼 역사 기록은 냉철한 시각뿐만 아니라, 기록자 개인의 글재주까지도 필요할 정도로 매우 어려운 분야라고 본 것이다. 그래서 역대로 가장 훌륭한 문체를 갖추었다고 평가받는 사마천의 ≪사기≫가 중국 역사책 가운데 최고봉으로 인정받는 것이 아닐까 생각된다.

제2절 지리

고대 중국인들은 중국 전체의 지형과 관련하여 재미있는 신화를 만들어 냈다. 전설상의 인물인 공공共工이 전욱顓頊과 황제의 자리를 놓고 다투다가 패하여 화가 나자, 하늘을 떠받히던 부주산不周山을 머리로 들이받아 무너뜨리는 바람에, 땅을 연결하는 벼리가 끊어져 남동쪽 일대가 기울었다는 것이다.[81] 이는 우리나라와 정반대로 중국의 지형은 서쪽이 높고 동쪽이 낮다는 사실과 관련한 설화이다. 그래서 중국은 서쪽으로 히말라야산맥과 가까운 곳으로 갈수록 5천 미터가 넘는 고산들이 즐비하다. 다만 고대 중국인들

80) 唐 劉知幾 ≪史通·內篇·模擬≫卷8: (晉袁山松曰,) 史之爲難也, 有五. 煩而不整, 一難也. 俗而不典, 二難也. 書不實錄, 三難也. 賞罰不中, 四難也. 文不勝質, 五難也.

81) 戰國時代 鄭 列禦寇 ≪列子·湯問≫卷5: 共工氏與顓頊爭帝, 不勝而怒, 乃頭觸不周之山崩, 天柱折, 地維絶. 故天傾西北, 日月星辰就焉. 地不滿東南, 百川水潦歸焉.

에게는 교통상의 한계 때문에 잘 알려지지 않았던 것 같다.

또 중국은 지형적으로 볼 때 그 중심지를 섬서성 장안長安을 중심으로 한 서북방과, 강소성 금릉金陵(남경)을 중심으로 한 동남방으로 대별할 수 있다. 서북방이 험한 관문이나 요충지가 많아 군사적으로 유리하다면, 동남방은 비옥한 농토가 많아 경제적으로 유리한 면을 담보하고 있었다고 볼 수 있다. 후대로 갈수록 정치·경제·사회·문화의 중심지가 동남방으로 이동하면서 인구 분포상으로도 동남방에 인구가 집중되는 현상을 보였다. 이에 대해 옛 문헌의 한 기록에서는 다음과 같이 설명하였다.

> **하나라·상나라·주나라 이후로는 천운이 동남방에 모였기에, 호구가 동남방보다 번성한 곳이 없었다. 전한 (평제平帝) 원시(1-5) 연간에는 천하의 10분의 1을 차지하였고, 후한 (헌제獻帝) 건안(196-220) 때는 천하의 10분의 2를 차지하였으며, 진나라 (무제武帝) 태강(280-289) 연간에는 천하의 10분의 3을 차지하였고, 당나라 (현종玄宗) 개원(713-741) 연간에는 천하의 10분의 4를 차지하였으며, 송나라 (신종神宗) 원풍(1078-1085) 연간에는 천하의 10분의 5를 차지하였다.**[82)]

중국에서 최초로 전국을 지역별로 구분한 것이 언제부터인지는 단언하기 어렵지만, 일반적으로 초기에는 전국을 '구주九州'라고 하였다. 그래서 '구주'는 중국의 별칭으로도 사용되어 왔다. '구주'에 대해서는 시기마다 약간의 차이가 있지만, ≪서경·하서夏書·우공禹貢≫권5에서 하夏나라 우왕禹王이 치수사업을 벌이고 나눈 것을 기준으로 하면, 기주冀州·연주兗州·청주青州·서주徐州·양주揚州·

82) 明 彭大翼 ≪山堂肆考·政事≫卷87: 三代以下, 天運主于東南, 故戶口莫盛于東南. 西漢元始, 當天下十之一, 東漢建安, 當天下十之二, 西晉太康, 當天下十之三, 唐開元, 當天下十之四, 宋元豐, 當天下十之五.

형주荊州·예주豫州·양주梁州·옹주雍州가 그것이다. 반면 전국시대 때 출현한 것으로 추정되는 최고最古의 사전인 ≪이아爾雅≫권6에서 "황하 상류와 하류 사이를 '기주'라고 하고, 황하 남쪽을 '예주'라고 하며, 황하 서쪽을 '옹주'라고 하고, 한수 남쪽을 '형주'라고 하며, 장강 남쪽을 '양주'라고 하고, 제수와 황하 사이를 '연주'라고 하며, 제수 남쪽을 '서주'라고 하고, 연나라를 '유주'라고 하며, 제나라를 '영주'라고 한다"[83]고 한 것은 상商(은殷)나라 때의 구주에 해당한다. 그 뒤로 주현제州縣制나 군현제郡縣制 등 행정 체제가 복잡해지면서 전국의 행정 구역은 더욱 세분화되었다.

또 중원과 사방의 이민족을 구분하여 중국(중원)과 동이東夷(동방)·남만南蠻(남방)·서융西戎(서방)·북적北狄(북방)의 다섯 군데로 나누고, 이를 '오방五方'이라고 하였다. 사방 이민족의 명칭을 살펴보면, 동방과 서방의 이민족에 대해서는 큰 활을 뜻하는 '이夷'나 창을 뜻하는 '융戎'처럼 무기와 관련된 한자로 표현하고, 남방과 북방의 이민족에 대해서는 벌레를 뜻하는 '만蠻'이나 개를 뜻하는 '적狄'처럼 동물과 관련된 한자로 표기한 것으로 보아, 동방과 서방의 이민족에 대해서는 일말의 두려움을 가지고 있었던 반면, 남방과 북방의 이민족에 대해서는 멸시와 홀대의 감정을 품고 있었던 것으로 보인다.

중국인들은 지명의 의미에 대해서 무척 세심한 주의를 기울였던 것으로 보인다. "(춘추시대 노魯나라) 증자(증참曾參)는 지극히 효심이 강하여 ('어머니를 이긴다'는 의미를 지닌) '승모勝母'라는 고을을 지나지 않았고, (전국시대 송宋나라) 묵자(묵적墨翟)는 음악을 비판하여 ('아침부터 노래한다'는 의미를 지닌) '조가朝歌'라는 고을에 들어가지 않았다"[84]는 ≪회남자≫권16의 기록이 이를 방증해 준

83) ≪爾雅·釋地≫卷6: 兩河間曰冀州, 河南曰豫州, 河西曰雝州, 漢南曰荊州, 江南曰揚州, 濟河間曰兗州, 濟南曰徐州, 燕曰幽州, 齊曰營州.

84) 前漢 淮南王 劉安 ≪淮南子·說山訓≫卷16: 曾子至孝, 不過勝母. 墨子非樂, 不入朝歌.

다. 하긴 어느 누가 불경스럽고 불길한 지명을 좋아할까? 불길한 글자로 지은 지명을 가지고 서로 농담한 사례를 하나 들어보면 다음과 같다.

(남조南朝) 남제南齊 때 사람 유회는 (산동성) 궐리 사람으로 하동왕의 승상을 지냈다. 주민 중에 성이 뇌씨인 사람이 있었는데, 사는 고을 이름이 '예리'여서 유회가 그를 놀리며 말했다. "자네는 뭐가 더러워서(穢) '예리'에 사는가?" 그 사람이 대답하였다. "잘 모르겠습니다. 그러면 어르신은 뭐가 모자라서(闕) '궐리'에 사십니까?"[85]

예문에서 '예穢'는 '더럽다'는 뜻이므로, '예리'는 결국 '더러운 마을'이란 뜻이 된다. 또 '궐闕'은 명사(què)로 쓰일 때는 '궁궐'을 뜻하지만, 동사(quē)로 쓰일 때는 '모자라다' '부족하다'란 뜻이므로, '궐리'는 결국 '뭔가 모자란 마을'이란 뜻이 된다. 그래서 두 사람이 서로 상대방의 마을 이름을 가지고 농담을 주고받은 것이다.

중국인들은 심지어 자신들의 영역을 세상의 중심으로 삼으면서 중화사상에 입각해 세상 밖의 세상을 창조해 내고서, 이에 대한 상상의 나래를 펼치기도 하였다.

(십주十洲 가운데) 첫 번째를 '조주'라고 하고, 두 번째를 '영주'라고 하는데, 동해에 있으면서 (절강성) 회계군과 서로 마주하고 있다. 세 번째를 '현주'라고 하는데, 북해 가운데 술과 해의 방위에 해당하는 지역에 있다. 네 번째를 '염주'라고 하는데, 남해 가운데 있다. 다섯 번째를 '장주'라고 하는데, 남

85) 唐 李延壽 ≪南史・劉繪傳≫卷39: 齊劉繪, 闕里人, 爲河東相. 居人有姓賴者, 所居名穢里. 繪嘲之曰, "君有何穢, 而居穢里?" 答曰, "未審. 夫子有何闕, 而居闕里?"

해 가운데 신과 사의 방위에 해당하는 지역에 있다. 여섯 번째를 '원주'라고 하는데, 북해 가운데 있다. 일곱 번째를 '유주'라고 하는데, 서해 가운데 있다. 여덟 번째를 '생주'라고 하는데, 동해 가운데 축과 인의 방위에 해당하는 곳에 있다. 아홉 번째를 '봉린주'라고 하는데, 서해의 정중앙에 있다. 열 번째를 '취굴주'라고 하는데, 서해 가운데 미와 신의 방위에 해당하는 지역에 있다. 또 '부상' '봉래' '곤륜'이 있는데, 이를 '삼도'라고 한다. 또 일본국이 속해 있는 풍전·풍후 등을 '구도'라고도 하는데, 이 또한 '구주'라고 한다.[86]

그러나 위의 기록은 어디까지나 상상의 산물일 뿐 사실과는 거리가 멀어 보인다.

한편 고대 중국인들은 전국 각지의 산과 강에서 생산되는 산물에 대해서도 깊은 관심을 기울여 여러 체례로 정리하였다. 그중 가장 대표적인 것으로 중국을 대표하는 명산을 '오악五岳(嶽)'이라고 부르고, 중국을 대표하는 큰 강을 '사독四瀆'이라고 부르는 예를 들 수 있다. '岳'은 큰 산을 뜻하고, '瀆'은 큰 강물을 뜻한다.

'오악'은 오행五行에 따라 동방을 대표하는 태산泰山, 남방을 대표하는 형산衡山, 중원(중앙)을 대표하는 숭산崇(嵩)山, 서방을 대표하는 화산華山, 북방을 대표하는 항산恒山(상산常山)을 가리킨다. 오악 가운데 가장 높은 산은 항산인데, 공식 높이가 2,017미터에 불과한 것을 보면, 높이 때문에 명성을 얻은 것은 아니라는 사실을 알 수 있다. 그보다는 고대 중국인들의 거주지로부터 가까운 곳에 위치한 산 가운데 동서남북과 중앙을 상징할 수 있는 명산을 택했

86) 前漢 東方朔 ≪海內十洲記≫: 一曰祖洲, 一曰瀛洲, 在東海中, 與會稽相對. 一曰玄洲, 在北海中戌亥之地. 一曰炎洲, 在南海中. 一曰長洲, 在南海辰巳之地. 一曰元洲, 在北海中. 一曰流洲, 在西海中. 一曰生洲, 在東海丑寅之間. 一曰鳳麟洲, 在西海中央. 一曰聚窟洲, 在西海中未申之地. 又有扶桑·蓬萊·崑崙, 謂之三島. 又日本國所屬豐前·豐後等曰九島, 又謂之九州.

을 가능성이 높아 보인다.

반면 고대 중국인들은 상상의 산물로서 미지의 산을 설정하기도 하였는데, 이를테면 신선이 산다는 동해의 봉래산蓬萊山·방장산方丈山·영주산瀛洲山과 같은 삼신산三神山이 그러한 예이다.[87] 우리나라 금강산의 사계절 별칭 가운데 하나로서 봉래산을 설정한 것도 신비롭고 아름다운 경관을 돋보이게 하기 위해 중국의 명칭을 빌어온 듯하다.

또 필자가 거주하는 강원도 강릉에는 '영주산, 즉 동해가 내려다 보이는 곳에 마련한 숙소'라는 의미에서 '임영관臨瀛館'이라는 문화재가 있다. 아마도 조선시대 때 외지에서 방문하는 손님을 맞이하기 위해 세웠던 건물인데, 신비로운 명칭을 부여하기 위해 중국의 삼신산 가운데 하나를 빌어다가 이름 붙인 것으로 보인다. 경포 호수 근처에 있는 '동해(강릉)를 빛내는 누각'이란 의미의 '광영루光瀛樓'라는 한국전력 건물도 같은 원리로 지은 명칭으로 보인다.

한편 '사독'은 중국에서 물줄기가 가장 길다고 알려진 황하黃河와 장강長江, 그리고 중국을 온대와 아열대로 가르는 기준이 되는 회수淮水와 산동성을 흐르는 제수濟水 등 커다란 네 물줄기를 가리킨다. 이상 '오악'과 '사독'에 관해 아래에서 보다 상세하게 기술해 보고자 한다.

1. 오악五岳

1) 태산泰山

태산은 산동성에 위치한 중국의 동방을 대표하는 명산으로서, 중국의 모든 산 가운데 고대 문헌에 가장 많이 등장하는 성지와도

---

87) 晉 張華 ≪博物志·水≫卷1: 滄海之中有蓬萊·方丈·瀛洲三神山, 以金銀爲宮闕, 僊人所集也.

같은 곳이다. 태산은 '천제의 손자'라는 의미에서 '천손天孫'이라고도 하고, '동방의 만물이 대체될 때 으뜸가는 장소'라는 의미에서 '대종岱宗'으로도 불렸다.

태산은 우리나라 시조時調의 '태산이 높다 하되 하늘 아래 뫼이로다'라는 구절에도 등장할 정도로, 우리나라 사람들에게도 무척 귀에 익은 명산이다. 그러나 구절 그대로 받아들인다면 마치 하늘에 닿을 듯 매우 높은 산으로 이해될 수 있지만, 공식적인 높이가 1,545미터로서 우리나라의 한라산에도 미치지 못 하는 높이기에, 중국의 산 가운데서는 고산에 속한다고 말할 수 없다. 중국의 서역으로 가면 5천 미터가 넘는 산들이 즐비하다. 그럼에도 불구하고 태산이 많이 언급되는 것은 아마도 교통이 불편했던 고대에는 서쪽의 고산들에 접근하기 어려웠기에, 이런 고산들의 존재를 잘 몰랐기 때문이기도 하겠지만, 무엇보다도 태산이 지니고 있는 '천제와 통하는 출입문(天門)'이라는 상징적 의미에서 비롯되었을 가능성이 높아 보인다.

태산은 중국인들이 성인으로 떠받드는 춘추시대 노나라 공자도 쉽게 접근할 수 있었던 곳이기도 하고, 역대 황제들이 즉위한 뒤에 천제와 지신에게 봉선제封禪祭를 지내던 곳이기도 하기에, 그 상징성이 남다른 곳이다. 진나라 시황제始皇帝나 전한 무제武帝·후한 광무제光武帝가 태산에서 천제와 지신에게 제사를 올렸다는 고사는 잘 알려진 역사적 사실이다.

당나라 때 시인 두보杜甫(712-770)도 태산을 소재로 한 <동악(태산)을 바라보며 지은 시(望嶽)>를 남겼는데, 특히 마지막 구절은 국제 정치나 경제 방면에서 대국을 지향하는 중국의 정치가들이 곧잘 인용하던 것으로도 유명하다. 즉 태산을 중국으로 간주하고 나머지 국가들을 작은 산으로 치부함으로써, 국력 신장에 대한 자신감을 드러냈다고 해석할 수 있을 것이다. 시 본문을 인용하면 다음과 같다.

태산은 어떠한가?
제나라와 노나라에 걸쳐서 푸르른 모습 끝이 없구나.
조물주는 신령스럽고 빼어난 기운을 모아 놓았고,
산의 앞쪽과 뒤쪽은 밤과 새벽을 갈랐네.
층층의 구름이 생겨나니 마음이 깨끗이 씻겨지고,
눈을 크게 뜨니 돌아가는 새가 바라다보이는데,
반드시 산꼭대기에 올라,
뭇 산들이 작은 것을 바라보리라!88)

따라서 중국의 권력자들이 이 구절을 인용할 때는 그속에 응큼한 속셈을 숨기고 있다고 경계할 필요가 있을 듯하다. 각설하고 여하튼 중국을 두고서 '시의 나라'라고 할 정도이니, 중국인들의 시에 대한 애착심만큼은 각별하다고 하겠다.

2) 형산衡山

형산은 중국의 남방을 대표하는 산으로서 호북성 형주荊州(강릉江陵) 근처에 위치해 있는데, 북두칠성 가운데 다섯 번째 별인 옥형성玉衡星과 호응한다고 하여 이런 이름이 지어졌다고 전한다. 형산의 형태에 대해서는 ≪태평환우기≫에 상세히 기술되어 있는데, 이를 인용하면 다음과 같다.

형산은 둘레 8백 리 안에 72개의 봉우리와 10개의 동굴·15개의 바위·38개의 샘물·25개의 시냇물·9개의 연못·9개의 깊은 못·9개의 우물이 있다. 봉우리 중 가장 큰 것이 다섯 개인데, '축융봉' '자개봉' '부용봉' '석름봉' '천주봉'이라고

88) 淸 仇兆鼇 ≪杜詩詳注≫卷1 <望嶽詩>: 岱宗夫如何? 齊魯靑未了. 造化鍾神秀, 陰陽割昏曉. 盪胸生層雲, 決眥入飛鳥. 會當凌絶頂, 一覽衆山小!

한다. 그중에서도 축융봉이 가장 높다.[89)]

심지어 "기러기는 남쪽으로 날아가면 형산을 넘지 않는다. 형산 옆에는 ('기러기를 되돌아가게 만드는 봉우리'란 의미의) '회안봉迴雁峯'이 있다. 아마도 남쪽 땅은 무척 더워서 사람들 중에 눈에 대해 아는 이가 드물기에, 기러기도 형산을 바라보면 멈추는 것일 게다"[90)]라는 말처럼, 겨울이 되어 따듯한 남방을 찾는 철새인 기러기조차도 이곳에 도착하면 넘지 못 할 정도로 산세가 고준하다고 하지만, 실제로 공식 높이가 1,290미터에 불과한 것을 보면, 역시 과장법적 표현을 좋아하는 중국인들의 허세가 아닐까 싶다.

3) 숭산崇山

일명 '숭산嵩山' '숭고산嵩高山'으로도 불리는 숭산은 중국의 중부를 대표하는 명산으로서 하남성 낙양 근처에 위치해 있다. 당나라 때 대문호인 이백李白(701-762)과 한유韓愈(768-824)나, 송나라 때 명재상인 사마광司馬光(1019-1086) 같은 문인들이 답방하여 글을 남긴 곳으로도 유명하다. 우리에게는 중국 무술의 성지인 소림사少林寺의 소재지로도 잘 알려져 있다. 요즘은 이곳 출신이라고 자처하는 무승武僧이 이종격투기 선수들에게 패배를 당함으로써 그 위상이 많이 훼손되고는 있지만……

숭산은 36개 봉우리로 이루어져 있는데, 석실이 많고 규모가 큰 동쪽의 것을 '태실산太室山'이라고 하고, 태실산에 비해 규모가 작

---

89) 明 彭大翼 ≪山堂肆考·地理≫卷19에 인용된 宋 樂史 ≪太平寰宇記≫: 衡山盤繞八百里, 有七十二峯·十洞·十五巖·三十八泉·二十五溪·九池·九潭·九井. 而峯之最大者五, 曰祝融, 曰紫蓋, 曰芙蓉, 曰石廩, 曰天柱. 惟祝融爲最高.

90) 宋 陸佃 ≪埤雅·釋鳥·雁≫卷6: 鴻雁南翔, 不過衡山. 衡山之旁, 有迴雁峯. 蓋南地極燠, 人罕識雪, 故雁望衡山則止.

은 서쪽의 것을 '소실산小室山'이라고 한다. 무릇 숭산의 중요성과 상징적 의미는 한나라 무제武帝가 내린 다음의 조서에도 잘 나타나 있다. 원문을 옮겨적으면 아래와 같다.

> 짐(무제)은 화산에서 제사를 올리고, 중악(숭산)에 도착해서 얼룩무늬가 있는 사슴을 잡고, 하나라 왕 계의 모친이 변한 바위를 보았노라. 이튿날에는 몸소 숭산에 올랐는데, 뒤따르는 수레를 탔던 어사들이나 사당 옆의 관리와 병졸들 모두가 만세를 부르는 소리를 세 번 들었노라. 산에 올라 산신령에게 제를 올려서 모두 응답을 받았노라. 명하노니 제사를 관장하는 관리들은 태실산(숭산)의 사당에 제사용품을 늘리고, 초목을 베지 못 하게 금령을 내릴 것이며, 산 아래 가구 3백 호를 그곳 신령의 식읍으로 삼도록 하라.[91]

4) 화산華山

화산은 섬서성과 하남성의 경계에 위치한 중국의 서방을 대표하는 암산巖山으로서, 중국 무협소설에도 '화산파'라고 하여 검술의 성지로 자주 등장하는 곳이다. 이 산에 얽힌 흥미로운 신화를 한 가지 아래에 소개해 보고자 한다.

> 화산과 수양산은 본래 한몸이었던 산인데, 황하의 수신인 거령이 손으로 쪼개서 황하의 물줄기를 통하게 하였다. 그래서 손바닥 자국이 지금까지도 그곳에 남아 있다.[92]

---

91) 後漢 班固 ≪漢書・武帝紀≫卷6: 朕有事華山, 至於中嶽, 獲駁鹿, 見夏后啓母石. 翌日, 親登嵩高, 御史乘屬車, 在廟旁吏卒, 咸聞呼萬歲者三. 登禮罔不答. 其令祠官加贈太室祠, 禁無伐草木, 以山下三百戶爲之奉邑.

92) 明 彭大翼 ≪山堂肆考・地理≫卷17에 인용된 晉 郭緣生 ≪續述征記≫: 華山與首陽山, 本同一山, 河神巨靈, 擘開以通河流. 故掌跡至今存焉.

수양산은 은나라 말엽에 쿠데타를 일으킨 주周나라 무왕武王을 향해, ‘신하로서 군주를 시해하는 반역행위’라며 반대한 백이伯夷와 숙제叔齊 형제가 은거하였다가 아사餓死한 산으로 유명하다. 이 산과 화산이 한몸이었다가 황하에게 물길을 터주기 위해 갈라졌다는 얘기는 순전히 고대 중국인의 상상력에서 창조된 얘기에 불과하지만, 그 발상만큼은 기발하다. 다음의 고사를 보면 고대 중국인들의 눈에 화산은 산세가 무척 험한 곳으로 받아들여진 듯하다.

> **(당나라 때) 문공文公 한유韓愈는 화산의 꼭대기를 노닐다가 그 험한 지형을 둘러보고는 두려워 내려갈 수 없다고 생각해서, 미친 듯이 통곡하며 유서를 밧줄에 매달아 내려보내 결별을 고하고자 하였다.**[93]

당나라 말엽에 심안沈顏이란 사람은 이 얘기에 심오한 뜻이 담겨 있다고 확대 해석까지 하였다. 즉 ‘한유가 등산했다가 하산을 꺼렸던 행위를 빌어 당시 부귀영화를 좇고 지위를 탐하는 무리들을 보고 분개한 마음이 일어나 뜻을 기탁했다’[94]는 것이니, 이 정도면 나가도 너무 나간 것은 아닐까 싶기도 하다.

5) 항산恒山

항산은 중국의 북방을 대표하는 산으로서 하북성에 위치해 있다. 항산은 뒤에 ‘상산常山’으로 개명되기도 하였다. 즉 전한 때 황제인 문제文帝 유항劉恒의 이름을 피휘避諱하기 위해 ‘항恒’과 의미가 같

93) 唐 李肇 ≪國史補≫卷中: 韓文公遊華嶽之巔, 顧視其險絶, 恐慄, 度不可下, 乃發狂慟哭, 欲縋遺書以爲訣.

94) 宋 姚鉉 ≪唐文粹・古文庚≫卷48에 수록된 沈顏의 <화산에 오른 뜻(登華旨)>: 文公假事諷時, 寓意於此, 蓋憤趨榮貪位者之輩. 若陟懸崖, 險不能止, 然後嘆不知稅駕之所, 焉可及矣?

은 한자인 '상常'으로 대체해 표기하면서 굳어진 것이다.

항산은 공식적으로 높이가 2,017미터로서 오악 가운데 가장 높은 산이다. 그 형세에 대해서는 당나라 때 황제인 태종太宗의 목격담으로 대신한다.

> 절벽은 높이가 천 심이요, 외로운 봉우리는 높이가 천 길이나 된다. 계수나무 꽃에 달빛이 스며들고, 소나무 덩굴에 구름이 걸려 있다. 깊은 계곡의 시냇물은 겨울에도 따듯하고, 나는 듯한 폭포는 여름에도 시원하다. 보배로운 부절이 대나라의 아름다움을 굽어보고, 신령스런 뱀의 형상이 진영과 같은 기이함을 드러낸다. 7년 동안 바위를 녹였어도 그 거대한 몸체를 줄이지 못 했고, 9년 동안 파도를 맞았어도 그 높이가 전혀 줄지 않았다. 높고 높아 천지와 영원히 굳건하고, 웅장한 모습은 고금에 걸쳐 끊긴 적 없도다![95]

2. 사독四瀆

중국은 우리나라와는 반대로 지리적으로 서쪽이 높고 동쪽이 낮은 '서고동저西高東低'의 형태를 지니고 있기에, 대부분의 강이 서쪽으로부터 동쪽의 동해東海(황해)로 흘러든다. 그 대표적인 예가 '하河'(황하)와 '강江'(장강)이다. '하河'와 '강江'은 원래 두 군데 강물을 가리키는 고유명사였으나, 후대에는 보통명사화되어 일반 강물 이름에도 활용되었다. 그리고 그 외의 강물은 대개 '물 수水'자를 붙

95) 唐 徐堅 ≪初學記・地理上・恒山≫卷5에 인용된 태종의 <북악 항산에 제를 지내며 쓴 축문(祭北岳恒山文)>: 絶壁千尋, 孤峰萬仞. 桂花浸月, 松蘿挂雲. 幽澗冬暄, 飛泉夏冷. 寶符臨代邦之美, 靈蛇表陣勢之奇. 鑠石七年, 無以虧其大, 含波九載, 不能損其高. 巍巍乎, 與乾坤而永固, 隱隱乎, 橫古今而不絶! 예문에서 '尋'은 여덟 자를 뜻하는 말인데, 일곱 자를 뜻한다는 설도 있고, 여섯 자를 뜻한다는 설도 있다. 여하튼 대략 2미터 길이에 해당한다고 보면 될 듯하다.

여 '~水'라고 불렀다. 이를테면 황하와 장강의 중간에 위치하여 중국 대륙을 온대와 열대로 양분하기에 '회수를 건너면 귤이 탱자로 변한다(橘化爲枳)'[96]는 고사성어로도 유명한 '회수淮水'가 그렇고, 산동성을 흐르는 '제수濟水'가 그러하며, 장강의 지류 가운데 가장 큰 강물인 '한수漢水' 또한 그러하다. 그 외에 ≪시경≫에도 자주 등장하는 위수渭水·경수涇水·낙수洛水 등 '~水'자가 붙은 강물들은 헤아릴 수 없을 정도로 많다. 여기서는 '사독'에 대해 보다 상세히 살펴보도록 하겠다.

1) 황하黃河

황하는 감숙성 곤륜산崑崙山에서 발원하여 중국의 북부를 흐르는 강으로, 본래 명칭은 '하河'였다. 따라서 대개 고문헌에서 '하河'라고 하면 황하를 가리키고, '강江'이라고 하면 장강을 가르켰다. 그러다나 뒤에 '하'나 '강'이 일반명사화되면서, 다른 강과 구분하기 위해 물의 색깔을 덧붙여 '황하'라고 하고, 길이를 강조해 '장강'이라고 지칭하게 되었다. '황黃'은 황하가 천 년에 한 번 맑아질까 말까 할 정도로 강물이 흙빛을 띠기에 붙여진 글자이다.[97]

황하 중류 지역은 중국 고대 문명의 발상지이다. 그래서 황하는 중국의 사독四瀆 가운데서도 으뜸가는 물줄기로 받아들여졌다.[98] 따라서 '중원'이니 '중국'이니 하는 말들은 원래 황하 중류 지역에 들어선 도시국가를 가리킨다고 볼 수 있다.

지금은 20여 개의 성省과 내몽고·위구르·티베트 같은 자치구까지 차지한 대국으로서 국제사회에서 위상을 떨치고 있지만, 실상 본래의 중국은 대국이라고 부르기에는 본토의 면적이 그리 큰 나

96) ≪周禮·冬官·考工記≫卷39: 橘踰淮而爲枳.
97) 前秦 王嘉 ≪拾遺記≫卷1: 黃河千年一淸, 聖人之大瑞也.
98) 唐 徐堅 ≪初學記·地部中·河≫卷6에 인용된 ≪穆天子傳≫: 河與江·淮·濟爲四瀆. 河者, 四瀆之所宗也.

라는 아니었다고 말할 수도 있다. 오히려 전한 무제 때 베트남을 침략해서 일남군日南郡을 설치하고, 고구려를 침공해서 한사군漢四郡을 설치하기도 하였으니, 어찌보면 한나라 때가 가장 면적이 넓었던 대국이 아닐까 싶다.

황하는 중국인들에게 많은 혜택을 주었던 물줄기이지만, 한편으로는 잦은 홍수로 인해 재앙의 근원이 되기도 하였다. 그래서 역대로 수많은 신하들이 이에 대한 대책을 제시하곤 하였다. 이에 대한 고민이 잘 나타나 있는 전한 사람 가양賈讓의 상주문을 소개해 보면 다음과 같다.

> **수로에서 요충지에 있는 사람들을 옮겨서 홍수를 피하게 하고, 황하의 물줄기를 유도해 북쪽으로 바다로 들어가게 하면, 범람하더라도 1개월 안에 저절로 안정되어 인력을 소모하지 않게 될 것입니다. 이를 '상책'이라고 합니다. 만약 운하와 도랑을 많이 뚫으면 사람들이 농토에 물을 댈 수 있습니다. 이를 '중책'이라고 합니다. 이전의 오래된 제방을 수리한다면 노동력과 경비가 한없이 들 것입니다. 이는 가장 뒤떨어지는 '하책'입니다.**[99]

다만 가양이 주장한 말들이 얼마나 현실적으로 실현 가능한 대책이었는지는 미지수이다. 설혹 실현 가능했다 하더라도, 어마어마한 국가 예산이 소요되었을 것으로 추정된다. 결국 황하는 고대 중국인들의 젖줄임과 동시에 재앙의 근원이기도 했던 것이다.

---

99) 後漢 班固 ≪漢書・溝洫志≫卷29: (賈讓奏言,) 徙其當水衝之人以避之, 放河使北入海, 泛濫朞月自定, 不勞人力, 謂之上策. 若多穿漕渠, 使人得以溉田, 謂之中策. 繕完故隄, 勞費無已, 此最下策也.

2) 장강長江

장강은 일명 '양자강揚子江'이나 '대강大江'으로도 불린다. 헌데 그중 '양자강'이란 별칭은 청나라 때 처음으로 등장하였다. 아마도 외국 열강에서 파견한 선교사들이 장강의 물줄기가 강소성 양주揚州 지역을 흘러서 지나기에 '양주강'이라고 부르던 것이 와전되어 '양자강'으로 불리게 되었거나, 아니면 전한 말엽의 문호 '양웅揚雄'(B.C.53-A.D.18)에 대한 존칭인 '양자揚子'처럼 '양'씨 성을 가진 어느 명사와 연관이 있어서 '양자강'이란 별칭이 생겨난 것이 아닐까 추정된다. 다만 그 유래에 대해서는 아직 확인된 정설이 없는 듯하다.

장강은 사천성 민산岷山의 두 봉우리인 거산崌山과 내산崍山에서 발원하여[100] 강소성을 거쳐서 동해로 흘러드는, 공식적으로 중국에서 가장 긴 강으로 알려져 있다. 또 장강은 지류가 많아 이미 ≪서경·하서夏書·우공禹貢≫권5에 '구강九江'이란 말이 보인다. 그러나 이에 대해 '원수沅水·점수漸水·원수元水·진수辰水·서수敍水·유수酉水·예수澧水·자수資水·상수湘水'를 가리킨다고도 하고, '오백강烏白江·방강蜯江·오토강烏土江·가미강嘉靡江·견강畎江·부강浮江·늠강廩江·제강提江·균강菌江'을 가리킨다고도 하는 등 여러 설이 있는 것으로 보아, 장강의 복잡한 지류들이 여러 곳에 분포되어 있어 하나의 설로 통일될 수 없었던 것이 아닌가 추측된다.

장강과 관련해서는 상고시대 때부터 여러 역사적인 인물들과 연계된 고사들이 출현하였다. 전설상의 임금인 우虞나라 순왕舜王이 사망하자, 그의 두 부인이자 당唐나라 요왕堯王의 딸인 아황娥皇과 여영女英이 장강의 지류인 상수湘水에서 투신자살하여 상수의 수신인 상군湘君과 상부인湘夫人이 되었다는 이야기나, 춘추시대 오나라

100) ≪山海經·中山經≫卷5: 岷山東北百三十里爲崍山, 江水出焉. 又東北五十里爲崌山, 江水出焉, 東流注於大江. ≪孔子家語·三恕≫卷2: 江水始出岷山. 明 張溥 ≪漢魏六朝百三家集·晉郭璞集≫卷56 <江賦>: 分二源於崌崍, 流九派於潯陽.

때 초나라 출신 오자서伍子胥[101]가 초나라 왕을 상대로 부형父兄의 원한을 갚은 뒤 간신의 모함으로 인해 살해당해 장강에 시신이 버려지자 장강의 수신이 되었다는 이야기, 전국시대 초나라 때 애국 시인인 굴원屈原[102]이 모함을 당한 뒤 단오절에 장강의 지류인 멱라강汨羅江에서 투신자살하였기에 그의 원혼을 달래기 위해 사람들이 용선 경주를 만들었다는 이야기, 당나라 때 시인 이백李白이 장강의 지류인 채석강采石江에서 술에 취해 물속에 비친 달을 잡으려다가 익사하였다는 믿기 힘든 이야기,[103] 이백의 절친인 두보杜甫도 사천성 성도成都를 출발해 장강을 따라 여행하던 중 호북성 뇌양현耒陽縣에서 과음으로 인해 객사했다는 이야기[104] 등이 인구에 회자되고 있는 대표적인 예이다.

사물의 시초나 발단을 비유하는 말을 흔히 '겨우 술잔을 띄울 정도로 적은 양의 물'이란 의미에서 '남상濫觴'이라고 한다. 그런데 이 고사성어도 알고 보면 다름 아니라 바로 장강에서 유래하였다.

장강은 처음에 (사천성) 민산에서 나온다. 그 수원은 물의 양이 술잔을 겨우 띄울 정도지만, 강진현에 이르면 배를 나란

101) '자서'는 오원伍員의 자인데, 본명보다는 별명으로 더 알려져 있다.

102) '원' 역시 굴평屈平(약 B.C.340-B.C.278)의 자로서, 본명보다는 별명으로 더 알려져 있다.

103) 宋 趙令畤 ≪侯鯖錄≫卷6: 李白過采石江, 酒狂入水, 捉月而死. 이백에 관한 얘기는 다분히 소설적인 성격이 강해 이를 믿는 이는 거의 없다. 그가 객지에서 과음으로 인해 병사했다는 것이 통설이다.

104) 宋 劉斧 ≪摭遺≫: 두보는 (호북성) 뇌양현에서 객지생활을 하다가 하루는 장강을 건너며 배안에서 술에 취하였다. 그날 저녁 강물이 갑자기 불어나 두보는 강물에 표류하였고, 그의 시체가 어디에 버려졌는지 알지 못 한다. (杜甫客耒陽, 一日過江, 舟中飮醉. 是夕, 江水暴漲, 甫爲水所漂泛, 其屍不知落於何處.) 宋 黃鶴 ≪補注杜詩≫ 卷頭에 수록된 唐 韓愈 <題杜子美墳>: 올봄에 어쩌다 뇌양현 길을 떠돌다가, 비참한 심경 안고 강가 무덤을 찾았네. 손짓하여 불러서 목동에게 물으니, 목동이 내게 사당이 있는 곳을 가리키네.(今春偶客耒陽路, 悽慘來尋江上墓. 招手借問牧牛兒, 牧兒指我祠堂處.) '子美'는 두보의 자.

히 띄우지 않고 바람을 피하지 않고서는 건널 수 없을 정도가 된다.105)

장강에서 가장 유명한 명소로 흔히 삼협三峽을 거론한다. 삼협은 무협巫峽·서릉협西陵峽·귀협歸峽의 세 협곡을 가리키는데, 그중에서도 무협이 아름다운 경관으로 유명하였다. 그러나 근자에 이곳에 거대한 댐을 건설하는 바람에 훌륭한 미관과 함께 장강 돌고래·철갑상어·장강 악어 등 희귀종이 사라졌다고 하니, 경제 논리로 인해 자연이 훼손된 대표적인 사례가 아닐까 생각된다.

3) 회수淮水

회수는 하남성 남양군南陽郡의 동백산桐栢山에서 발원하여 황하와 장강의 중간 지대를 거쳐 강소성을 관통해서 동해로 흘러든다. 이 강은 중국에서 기후를 구분하는 중요한 기준이 되는 물줄기이다. 그래서 '회수를 건너면 귤이 탱자가 된다'는 격언도 생겨났다. 이는 아열대 과일인 귤을 북쪽의 온대 지방으로 옮겨 심으면 모양과 맛이 바뀌어 먹을 수 없는 탱자로 변한다는 뜻으로, 잘 알려져 있다시피 교육환경의 중요성을 비유적으로 설파한 말이다.

회수는 이미 ≪서경·하서·우공≫권5에 "(하夏나라 우왕禹王이) 회수淮水와 기수沂水를 다스렸다"106)는 기록이 있을 정도로, 그 중요성을 인정받아 일찌감치 치수사업의 대상이 되었다. 또 북방과 남방의 중간 지대에 위치하고 있어 군사적으로도 요충지였기에, 역대로 수많은 변란이 일어난 곳이기도 하다. 끝으로 회수를 소재로 한 시를 한 수 소개하는 것으로 마무리하고자 한다.

---

105) ≪孔子家語·三恕≫卷2: 江水始出岷山. 其源可以濫觴, 及其至於江津, 不方舟, 不避風, 不可以涉.

106) ≪書經·夏書·禹貢≫卷5: 淮沂其乂.

그대는 보지 못 했는가?
회수의 강물에
봄바람이 불어와,
봄바람이 씻겨 주면
쪽풀보다 푸른데,
초록빛은 손가락을 물들일 수 있기에,
물고기도 오지 않고
갈매기도 날아오르지 않는 것을.
물결이 넘실넘실 하늘 끝까지 닿는 곳에,
단지 외로운 돛단배만 보일 뿐 큰 배는 보이지 않네.
석양이 지려 하다가도 미처 지지 않는 곳이라서,
모두가 인간세상 천고의 시름일세.
천고의 시름을 어찌할 수 있으리오?
시인에게 뱃노래를 묻게 하지 마시라.
우리 모두 호탕하게 노래하는 길손이거늘,
소리 내 웃고 술 취한 얼굴에 봄바람은 부드럽기 그지없구나.107)

4) 제수濟水

제수는 산서성 하동군河東郡에 있는 왕옥산王屋山에서 발원하여 황하의 북부를 경유해서 동해로 흘러드는데, 상류 부분은 달리 연수沇水라고도 한다. 실상 제수는 규모면에서 볼 때 나머지 '삼독三瀆'에 비해서는 폭이나 길이가 작은 편이다. 그래서 제수가 중국의 4대강인 '사독四瀆'의 반열에 오른 것에 대해, 일찌감치 당나라 때

107) 宋 徐積 ≪節孝集≫卷2 <회수에서 문인 마존에게 보이다(淮之水, 示門人馬存)>: 君不見? 淮之水, 春風吹, 春風洗, 靑於藍, 綠染指, 魚不來, 鷗不起. 瀲瀲灩灩天盡頭, 祇見孤帆不見舟. 殘陽欲落未落處, 盡是人間古今愁. 可奈何可奈何? 莫使騷人問棹歌. 我曹盡是浩歌客, 笑聲酒面春風和.

이감李甘이란 사람이 의문을 제기한 일도 있었다.

이제 제수의 힘이 다 고갈되어 곡식 몇 섬을 실을 만한 배조차 건널 수 없을 정도로 좁고, 배를 띄울 수 없을 정도로 얕은데도, 황하와 똑같이 신령하고 등급이 같다고 말을 합니다. 저는 선왕들이 함께 제사를 올려 준 의도가 무엇인지 모르겠습니다.108)

그럼에도 '사독'의 반열에 오를 수 있었던 연유는 무엇일까? 이에 대해서는 다음의 기록이 웅변적으로 설명해 준다.

당나라 태종이 허경종에게 물었다. "천하의 큰 물줄기와 거대한 계곡들은 제사용 법전에 기재되지 않았는데, 제수는 무척 작은데도 사독에 낀 것은 무슨 이유인가?" 허경종이 대답하였다. "'독瀆'이라는 말은 '홀로'라는 뜻으로, 다른 강물에 의지하지 않고서도 홀로 바다로 갈 수 있다는 말입니다. 제수는 보이지 않게 흐르고 자주 물길이 끊겨서 모양이 비록 미세하긴 하지만, 독립적이고 존귀합니다." 태종이 말했다. "옳은 말이오!"109)

'사독' 외에도 감숙성 농서군隴西郡의 파총산嶓冢山에서 발원하여 섬서성과 호북성을 경유해서 장강과 합류하는 한수漢水나, 섬서성의 총령산冢嶺山에서 발원하여 하남성 낙양을 거쳐 황하로 흘러드

108) 宋 姚鉉 ≪唐文粹·古文丁·言語對答十八≫卷45에 수록된 唐 李甘의 <제수가 사독의 하나라는 데 대한 질의서(濟爲瀆問)>: 今盡濟水之力, 載數石之舟, 廣不能橫, 深不能浮, 而曰與河同靈等秩. 吾不知先王班祀之意何如也.

109) 明 彭大翼 ≪山堂肆考·地理≫卷21: 唐太宗問許敬宗曰, "天下洪流巨谷, 不載祀典, 濟甚細而在四瀆, 何也?" 對曰, "瀆之爲言, 獨也, 不因餘水, 獨能赴海者也. 濟潛流屢絶, 狀雖微細, 獨而尊也." 帝曰, "善!"

는 낙수洛水 등도 중국의 고문헌에 자주 등장하는 큰 강 가운데 하나이다.

제3절 명절

고대 중국인들은 홀수인 양수陽數를 중시하고, 짝수인 음수陰數를 경시하는 성향이 무척 강했다. 이는 명절에도 반영되어 대개 홀수가 겹치는 날을 중요한 날로 설정하였다. 이를테면 음력 1월 1일인 설날(원일元日), 3월 3일인 상사절上巳節, 5월 5일인 단오절端午節, 7월 7일인 칠석七夕, 양수 가운데 가장 큰 수인 9가 겹치는 9월 9일 중양절重陽節 등이 바로 그러한 예이다.

이외에도 우리나라와 마찬가지로 정월 15일인 정월대보름이나 1년 가운데 추수기인 8월 15일 중추절도 주요 명절에 속하고, 2월 1일 중화절中和節, 동지 이후 103일이 되는 날인 한식寒食, 하지 뒤 세 번째 경일庚日인 초복, 입추 뒤 첫 번째 경일인 말복, 12월 납제臘祭를 지내는 납일臘日 등의 절기가 있는데, 여기서는 주요 명절을 대상으로 간략히 소개해 보고자 한다.

1. 설날

한 해의 시작을 알리는 정월 초하루 설날은 우리나라에서도 매우 중요한 명절이지만, 중국에서도 예로부터 명절 중에 명절이었다. 설날이 되면 가족들이 모여앉아 제례를 지내고 가족들의 무병장수를 빌면서 나이 어린 식구부터 먼저 음복飮福을 하였다. 이에 대해 진晉나라 때 사람 동훈董勛은 "세간에서는 어린 사람이 나이를 먹는다고 여기기에, 그래서 먼저 술을 마셔서 이를 축하하고, 늙은 사람은 나이를 잃는다고 여기기에, 그래서 나중에 술을 마신다"[110]고 설명하였다.

설날에는 악귀를 물리치기 위해 복숭아나무로 만든 판자에 신상神像을 그려서 문에 세우는 풍습이 있었는데, 이는 귀신이 복숭아나무를 두려워한다는 미신에서 비롯되었다. 이에 대해서는 “황제黃帝가 다스리던 상고시대에 두 신이 있었는데, 하나는 ‘신서神荼’라고 하고, 하나는 ‘울루鬱壘’라고 하였다. 형제인 두 신인은 탁삭산의 복숭아나무 아래서 귀신을 잡는 능력이 있었다. 온갖 잡귀 가운데 무도한 자를 골라 갈대줄로 묶어서 데려다가 호랑이에게 먹였다. 황제가 그래서 출입문에 복숭아나무 판자를 세우고, 그 위에 신상神像을 그려서 악귀를 막았다”[111]는 전설에서 유래되었다고 한다. 또 대문에 호랑이 머리를 그리고 ‘오직 배점뿐이다’라는 의미에 ‘점이漸耳’라는 글자를 써서 학질을 막았다고도 한다. 이에 대해서는 배점이라는 사람이 귀물을 귀신같이 알아보았는데, 하북성 박릉현 사람 최공에게 편지를 써서 “현재 귀신을 제압하는 데는 저 배점만한 사람이 없습니다”라고 한 데서 유래하였다고 한다.[112] 이처럼 설날에는 가족들의 무사안녕을 위한 여러 가지 미신적인 풍속이 생겨났다.

한편 어떤 풍속은 생겼다가 사라지기도 하였는데, 춘추시대 진晉나라 때 있었던 방생의 습속이 그러한 예이다. 생명을 살려주기 위한 방생은 그 취지가 좋지만, 방생할 생물을 마련하기 위해 무분별한 포획이 이루어짐으로써 오히려 역효과가 생겼기에 이를 금하였을 것이다. 아래의 예문은 이러한 사실을 잘 말해 준다.

(하북성) 한단에 사는 백성이 설날에 (진晉나라) 간자簡子

---

110) 宋 洪邁 ≪容齋續筆・歲旦飮酒≫卷2: 董勛曰, “俗以小者得歲, 故先飮酒賀之, 老者失歲, 故後飮酒.”

111) 後漢 應劭 ≪風俗通・祀典・桃梗葦茭畵虎≫卷8: 黃帝上古之時有二神, 一曰神荼, 一曰鬱壘. 兄弟二人能執鬼於度朔山桃樹下, 簡閱百鬼之無道者, 縛以葦索, 執以飼虎. 黃帝因立桃板於門戶, 畵神像於上, 以禦凶鬼.

112) 明 彭大翼 ≪山堂肆考・時令≫卷8: 裴漸善洞視鬼物, 寄書博陵崔公曰, “當今制鬼, 無如漸耳.”

조앙趙鞅에게 비둘기를 바쳤다. 조앙이 후하게 상금을 주었는데, 문객門客이 그 까닭을 묻자 조앙이 대답하였다. "설날에 방생을 하면 은덕을 베푼다는 것을 보여줄 수 있지요." 그러자 문객이 말했다. "백성들이 어르신께서 방생하려 한다는 것을 알기에, 다투어 잡아서 바치는 것입니다. 하지만 죽는 것이 많아지겠지요. 어르신께서 그것들을 살리고 싶으시다면, 차라리 백성들에게 잡지 못 하도록 금지시키는 것이 낫습니다. 잡았다가 놓아주는 것은 은덕과 과오가 서로 보합하지 못 하는 것입니다"[113]

단지 방생을 위해 생명체를 포획하는, 주객이 전도된 사회 현상에 대한 따끔한 일침이라 하겠다. 요즘은 불교 행사로 널리 성행하는 것 같은데, 현대인들도 위의 주장에 대해 다시금 곱씹어 볼 가치가 있을 듯 싶다.

설날을 요즘 중국에서는 '봄의 시작을 알리는 최대의 명절'이란 의미에서 '춘절春節'이라고 부른다. 이 명절이 다가오면 전국민이 보름 가량 휴가를 즐기고, 우리처럼 귀성을 한다고 거의 난리법석에 가까운 전국민적 이동이 일어나는 모습이 이따금 뉴스를 장식하곤 한다. 하긴 바삐 생활하는 현대인들에게 이 날만큼 가족들이 조우할 기회도 많지 않으니 그러할 법도 하다.

2. 인일人日

새해가 시작되고 일곱 번째 날인 정월 7일을 '인일人日'이라고 한다. 옛날에는 정월 1일 이후 일정 기간 동안의 날짜에 생명체를

113) 戰國時代 鄭 列禦寇 ≪列子・說符≫卷8: 邯鄲之民, 以正旦獻鳩於趙簡子. 簡子厚賞之, 客問其故, 簡子曰, "正旦放生, 示有恩也." 客曰, "民知君欲放之, 故競捕獻之, 然死者衆矣. 君欲生之, 不若禁民弗捕. 捕而放之, 恩與過不補也."

배합하여 특별한 명칭을 부여하였다. 즉 1월 1일은 '닭의 날'이란 의미에서 '계일鷄日'로, 1월 2일은 '개의 날'이란 의미에서 '구일狗日'로, 1월 3일은 '양의 날'이란 의미에서 '양일羊日'로, 1월 4일은 '돼지의 날'이란 의미에서 '저일猪日'로, 1월 5일은 '소의 날'이란 의미에서 '우일牛日'로, 1월 6일은 '말의 날'이란 의미에서 '마일馬日'로, 1월 7일은 만물의 영장인 '사람의 날'이란 의미에서 '인일人日'로, 1월 8일은 농경사회에서 가장 중요한 사물이라고 할 수 있는 '곡식의 날'이란 의미에서 '곡일穀日'로 명명하였다. 아마도 생명체의 중요도에 따라 순차를 매긴 듯하다.

여기서 언뜻 '고대는 농경사회였는데, 왜 말이 소보다 더 후순위일까?'라는 의문을 제기할 수 있겠지만, 말이 전쟁에서 없어서는 안 되는 필요불가결한 자원이라는 국방 차원의 관점에서 볼 때는 말이 소보다 더 중요하게 여겨질 수 있으므로, 그러한 의구심은 해소될 수 있지 않을까 싶다.

인일에는 새해의 출발을 자축하는 의미에서 금박이나 비단을 잘라서 만든 머리 장식품을 서로 선물하기도 하고, 여러 가지 나물을 섞어서 끓인 건강 음식으로 한 해의 건강을 축원하기도 하고, 점을 쳐서 한 해의 풍년과 흉년을 예측하기도 하였다. 또 조정에서는 문무관료들이 황제에게 하례를 하면서 축수를 올리기도 하고, 황제가 연회를 열고서 시회詩會를 가지기도 하였다.

인일과 관련하여 수隋나라 때 시인 설도형薛道衡(540-609)에 얽힌 다음과 같은 고사는 동양식 사고방식에 있어서 재미있는 점을 시사해 준다.

수나라 설도형은 자가 현경으로 (산서성) 하동군 분음현 사람이다. 일찍이 (중국이 통일되기 전인 북조北朝 북주北周 때 남조南朝의) 진陳나라에 초빙되었으나, 인일에 고국으로 돌아가고 싶은 생각이 들자 시를 지어 말했다. "새 봄이 온 지 겨

우 7일이 되었건만, 집 떠난 지 벌써 2년이 지났구나." 그러자 남방 사람들이 이를 비웃으며 말했다. "누가 이 사람 보고 시를 지을 줄 안다고 말하는가?" 그러나 "내가 돌아가는 것은 기러기가 (북방으로) 돌아간 뒤이겠지만, (고향에 대한) 그리움이 일어나는 것은 봄꽃이 피기 이전이라네"라고 하자, 비로소 희색을 띠며 말했다. "명성은 실로 괜히 전하는 것이 아니로구나!"[114)]

설도형은 사신의 임무를 띠고서 남방의 진나라를 방문하였으나, 고국으로 돌아가고 싶은 그리움이 절실함을 해학적으로 표현하였다. 설도형이 고국을 떠난 시간이 해가 바뀌어 햇수로는 2년이 되지만, 길게 계산했을 때 전년도 설날에 떠났다면 365일+7일인 만 372일이 될 수도 있고, 짧게 계산해서 전년도 세모에 출발했다고 가정하면 고작 만 7일밖에 안 될 수도 있다. 그러나 시적인 효과를 극대화시켰다는 점에 비추어 볼 때, 설도형이 고국을 떠난 것은 실제로 1주일 남짓밖에는 안 되었을 가능성이 무척 높아 보인다. 그럼에도 2년이라고 말함으로써 비애와 해학이 뒤섞인 절묘한 표현 방식을 창조해 낸 것이다.

이러한 표현 방식은 중국 고유의 사유체계가 저변에 깔려 있기에 가능하다고 할 수 있을 것이다. 마찬가지로 전년도 연말에 태어나도 해가 바뀌었다며 두 살을 먹었다고 표현하는 우리나라의 나이 계산법도 이러한 사유체계에서 비롯된 것으로 불합리한 측면이 있어 보인다. 그래서 서양처럼 만으로 계산하자는 주장이 끊임없이 제기되는 것이 아닐까 싶다. 그래서인지 대선에 나선 대통령 후보마저 이를 공약으로 내세웠는데, 과연 수천 년 동안 고착된 풍습이

114) 明 彭大翼 ≪山堂肆考·時令≫卷8: 隋薛道衡, 字玄卿, 河東汾陰人. 嘗聘陳, 人日思歸詩曰, "入春纔七日, 離家已二年." 南人嗤之曰, "誰謂此虜解作詩?" 及云, "人歸落雁後, 思發在花前." 乃喜曰, "名下固無虛士!"

바뀔 수 있을지는 미지수라 하겠다.

3. 정월대보름

정월 15일 대보름날은 우리나라와 마찬가지로 고대 중국에서도 주요 명절 가운데 하나였다. 고대 중국에서는 정월 15일을 '상원上元', 7월 15일을 '중원中元', 10월 15일을 '하원下元'이라고 하였는데, 그중에서도 '상원'을 가장 중요한 명절로 여겼다. '상원'은 또 '원소元宵' '원석元夕' 등 다양한 별칭으로도 불렸다.

고대 중국에서는 이 날이 되면 신에게 제사를 올리고, 저녁부터 이튿날 대낮까지 등불을 밝히는 행사를 벌였다. 심지어 황제까지 태후太后 등 황실 가족을 모시고 궁문에 행차하여 등불놀이 행사에 참여하였는데, 특히 상원절의 행사가 가장 성대하였다고 한다. 등불 가운데 어떤 것은 그 규모가 어마어마하여 '산등山燈'이나 '오산鼇山'이란 명칭으로 불렸다. 그래서 고대 문인들의 시문집을 보면, 대보름날 등불을 소재로 한 시詩나 부賦와 같은 문장들이 곧잘 발견된다.

심지어 황제까지 이러한 활동에 동참하였으니, 남조南朝 양梁나라 때 간문제簡文帝가 <죽 늘어선 등불을 보고 읊은 부(列燈賦)>를 짓고, 진陳나라 때 후주後主가 <광벽전에서 멀리 산등을 바라보며 읊은 시>를 지은 것이 바로 그러한 예이다.[115] 다만 시중에서 이 날의 행사가 지나치게 사치스럽게 변질되어 가산을 탕진하는 가문이 생겼기에, 황제가 금지 조치를 내린 적도 있었다[116]고 한다.

또 한나라 이후로 이 날을 전후해서 3일 동안 통행금지를 해제하면서 '밤시간 동안의 통행금지를 푼다'는 의미에서 이를 '방야放

115) 宋 宋敏求 ≪春明退朝錄≫卷中: 上元燃燈. 或云以漢祠太乙, 自昏至晝. 故事, 梁簡文帝有列燈. 陳後主有光璧殿遙詠山燈詩.

116) ≪北史・柳彧傳≫卷77: 人帶獸面, 男爲女服, 竭貲破産, 競此一時, 請竝禁斷, 上可其奏.

夜'라고 하였는데,117) 송나라 이후로는 5일로 늘렸다118)고도 한다. 아마도 일반 백성들에게 자유를 만끽할 수 있도록 하기 위해 권력자가 베푸는 일종의 배려였을 것이다.

또 이 날은 1년 동안의 농사나 잠업을 시작하는 상징적인 의미도 담고 있었다. 아래에 인용한 ≪세시기≫의 기록을 통해 이를 엿볼 수 있다.

(강소성) 오현 사람 왕성이 밤에 한 사람을 만났는데, 집 남동쪽 구석에 서서 왕성에게 말했다. "이곳은 그대의 잠실 터이고, 나는 바로 지신이오. 내일이 정월대보름이니 그대는 마땅히 흰 죽을 만들고, 그 위에 기름을 띄워서 내게 제사를 올리도록 하시오. 그러면 필시 그대 누에가 백 배로 불어나게 해주겠소." 말이 끝나자 행방이 묘연해졌다. 왕성이 그의 말대로 하자, 매년 누에를 많이 얻을 수 있었다.119)

끝으로 정월대보름의 경관을 압축적으로 보여주는 시 한 수를 소개하고자 한다. 아래의 예시는 당나라 때 시인 이상은李商隱(약 812-858)이 지은 <정월대보름 밤 도성에 등불행사가 있다는 소문을 들었으나 한스럽게도 구경하지 못 하다>라는 제목의 칠언절구七言絶句 전문이다.

---

117) 唐 韋述 ≪兩京雜記≫: 오직 정월대보름 밤에만 칙령을 내려 전후로 각 1일씩 통행금지를 해제하도록 하였는데, 이를 '방야'라고 한다.(惟正月十五夜, 勅許弛禁前後各一日, 謂之放夜.)

118) 宋 洪邁 ≪容齋三筆≫卷1: 3일 밤 동안 집금오가 통행금지를 해제하는 것은 한나라 때 시작되었고, (오대五代) 오월국 충의왕忠懿王 전숙錢俶이 국토를 헌납했기 때문에 다시 5일로 늘린 것은 송나라 때 시작되었다.(三夜金吾弛禁起於漢, 因吳越王納土, 又增爲五夜, 則起於宋也.)

119) 明 彭大翼 ≪山堂肆考·時令≫卷8에 인용된 저자 미상의 ≪歲時記≫: 吳縣王成, 夜見一人, 立宅東南角, 謂成曰, "此地是君蠶室, 我卽地神. 明日正月半, 君宜作白粥, 泛膏於上, 以祭我, 必當令君蠶百倍." 言訖, 失所在. 成如其言, 年年得蠶.

달빛과 등불빛이 도성에 가득하고,
귀부인들의 수레와 가마가 한길을 가득 메우련만,
이 몸 한가로워 중흥기의 성황을 보지 못 하고,
부끄럽게도 고향 사람 따라 자고신紫姑神에게 제를 올리네.120)

4. 상사절上巳節

음력 3월의 첫 번째 사일巳日을 '상사절'이라고 한다. '상사'는 일명 '상제上除'라고도 하고, '원사元巳'라고도 하는데, 삼국 위魏나라 이후로는 양수(3)가 겹치는 음력 3월 3일로 고정되었다. 이 날이 되면 관원이나 백성들 모두 물가에서 제사를 올리고 음복을 통해 행복을 기원하였다.

여러 문헌의 기록 가운데 이 날과 관련한 가장 유명한 고사로는 진晉나라 때 왕희지王羲之(321-379) 등이 절강성 산음현山陰縣의 난정蘭亭에 모여 제사를 올리고 시회詩會를 열었던 '난정계사蘭亭禊事'를 들 수 있다. 이에 관한 상세한 내용은 ≪난정집蘭亭集≫ 서문에 아래와 같이 전한다.

(목제穆帝) 영화 9년(353) 해는 계축년, 늦봄 3월 초에 (절강성) 회계군 산음현의 난정에 모여 계제禊祭를 올렸다. 뭇 현자들이 다 도착하여 젊은 사람이나 나이 든 사람이나 모두 한 자리에 모였다. 이곳은 높은 산과 험준한 고개, 울창한 나무숲과 키 큰 대나무숲이 있고, 또 맑은 시냇물이 격렬히 소용돌이 치며 좌우를 두루 비추었으며, 물줄기를 끌어다가 술잔을 띄울 굽이진 물길을 만들고, 차서대로 줄 지어 앉았다. 비록 관악기와 현악기가 내는 성대한 음악은 없어도, 술 한 잔에 시 한 수

120) 唐 李商隱 ≪李義山詩集≫卷下 <正月十五夜, 聞京有燈, 恨不得觀>: 月色燈光滿帝都, 香車寶輦溢通衢. 身閒不覩中興盛, 羞逐鄉人賽紫姑.

지으며 그윽한 정취를 풀어내기에 족하였다. 그 날 하늘이 맑고, 공기가 쾌청하고, 봄바람이 부드럽게 불어, 위로 광대한 우주를 바라보고, 아래로 번창한 온갖 자연물을 관찰하였기에, 눈을 즐기고 회포를 마음껏 풀며 시각과 청각의 즐거움을 만끽하였으니, 실로 즐겁다 할 만하다. 모인 날 자리를 함께 한 이들은 (산서성) 태원군 사람 손통 등 도합 41명이다.[121]

이러한 풍속은 후대에도 계승되어 문인들에게 좋은 소재거리를 제공해 주었다. 그래서 역대 시문집에는 이 날과 관련한 시문이 일일이 열거할 수 없을 정도로 많다. 중국을 대표하는 당나라 때 시인 두보杜甫(712-770)가 지은 <(섬서성 장안의) 낙유원에서 지은 노래(樂遊園歌)>도 바로 이 날을 배경으로 한 것이다. 끝으로 이 시를 아래에 소개해 본다.

낙유원 옛 동산 높아서 상쾌한데,
끝없이 펼쳐진 푸른 풀은 무성하게 자라 있다.
공자의 화려한 잔치 자리 지세가 가장 높으니,
진천은 술을 대하고 보니 평평하기가 손바닥 같다.
장생목으로 만든 표주박은 진솔함을 나타내고,
또한 안장 놓인 말 길들여 타고 어지러히 즐겨 완상한다.
푸른 봄의 물결은 부용원이고,
대낮의 천둥은 협성의 의장이로다.
궁문 갠 날에 열어 질탕하게 놀고,

121) 明 王溥 ≪漢魏六朝百三家集·晉王羲之集≫卷59: 永和九年, 歲在癸丑, 暮春之初, 會於會稽山陰之蘭亭, 修禊事也. 群賢畢至, 少長咸集. 此地有崇山峻嶺, 茂林修竹, 又有淸流激湍, 映帶左右, 引以爲流觴曲水, 列坐其次. 雖無絲竹管絃之盛, 一觴一詠, 亦足以暢敍幽情. 是日也, 天朗氣淸, 惠風和暢, 仰觀宇宙之大, 俯察品類之盛, 所以遊目騁懷, 足以極視聽之娛, 信可樂也. 會之日, 同事者太原孫統等四十有一人.

곡강 푸르른 천막에는 은빛 명패 즐비하다.
물을 스치듯 낮게 돌며 춤추는 옷소매 펄럭이고,
구름 따라 맑고 깨끗한 노랫소리 올라간다.
매년 사람들 취하던 때를 생각하지만,
올해는 취하지 않았는데 이미 먼저 슬프다.
몇 가닥 백발을 어찌 벗어날 수 있겠는가?
백 번이고 벌하는 깊은 잔 결코 사양하지 않으리다.
성스러운 조정에선 또한 천한 선비 추함을 알겠지만.
하나의 사물도 다만 하늘의 은총을 입었다.
이 몸 잔치 끝나도 돌아갈 곳 없어,
홀로 서서 창망히 스스로 시를 읊조린다.[122]

5. 한식寒食

동지로부터 103일째 되는 날로서 청명절淸明節보다 이틀 앞선 날인 3월 5일경을 한식이라고 하는데, 동지로부터 105일째 되는 날이란 설도 있다. 이 날은 불의 사용이 금지되어 찬 음식을 먹는다. 그래서 '한식'이라고 부르는 것이다. 한편으로는 '불 피우는 것을 금지한다'는 의미에서 일명 '금연禁煙'이라고도 하고, '차가운 음식을 먹는 절기'라는 의미에서 일명 '냉절冷節'이라고도 하며, '미리 익혀 두었던 음식을 먹는 날'이라는 의미에서 일명 '숙식熟食'이라고도 한다.

한식은 춘추시대 진晉나라 때 사람 개자추介子推[123]의 고사에서 유래하였다. 춘추시대 진나라 문공文公 중이重耳가 임금 자리에 오

122) 김만원 외 공역 ≪두보 초기시 역해≫ 2.6 낙유원가樂遊園歌 역문 참조.

123) 춘추시대 진晉나라 사람. '개介'는 식읍食邑이고, '자子'는 존칭이며, '추推'가 이름이다. '개읍의 추'라는 의미에서 '개지추介之推'라고도 하고, '개자수介子綏'로 표기한 문헌도 있다. ≪사기·진세가晉世家≫권39 참조. 한편으로는 개자추가 5월 5일 단오절에 사망하였다는 설도 있다.

르기 전, 공자公子의 신분으로 타국으로 망명 길에 올랐을 때 개자추가 늘 곁에서 수행하였는데, 뒤에 귀국하여 군주의 자리에 오른 뒤 논공행상을 벌였을 때 개자추를 제대로 대우하지 않자 개자추가 은둔하였고, 그를 강제로 불러내기 위해 산에 불을 놓았지만, 개자추가 끝내 나무를 끌어안은 채 불에 타서 죽자, 문공이 그를 애도하여 이 날에 불을 피우지 못 하게 명을 내린 것이 한식의 발단이라고 전해진다.

그러나 개자추에 관한 기록이 ≪좌전左傳≫이나 ≪국어國語≫와 같은 춘추시대 역사에 관한 정사正史에 실리지 않아 그 정확한 연원에 대해서는 알 수가 없고, 단순히 민간에서 생성된 속설이 후대의 사서인 ≪사기史記≫에 수록된 것에 불과하다고 보는 주장도 있다.

한때는 불의 사용을 금한 날이 한 달로 늘어난 적도 있었다. 그러나 그 폐해가 심하였기에 한식 전날과 뒷날을 합쳐 사흘로 줄이기도 하였다. 그래서 청명절이 되면 새로운 불씨를 만들어 다시 음식을 익혀서 먹기 시작하였다. "청명절에 느릅나무와 버드나무의 불씨를 취하여 근신에게 하사한다"124)라거나, "아침에 새 불씨가 새 연기를 일으키고, 호숫빛 봄 경치가 나그네 배를 깨끗하게 해주네"125)와 같은 기록들이 이를 말해 준다.

6. 단오절端午節

음력 5월 5일을 단오절이라고 한다. '단오端午'라는 명칭과 관련하여, 원래 '단오端五'라고 하던 것이 와전되어 '단오端午'로 바뀌었다고도 하고, '오五'와 '오午'가 발음이 같아 통용자로 쓴 것이라고도 하는데, 어느 말이 맞는지는 불분명하지만 전자가 좀 더 설득력

124) 唐 李綽 ≪輦下歲時記≫: 淸明取楡柳之火, 以賜近臣.

125) 淸 仇兆鼇 ≪杜詩詳注≫卷22에 수록된 唐 杜甫의 <淸明>詩: 朝來新火起新煙, 湖色春光淨客船.

있어 보인다.

단오절에는 풀을 밟으며 풀싸움 놀이도 하고, 창포나 쑥으로 인형을 만들거나 오색실을 부적처럼 팔에 착용해 악기를 물리치기도 하며, 삼각김밥 비슷한 모양의 음식인 각서角黍[126]를 만들어 복용하기도 하였다. 또 이 날 태어난 아이는 부모를 해친다는 미신이 있어 집 밖으로 내다버렸다는 얘기도 전한다. 그러나 단오절 행사 가운데서도 가장 유명한 것은 아마도 용선龍船 경주일 것이다. 이는 전국시대 楚나라 때 애국시인으로서 멱라강汨羅江에 투신자살한 굴원屈原[127]을 애도하려는 의도에서 유래하였다고 전한다.

> 5월 5일에 배 경주를 하면서 세간에서는 '굴원의 죽음을 애도하기 위함이기에 배와 노로 그를 구하려는 것'이라고 말한다. 그 배는 가볍고 빨라서 '비부'라고도 하고, '수거'라고도 하며, '수마'라고도 한다. 월 지방 사람들은 배를 '수레'라고 하고, 노를 '말'이라고 한다.[128]

아마도 물고기들이 굴원의 시신을 먹지 못 하도록 쫓아내려는 의도에서 이러한 놀이가 생겨났던 것으로 보인다. 근자에는 국제시합으로 발전하여 중국이 본국에서 개최되는 아시안게임에 종목을 추가할 수 있는 권한을 발동하여 시범경기로 슬그머니 끼워넣기는 하였지만, 그들만의 스포츠 경기라서 정식 종목으로 채택되지는 않

126) 쌀이나 찰기장을 대잎이나 갈잎으로 싸서 찐 삼각형 모양의 단오절 음식을 일컫는 말. '각반角飯' '각종角粽'이라고도 한다.

127) 전국시대 초楚나라 사람 굴평屈平. '원原'은 자字. 본명보다는 자로 더 알려졌다. 호는 영균靈均. 회왕懷王 때 삼려대부三閭大夫를 지내다가 참소를 당하자 ≪이소離騷≫를 짓고, 양왕襄王 때 다시 참소를 당하자 단오절에 멱라강汨羅江에 투신자살하였다. ≪사기·굴원전≫권84 참조.

128) 明 彭大翼 ≪山堂肆考·時令≫卷11에 인용된 ≪歲時記≫: 五月五日競渡, 俗云, '爲傷屈原之死, 故以舟楫救之.' 其舟輕利, 故曰飛鳧, 又曰水車, 又曰水馬. 越人以舟爲車, 以檝爲馬.

은 듯하다. 끝으로 송나라 때 시인 곽상정郭祥正이 용선 경주를 소재로 지은 오언율시五言律詩를 한 수 소개해 본다.

배 경주는 오랜 전통의 풍속,
옆에서 구경해도 장관이로세.
다투어 노를 저어 나는 새처럼 빠르더니,
부표를 빼앗아 오색 용이 돌아오네.
강물에 비친 그림자들 비단 뒤집히듯 일렁이고,
환호하는 소리가 멀리 우레처럼 울리는데,
새털처럼 가벼운 인생에 즐거움은 한 순간,
시간은 빈틈없이 빨리도 흐르는구나.[129]

7. 칠석七夕

음력 7월 7일 밤을 '칠석七夕'이라고 한다. 이 날이 되면 연인 사이인 견우牽牛와 직녀織女가 까막까치가 은하수에 놓은 오작교烏鵲橋에서 재회한다는 전설이 전해내려온다. 그래서 하루 전인 7월 6일에 내리는 비를 '직녀가 수레를 씻기는 비'라는 의미에서 '직녀세거우織女洗車雨'라고 하고, 7월 7일에 내리는 비를 '눈물을 뿌려서 내리는 비'라는 의미에서 '쇄루우洒淚雨'로 불렀다.[130]

이 날이 되면 궁중이나 민간에서 옷을 내다걸어 햇볕에 말리기도 하고, 바느질한 옷감을 내놓고 절을 하며 길쌈솜씨가 늘기를 축원하기도 하고, 견우성과 직녀성을 향해 무병장수를 빌기도 하였다.[131] 다음의 두 고사는 바로 이러한 풍습에서 유래한 재미있는

---

129) 宋 郭祥正 ≪靑山集≫卷17: 競渡傳風俗, 旁觀亦壯哉. 棹爭飛鳥疾, 標奪彩龍回. 江影渾飜錦, 歡聲遠震雷. 輕生一餉樂, 時序密相催.

130) ≪古今事文類聚·天時部·七夕≫前集卷10에 인용된 宋 呂希哲의 ≪歲時雜記≫: 七月六日有雨, 謂織女洗車雨, 七日有雨, 謂洒淚雨.

131) 이러한 기원 행위를 '걸교乞巧'라고 하는데, 당나라 때 문인인 柳宗元(773-

이야기를 전한다.

(진晉나라) 완함은 자가 중용으로 완적阮籍의 조카이다. 다른 완씨 집안 사람들은 제법 잘 살아 집안에 재물이 넉넉하였지만, 오직 완적 일가만은 술을 좋아하면서도 집안이 가난하였다. 오랜 풍습에 의하면 7월 7일에는 관례상 옷을 햇볕에 말리기 마련이었다. 다른 완씨 집안 사람들은 눈부실 정도로 모두 두껍고 화려한 비단들을 마당에 내다걸었다. 완적의 조카인 완함은 당시 겨우 총각의 나이였는데, 긴 대막대기를 세우고 거친 삼베 쇠코잠방이를 내다걸어 마당에서 햇볕에 말리며 말했다. "풍속을 어길 수 없기에, 그럭저럭 시늉만 낼 뿐이지요."132)

(진晉나라) 학융은 자가 사치로 (하남성) 급군 사람이다. 7월 7일에 이웃 사람들이 모두 옷을 말리는 것을 보고서, 학융은 마당에서 하늘을 향해 누워서는 배를 햇볕에 말렸다. 누군가 까닭을 묻자 대답하였다. "나는 배 속의 책을 햇볕에 말리는 것이라오."133)

근자에 중국인들이 날이 무더울 때 더위를 식히기 위해 배를 드러내는 일이 유행처럼 번지고 있어 구설에 오르고 있다는 뉴스를 보았다. 이것이 '배 복腹(fù)'자와 '복 복福(fú)'자가 발음이 유사해,

---

819)의 ≪柳河東集·騷一十首≫권18에는 이에 관한 문장인 <정교한 솜씨가 늘기를 바라며 지은 글(乞巧文)>이 전한다.

132) 明 彭大翼 ≪山堂肆考·時令≫卷12에 인용된 晉 戴逵 ≪竹林七賢論≫: 阮咸, 字仲容, 籍兄子也. 諸阮頗善居, 室內足於財. 唯阮籍一巷, 好酒而貧. 舊俗, 七月七日, 法當曬衣. 諸阮庭中爛然, 莫非綈錦. 籍兄子咸, 時方總角, 乃豎長竿, 標大布犢鼻褌, 曝於庭中曰, "未能免俗, 聊復爾耳."

133) 南朝 劉宋 劉義慶 ≪世說新語·排調≫卷下: 郝隆, 字仕治, 汲郡人. 七月七日, 見鄰人皆曝衣物, 隆乃仰臥曝腹於庭. 人問故, 答曰, "我曬腹中書耳."

'배를 드러내면 복이 절로 찾아온다'는 미신에서 기인하는 것이라고 하지만, 위의 고사와도 모종의 연관성이 있는 것은 아닐까?

8. 추석秋夕

1년 중 정월 15일인 원소절元宵節과 함께 보름달이 가장 크게 보인다는 음력 8월 15일 추석(중추절仲秋節)은 우리나라와 마찬가지로 중국에서도 매우 중요한 명절이었다. 그러나 오늘날에 와서는 설날, 즉 춘절春節로 치중되면서 상대적으로 춘절에 비해서는 그다지 성대한 분위기가 연출되지는 않는 듯하다. 아무래도 춘절에 휴가 기간이 길어지면서 경제적인 여파도 생각해야 하기에, 중추절은 비교적 소박하게 지내는 명절로 바뀔 수밖에 없었을 것이다.

중국인들도 우리나라 사람들과 마찬가지로 정월 15일에 뜨는 보름달과 함께 중추절에 뜨는 보름달을 유난히 크고 밝게 느낀 듯하다. 그래서 고문헌을 보면 중추절 보름달을 소재로 한 글들이 유독 눈에 많이 띈다. 다음은 당나라 때 두 문인인 소정蘇頲과 이예李乂 사이에 오고간 대화를 통해 당시 사람들이 중추절 보름달을 어떻게 바라보았는지 알 수 있을 듯하다.

소정과 이예가 짝을 이뤄 조고詔誥를 관장할 때 현종이 그들을 무척 생각해 주었다. 8월 15일 밤 궁중에서 숙직을 서면서 학사들이 시를 짓는 술자리를 준비하였는데, 당시 하늘에 구름 한 점 없고 달빛이 대낮처럼 환하였다. 소정이 말했다. "달빛이 이처럼 아름다운데, 등불을 켤 필요가 뭐 있겠소?" 결국 사람을 시켜 철거하였다.[134]

---

134) 五代 後蜀 王仁裕 ≪開元天寶遺事・撤去燈燭≫卷2: 蘇頲與李乂對掌文誥, 玄宗顧念之, 深也. 八月十五夜, 於禁中直宿, 諸學士備文酒之宴, 時長天無雲, 月色如晝. 蘇曰, "淸光可愛, 何用燈燭?" 遂命撤去.

끝으로 매년 둥글고 밝은 보름달을 보고 싶은 소망을 담은 송나라 때 대문호인 소식蘇軾(1036-1101)의 시를 한 수 인용함으로써, 고대 문인의 중추절에 대한 소회를 소개해 보고자 한다.

> **저녁 구름 다 걷히자 맑은 한기가 넘치고,**
> **은하수는 소리 없이 조용히 옥쟁반(밤 하늘)을 구르네.**
> **한평생 오늘 밤처럼 좋은 때를 오래도록 보지 못 할지니,**
> **보름달을 내년에는 어디서 보게 될까?**135)

9. 중양절重陽節

중국에서는 음력 9월 9일을 '중양절'이라고 한다. 양수陽數 중 가장 큰 수치인 9가 중첩한 매우 상서로운 날이란 의미에서 이런 명칭이 생겨났다. 중양절은 우리나라에서는 주요 명절에 속하지 않지만, 중국에서는 매우 중요한 명절로 간주되었다.

> **세월이 흘러 어느새 다시 9월 9일 중양절이 되었소. 9는 양수인데, 날과 달이 나란히 호응하기에, 세간에서는 그 이름을 상서로운 의미로 여겨 장수에 좋다고 여긴다오. 그래서 이 날에 연회를 열어 고상한 모임을 갖지요.**136)

고대 중국인들은 이 날이 되면 산에 올라 국화주를 마시거나 떡을 만들어 먹고, 붉은 주머니를 만들어 수유꽃을 담아 팔에 차고서

---

135) 宋 蘇軾 ≪東坡全集≫卷8 <陽關詞三首:中秋月>: 暮雲收盡溢淸寒, 銀漢無聲轉玉盤, 此生此夜不長好, 明月明年何處看?

136) 明 張溥 ≪漢魏六朝百三家集・魏文帝集≫卷24에 수록된 삼국 魏나라 文帝 曹丕의 <종요에게 9월 9일 중양절에 국화를 보낸다고 쓴 글(與鍾繇九日送菊書)>: 歲往月來, 忽復九月九日. 九爲陽數, 而日月竝應, 俗嘉其名, 以爲宜於長久. 故以此日燕享高會.

사악한 기운을 물리치며 무병장수를 빌었다. 다음의 두 가지 고사는 중양절의 풍속과 관련한 일화를 잘 보여준다.

(진晉나라) 도잠陶潛[137]은 9월 9일 중양절에 술이 없어 집 옆 동쪽 울타리 아래 국화밭에서 국화를 한 웅큼 가득 따면서, 그 옆에 앉아 슬픈 눈길로 바라보았다. 한참 지나고 보니 흰 옷을 입은 사람이 찾아왔는데, 바로 (강서성) 강주자사 왕홍이 술을 보내온 것이었다. 즉시 도잠에게 다가와 술을 따르고는 거나하게 취한 뒤 돌아갔다.[138]

(당나라) 원사덕은 (황제의 조서를 작성하는 중서성中書省 소속 고관인) 급사중을 지낸 원고袁高의 아들이다. 9월 9일 중양절에 손님이 떡을 내놓자, 좌중 사람들에게 말했다. "저는 차마 먹을 수 없으니 여러분께서 드십시오." 고개를 숙인 채 한참을 그렇게 보냈다. 아마도 부친의 이름이 '고高'이기 때문에, 그래서 차마 (발음이 같은) 떡(고糕)을 먹지 않았을 것이다.[139]

10. 납일臘日

겨울이 되면 날씨가 추워지기에 인도주의에 입각해 죄인에게 심

137) 진晉나라 때 전원시인田園詩人(365-427). 저서로 ≪도연명집陶淵明集≫ 8권이 전한다. ≪송서宋書・은일열전隱逸列傳・도잠전陶潛傳≫권93에 의하면 도잠은 본명이 '잠'이고 '연명淵明'이 자라는 설도 있고, 본명이 '연명'이고 '원량元亮'이 자라는 설도 있는데, 본명이 '연명'이고 '잠'은 은거한 뒤에 개명한 이름인 듯하다.

138) 南朝 劉宋 檀道鸞 ≪續晉陽秋≫: 陶潛於九月九日無酒, 宅邊東籬下菊叢中, 摘菊盈把, 坐其側悵望. 久之, 見白衣人至, 乃江州刺史王弘送酒也. 卽便就酌, 醉而後歸.

139) 唐 韋絢 ≪劉賓客嘉話錄≫: 袁師德, 給事中高之子. 九日客出糕, 謂坐客曰, "某不忍喫, 請諸公食." 俛首久之. 蓋以父名高故, 不忍食糕也.

한 형벌을 가하지 않으면서 훈방조치를 실행하고, 백성들에게 공사를 시키지 않는 것이 권력자가 베푸는 선정의 기본 자세였다. 또 한해를 마무리하기 위해 선조와 농신農神에게 감사의 제사를 올리기도 하였는데, 납일臘日은 바로 이를 실행하기 위한 날이었다. 그래서 이 날 올리는 제사를 '납제臘祭'라고 한다. 납제에 대해 후한 때의 한 고문헌에서는 다음과 같이 설명하고 있다.

하나라 때는 '가평'이라고 하였고, 은나라 때는 '청사'라고 하였으며, 주나라 때는 '대사'라고 하였는데, 한나라 때 명칭을 '납臘'으로 바꿨다. '납'은 사냥한다는 뜻이다. 사냥을 통해서 짐승을 잡아 선조에게 제를 올린다는 말이다.140)

납일이 정확히 어느 날인지는 불분명하다. 상고시대 때는 동지 뒤 세 번째 술일戌日을 납일로 정했으나, 삼국시대 위나라 때 사람 고당융의 ≪위대방의≫란 책에서 "한나라는 불의 덕을 받들었는데, 불의 기운은 술일에 쇠퇴하기에 술일을 납일로 삼았고, 위나라는 흙의 덕을 받들었는데, 흙의 기운은 진일에 쇠퇴하기에 진일을 납일로 삼았으며, 진나라는 쇠의 덕을 받들었는데, 쇠의 기운은 축일에 쇠퇴하기에 축일을 납일로 삼았다"141)고 말한 것을 보면, 각 왕조마다 시대정신에 맞춰 납일을 정했다는 것을 알 수 있다. 그러나 음력 11월이 아니라 한해의 마지막 달인 12월의 어느 날을 납일로 정한 것은 불변의 법칙이었던 것 같다. 인터넷 검색에 의하면, 우리나라에서는 조선시대 때 동지 후 세 번째 미일未日을 납일로 정하고 종묘사직에서 제사를 올렸다고 전한다.

---

140) 後漢 應劭 ≪風俗通義・臘≫卷8: 夏曰嘉平, 殷曰淸祀, 周曰大蜡, 漢改曰臘. 臘者, 獵也. 因獵取獸, 以祭先祖也.

141) 明 彭大翼 ≪山堂肆考・時令≫卷14에 인용된 三國 魏 高堂隆 ≪魏臺訪議≫: 漢火德, 火衰於戌, 故以戌日爲臘. 魏土德, 土衰於辰, 故以辰日爲臘. 晉金德, 金衰於丑, 故以丑日爲臘.

제4절 풍습

유구한 역사를 지닌 중국에서는 오랜 세월에 걸쳐 그들만의 독특한 풍습을 만들어 냈다. 여기서는 우리나라 사람들에게도 익숙한 중국 고유의 풍습 두 가지를 소개해 보고자 한다.

1. 전족纏足

중국에서 여인들의 운신을 제한하기 위해서, 혹은 여인들의 발을 예쁘게 보이도록 하기 위해서, 혹은 여인들 발에서 나는 냄새를 음미하기 위해서, 발을 천으로 꽁꽁 싸매는 풍습인 전족纏足이 언제부터 시작되었는지는 명확하지 않다. 그러나 적어도 청나라 때 만주족의 풍습에서 유래했다는 속설만은 참말이 아닌 듯하다. 아래의 기록이 이를 방증해 준다.

> (오대 남당南唐 때) 후주後主 이욱李煜의 궁빈인 요낭은 용모가 아름답고 춤을 잘 추었다. 후주는 높이 여섯 자 되는 금련화를 만들어 보석으로 장식해 주고, 요낭에게 비단으로 발을 싸게 하였는데, 작고 발등이 위로 굽은 것이 초승달 모양과 흡사하였다. 흰 버선을 신고서 금련화 위에서 춤을 출 때 몸을 돌리면 구름을 나는 듯한 모습을 띠었다. 그래서 당호가 시에서 "연 속에 꽃이 더 예쁘고, 구름 속에 달이 늘 새롭네"라고 읊은 것도 요낭 때문에 지은 것이다. 이 때문에 후세 사람들도 이를 본받아 부인들의 발은 활처럼 등이 굽고 작은 것을 예쁘다고 생각하였다. 이로써 부인들의 전족은 오대 때부터 비로소 행해졌다는 것을 알 수 있다.[142]

142) 明 彭大翼 ≪山堂肆考・帝屬≫卷40에 인용된 저자 미상의 ≪道山新聞≫: 李後主宮嬪窅娘, 纖麗善舞. 後主作金蓮高六尺, 飾以寶物, 令窅娘以帛纏足, 纖小

위의 기록에서 전족이 오대십국五代十國 남당 때 요낭이란 궁녀로부터 시작되었다고 밝히고 있다고 해서, 그 이전에 전혀 없었던 풍습이라고 단정적으로 말하긴 어려울 듯하다. 그럼에도 여하튼 기록상으로만 볼 때는 위의 내용이 가장 이른 편이다.

오늘날에 이르러 중국에서는 이러한 풍습이 비인도적인 측면과 위생적인 원인 때문에 거의 사라진 것으로 보인다. 그러나 아직도 일부 지역에서는 관행적으로 존속되고 있다는 말을 들은 적이 있다. 다만 그 실상에 대해서는 직접 눈으로 확인한 것이 아니라, 중국의 오지를 여행하다가 이러한 풍습의 잔존 형태를 발견하였다는 어느 여행객의 증언을 들었을 뿐이다.

2. 폭죽爆竹

중국 사람들은 집을 새로 장만하거나 심지어 자동차를 새로 구입해도 시끌벅적하게 폭죽을 터뜨린다. 또 연말 연초에 송구영신送舊迎新을 기념하기 위해서도 폭죽을 터뜨린다. 우리나라에서는 강릉에서 단오절 행사 때 관광객의 눈길을 사로잡기 위해 한밤중에 화려한 폭죽놀이를 펼친다. 강릉 현지에 살고 있는 필자도 한밤중에 폭죽 소리 때문에 잠을 설친 적이 한두 번이 아니다.

폭죽은 처음에 대나무에 불을 붙이다가 뒤에는 화약을 사용하게 되었다. 중국에서는 이를 '폭간爆竿' '폭장爆杖' '포장炮杖'이라고도 하는데, 이러한 풍습이 언제부터 시작되었는지는 명확하지 않다. 다만 비록 위서僞書로 의심받고는 있지만, 그래도 시기적으로 비교적 오래된 문헌인 ≪신이경≫에 다음과 같은 기록이 보인다.

屈上, 如新月狀. 着素襪, 舞金蓮之上, 體勢回旋, 有凌雲之態. 唐鎬詩曰, "蓮中花更好, 雲裏月常新," 因窅娘作也. 由是後人效之, 婦人之足, 以弓小爲好. 以此知婦人纏足, 自五代以來, 乃爲之.

서방의 깊은 산 속에 키가 한 장이 넘는 키다리가 있는데, 사람들이 그를 보면 오한이 들거나 더위를 먹는다. 이름하여 ('산에 사는 키다리'란 의미에서) '산초山㺐143)'라고 한다. 사람들이 매번 대나무를 불 속에 던져 '탁탁!' 하고 소리를 내면 산귀신이 놀라서 숨는다.144)

위의 예문에 의하면 중국인들이 폭죽을 터뜨리는 행위가 당초 악귀를 쫓기 위해서였다는 사실을 알 수 있다. 폭죽이 내는 굉음이 귀신조차도 놀라서 도망가게 했다는 다소 희화적인 이야기에 해당한다. 여하튼 폭죽의 유래가 오래되었고, 오늘날까지도 전승되고 있지만, 화재가 발생하거나 어린 아이들이 화상을 입는 등, 그 폐해도 만만치 않기에 사회적으로 자제하는 분위기도 없지 않은 듯하다. 특히 최근 들어서 여름 휴가철에 바닷가 휴양지에서 관광객들이 벌이는 무분별한 폭죽 놀이는 자제가 필요할 듯하다.

제5절 형벌

오랜 세월 중국인의 사유체계를 지배해 온 것으로 음양오행설陰陽五行說을 들 수 있다. 이는 고대 중국의 형벌 제도에도 반영되어 형벌의 종류를 다섯 가지로 분류하는 관습이 있었다. 그래서 보통 이를 일컬을 때 '오형五刑'이라고 한다. 인본주의 내지 인도주의적인 배려가 고려되지 않았던 상고시대에는 오형의 종류가 무척 잔혹하였다. 이에 대한 명나라 팽대익의 ≪산당사고・정사≫권88의 설명을 보면 아래와 같다.

143) 현전하는 사고전서본 ≪신이경≫ 원문에는 '산조山臊'로 되어 있는데, '초㺐'는 '길다'는 뜻이고, '조臊'는 '비린내'를 뜻하는 말이므로, 의미상으로 볼 때는 전자가 더 적절해 보이기에 이를 따른다.

144) 前漢 東方朔 ≪神異經≫: 西方深山中有長人丈餘, 人見之, 則病寒熱, 名曰山㺐. 人每以竹着火中, 爆烞有聲, 則山鬼驚遁.

당나라 · 우나라 · 하나라 · 상나라 · 주나라 때는 모두 '오형'을 사용하였다. '오형'이란 묵형墨刑 · 의형劓刑 · 비형剕刑 · 궁형宮刑 · 대벽형大辟刑을 말한다. 죄수의 이마를 깎아 내고 거기를 검게 물들이는 것을 '묵형'이라고 하고, 코를 자르는 것을 '의형'이라고 하고, 발을 자르는 것을 '비형'이라고 하고, 남자의 경우는 거세를 하고 여자의 경우는 깊숙한 곳에 유폐시키는 것을 '궁형'이라고 하며, '대벽'은 죄값으로 목숨을 빼앗는 사형이다. 이것이 바로 옛날 사람들이 육체에 가하던 형벌의 방법이다.[145)]

그러나 이러한 육형肉刑이 너무 잔인하기에, 후대에는 보다 인도적이고 덜 잔인해 보이는 형벌로 바뀌었다. 그래서 새로 마련된 것이 대나무 회초리로 때리는 '태형笞刑', 그보다 통증이 더 심하게 나무몽둥이로 패는 '장형杖刑', 오늘날 징역형에 해당하는 '도형徒刑', 멀리 외진 곳으로 귀양보내 고된 삶으로 여생을 보내게 만드는 '유형流刑'이다. 사형도 이름만 들어도 공포스러운 팽형烹刑 · 화형火刑 · 거열형車裂刑 등 여러 종류가 있다가, 후대에는 덜 잔인해 보이는 교수형과 참형만 남게 되었다.

그런데 이러한 '오형'마저도 각기 개별적으로 다시 다섯 가지 종류로 분류하였다. 태형의 경우는 10대 · 20대 · 30대 · 40대 · 50대로, 장형의 경우는 60대 · 70대 · 80대 · 90대 · 100대로, 도형의 경우는 1년 · 1년 반 · 2년 · 2년 반 · 3년으로, 유형의 경우는 1,000리 · 1,500리 · 2,000리 · 2,500리 · 3,000리로 정하였으니, 5종을 기준으로 한 분류 방식은 어느 분야에나 적용되었던 듯하다.

그런데 땅덩어리가 넓은 중국의 경우야 2,500리나 3,000리 먼

---

145) 明 彭大翼 ≪山堂肆考 · 政事≫卷88: 唐 · 虞 · 三代, 皆用五刑. 五刑者, 墨 · 劓 · 剕 · 宮 · 大辟也. 刻其額而涅之曰墨, 截鼻曰劓, 刖足曰剕, 男子割勢, 婦人幽閉曰宮, 大辟, 死罪也. 此卽古者肉刑之法.

곳으로 유배를 보낼 수 있겠지만, 남쪽 끝에서 북쪽 끝까지 3,000리라고 하는 우리나라의 경우는 한양漢陽 땅을 기준으로 했을 때, 2,000리 이상 먼 곳으로 보낼 수 없었을 것이다. 그렇다면 조선시대 때 유형을 당한 사람들을 귀양보낼 때는 형량을 어떻게 구분했을까? 우리나라에서도 나름대로 기준을 정해 분류했을 듯 싶다.

한편 형벌을 감면해 주는 제도를 '사면'이라고 한다. 요즈음도 대통령의 사면권에 대해 말이 많은 것은 사면권의 남용이 오히려 법률 체계에 해악을 끼치고 역효과를 낼 수 있기 때문이다. 이는 중국에서도 2,000년 훨씬 이전부터 이미 지적되어 오던 사안이다.

> 무릇 사면이란 이익은 적고 해악이 크다. 따라서 오래 가면 그 화를 감당하기 어렵다. 사면을 하지 않으면 해악은 작으나 이익이 크다. 따라서 오래 가면 그 혜택이 감당하기 어려울 정도로 크다. 사면을 하는 것은 급히 달리면서 수레를 버리는 것과 같고, 사면을 하지 않는 것은 악성 종기가 생겼을 때 돌침으로 치료하는 것과 같다. 사면령을 내면 백성은 불경해지고, 특혜를 베풀면 과실이 날로 늘어난다.146)

그래도 전통적으로는 '3년에 한 번씩 사면(三年一赦)'을 시행하여 백성들에게 재활의 기회를 제공하였으니, 이 정도면 시기적으로 적절한 체례라고 볼 수 있지 않을까? 옛날 사람들이라고 해서 마냥 비합리적이고 몰인정한 것은 아니었다.

146) ≪管子·外言·法法≫卷6: 凡赦者, 小利而大害也. 故久而不勝其禍. 無赦者, 小害而大利也. 故久而不勝其福. 赦者, 奔走之委輿也, 無赦者, 痤疽之礦石也. 赦出則民不敬, 惠行則過日益.

제6절 관혼상제冠婚喪祭

고대 중국에서는 사람이 태어나서 일정 나이까지 자라 어른이 되어서 갓(冠)을 쓰고, 배우자를 만나 가정을 꾸리기 위해 결혼(婚)을 하고, 자식들을 키워 출가시킨 뒤 일생을 마치면서 목숨을 잃고(喪), 죽은 뒤 관 속에 들어가(葬) 자연으로 돌아가고, 저승에서 자손들에게 제삿밥을 얻어먹는(祭) 일련의 과정과 관련하여 예식을 마련하였다. 이들 다섯 가지 예식, 즉 관례冠禮·혼례婚禮·상례喪禮·장례葬禮·제례祭禮를 총칭하여 흔히 '관혼상제冠婚喪祭'라고 부른다. 이 절에서는 이에 관한 기본적인 개념을 설명해 보고자 한다.

1. 관례冠禮

고대 중국에서는 일정한 나이가 되면 성인식을 치렀다. 이를 '상투를 틀고 갓을 쓴다'고 해서 '관례冠禮'라고 한다. 단 관례는 부모상을 치르지 않는 상황을 전제로 하였다. 즉 부모상을 치르게 되면 관례를 거행하지 않았다. 그리고 남자와 여자에 따라, 혹은 신분에 따라 차이가 있었다. 이를테면 남자는 20살에 관례를 치르는 반면, 여자는 결혼을 허락받으면 15살에도 비녀를 꽂고서 관례를 치렀고, 그렇지 않으면 남자와 마찬가지로 20살에 관례를 치렀기에 나이가 특정되지는 않았다. 또 천자나 제후와 같이 막중한 임무를 일찌감치 체득해야 하는 특정한 신분은 12살에 관례를 치른 적도 있었다. 그리고 관례를 치르면 별칭의 일종인 '자字'를 지어줌으로써 이름 대신 호명의 수단으로 삼을 수 있게 하였다.

관례는 그 절차가 복잡한 편이다. 이에 대해서는 송나라 때 대유大儒인 주희朱熹(1130-1200)가 자신의 저서인 ≪가례≫권2에서 상세하게 설명한 내용을 소개하는 것으로 가름하고자 한다.

(관례가 있는 날) 날이 밝아 잠자리에서 일어나면 갓과 의복을 준비한다. 관직이 있는 사람에게는 관복官服·관대冠帶·가죽신·홀笏을, 관직이 없는 사람에게는 적삼·허리띠·가죽신을 마련하고, 검은 홑옷과 심의深衣·큰 허리띠·신발·두건·빗은 함께 사용하는데, 모두 탁자를 이용하여 방안에 진열한다. 모든 의복은 다 목깃을 묶고, 북쪽을 위쪽으로 해서 둔다. 또 탁자를 사용하여 술을 쏟을 잔과 그릇을 설치하고, 아울러 육포와 젓갈을 놓는 상을 의복을 놓는 탁자 북쪽에 놓는다. 그중 두건·모자·관건은 각기 그릇에 담고, 옷감으로 덮어서 서쪽 계단에 진열한다. 행사를 집행하는 사람 한 명이 이를 지킨다. 관례를 치를 사람의 자리와 손님 및 주인의 자리 배치는 모두 재를 사용하여 도안에 따라 구획을 정한다. 장남은 동쪽 계단 위 동쪽에 자리를 배치하는데, 조금 서쪽으로 하고 북쪽을 향하게 한다. 다른 아들들도 동쪽 계단 위 동쪽에 자리를 배치하는데, 조금 동쪽으로 하고 서쪽을 향하게 한다. 만약 종친의 적장자로서 스스로 관례를 치르는 경우라면 장남의 자리와 마찬가지로 하되 약간 남쪽으로 둔다. 주인 이하 의복을 담아 자리에 두고, 주인의 자리는 동쪽 계단 아래 두되 약간 동쪽으로 하고 서쪽을 향하게 한다. 자제와 친척 가운데 예법에 익숙한 사람 한 명을 선발하여 안내원으로 삼아 문 밖에 서 있게 한다. 손님이 도착하면 잠시 편한 장소에서 조금 쉬면서 주인의 출현을 기다리게 한다. 주인이 출현할 때가 되면 손님은 문 밖에서 동쪽을 보고서 서고, 진행 보조원은 오른쪽(서쪽)에서 조금 물러나 서 있는다. 안내원이 들어와서 고하면 주인은 문 왼쪽(동쪽)으로 나가 서쪽을 향해서 두 번 절을 하고, 손님은 답례로 절을 한다. 주인이 보조원에게 읍을 하고 보조원이 답례로 읍을 하면, 주인은 드디어 읍을 하고 걷는다. 손님과 보조원은 그를 따라 문을 들어서서 마당 양쪽으로 나눠

어 걷는다. 읍하고 양보하다가 계단에 도착하면 다시 읍하고 양보하며 계단을 오르는데, 주인이 동쪽 계단으로 먼저 올라 약간 동쪽으로 서서 서쪽을 향하면 손님은 서쪽 계단으로 올라 조금 서쪽으로 서서 동쪽을 향한다. 보조원은 세숫대야와 수건을 가지고 서쪽 계단으로 올라 방안에 들어서서 서쪽을 향한다. 손님은 읍을 하고 관례를 치를 사람을 데리고 방을 나서 자리로 가서 (치포관緇布冠**·피변**皮弁**·작변**爵弁**을 차례로 씌여 주는) 삼가례를 행한다.**[147]

주자의 설명에 의하면 머리가 어질어질할 정도로 그 절차가 복잡하기 그지없다. 아마도 요즘 젊은이들에게 이런 절차를 밟아서 관례를 치르라고 하면 분명 무척이나 구시렁거릴 것이다. 그래서일까? '초코파이' 같은 저렴한 과자를 사다가 초를 몇 개 꽂고서 촛불을 밝혀 간략히 성인식을 치르는 장면을 어디선가 본 듯하다. 씁쓸하게 여겨야 할지, 앙증맞게 보아야 할지, 필자로서는 판단이 잘 서지 않는다.

---

147) 宋 朱熹 ≪家禮·冠禮≫卷2: 厥明宿興, 陳冠服. 有官者公服·帶·靴·笏, 無官者襴衫·帶·靴, 通用皁衫·深衣·大帶·履·緷·掠, 皆以卓子陳于房中. 凡衣服皆東領, 以北爲上. 又用卓子設酒注盞盤, 幷脯醢楪于衣服卓子之北. 其幞頭·帽子幷冠巾, 各以一盤盛之, 蒙以帕, 陳于西階, 執事者一人守之. 凡冠者席與賓主位次, 皆用灰依圖界畫. 長子則布席于阼階上之東, 少西, 北向. 衆子則布席阼階上之東, 少西, 南向. 若宗子自冠, 則如長子之席, 少南. 主人以下盛服就位, 主人席在阼階下, 少東, 西向. 擇子弟·親戚習禮者一人爲儐, 立于門外. 賓旣至, 暫于便處少憩, 以待主人之出. 主人將出時, 賓于門外東面立, 贊者在右少退. 儐者入告, 主人出門左, 西向再拜, 賓答拜. 主人揖贊者, 贊者報揖, 主人遂揖而行. 賓贊從之入門, 分庭而行. 揖遜而至階, 又揖遜而升, 主人由阼階先升, 少東, 西向, 賓由西階升, 少西, 東向. 贊者盥洗, 由西階升, 立于房中, 西向. 賓揖, 將冠者出房, 卽席, 行三加禮.

2. 혼례婚禮

혼례는 흔히 일생일대의 가장 큰 경사라는 의미에서 '종신대사終身大事'라고도 한다. 고대 중국 사회에서는 혼례의 절차로 여섯 가지가 있었다. 이는 신랑집에서 신부집에 혼인을 청하기 위해 예물을 보내는 '납채納采', 신랑집에서 정식으로 신부의 성명과 생년월일을 묻는 '문명問名', 신랑집에서 혼인 날짜를 잡아 신부집에 공손히 알리는 '납길納吉', 신랑집에서 신부집으로 혼인서약서와 정식 폐백을 보내는 '납징納徵', 신랑집에서 혼인 날짜를 확정하여 신부집에 통지하고 동의를 구하는 '청기請期', 신랑이 직접 신부집으로 찾아가서 신부를 맞아 데려오는 예식을 거행하는 '친영親迎'을 가리킨다.

고대 중국 사회에서는 혼례 때 요즘과 비할 수 없을 정도로 다양한 예물을 준비하였다. 이는 단순히 성의 표시에 그치는 것이 아니라 가정의 번창을 기원하는 다양한 의미가 담겨 있다. 이와 관련한 기록을 소개하면 다음과 같다. 아울러 혼사와 관련한 재미있는 고사를 하나 소개하는 것으로 마무리하고자 한다.

요즘 혼례 때는 예물로 합환을 상징하는 특이한 모양의 벼·아교·구자포·붉은 갈대·한 쌍의 돌·면화솜·장명루·옻 등 아홉 가지가 있다. 아교와 옻은 견고하다는 의미를 취한 것이다. 면화솜은 조화와 온유함에서 의미를 취한 것이다. 부들과 갈대는 마음을 굽힐 수도 있고 펼 수도 있다는 의미를 취한 것이다. 쌀은 복을 나눠준다는 뜻이다. 한 쌍의 돌은 그 의미가 부부간에 애정이 견고하다는 데 있다.[148]

---

148) 唐 段成式 ≪酉陽雜俎·禮異≫卷1: 近代婚禮, 納采有合歡嘉禾·阿膠·九子蒲·朱葦·雙石·綿絮·長命縷·乾漆九事. 膠漆, 取其固. 綿絮, 取其調柔. 蒲葦, 取其心可屈可伸也. 嘉禾, 分福也. 雙石, 義在兩固也.

당나라 때 백민중은 재상을 지내면서 일찍이 진사 후온을 사위로 삼고 싶어하였다. 며칠이 지나서 그의 아내 노씨가 말했다. "당신이 재상이어서 우리 사위가 되고 싶어하는 사람이 많습니다. 당신 자신이 이미 성이 백씨인데, 다시 후씨 가문 아들을 사위로 삼는다면, 필시 사람들이 '백후(흰 원숭이)'라고 놀려댈 것입니다." 백민중이 결국 그만두었다.149)

3. 상례喪禮

천자의 죽음을 '붕崩'이라고 하고, 제후의 죽음을 '훙薨'이라고 하고, 대부의 죽음을 '졸卒'이라고 하고, 사士의 죽음을 '불록不祿'이라고 하고, 서민의 죽음을 '사死'라고 한다. 평상에 누워 있으면 '시尸'라고 하고, 관 속에 있으면 '구柩'라고 한다. 적군에게 죽임을 당하면 '병兵'이라고 한다.150)

이상의 내용은 고대 중국 사회에서 죽음에 대한 관념을 담은 기록으로서 ≪예기·곡례하≫권5의 문장을 인용한 것이다. 이에 의하면 고대 중국인들은 죽음에 대한 표현도 신분에 따라 한자를 달리하였다는 것을 알 수 있다. 그런데 위의 예문에서 '시尸'를 처리하는 과정이 바로 상례喪禮에 해당하고, '구柩'를 처리하는 과정이 바로 장례葬禮에 해당한다.

또 ≪후한서·양통전≫권64의 당나라 이현 주에 인용된 후한 반고 ≪백호통의≫의 실전된 기록에 의하면, '사람이 죽으면 염을 하면서 입에 돈을 물렸고, 요즘은 관속에 노잣돈으로 현찰을 넣기도

149) 明 彭大翼 ≪山堂肆考·典禮≫卷153: 唐白敏中爲相, 嘗欲以進士侯溫爲子壻. 且有日矣, 其妻盧氏曰, "身爲宰相, 願爲我壻者多矣. 已旣姓白, 又以侯氏子爲壻, 必爲人呼作白侯耳." 敏中乃止.

150) ≪禮記·曲禮下≫卷5: 天子死曰崩, 諸侯曰薨, 大夫曰卒, 士曰不祿, 庶人曰死. 在牀曰尸, 在棺曰柩. 死寇曰兵.

하지만, 고대 중국에서는 옥을 입안에 넣고 조개를 입에 물렸다'[151]고 한다. 아울러 사람의 무덤에는 저승길을 편히 가라고 신도비神道碑를 세웠다. 끝으로 죽음과 관련한 재미있는 고사를 한 가지 소개하면 아래와 같다.

(당나라) 선옹仙翁 여암呂巖은 시를 지어 장계에게 주면서 "공을 이루는 것은 쪼개진 오이와 같은 나이 때가 많답니다"라고 하였다. 세간에서는 '오이 과瓜'자를 쪼개면 '팔八'자 두 개가 만들어진다고 생각하였다. 장계는 정말로 64(8×8)세에 생을 마쳤다.[152]

4. 장례葬禮

고대 중국에서의 장례식과 관련하여 다음의 두 기록을 보면 다소 차이를 보인다.

천자는 사망 후 7개월이 되었을 때 장례식을 치르는데, 제후국의 군주들이 참가한다. 제후는 사망 후 5개월이 되었을 때 장례식을 치르는데, 동맹국의 군주가 참가한다. 대부는 사망 후 3개월이 되었을 때 장례식을 치르는데, 같은 직급의 관원들이 참가한다. 사는 사망 후 한 달이 지나서 장례식을 치르는데, 사돈 식구들이 참가한다.[153]

천자는 사망 후 7일이 되었을 때 시신을 관에 안치하고, 7

---

151) ≪後漢書・梁統傳≫卷64의 唐 李賢 注에 인용된 後漢 班固의 ≪白虎通義≫: 大夫飯以玉, 含以貝. 士飯以珠, 含以貝.

152) 明 彭大翼 ≪山堂肆考・典禮≫卷153에 인용된 宋 楊億의 ≪譚苑≫: 呂仙翁詩與張洎云, "功成多在破瓜年." 俗以破瓜爲二八字. 洎果六十四而卒.

153) ≪左傳・隱公一年≫卷1: 天子七月而葬, 同軌至. 諸侯五月而葬, 同盟至. 大夫三月而葬, 同位至. 士踰月而葬, 外姻至.

개월이 되었을 때 장례식을 치른다. 제후는 사망 후 5일이 되었을 때 시신을 관에 안치하고, 5개월이 되었을 때 장례식을 치른다. 대부·사·서민은 사망 후 3일이 되었을 때 시신을 관에 안치하고, 3개월이 되었을 때 장례식을 치른다.154)

≪예기≫에서는 대부大夫와 사士 사이에 장례 기간의 차이를 두지 않은 반면, ≪좌전≫에서는 장례 기간에 차이를 두고 있다. 그러나 대부와 사 사이에 엄연히 신분 차이가 존재한다는 사실에 입각할 때, ≪좌전≫의 기록이 더 설득력이 있어 보인다. 여하튼 천자로부터 사에 이르기까지 그 신분에 따라 장례 기간은 7개월에서 1개월까지 홀수 개월로 줄어든다는 것을 알 수 있다. 이 역시 양수陽數를 중시하고 음수陰數를 경시하는 남녀불평등 사회의 관념이 반영된 예라 하겠다.

천자나 제후, 즉 제왕帝王이 사망하여 치르는 장례는 '국장國葬'이라고 한다. 국장은 그 규모나 재정 면에서 일반인의 그것과는 비교할 수 없을 정도로 장대하다. 그러나 전한 문제文帝처럼 봉분封墳도 하지 않고, 금과 은 같은 귀금속으로 장식도 하지 않은 채, 검소하게 왕릉을 마련한 황제도 있었다.

고대 중국에서는 장례를 치르고 조성하는 무덤의 규모 면에서도 신분의 차이가 극명하게 반영되었다. 죽음을 나타내는 한자를 신분에 따라 '붕崩' '훙薨' '졸卒' '불록不祿' '사死'라고 달리 표현하듯이, 무덤을 나타내는 한자도 천자의 무덤은 '릉陵', 제후의 무덤은 '총冢(塚)', 사대부士大夫의 무덤은 '분墳', 봉분하지 않는 평민의 평평한 무덤은 '묘墓'라고 하였다. 그래서 무덤을 총칭하여 '분묘墳墓'라고 한다.

심지어 "천자의 봉분은 높이가 세 길이고, 소나무를 심는다. 제

154) ≪禮記·王制≫卷12: 天子七日而殯, 七月而葬. 諸侯五日而殯, 五月而葬. 大夫士庶人三日而殯, 三月而葬.

후는 그 반의 높이(열다섯 자)로 만들고, 측백나무를 심는다. 대부는 (반올림하여) 여덟 자 높이로 만들고, 모감주나무를 심는다. 사士는 네 자 높이로 만들고, 홰나무를 심는다. 서민은 봉분을 하지 않고, 버드나무를 심는다"155)는 ≪백호통의≫권하에 인용된 위서緯書의 일종인 ≪춘추함문가≫의 기록처럼 신분에 따라 봉분의 높이에도 차별을 두었으니, 고대 중국 사회는 철저하게 신분사회였다고 말해도 과언이 아니다.

사람은 누구나 죽은 뒤 화려한 장례를 치르고 싶어할지도 모르겠다. 그러나 화려한 재물이 부장된 무덤은 도굴의 위험이 있기 마련인데, 어처구니없게도 전혀 예상치 못 한 상반된 결과를 초래한 경우도 있었다. 이와 관련한 흥미로운 고사를 한 토막 소개하는 것으로 마무리하고자 한다. 원래 내용은 송나라 때 사람 조개의 ≪견문록≫에 실려 있던 것이지만 오래 전에 실전되고, 지금은 대신 명나라 팽대익의 ≪산당사고·전례≫권156에 인용되어 전한다.

송나라 때 시중을 지낸 장기張耆는 화려한 장례를 유언하였고, 승상을 지낸 안수晏殊는 검소한 장례를 유언하였다. 두 사람의 무덤은 모두 (하남성) 양책현에 있었는데, (철종哲宗) 원우(1086-1093) 연간에 함께 도굴꾼에게 도굴을 당하고 말았다. 장기의 무덤은 금·옥·무소뿔·진주가 가득하여 도굴꾼이 훔친 것이 이미 감당할 수 없을 정도로 많았기에, 흡족해서 관에 접근하지 않고 모두들 나란히 서서 절을 하고 떠났다. 그러나 안수의 무덤에는 단지 질그릇 수십 개만 있었기에, 도굴꾼이 애쓴 보람을 얻지 못 한 것에 화가 나서 관을 부수고 금과 허리띠를 얻었으나, 허리띠 역시 재료가 나무여서 결국 도끼로

155) 後漢 班固 ≪白虎通義≫卷下에 인용된 ≪春秋含文嘉≫: 天子墳高三仞, 樹以松. 諸侯半之, 樹以栢. 大夫八尺, 樹以欒. 士四尺, 樹以槐. 庶人無墳, 樹以楊柳.

그의 해골을 부수고 말았다. 화려한 장례 때문에 화를 면하고, 검소한 장례 때문에 화를 부른 것이다.[156]

5. 제례祭禮

과학기술이 발달하지 않았던 고대 중국 사회에서는 자연에 대한 두려움과 경외심으로 인해 다채로운 제례가 발달하였다. 조상신은 물론 천제天帝나 지기地祇(지신地神), 산신山神, 수신水神, 풍신風神, 일월성신日月星辰 등 그 대상도 무척이나 다양하였다. 이와 관련하여 중국 최고最古의 사전인 ≪이아爾雅≫와 중국 최고의 자전인 ≪설문해자說文解字≫의 기록을 각기 소개하면 다음과 같다.

하늘에 지내는 제사를 ('섶을 태운다'는 의미에서) '요시燎柴'라고 하고, 땅에 지내는 제사를 ('제물을 묻는다'는 의미에서) '예매瘞埋'라고 하고, 산에 지내는 제사를 ('제물을 바닥에 놓거나 나무가지에 건다'는 의미에서) '기현庋懸'이라고 하고, 시냇물에 지내는 제사를 ('제물을 물에 띄우거나 담근다'는 의미에서) '부침浮沈'이라고 하고, 별에 지내는 제사를 ('제물을 별처럼 퍼뜨린다'는 의미에서) '포布'라고 하고, 풍신風神에게 지내는 제사를 ('제물을 갈갈이 찢는다'는 의미에서) '책磔'이라고 한다. (≪시경·대아大雅·황의皇矣≫권23의) '유類와 마禡'는 군대를 동원할 때 지내는 제사이고, (≪시경·소아小雅·길일吉日≫권17의) '백伯에게 기도하였다'는 말은 말이 튼튼하기를 바라는 마음에서 지내는 제사이다.[157]

156) 明 彭大翼 ≪山堂肆考·典禮≫卷156에 인용된 宋 趙槩의 ≪見聞錄≫: 宋張侍中耆遺言厚葬, 晏丞相殊遺言薄葬. 二公俱在陽翟, 元祐中, 同爲盜所發. 侍中壙, 金·玉·犀·珠充塞, 盜所得已不勝, 慰不近其棺, 皆列拜而去. 丞相壙中, 但瓦器數十, 盜怒不酬勞, 斲棺取金帶, 帶亦木也, 遂以斧碎其骨. 厚葬免禍, 薄葬致禍.

해악을 제거하기 위해 올리는 제사를 '발祓'이라고 하고, 복을 모으기 위해 올리는 제사를 '회禬'라고 하고, 길 위에서 지내는 제사를 '조祖'라고 하고, 마음을 정결히 하고서 올리는 제사를 '인禋'이라고 하고, 여러 제삿고기를 가지고 신에게 지내는 제사를 '유禷'라고 하고, 운명을 관장하는 신에게 올리는 제사를 '비祉'라고 하고, 돼지의 조상에게 올리는 제사를 '조禮'라고 하고, 달에게 올리는 제사를 '쵀祽'라고 하고, 우신雨神에게 올리는 제사를 '우雩'라고 하고, 비가 개기를 바라며 올리는 제사를 '영禜'이라고 한다.[158]

이처럼 제사의 종류는 다양하기 그지없었다. 그리고 심지어는 주택 주변에 머물고 있다고 생각되는 온갖 신령들에게까지도 친절하게 제를 올렸다. 이를테면 '오사五祀'가 그러하다. '오사'는 주택의 대문(門)·지게문(戶)·우물(井)·부뚜막(竈)·안방(中霤)을 관장하는 신에게 지내는 제사를 말한다.[159]

그러나 그중에서도 가장 신중하고 조심스러운 대상은 당연히 조상신이었다. 국가적 차원에서 조정은 물론 관료나 일반 가문에서도 장례를 치른 뒤 조상신을 공손히 받들어 제사를 지냈다. 우선 장례를 치르고 가까운 시일 내에 지내는 제례가 있었는데, 이를 '사자死者에게 올리는 통곡을 끝내고 지내는 제사'라는 의미에서 '졸곡제卒哭祭'라고 한다. 이에 대해 ≪예기·잡기하≫권35에서는 다음과 같이 설명하고 있다.

---

157) 著者 未詳 ≪爾雅·釋天≫卷5: 祭天曰燎柴, 祭地曰瘞埋, 祭山曰庪懸, 祭川曰浮沈, 祭星曰布, 祭風曰磔. '是類是禡,' 師祭也. '旣伯旣禱,' 馬祭也.

158) 後漢 許愼 ≪說文解字≫卷1: 除惡之祭爲祓, 會福之祭爲禬, 道上之祭爲祖, 潔意以享爲禋, 以類祭神爲禷, 祭司命爲祉, 祭豕先爲禮, 月祭爲祽, 禱雨爲雩, 禱晴爲禜.

159) 後漢 班固 ≪白虎通義≫卷上: 五祀者, 何謂也? 謂門·戶·井·竈·中霤也.

사士가 죽으면 3개월이 되었을 때 장례를 치르고, 그 달에 졸곡제를 지낸다. 대부가 죽으면 3개월이 되었을 때 장례를 치르고, 5개월이 되었을 때 졸곡제를 지낸다. 제후가 죽으면 5개월이 되었을 때 장례를 치르고, 7개월이 되었을 때 졸곡제를 지낸다. 사는 세 번 우제虞祭를 지내고, 대부는 다섯 번 우제를 지내며, 제후는 일곱 번 우제를 지낸다.[160]

그 외에도 고대 중국 사회에서는 시기와 절차에 따라 장례를 치르고 집으로 돌아와 귀신의 혼령을 곧바로 위로하기 위해 지내는 우제虞祭와 부모님이 돌아가시고 1년이 지나 지내는 소상小祥, 부모님이 돌아가시고 25개월이 되었을 때 지내는 대상大祥, 대상과 2개월의 간격을 두고 지내는 담제禫祭, 그리고 매년 부모님이 돌아가신 기일에 지내는 기일제忌日祭 등 다양한 제사가 있었다. 그렇기에 ≪예기・제의≫권47에는 "군자는 죽을 때까지 상례를 치른다"[161]는 말이 전하기까지 한다. 그에 비하면 문명화된 현대 사회에서는 부모님의 기일에 지내는 제사마저 사라지고 있으니, 그 얼마나 편한 세상이던가! 한편으로는 가족들이 함께 모여 정담을 주고받는 미풍양속이 점차 사라지는 것 같아 안타까운 생각이 들기도 한다.

160) ≪禮記・雜記下≫卷35: 士三月而葬, 是月也卒哭. 大夫三月而葬, 五月而卒哭. 諸侯五月而葬, 七月而卒哭. 士三虞, 大夫五, 諸侯七. '우제虞祭'는 사자의 혼령을 안정시키기 위해 시동尸童을 데리고 지내는 제사를 가리킨다.

161) ≪禮記・祭儀≫卷47: 君子有終身之喪, 忌日之謂也.

제4장 고대 중국의 문화

이 장에서는 고대 중국의 문화와 관련하여 학문·성씨·호칭·음식·교육제도 등으로 구분하여 그와 관련된 세부적인 내용을 살펴 보고자 한다.

제1절 학문

송나라 때 대유大儒인 정호程顥(1032-1085)와 정이程頤(1033-1107) 형제는 "옛날에는 학문을 자기를 위해서 했기에 벼슬은 남을 위해서 했지만, 오늘날에는 학문을 남을 위해서 하기에 벼슬은 자신을 위해서 한다"[162]고 하여, 시대마다 학문을 대하는 태도에 차이가 있었음을 밝혔다. 또 ≪예기·학기≫권36에서는 "혼자서 공부하며 친구가 없으면 학식이 천박하고 견문이 부족하게 된다"[163]고 하여, 개인적인 수양에는 한계가 있다는 해설을 달았다. 따라서 고대 중국인들은 자신의 학문을 제자에게 전수하고 동료들과 공유함으로써 학파를 이루어 왔다.

중국은 전통적으로 학문을 '문사철文史哲'로 분류하였다. 즉 학문의 세계를 크게 문학·사학·철학으로 삼분한 것이다. 오늘날의 자연과학이나 공학 및 의학 등과 같은 분야도 모두 철학의 한 분야로 취급하였다. 그래서 요즘도 '자연철학'이란 말이 그대로 사용되고 있는지도 모르겠다. 이 장에서는 중국 고대의 학문을 위의 세 분야로 나눠 개괄해 보고자 한다.

---

162) 宋 朱熹 ≪二程遺書≫卷6: 古之學者爲己, 故其仕也爲人. 今之學者爲人, 故其仕也爲己.

163) ≪禮記·學記≫卷36: 獨學而無友, 則孤陋而寡聞.

1. 문학

고대 중국인들의 뇌리에서의 '문학'의 개념은 현대인들이 생각하는 그것과는 상당한 차이를 보인다. 현대인의 관념에서 문학은 대개 시와 소설·희곡·수필 등 순수 창작물로 한정되지만, 고대 중국인들은 이들을 포함하여 문자로 쓰인 모든 글들을 문학의 범주에 소속시켰다. 즉 논문이나 상소문 같은 실용적인 문장들도 문학작품에 포함시켰다는 말이 된다. 그래서 오늘날 말하는 문학에 비하면 그 범주는 훨씬 넓은 편이다.

이를테면 위진남북조 시기에 출간된 진晉나라 지우摯虞(?-?)의 ≪문장유별文章流別≫이나 양梁나라 유협劉勰(약 465-532)의 ≪문심조룡文心雕龍≫, 소명태자昭明太子 소통蕭統(501-531)의 ≪문선文選≫ 등에서 문장에 대해 분류한 것을 보더라도, 순수문학으로 여길 수 있는 시詩나 부賦, 산문散文 외에 상소문上疏文이나 조문弔文·비문碑文·조서詔書·격문檄文·논문論文·서신書信과 같은 실용적인 문장들까지도 이미 포함하고 있다.

심지어 당나라 원진元稹(779-831)은 ≪원씨장경집·악부≫권23에 실린 서문에서 "시의 부류는 24가지가 있는데, (시詩 외에도) '부賦' '송頌' '명銘' '찬贊' '문文' '뇌誄' '잠箴' '행行' '음吟' '영詠' '제題' '원怨' '탄嘆' '장章' '편篇' '조操' '인引' '요謠' '구謳' '가歌' '곡曲' '사詞' '조調'라고 명명한다. 모두 ≪시경≫의 작가들이 '육의'라고 한 것의 여파이다"164)라고 하여, 시 종류만 해도 24가지로 분류할 정도로 세분화하였다. 그만큼 고대 중국인들은 문학에 대한 관념이 광범위하였을 뿐만 아니라, 그 분류도 지나칠 정도로 세밀하면서

---

164) 唐 元稹 ≪元氏長慶集·樂府≫卷23: 詩之流二十四, 名賦頌銘贊文誄箴行吟詠題怨嘆章篇操引謠謳歌曲詞調, 皆詩人六義之餘. 예문에서 '六義'는 ≪시경≫의 체례인 풍風·아雅·송頌과 표현법인 부賦(직서법)·비比(비유법)·흥興(감정이입법)을 가리킨다.

모호하였다.

그러나 중국문학의 꽃은 누가 뭐래도 '시詩'라고 할 수 있다. 오죽하면 중국을 가리켜 '시의 나라'라고 할까? 지금은 중국시를 뜻하는 말로 보통명사화되었지만, 원래 한나라 때 시를 의미하는 '한시漢詩'뿐만 아니라, 각 왕조명을 앞에 덧붙여 '당시唐詩' '송시宋詩'라고 부를 정도로 여러 명칭이 생겨났다.

중국시는 서정시·서경시·서사시 등 내용면에서의 분류뿐만 아니라, 형식면에서도 악부시樂府詩·오언고시五言古詩·칠언고시七言古詩·잡언고시雜言古詩·오언절구五言絶句·칠언절구七言絶句·오언율시五言律詩·칠언율시七言律詩·오언배율五言排律·칠언배율七言排律 등 다양한 형식의 시들이 생겨났다.

그리고 각 시대를 대표하는 걸출한 시인으로 당나라 이전에는 삼국 위魏나라 조식曹植(192-232)과 진晉나라 도연명陶淵明(365-427)·남조南朝 유송劉宋 사영운謝靈運(385-433)·포조鮑照(405-466) 등을, 당나라 때는 왕유王維(699-759)·이백李白(701-762)·두보杜甫(712-770) 등을, 그리고 송나라 때는 구양수歐陽修(1007-1072)·소식蘇軾(1036-1101)·황정견黃庭堅(1045-1105)·육유陸游(1125-1210) 등을 꼽을 수 있다.

2. 사학

옛 글 가운데 "(춘추시대 위衛나라 대부大夫인) 사관史官 어魚는 죽으면서도 시신의 몸으로 영공에게 '(충신인) 거백옥(거원蘧瑗)을 승진시키고, (간신인) 자하(미자하彌子瑕)를 물리쳐야 한다'고 간언하였으니, 그의 강직함을 알 수 있다"165)는 기록에서도 알 수 있듯이, 사관의 임무는 목숨을 내놓더라도 객관성과 공정성을 담보받

165) ≪論語·衛靈公≫卷15 注: 魚死而以尸諫靈公, "進伯玉, 退子瑕," 其直可見.

아야 했다. 따라서 사관의 기록은 무엇보다도 객관적 사실에 입각해야 한다.

고대 중국의 사서史書는 전설상의 왕조인 요왕堯王의 당唐나라와 순왕舜王의 우虞나라를 비롯하여, 우왕禹王의 하夏나라, 탕왕湯王의 상商나라, 무왕武王의 주周나라의 역사를 기록한 《서경》으로부터 출발하였다. 그 뒤로 춘추시대 역사를 기록한 《국어國語》와 춘추삼전春秋三傳인 《좌전左傳》 《공양전公羊傳》 《곡량전穀梁傳》, 전국시대 역사를 기록한 《전국책戰國策》을 거치면서 수많은 역사책들이 쏟아져 나왔다.

그 대표적인 기록물을 흔히 '25사史'라고 부른다. '25사'는 정사正史를 대표하는 사서들로서, 그중 일부를 가감하는 데 따라 '22사' '23사' '24사'로 수치에 변화를 주기도 한다. 이를 나열하면 전한 사마천司馬遷이 상고시대인 오제五帝 때부터 전한 무제武帝 때까지의 역사를 기록한 《사기史記》로부터 시작하여, 전한과 후한의 역사를 기록한 《한서漢書》와 《후한서後漢書》, 삼국시대인 위魏나라·촉蜀나라·오吳나라의 역사를 기록한 《삼국지三國志》, 잠시 통일왕조를 이루었던 진晉나라 때 역사를 기록한 《진서晉書》, 남조南朝의 역사를 기록한 《송서宋書》 《남제서南齊書》 《양서梁書》 《진서陳書》, 북조北朝의 역사를 기록한 《위서魏書(북위서北魏書)》 《북제서北齊書》 《주서周書(북주서北周書)》 《수서隋書》, 남북조의 역사를 요약 정리한 《남사南史》와 《북사北史》, 당나라 역사를 기록한 《구당서舊唐書》와 《신당서新唐書》, 오대십국五代十國의 역사를 기록한 《구오대사舊五代史》와 《신오대사新五代史》, 송나라와 요나라·금나라 역사를 기록한 《송사宋史》 《요사遼史》 《금사金史》, 원나라와 명나라·청나라의 역사를 기록한 《원사元史》 《명사明史》 《청사고淸史稿》 등이 있다.

그 외에도 역사를 어떠한 방식으로 기재하느냐에 따라 편년체編年體·기사본말체紀事本末體·전기류傳記類·야사류野史類 등 다양한 형식의 사서들이 편찬되었는데, 그 대표적인 서책들을 열거하면 ≪자치통감資治通鑑≫ ≪통감기사본말通鑑紀事本末≫ ≪정관정요貞觀政要≫ ≪열녀전列女傳≫ ≪고사전高士傳≫ ≪오월춘추吳越春秋≫ 등을 들 수 있다.

3. 철학

중국의 철학은 백가쟁명百家爭鳴 시기인 춘추전국시대 때 꽃을 피우면서 그 뒤로 이를 확장, 발전시키는 과정을 밟아 왔다고 평할 수 있을 듯하다. 이를 보통 '구류九流' 혹은 '구파九派'라고 하는데, 유가儒家·도가道家·음양가陰陽家·법가法家·명가名家·묵가墨家·종횡가縱橫家·잡가雜家·농가農家를 가리킨다. 여기에 소설가小說家를 덧붙여 '십가十家'라고도 한다.

다만 춘추시대 노魯나라 공자가 일찍이 '소설'에 대해 '쓰잘데없는 이야기'이기에 군자들이 일삼을 거리가 아니라고 경시하는 바람에, 역대로 이 학파는 고대 중국인들에게 존중받지 못 하여 입지가 약했을 뿐이다. 그러나 오늘날 자본주의 사회에서는 문학 장르 중에서도 소설이 가장 인기를 끌고 있으니, 아무래도 요즘은 흥미 위주의 글이 사람들의 이목을 가장 잘 끌기 때문일 것이다. 아래에 각 학파의 성향에 대해 간략하게 소개해 보고자 한다.

1) 유가

춘추전국시대로부터 중국을 지배해 온 대표적인 사상을 꼽으라면 단언코 유가를 들 수 있을 것이다. 춘추시대 노魯나라 출신의 공자(공구孔丘)와 전국시대 추鄒나라 출신의 맹자(맹가孟軻), 조趙나라 출신의 순자(순황荀況)로 대표되는 유가사상이 중국뿐만 아니라, 우리나라를 포함하여 한자문화권의 정치·경제·사회·문화 등 다방면에 걸쳐 절대적인 영향력을 발휘해 왔다는 점은 그 누구도 부인할 수 없을 듯하다.

유가에서 내세우는 가장 중요한 덕목으로는 '인의예지신仁義禮智信'을 들 수 있다. 일면 각 항목에도 우선 순위가 있는 듯 보이지만, 개별 덕목에 대해 경중의 차이를 둔 것 같지는 않다.

그리고 유가의 학설이 집대성된 저서들로 흔히 '십삼경十三經'을 거론한다. 물론 이는 처음부터 그리 체례가 잡힌 것은 아니고, 상고시대 때 가장 중시받던 '삼경三經', 즉 철학의 출발점인 ≪역경易經≫과 사학의 출발점인 ≪서경書經≫, 그리고 문학의 출발점인 ≪시경詩經≫으로부터 시작하여 교육 체계가 자리잡히면서 점차 오경五經, 육경六經, 칠경七經, 구경九經, 십삼경十三經과 같은 형태로 기본적인 교과서가 확대됨으로써 경전의 수치가 차츰 늘어나게 되었다.

십삼경은 위에서 거론한 삼경 외에도 춘추시대 역사를 기록한 ≪춘추경≫의 세 해설서인 '춘추삼전春秋三傳', 즉 ≪좌전左傳≫ ≪곡량전穀梁傳≫ ≪공양전公羊傳≫과, 예법에 관한 경전인 '삼례三禮', 즉 주周나라 때 행정 체계를 정리한 ≪주례周禮≫, 인간사에서 가장 중요한 절차로서의 관혼상제冠婚喪祭에 관해 기술한 ≪의례儀禮≫, 사회생활에 필요한 예법을 정리한 ≪예기禮記≫, 그리고 공자의 어록인 ≪논어論語≫와 맹자의 어록인 ≪맹자孟子≫, 가장 기본적인 덕목인 효도에 관해 정리한 ≪효경孝經≫, 전국시대 때 출간된 것으로 추정되는 중국 최고最古의 사전인 ≪이아爾雅≫ 등이 포함된다. 이상의 경전이 수천 년 동안 중국을 지배해 온 유가사상의 근간이라고 할 수 있다.

2) 도가

고대 중국의 사상 체계에서 그 중심을 이루는 것은 아무래도 유가학파라고 할 수 있다. 반면 그 대척점에 선 도가는 주周나라 출신의 노자(이이李耳)와 전국시대 송宋나라 출신의 장자(장주莊周)・정鄭나라 출신의 열자(열어구列禦寇)로 대표되는 여러 사상가에 의해 그 체계가 구축되면서 유가와 쌍벽을 이루었다. 그들의 사상은 각기 ≪노자老子≫와 ≪장자莊子≫ ≪열자列子≫에 수록되어 전해지고 있다.

그런데 유가의 득세가 강해지자, 도가 사람들은 성인의 반열에 오른 공자에 대해서도 거침없는 공격을 하였는데, 다음의 일화는 어린아이를 등장시켜 공자를 무지한 사람으로 폄훼할 정도로까지 그 극단적인 성향을 여과없이 보여준다.

> (춘추시대 노魯나라) 공자가 동쪽으로 유람하다가 두 아이가 말싸움하는 것을 보았다. 그 까닭을 묻자 한 아이가 말했다. "저는 해가 처음 떴을 때 사람에게서 가깝고, 해가 중앙에 떴을 때 멀다고 생각합니다." 다른 아이가 말했다. "해는 중앙에 떴을 때 가깝고, 처음 떴을 때는 멀지요." 한 아이가 말했다. "해가 처음 떴을 때는 커다란 수레바퀴 같지만, 중앙에 떴을 때는 쟁반 같습니다. 이는 멀면 작고 가까우면 크다는 이치가 아니겠습니까?" 다른 아이가 말했다. "해가 처음 떴을 때는 시원하지만, 중앙에 떴을 때는 뜨거운 물에 손을 대는 것과 같습니다. 이는 가까우면 뜨겁고 멀면 시원하다는 이치가 아니겠습니까?" 공자가 결론을 내리지 못 하자, 두 아이가 웃으며 말했다. "여보세요! 누가 당신 보고 지혜가 많다고 하던가요?"166)

166) 戰國 鄭 列禦寇 ≪列子・湯問≫卷5: 孔子東遊, 見兩小兒問辨. 問其故, 一兒曰, "我以日始出, 去人近, 日中時遠." 一兒曰, "日中時近, 日初出時遠." 一兒曰, "日初出時, 如大車輪, 及中, 如盤盂, 此不爲遠者小而近者大乎?" 一兒曰, "日初出, 蒼蒼涼涼, 日中時, 如探湯, 此不爲近者熱而遠者涼乎?" 孔子不能決. 兩兒笑曰, "汝! 孰謂汝多智乎?"

심지어는 공자를 노자의 제자로 격하시키기도 하였는데, 유가학파에서도 이에 대해 일부 인정하는 듯한 논조를 보이기도 하였다. 도가에서는 단지 공자뿐만 아니라 그의 제자들에 대한 공격도 서슴지 않을 정도로 전방위적인 비판을 가하였다. 아래의 일화는 이를 단적으로 보여준다.

(춘추시대 노魯나라) 자공子貢 단목사端木賜가 한수 남쪽을 지나다가 한 노인이 한창 농사일을 하면서 좁은 길을 뚫고 우물에 들어가서 항아리를 안고 나와 물을 주는데, 낑낑대고 힘을 많이 쓰면서도 효과가 적은 것을 보았다. 자공이 말했다. "여기 있는 이 기계는 하루에 백 이랑에 물을 댈 수 있는데, 이름을 '길고'(두레박)라고 합니다. 힘을 적게 쓰면서도 효과는 만점이니, 선생께서는 사용하지 않으시렵니까?" 채마밭을 일구던 노인이 화가 나서 낯빛을 바꾸며 말했다. "기계를 가진 사람은 기계에 의존해서 일을 하게 되고, 기계에 의존해서 일을 하는 사람은 잔꾀를 부리려는 마음이 생기는 법이오. 잔꾀를 부리려는 마음이 가슴 속에 있으면 순수함을 잃게 되고, 순수함을 잃게 되면 정신이 불안정해지며, 정신이 불안정해지면 도가 사라지고 만다오. 나는 모르는 것이 아니라 수치스러워서 하지 않는 것이오." 자공이 눈길을 제대로 주지 못 하고 부끄러워 고개를 숙인 채 아무런 대답을 하지 못 했다.[167)]

도가에서 내세우는 최고의 덕목은 무위자연無爲自然이다. 즉 세상

167) 戰國 宋 莊周 ≪莊子・天地≫卷5: 子貢過漢陰, 見一丈人方將爲圃畦, 鑿隧而入井, 抱甕而出灌, 搰搰然用力甚多, 而見功寡. 子貢曰, "有械於此, 一日灌百畦, 其名曰桔槹. 用力甚寡, 而見功多, 夫子不欲乎?" 爲圃者忿然作色曰, "有機械者, 必有機事, 有機事者, 必有機心. 機心存於胸中, 則純白不備, 純白不備, 則神生不定, 神生不定者, 道之所不載也. 吾非不知, 羞而不爲也." 子貢瞞然慙俯而不對.

만사를 인위적으로 바꾸려 하지 말고 자연스럽게 성사되도록 내버려두라는 것이다. 필자는 학생들 앞에서 이따금 이를 농담조로 영국의 유명 록밴드인 비틀즈의 유행곡 ‘Let it be!’나 우리나라의 경상도 사투리인 ‘냅둬!’라는 말로 희화화하여 해석해 주곤 한다. 그래서 후인들에게도 유가사상에 기반하여 벼슬에 나가서 본인의 이상을 실현하려고 노력하다가, 뜻을 이루지 못 하면 도가사상으로 우회하여 자연으로 돌아가 은거생활에 몰입하는 현상이 반복적으로 일어났던 것이 아닐까 싶다.

3) 묵가

고대 중국의 철학자 가운데 기득권층의 관점에서 볼 때 가장 위험한 인물로는 단연 춘추시대 송宋나라 출신의 묵자墨子(묵적墨翟)를 첫손가락으로 꼽을 수 있다. 서양으로 치면 예수에 비견될 만한 위인이라 할 수 있을 것이다. 그의 대표적 사상을 몇 마디로 표현하면 평등·겸애兼愛(박애)·반전反戰으로 압축할 수 있는데, 바로 평등 사상은 제왕과 관리·평민의 신분 구별을 깨는 것이니, 기득권층의 입장에서 바라보면 어찌 위험한 인물로 취급받지 않을 수 있겠는가?

그 외에도 묵자는 검소한 삶을 중시하여 재정을 낭비할 소지가 있는 음악에 대해 부정적인 생각을 피력하기도 하였다. 그래서 전한 때 회남왕淮南王에 봉해진 유안劉安은 “음악을 비판하여 (‘아침부터 노래한다’는 의미가 담겨 있는) ‘조가’라는 고을에 들어가지 않았다”[168]고 하였고, 당나라 때 엄격한 유학자인 한유韓愈마저도 “묵자는 (사람들을 구하기 위해 바삐 돌아다니느라 밥 지을 시간도 없어서) 굴뚝을 검게 그을리지 못 했다”[169]고 칭송한 적이 있다.

168) 前漢 劉安 ≪淮南子·說山訓≫卷16: 墨子非樂, 不入朝歌.
169) 宋 魏仲擧 ≪五百家注昌黎文集≫卷14에 수록된 <간관에 대해 논하는 글(諫

묵자의 저서로는 그의 제자들이 제작한 ≪묵자≫ 15권이 사고전서에 수록되어 전하는데, 이미 유가를 대표하는 맹자의 배척을 받아 전래 과정이 순탄치 않았을 뿐만 아니라, 역대로 금서禁書로 지목되기도 하였다. 이는 앞에서도 언급했다시피 그를 위험 인물로 간주한 데서 전적으로 기인한다고 하겠다. 이로 인해 ≪묵자≫는 온전한 형태로 전해지지 못 하였기에, 일부 파본이 발생하였고, 그래서 아직도 독해가 되지 않는 부분들이 존재하는 듯하다.

4) 법가

고대 중국에서는 한때 법치주의 사상이 국시國是로 채택된 적이 있다. 전국시대를 통일한 진秦나라의 시황제始皇帝는 왕권을 강화함으로써 철저하게 통제된 국가를 건설하기 위해 법가사상을 바탕으로 나라를 다스렸다. 당시 재상직을 맡고 있던 이사李斯(?-B.C.208)는 이를 주도한 대표적인 인물이라 하겠다.

그러나 지나친 법치주의는 이를 주도한 당사자들을 도리어 자신이 만든 법망에 걸려 죽게 만들기도 하고, 나라를 혼란에 빠뜨리는 역설적인 결과를 낳기도 하였다. 그렇기에 나라를 다스리는 데 적절한 방도인가 하는 점에서는 의문을 낳기도 한다.

고대 중국에서 법가사상이 언제부터 시작되었는가 하는 질문에 딱 잘라 답을 내놓기는 어렵겠지만, 현전하는 고문헌에 기반했을 때는 일반적으로 춘추시대 때 제나라 사람 관중管仲(관이오管夷吾)으로부터 시작되었다고 보는 것이 통설로 굳어진 듯하다. 진위를 떠나 그의 저서로 ≪관자管子≫ 24권이 전한다. 그 뒤로는 전국시대 때 위衛나라 사람 상앙商鞅과 신불해申不害에 의해 발전하였다. 그들의 저서 역시 진위 여부를 떠나 각기 ≪상자商子≫와 ≪신자申子≫라는 서명으로 전한다. 전국시대 말엽에 이르러서는 순자荀子 밑에

臣論)>: 墨突不得黔.

서 이사와 함께 수학한 한韓나라 출신의 한비韓非(약 B.C.280-B.C.233)가 법가사상을 집대성하여 ≪한비자韓非子≫를 저술하였다.

유가가 도덕과 윤리를 기반으로 나라를 다스릴 것을 주창했다면, 법가는 법률에 근거하여 엄격한 질서를 유지할 것을 주장하였다는 점에서 그 차이가 크다 하겠다. 그러나 역대로 이를 맹신했던 권력자의 종말은 그리 바람직하지 않았으니, 요즈음의 위정자들도 한번 참조해 보아야 할 점이 아닐까 싶다.

5) 기타

이상의 여러 학파 외에도 음양가陰陽家・명가名家・종횡가縱橫家・잡가雜家・농가農家・소설가小說家 등이 있는데, '종횡가'는 소진蘇秦(?-B.C.284)과 장의張儀(?-B.C.310)처럼 각기 남북동맹(縱)과 동서동맹(橫)을 통해 전국시대의 통일을 기획했던 전문적인 외교관들의 학파라는 점에서 특이점이 발견된다. 또 소설가를 천시했던 공자가 만약 요즘처럼 소설가가 득세하는 세상을 본다면 어떤 반응을 보일지도 궁금하다.

제2절 중국 고대 도서 분류법

앞에서도 잠시 언급하였다시피 고대 중국인들은 모든 서책을 '문사철文史哲'로 간촐하게 분류하였다. 그러나 그중에서도 특별히 중시하여야 할 도서들은 경전으로 승격시켜 별도의 서고에 입고하였기에, 그래서 사서류의 서고인 '사고史庫', 철학류의 서고인 '자고子庫', 문학류의 서고인 '집고集庫'와 별도로 경전류의 서고인 '경고經庫'가 생겨났다. 청나라 때 건륭제乾隆帝의 황명으로 편찬된 사고전서四庫全書가 바로 그 대표적인 예이다.

'경고'에는 13경과 그 해설서가 소장되었다. 13경은 '문사철'의 근간인 ≪시경≫ ≪서경≫ ≪역경≫, 즉 삼경三經을 시작으로 ≪춘추경≫과 ≪예기≫가 보태져 5경으로 늘었다가 다시 ≪악기樂記≫가 첨가되어 6경으로 늘고, 다시 ≪춘추경≫이 세 해설서로 나뉘어 ≪좌전≫ ≪공양전≫ ≪곡량전≫이 되고, 예경禮經이 세 부류로 나뉘어 ≪주례≫ ≪의례≫ ≪예기≫로 늘어났으며, 거기에 다시 ≪논어≫ ≪맹자≫ ≪효경≫ ≪이아≫가 보태져 13경으로 늘어났다. 그뿐만 아니라 이에 대한 수많은 해설서들이 쏟아져 나옴으로써 하나의 서고를 채울 정도로 분량이 늘어났다. 이는 곧 학생들이 공부해야 할 교과서와 참고서가 그만큼 많아졌다는 것을 의미하기에, 학생들에게는 이만저만 부담이 늘어난 것이 아니었을 것이다.

'사고'에는 원래 최고最古의 고서로서 ≪서경≫이나 ≪춘추경≫의 세 해설서인 '춘추삼전春秋三傳'이 소장되어야 하지만, 경전으로 승격되어 경고에 편입되었기에, 각기 춘추시대와 전국시대의 역사를 기록한 ≪국어≫와 ≪전국책≫을 필두로 정사인 ≪사기≫ ≪한서≫ 등의 24사가 수록되어 있다. 그 외에도 그 시기를 알 수 없으나 전국시대 때 발굴된 ≪죽서기년竹書紀年≫과 ≪일주서逸周書≫를 비롯하여, 한나라 때 역사를 보완할 수 있는 ≪동관한기東觀漢記≫, 송나라 때 사마광司馬光이 지은 통사通史인 ≪자치통감資治通鑑≫ 등 다양한 사서들이 소장되어 있다. 더욱이 청나라 때는 경기 지역과 지방 각 성省의 역사와 지리를 상세히 다룬 ≪기보통지畿輔通志≫ ≪절강통지浙江通志≫ 등 전문적인 지방지까지 출간되어 사고전서에 수록되어 있다.

'자고'에도 원래 최고의 고서인 ≪역경≫이나 ≪논어≫ ≪맹자≫ 등이 소장되어야 하지만, 이들 역시 경전으로 승격되어 경고에 편입되었기에, 유가류의 서책 가운데 비교적 시기적으로 이른 ≪순자荀子≫와 ≪공자가어孔子家語≫를 필두로, 병가류의 ≪손자孫子≫ ≪오자吳子≫, 법가류의 ≪관자管子≫ ≪한비자韓非子≫, 농가류의 ≪제민요술齊民要術≫ ≪농서農書≫, 의가류醫家類의 ≪황제소문黃帝素問≫

≪본초강목本草綱目≫, 예술류의 ≪고화품록古畵品錄≫ ≪서품書品≫, 잡가류의 ≪육자鬻子≫ ≪묵자墨子≫, 유서류類書類의 ≪예문류취藝文類聚≫ ≪산당사고山堂肆考≫, 소설가류의 ≪서경잡기西京雜記≫ ≪세설신어世說新語≫, 석가류釋家類의 ≪홍명집弘明集≫ ≪법원주림法苑珠林≫, 도가류의 ≪노자≫ ≪열자≫ ≪장자≫ 등 다양한 서책들이 소장되어 있다.

'집고'에도 원래 최고의 고서이자 상고시대 북방문학의 대표격인 ≪시경≫이 첫머리를 장식해야 하지만, 이 역시 경전으로 승격되어 경고에 편입되었기에, 전국시대 남방문학의 대표격인 ≪초사장구楚詞章句≫가 맨앞에 수록되어 있다. 그 뒤로는 한나라 때부터 비로소 출간되기 시작한 전한 사람 양웅揚雄의 ≪양자운집揚子雲集≫을 시작으로, 각 시대를 대표하여 삼국시대 위魏나라 조식曹植의 ≪조자건집曹子建集≫, 진나라 도연명의 ≪도연명집陶淵明集≫, 당나라 이백의 ≪이태백문집李太白文集≫과 두보의 ≪구가집주두시九家集注杜詩≫, 송나라 구양수의 ≪문충집文忠集≫과 소식의 ≪동파전집東坡全集≫ 등 수많은 개인 문집이 수록되어 있다. 개인 문집 외에도 총집류인 ≪문선文選≫ ≪옥대신영玉臺新詠≫ ≪문원영화文苑英華≫ ≪전당시全唐詩≫, 평론류인 ≪문심조룡文心雕龍≫ ≪시품詩品≫ ≪육일시화六一詩話≫, 사곡류詞曲類인 ≪주옥사珠玉詞≫ ≪육일사六一詞≫ 등 각 분야별로 다양한 문집류의 서책이 소장되어 있다.

그런데 별집류의 문집은 어디까지나 개인적인 것이기에, 서책의 명칭도 개인의 신상과 관련성이 깊을 수밖에 없다. 진나라 도연명의 ≪도연명집≫처럼 본인의 성명을 딴 것은 매우 드문 경우에 해당한다. '도연명'이란 명칭 역시 사서에서는 본명이 '연명'이고 은거한 뒤 '은둔'을 뜻하는 '잠潛'으로 개명하였다고 적고 있지만, 실상 '도연명'이 본명인지, '도잠'이 본명인지 객관적으로 증명할 수 없기에, '도연명집'이 본명에 의한 것이라고 단정짓기도 쉽지 않아 보인다.

또 개인 문집의 명칭은 대개 후손이나 후인들이 당사자의 작품들을 모아 편찬하면서 그의 별호로써 짓는 것이 일반적이었다. 예를 들어 위나라 조식의 ≪조자건집≫은 그의 자인 '자건'을 가져다가 문집명으로 삼은 것이고, 당나라 이백의 ≪이태백집≫은 그의 호인 '태백'을 가져다가 문집명으로 삼은 것이며, 당나라 유우석의 ≪유빈객문집≫은 그가 지낸 관직 가운데 최고위직인 '태자빈객太子賓客'이란 관호官號를 가져다가 문집명으로 삼은 것이고, 송나라 구양수의 ≪문충집≫은 구양수가 사후에 받은 명예로운 시호諡號인 '문충'을 가져다가 문집명으로 삼은 것이다.

다만 송나라 사마광司馬光(1019-1086)의 ≪전가집傳家集≫은 그 명칭의 유래가 무척 독특한 편이다. 아마도 그의 후손들이 선조에 대한 존경의 취지로 '가문(家) 대대로 전수할(傳) 만한 고귀한 가치가 있는 문집(集)'이라는 의미를 부여하기 위해 그리 멋스럽게 지은 것이 아닐까 조심스레 추측해 본다.

제3절 혈연과 성씨

중국의 성씨는 외자인 단성單姓부터 2음절인 복성複姓까지 그 종류가 무척 다양하다. 상고시대에 성씨가 확정된 이후 가족의 유대는 더욱 강화되었다. 그런데 가족의 범주는 한자어의 구성에 따라 의미가 달라진다. 흔히 '구족九族'이라고 하면 고조부터 현손玄孫까지 9대에 걸친 혈족을 가리키지만, 경우에 따라서는 부계 가족 4대와 모계 가족 3대, 그리고 처가 가족 2대를 아우르는 말로 쓰이기도 하였다.

그렇다면 직계 혈족은 어떻게 구분하였을까? 전국시대 때 지어진 중국 최초의 사전으로 평가받는 저자 미상의 ≪이아爾雅 · 석훈釋訓≫권3에서는 "아들의 아들을 '손자'라고 하고, 손자의 아들을 '증손'이라고 하며, 증손의 아들을 '현손'이라고 하고, 현손의 아들을 '내손'이라고 하며, 내손의 아들을 '곤손'이라고 하고, 곤손의 아들을 '잉손'이라고 하며, 잉손의 아들을 '운손'이라고 한다"170)고 하여, 아들(子)부터 8대손인 '운손雲孫'까지의 명칭에 대해 상세하게 설명하고 있다. 그중 '미래의 손자'를 의미하는 '내손來孫'은 세대차가 너무 커 '조상에 대해 단지 귀로만 얘기를 들었다'는 의미에서 '이손耳孫'으로도 부른다고 하니, 참으로 고대 중국인들은 한자의 특성을 잘 활용해서 다양한 별칭을 절묘하게 만들어낸 듯하다.

그렇다면 '삼족을 멸한다'고 할 때의 '삼족'은 무엇을 가리키는 말일까? 이 역시 경우에 따라서 의미하는 범주가 달라져 부친·아들·손자의 가족을 가리키는 말로 쓰일 때가 있는가 하면, 부친의 가족·모친의 가족·아내의 가족을 가리키는 말로 쓰일 때도 있었다.

원나라 때 저자 미상의 ≪씨족대전氏族大全≫에서는 고대 중국인의 성씨의 유래와 각 성씨에 속하는 역대 유명인사들을 분류하여 정리해 놓고 있다. 이 서책에 의하면 중국 성씨의 유래 가운데 가장 큰 범주를 차지하는 것은 국명國名을 포함한 지명地名이다. 즉 지명과 성씨가 동일한 경우가 가장 많은 분포를 차지한다. 그 외에도 중국인 성씨는 그 유래가 무척 다양한 편인데, 이를 간략히 정리하면 다음과 같다.

1. 지명

앞에서도 언급하였다시피 지명에서 유래한 성씨는 무수히 많다. 한韓·황黃·두杜·유柳·강江·주朱·소蘇·습習 등이 모두 이에 해당한다. 그중 '습習'씨의 유래에 관한 ≪씨족대전≫권21의 기록을 소개하면 다음과 같다.

---

170) 戰國 無名氏 ≪爾雅·釋訓≫卷3: 子之子爲孫, 孫之子爲曾孫, 曾孫之子爲玄孫, 玄孫之子爲來孫, 來孫之子爲晜孫, 晜孫之子爲仍孫, 仍孫之子爲雲孫.

본관은 (절강성) 동양군이다. '습'은 제후국 이름이다. 한나라 때 습향이란 사람이 진국陳國의 승상을 지낸 일이 있다.171)

현대 중국인에게도 '습'씨는 희귀성에 해당하는 듯하다. 진晉나라 때 뛰어난 학자이자 문장가인 습착치習鑿齒(?-383) 이후로 습씨 가문에서 이렇다 할 유명인사가 출현하지 않았다. 그러다가 근자에 이르러 불쑥 습씨 가문에서 막강한 권력자가 나타났으니, 그가 바로 '시진핑'이다. 요즘은 중국인의 성명을 중국어 발음 그대로 표기하면서 한자를 병기하지 않기에, 한자에 익숙하지 않은 이들에게는 생소한 발음으로 들릴지 모르겠으나, 우리말 독음으로 표기하면 '습근평習近平'이므로 바로 습씨 가문 출신이다.

2. 관작官爵

고대 중국의 성씨에는 관작, 즉 관직이나 작위 이름에서 유래한 것들이 있다. 산山·관關·전錢·사마司馬·왕王 등이 그러한 예이다. 그중 '사마司馬'씨의 유래에 관한 ≪씨족대전≫권22의 기록을 소개하면 다음과 같다.

본관은 (하남성) 하내군이다. 주나라 때 정백 휴보가 사마를 맡아 관직명에 의한 종족의 자격을 하사받자 '사마'씨라고 한 것이다. (춘추시대 노魯나라 때 사람) 사마경은 자가 자우로, 공자 문하의 제자였다가 초구후에 봉해졌다.172)

'사마'는 '말을 관장하는 관직'을 뜻하는 말이기에, 요즘으로 말

171) 元 無名氏 ≪氏族大全·入聲≫卷21: 東陽. 習, 國名. 漢有習響, 爲陳相.
172) 元 無名氏 ≪氏族大全·複姓≫卷22: 河內. 周程伯休父爲司馬, 錫以官族, 爲司馬氏. 司馬耕, 字子牛, 孔門弟子, 封楚丘侯.

하자면 국방부장관에 해당한다. 그래서 후손들이 이를 명예롭게 여겨 분가하면서 사마씨를 창씨했다는 것이다. 사마씨 가문 출신으로는 전한 때 ≪사기≫의 저자로 유명한 사마천司馬遷(B.C.135-?)을 비롯하여, 한나라를 대표하는 문장가인 사마상여司馬相如(?-B.C.117)와 송나라 때 명재상이자 역사학자인 사마광司馬光(1019-1086) 등을 꼽을 수 있다.

3. 직업

고대 중국의 성씨에는 직업에서 유래한 것들이 있다. 장張·이李 등이 그러한 예에 해당한다. 그중 이씨의 유래에 관한 ≪씨족대전≫ 권13의 기록을 인용하면 다음과 같다.

> **본관은 (감숙성) 농서군이다. (당唐나라) 요왕 때 고요가 이관(법관)을 말자 자손들이 '이理'를 성씨로 삼았다가, 은나라 말엽에 이미라는 사람이 '이李'로 개성한 것이다. 당나라 태종은 서세적에게 이씨 성을 하사하였고, 소종은 (서돌궐의 추장인) 주야 적심에게 이씨 성을 하사하였으며, (오대십국) 남당은 해정규에게 이씨 성을 하사하였기에, 각기 별도의 족보가 있다.**[173]

위의 기록에 의하면 이씨의 유래는 법관(理)이다. 그러나 이를 꼭 정설로 볼 수는 없을 듯하다. 이씨 가문에서 시기적으로 가장 이른 인물은 바로 노자인데, 그의 본명이 '이이李耳'이다. 그런데 그에 관해 "모친이 그를 임신하고서 81세의 나이에도 출산을 했는

173) 元 無名氏 ≪氏族大全·上聲≫卷13: 隴西. 堯時皋陶爲理官, 子孫以理爲氏, 殷末有理微, 改爲李. 唐太宗賜徐世勣姓李, 昭宗賜朱邪赤心姓李, 南唐賜奚廷珪姓李, 各有譜系.

데, 모친의 왼쪽 겨드랑이로 나오면서 자두나무를 가리켜 이를 성씨로 삼았다"174)고 한 것을 보면, 성씨를 '이'로 삼은 데 대한 또 다른 설이 존재한다. 따라서 성씨의 유래에 관한 고문헌의 기록들은 그저 하나의 설로 받아들여야지, 액면 그대로 믿는 것은 적절하지 않을 듯 싶다.

4. 별호

고대 중국에서는 남의 이름을 직접 거명하는 것을 예법에 어긋나는 것으로 여겼기에, 이를 대체할 거리로 이름 외에도 자字・호號・시호諡號・봉호封號・묘호墓號・관호官號 등 다양한 별호가 발달하였다. 고대 중국의 성씨 가운데는 이러한 별호에서 유래한 것들이 있는데, 이를테면 원袁・공孔・문文 등이 그러한 예에 해당한다. 그중 '문文'씨의 유래에 관한 ≪씨족대전≫권5의 기록을 인용하면 다음과 같다.

> **본관은 (산서성) 안문군이다. 주나라 문왕의 지손이 문왕의 시호(文)를 성씨로 삼은 것이다. 한편 (송나라 때) 노국공潞國公에 봉해진 문언박文彦博은 스스로 "(당나라) 경휘의 후손으로 (송나라 태조의 조부인) 익조(조경趙敬)와 (오대五代 후진後晉의 황제인) 석경당石敬瑭의 이름(敬)을 피하기 위해 '문'으로 개성한 것이다"라고 하였다. 주나라 일파 가운데는 '구'씨로 개성한 사람도 있다.**175)

≪씨족대전≫의 또 다른 기록에 의하면, '원袁'씨는 상고시대 장

---

174) 元 無名氏 ≪氏族大全・上聲≫卷13: 母懷之, 八十一歲乃生, 從母左腋而出, 指李爲姓.

175) 元 無名氏 ≪氏族大全・平聲≫卷5: 鴈門. 周文王支孫, 以謚爲氏. 文潞公自云, "是敬暉之後, 翼祖避石敬塘諱, 改姓文." 周派又有改姓苟者.

백원莊伯轅이란 사람의 자인 '원轅'에서 '수레 거車'를 삭제한 데서 유래하였다고 하고, '공孔'씨는 춘추시대 노魯나라 공자의 부친인 공보가孔父嘉의 자인 '孔父'에서 유래하였다고 하는데, 실상 이에 대한 객관적인 증거를 확인할 수 없기에 과연 정확한 설인지는 장담할 수 없을 듯하다. 다만 이러한 설들이 성씨 생성 과정의 다양성을 확인하는 데 일조는 될 듯하다.

5. 피화避禍

고대 중국의 성씨 가운데 무척 특이한 경우이기는 하지만, '피화' 즉 화를 피하기 위한 상황에서 생겨났다고 하는 성씨들도 존재한다. 이를테면 홍洪·우尤·속束 등이 그러한 예이다. 이와 관련해 ≪씨족대전≫권1과 권11, 권20의 기록에 의하면, 각기 "본관은 (감숙성) 돈황군으로 옛날 공공의 후손으로서 본래 성은 '공共'씨였으나, 원수를 피해 '홍洪'씨로 개성하였다"[176]고 하고, 또 "본관은 (강소성) 오흥군이다. (주周나라) 담계의 후손이 성을 '심沈'이라고 하였다가, 자손들이 원수를 피하느라 '물 수水(氵)' 부수를 삭제하고 '우尤'라고 한 것이다"[177]라고 하였으며, 또 "본관은 (하남성) 남양군으로 전한 소광의 후손이다. 증손자인 소맹달踈(疏)孟達이 왕망(B.C.45-A.D.23)의 난을 피하다가 '발 족足'자를 떼어내고는 '속束'씨라고 한 것이다"[178]라고 설명하고 있다.

목숨을 보전하기 위해 성씨를 바꿀 정도였다고 하니, 당사자들이야 매우 절박하고 다급했을지 모르겠으나, 후인들의 귀에는 다소

176) 元 無名氏 ≪氏族大全·平聲≫卷1: 燉煌. 古共工之後, 本姓共, 因避仇, 改姓洪.

177) 元 無名氏 ≪氏族大全·平聲≫卷11: 吳興. 聃季之後爲沈姓, 子孫因避仇, 去水爲尤.

178) 元 無名氏 ≪氏族大全·入聲≫卷20: 南陽. 漢疏廣之後. 曾孫孟達辟王莽亂, 去足爲束氏.

황당하고 우스꽝스러운 경우로 들릴 수도 있을 듯 싶다. 사실 여부를 떠나 무척 특이한 예에 해당한다고 하겠다.

6. 피휘避諱

앞의 '피화'와 마찬가지로 '피휘避諱' 역시 매우 독특한 유래에 해당한다. '피휘'는 황제나 스승, 조상, 부모님 등의 이름처럼 꺼림직한 것(諱)을 피하는(避) 언어 습관을 의미한다. 남의 이름을 함부로 입에 올리는 것조차 꺼리던 바에야, 하물며 황제나 스승, 조상, 부모님의 이름자를 문장에 쓰는 것이야말로 불충·불경·불효에 해당하는 행위라 하지 않을 수 없다. 그래서 고대 중국인들은 이를 엄격하게 기피하였다. 그러다 보니 심지어 성씨마저 바뀌는 황당한 현상이 생겨났다는 것이다.

예를 들어 ≪씨족대전≫의 기록에 의하면, 장莊씨 가문 사람들은 후한 명제明帝 유장劉莊의 이름자를 피휘避諱하기 위해 '엄嚴'씨로 개성하였고, 경慶씨 가문 사람들은 후한 안제安帝의 부친 유경劉慶의 이름을 피휘하기 위해 '하賀'씨로 개성하였으며, '신愼'씨 가문 사람들은 남송 때 효종孝宗 조신趙昚의 이름인 '昚'이 '愼'의 이체자異體字여서 이를 피휘하기 위해 '진眞'씨로 개성改姓하였다고 한다.

이처럼 '피휘'라는 언어 관습은 성씨의 개정뿐만 아니라 이름까지도 강제로 개명당하는 더욱 황당한 상황을 야기하기도 하였다. 당나라 때 명장인 이세적李世勣이 태종 이세민李世民의 이름 때문에 '세世'자를 강탈당해 '이적李勣'으로 이름이 바뀐 경우가 그러한 예이다. 이외에도 피휘는 고대 중국 문화의 다방면에 영향을 미쳐 여러 가지 재미있는 언어 현상을 야기하고, 흥미로운 고사를 만들어 내기도 하였다.

7. 이국異國

고대 중국인의 성씨 가운데는 중국 고유의 것이 아닌 경우가 있다. 이를테면 김金・미米・흑치黑齒 등이 그러한 예에 해당한다.

'김'씨의 경우 혹자는 우리나라 고유의 성씨가 중국에 건너가 중국 성씨가 되었다고 주장하기도 하지만, 실은 전한 무제武帝가 귀화한 흉노족匈奴族의 왕자인 김일제金日磾에게 하사한 성씨에서 유래한 것이기에, 우리나라의 김씨와는 별개의 성씨이다.

또 '미'씨는 서역에 있었던 미국米國에서 유래한 성씨로, 송나라 때 미불米芾이 대표적 유명인사이다.

'흑치'씨는 당나라 때 우리나라의 백제百濟 출신인 흑치상지黑齒常之가 중국에 귀화하여 장수의 지위까지 오른 데서 유래한 성씨라고 한다. 헌데 '흑치'라는 성씨 자체가 흥미를 끈다. 혹시 집안 대대로 충치가 많아서 생긴 성씨는 아닐까?

8. 기타

나머지로 위에서 언급한 여러 형태의 유래에 소속시키기 어려운 독특한 성씨를 소개하면 다음과 같다.

먼저 '차車'씨는 춘추전국시대 제齊나라 왕족인 전田씨의 후손이 한나라 때 조상의 특권을 기념하기 위해 '차'씨로 개성하였다고 전한다. 고대 중국 사회에서 신하는 황제를 알현할 때 궁문에 이르면 말이나 수레에서 내려 도보로 편전에 입실하는 것이 일종의 예법이자 관례였다. 그런데 전한 때 재상을 지낸 전천추田千秋가 연로해서 거동이 불편하자, 소제昭帝가 그를 우대하여 조알할 때 수레를 타고 궁중으로 들어올 수 있게 특별히 허락해 주었다.[179] 그래

---

179) 明 彭大翼 ≪山堂肆考・臣職≫卷107: 漢田千秋年老, 上優之, 朝見, 得乘小車, 入宮殿. 號車千秋.

서 그에게 '수레를 타고 입궁하는 전천추'라는 의미에서 '거천추車千秋'라는 명예로운 별호를 붙여주었는데, 뒤에 '수레 거車(Jū)'와 구별하기 위해 성씨의 경우는 독음을 '차(Chē)'로 바꾼 것으로 보인다.

또 '부苻'씨의 경우는 오호십육국五胡十六國 전진前秦 때 포홍蒲洪이 '(성씨가) 『초艹』와 『부付』가 되면 틀림없이 왕이 된다(草付應王)'는 예언을 믿어 '苻'로 개성하였다고 전한다.180) 그 뒤 포홍, 즉 부홍의 아들인 부건苻建(317-355)이 전진의 황제 자리에 올랐고, 부견苻堅(338-385)에 이르러서는 세력을 크게 떨쳐 남방의 진晉나라를 위협하기도 하였다.

제4절 고대 호칭과 별칭의 종류

현대인에게도 마찬가지 사안이지만, 남의 이름을 함부로 입에 올리는 것을 금기시하는 것은 동서고금을 막론하고 동일한 현상인 듯하다. 미국인들이 대통령을 부를 때 'Mr President'라고 하듯이, 우리나라에서도 민주정부가 들어선 이후로는 대통령을 부를 때 '각하閣下'라는 구식 존칭 대신, 어감상 다소 불편하긴 해도 '대통령님'이라고 부르게 되었다.

실상 '각하'라는 존칭은 대통령에게는 전혀 걸맞지 않는, 아니 대통령에게는 오히려 엄청나게 결례를 범하는 비칭卑稱에 해당하는 호칭이다. 이승만처럼 임시정부 시절 장관직을 지냈거나 박정희처럼 군대 재직시 장군직을 지낸 인물에게 붙여주던 존칭이 대통령에 오른 뒤에도 습관적으로 사용되면서 관습적으로 굳어진 용례라고 할 수 있지만, 그렇다고 해서 고대 사회에서처럼 장관급에 해당하는 '각하' 대신, 대통령을 높여 황제에게 사용하던 '폐하陛下'나 제후국 군주에게 사용하던 '전하殿下'라는 존칭을 사용하자고 주장

180) 元 無名氏 ≪氏族大全・平聲≫卷3: 本姓蒲氏. 蒲洪以讖文有'草付應王,' 改姓苻氏.

한다면 국민들이 코웃음을 칠 터이니, 고대식 존칭을 원리 원칙에 맞게 활용하자고 주장하는 것도 쉽게 용인되지는 않을 듯 싶다. 그래서 박근혜 전 대통령에게 '각하'라는 존칭을 사용했다고 아부성 발언이라고 비판하거나, 문재인 전 대통령이 북한을 방문했을 때 북한 당국이 그에게 '문재인 대통령 각하'라고 칭한 것을 두고 이례적이고 파격적인 예우라고 대대적으로 보도한 사건은 웃지못할 일화로 남을 수밖에 없을 듯 싶다.

또 황제가 아닌 위대한 학자들에게는 '공자孔子'나 '맹자孟子'처럼 말미에 '자子'를 붙여 당사자를 높여서 불러왔다. '자'는 굳이 우리말로 옮기면 '선생님' 정도에 해당하는 의미를 지니는 글자이다. 유가학파儒家學派 사람들이 자신들의 조종격에 해당하는 대학자에게 이러한 존칭을 붙인 이후로, 도가道家나 묵가墨家·법가法家 사상을 추종하던 학파에서도 자신들의 스승에 대해 '노자老子' '장자莊子' '묵자墨子' '한비자韓非子' 등의 존칭을 사용하게 되었던 것으로 보인다. 이 절에서는 고대 중국에서 발달한 다양한 별칭과 그에 얽힌 일화들을 서술해 보고자 한다.

1. 호칭

우리가 일상생활에서 사용하는 호칭 가운데 가장 흔한 것이 아마도 대명사일 것이다. 현대 중국어에서는 1인칭, 2인칭, 3인칭 대명사가 비교적 간단하다. 이는 현대의 표준어에서 단출하게 통일이 되었기 때문이다. 그래서 1인칭 대명사는 '我(wǒ)'로, 2인칭 대명사는 '你(nǐ)'와 '您(nín)'으로, 3인칭 대명사는 '他(tā)'로 일원화되었다. 다만 3인칭 대명사의 경우 '사람 혹은 남자를 가리키느냐?' '여자를 가리키느냐?' '동물을 가리키느냐?' '사물을 가리키느냐?'에 따라 표기상 '他' '她' '牠' '它' 등 한자의 모양새만 바뀔 뿐이다.

그러나 고문에서는 사정이 다르다. 즉 대명사가 무척 복잡한 편이다. 1인칭 대명사에 '아我' '오吾' '여予' '여余' '농儂' 등이 있고, 2인칭 대명사에 '이爾' '이而' '여汝' '여女' '약若' '내乃' '군君' '오자吾子' 등이 있으며, 3인칭 대명사에 '지之' '피彼' '타他' '이伊' '기其' '궐厥' '내乃'[181] '거渠' 등이 있다. 이는 시대에 따라, 혹은 지역에 따라 서로 달리 표현되던 것이 한곳으로 집결되면서 여러 가지 형태의 한자로 표현된 것이 아닐까 싶다. 다만 현대 중국어에서는 이러한 복잡한 표기법이 불필요할 뿐만 아니라, 사용자나 수용자 모두에게 불편을 제고하기에, 표준어인 북경어를 기준으로 간략하게 통일된 것으로 보인다.

2. 별칭

1) 자字

"아들이 태어난 지 3개월이 되면 '이름'을 짓고, 관례를 치르고 나면 자字를 짓는다"[182]는 ≪예기≫의 실전된 기록과, "남자는 스무 살이 되면 갓을 쓰고 자를 지으며, 여자는 시집갈 나이가 되면 비녀를 꽂고 자를 짓는다"[183]는 ≪예기·곡례상≫권2의 현전하는 기록에서처럼, 고대 중국인들은 남녀를 불문하고 태어나 일정한 나이가 되면 이름 대신 별칭을 부여받았다. 특히 남자의 경우 어렸을 때 임시로 불리는 별명을 '소자小字'라고 하고, 20살이 되어 성인식을 치르면서 얻는 별명을 '자字'라고 한다. 굳이 본명을 놔두고 자를 짓는 것은 '이름을 부르는 것보다 자를 부르는 것이 낫고, 자를 부르는 것보다 선생이라고 부르는 것이 낫다'[184]는 전통적인 사유

181) '乃'는 2인칭으로도 쓰이고 3인칭으로도 쓰이기에, 문맥을 잘 살펴야 한다.
182) 唐 百居易 ≪白孔六帖·名字≫卷23에 인용된 ≪禮記≫: 子生三月而名, 既冠而字.
183) ≪禮·曲禮上≫卷2: 男子二十, 冠而字. 女子許嫁, 笄而字.

체계에서 비롯되었다. 즉 일종의 중요한 예법으로 인식하였다는 말이다.

≪예기·교특생≫권26에서 "갓을 쓰고 자를 짓는 것은 그의 이름을 존귀하게 하는 것이다"[185]라고 하였듯이, 자는 이름을 대신하여 부르는 별호이기 때문에 본명과 의미상 관련이 깊다. 그래서 보통은 본명을 부연 설명하는 경우가 많다. 이를테면 당나라 말엽의 시인인 두목杜牧의 자는 '목지牧之'이다. 이 경우 본명의 '목牧'은 가축을 방목하는 것을 의미하는 한자인데, 자에서 '지之'를 백성을 가리키는 가목적어로 유추하면 '백성들을 잘 다스리는 훌륭한 관리가 되라'는 집안 어른들의 소망이 담긴 의미가 되기에, 본명에 충실한 자가 되는 것이다. 여하튼 자는 본명의 의의를 제고시키는 역할을 담당하는 것이라고 말할 수 있다.

2) 호號

'호'는 일반적으로 마흔 살인 불혹不惑의 나이 쯤 되었을 때 스승이나 주변의 원로가 당사자의 학식이나 인품을 기리기 위해 지어주는 일종의 별칭이다. 다만 남이 지어준 호가 마음에 안 들면 본인이 스스로 짓기도 하는데, 이는 '자호自號'라고 한다. 어느 국사학자에게 들은 바에 의하면, 우리나라 조선시대 명필인 추사秋史 김정희金正喜(1786-1856)는 자호가 이루 헤아릴 수 없을 정도로 많다고 하는데, 아마도 서체를 남기면서 매번 낙관할 때 필명을 새로 만들었기 때문인 듯하다.

고대 인물의 호에는 다양한 사연이 담겨 있다. 송나라 때 명문장가인 소식蘇軾(1036-1101)은 호가 '동파거사東坡居士'이다. 그중 뒤의 '거사'는 '벼슬을 하지 않고 재야에서 조용한 삶을 추구하는 사

184) 戰國 公羊高 ≪公羊傳·莊公十年≫卷7: 名不若字, 字不若子.
185) ≪禮·郊特牲≫卷26: 冠而字之, 敬其名也.

람'에 대한 미칭이고, 앞의 '동파'가 그의 자호이다. 그런데 그의 자호에는 무척 엄혹한 사연이 담겨 있는 것으로 보인다. 소식은 조정에서 쫓겨나 호북성 황주黃州로 유배를 당했는데, 그때 그가 거주했던 동네 이름이 바로 '동쪽 언덕'이란 의미의 '동파'이다. 따라서 그의 호에는 조정에 대한 반감 내지 원망이 내재되어 있는 듯하다. 이는 그의 반골적인 성품과도 제법 잘 어울린다고 할 수 있을 것이다.

또 소식의 스승인 구양수歐陽修(1007-1072)는 스스로 호를 '육일거사'라고 하였는데, '육일'의 의미에 대해서는 본인이 스스로 밝히지 않는 한 타인이 쉽게 감지하기란 거의 불가능에 가깝다고 볼 수 있다. 그래서인지 자신의 호에 대해 그는 아래와 같이 그 의미를 설명한 적이 있다.

> **나는 옛날 금석문을 천 권 모았고, 서책을 만 권 소장하였으며, 금 한 개와 바둑판 하나, 술 한 병을 가지고 있는데, 내가 그 속에서 여생을 보내고 있으니, 이것이 바로 '육일'이란 뜻이다.**[186]

위의 예문에서처럼 구양수 스스로 내뱉은 말에 의하면, '육'은 금석문 천 권과 장서 만 권, 현악기인 금 한 개, 바둑판 하나, 술 한 병, 노인 한 명(구양수)을 가리키고, '일'은 여섯 가운데서도 구양수 본인을 지칭하는 말이라는 것을 알 수 있다. 무척 흥미로운 '작호作號' 방식이 아닐 수 없다. 여하튼 호는 당사자의 다양한 사연을 담고 있기에, 또 다른 차원의 별호라 일컬을 수 있다.

---

186) 宋 朱熹 ≪宋名臣言行錄·歐陽修≫後集卷2에 인용된 <구양수의 행장行狀>: 吾集古錄一千卷, 藏書一萬卷, 有琴一張, 棊一局, 常置酒一壺, 吾老其間, 是爲六一.

3) 봉호封號

봉호는 황제와 황태자를 제외한 황족이나 신하 가운데 공신에게 봉토를 하사하면서 내리는 별호를 가리킨다. 그리고 일반적으로 그가 받은 봉토는 그의 사후에 국가로 다시 귀속된다. 왜냐하면 특별한 경우가 아니면 봉토는 대물림이 되지 않고 국가에 반납되기 때문이다. 만약 그렇지 않다면 전국의 땅이 모두 사유화되어 나중에는 황족이나 공신에게 수여할 땅이 남아나지 않게 될 것이다. 다만 부자 간에 봉호가 같다면, 이는 봉토를 반납했다가 특혜를 얻어 다시 받은 것으로 이해하면 될 듯하다.

봉호에도 등급이 있다. 제후국을 봉토로 받은 국공國公이 가장 서열상 높고, 군을 봉토로 받은 군공郡公, 현을 봉토로 받은 현후縣侯, 그보다 더 작은 행정 구역을 봉토로 받은 향후鄕侯 등이 있다. 이를테면 전한 때 황실 사람인 유안劉安의 저서를 ≪회남자淮南子≫라고 칭하는 것도 그의 부친인 유장劉長으로부터 물려받은 '회남왕淮南王'이라는 봉호에서 따온 것이다.

또 삼국시대 위魏나라 때 문제文帝 조비曹丕(187-226)의 손자인 조모曹髦(242-260)는 사망한 뒤에 시호를 받지 못 해 황제에 오르기 전의 봉호인 '고귀향공高貴鄕公'으로 불렸으니, 이는 예외적으로 무척 불명예스러운 경우라 하겠다.

4) 시호諡號

시호는 사자死者의 공적을 기리기 위해서 제정하는 별호를 가리킨다. 시호의 의미에 대한 당나라 장수절張守節의 정의를 소개하면 다음과 같다.

'시諡'는 행위의 자취이고, '호號'는 공적의 표현이며, '수레

와 복장'은 지위를 나타내는 문양이다. 따라서 큰 행적을 남기면 큰 이름을 받고, 작은 행적을 남기면 작은 이름을 받는다. 행적은 자신에게서 나오지만 이름은 남에 의해 만들어지는데, 그 이름을 '시호'라고 한다.[187)]

황제가 사망하면 그 업적을 기리기 위해 시호를 제정한다. 한나라를 건국한 유방劉邦을 '고제高帝'로, 후한을 건국한 유수劉秀를 '광무제光武帝'로, 삼국시대 위魏나라를 건국한 조비曹丕를 '문제文帝'로 부르는 것이 바로 그러한 예이다.

그 뒤로 황제에 대한 시호는 그 존경의 의미를 확장시키기 위해서 길이를 점차 늘려 두 글자, 네 글자로 하였고, 당나라에 이르러서는 현종玄宗의 시호를 '지도대명효황제至道大明孝皇帝'라고 정하였듯이 10자 가까이 불어났으며, 청나라에 이르러서는 강희제姜熙齊의 시호를 '합천홍운문무예철공검관유효경성신공덕대성인황제合天弘運文武睿哲恭儉寬裕孝敬誠信功德大成仁皇帝'라고 하고, 건륭제의 시호를 '법천륭운지성선각체원립극부문분무흠명효자신성순황제法天隆運至誠先覺體元立極敷文奮武欽明孝慈神聖純皇帝'라고 하듯이, 거의 30자 가까이 부풀리기까지 하였다. 즉 심하게 말하면 아부의 극치를 달린다고 폄훼할 수 있을 만큼 그 길이가 길어졌으니, 좋은 뜻을 지닌 한자들을 죄다 동원하여 찬양하였다고 평할 수 있을 정도이다.

시호는 황제의 부인인 황후皇后에게도 부여하였는데, 처음에는 '고제'나 '무제' 등 황제의 시호처럼 한 글자로 명명하였다가 송나라 인종에 이르러 태후太后 유劉씨가 사망하자, 좀더 존대의 의미를 담기 위해 '장헌명숙莊獻明肅'이란 네 글자를 부여하면서 글자의 개수가 많아지기 시작하였다.

187) 唐 張守節 ≪史記正義≫ 권머리에 실린 <시호의 제정법에 대한 해설(謚法解)>: 謚者, 行之迹, 號者, 功之表, 車服者, 位之章. 是以大行受大名, 細行受細名. 行出於己, 名生於人, 名謂謚號也.

또 고관의 경우도 역시 그의 사후에 조정에서의 회의를 거쳐 시호를 부여하였다. 우리나라에서 가장 존경받는 인물로 거론되는 이순신 장군을 '충무공忠武公'으로 부를 때, '충무'가 바로 이순신 장군의 시호이고, '공'은 존칭에 해당한다. 무관으로서 '충'자와 '무'자를 함께 받는다면 이보다 더한 가문의 영광은 없을 것이다. 고대 중국에서 '충무'라는 시호를 받은 무관이 드물지 않은 이유도 바로 이 때문이 아닐까 싶다. 마찬가지로 문관의 경우에 '문'자와 '충'자를 결합하여 '문충공文忠公' 혹은 '충문공忠文公'으로 존칭하는 것도 같은 이치이다. 북송 문단을 대표하는 대문호인 구양수歐陽修·소식蘇軾과 남송 학계를 대표하는 학자인 주필대周必大·채제蔡齊 등이 모두 이러한 시호를 받은 인물에 해당한다.

그런데 시호는 한번 정해지면 그것으로 영구히 확정되는 것이 아니라, 상황이나 사정에 따라서 바뀌는 경우도 있었다. 이와 관련한 고사를 한 토막 소개하면 아래와 같다.

배광정은 자가 연성으로 당나라 (현종) 개원(713-741) 연간에 이부상서를 맡아 사람을 기용하면서 자격 기준을 따르는 일이 많아 권면하고 장려하는 취지를 잃고 말았다. 그가 죽자 박사 손완이 '극克'이라는 시호를 내릴 것을 주청하였다. 그러나 그의 아들이 소송을 거는 바람에 '충헌忠獻'이란 시호를 하사하였다.[188]

당나라 현종玄宗 때 사람인 배광정이 사망하고 나서 그다지 명예스럽지 않은 시호를 하사받게 되자, 그의 아들이 송사를 제기해 '충헌'이란 명예로운 시호로 바뀌게 만들었다는 것이다. 무척 흥미로운 일화가 아닐 수 없다.

188) 明 彭大翼 ≪山堂肆考·謚法≫卷12: 裴光庭, 字連城, 唐開元中, 爲吏部尙書, 用人多循資格, 失勸奬之道. 及卒, 博士孫琬請謚曰克. 其子訟之, 賜謚忠獻.

한편 시호라고 해서 모두 국가로부터 공인받는 것은 아니다. 수隋나라 때 대학자로서 비교적 젊은 나이에 요절한 왕통王通(584-618)은 황제에게 시무時務에 관한 상소문을 올려 인정을 받았음에도 불구하고, 이렇다 할 벼슬을 지내지 못 한 채 제자들을 양성하는 데 여생을 바쳤다. 그래서 그의 제자들이 그에게 '문중자文中子'라는 시호를 지어주었으니, 이러한 시호를 '사적으로 지은 시호'라는 의미에서 '사시私諡'라고 부른다. 송나라 때 척동문戚同文이란 사람도 비록 본인은 고관에 오르지 못 했지만, 과거시험에 급제하여 고관에 오른 제자들을 수십 명 배출하면서 뒤에 '견소선생堅素先生'이란 시호를 증여받았는데, 이 또한 '사시'의 한 예이다.

또 시호 가운데는 매우 불명예스러운 호칭도 있다. 예를 들어 '폐제廢帝'나 '출제出帝'와 같은 시호들은 황제의 자리에서 쫓겨났기에 붙는 경우이고, '상제殤帝'나 '애제哀帝'와 같은 시호들은 요절하거나 불운한 운명을 맞이하였기에 붙는 경우에 해당한다. 이러한 시호들은 차라리 받지 않는 게 나을 것 같기도 하다.

5) 묘호廟號

'묘호'는 종묘에서 제사 지낼 때 불리는 별칭을 가리킨다. 따라서 앞의 '시호'와 마찬가지로 당사자는 생전에 이러한 호칭을 들을 길이 없다. 다시 말해서 사후에 제삿밥을 얻어 먹을 때나 불리는 호칭이라는 말이다.

우리나라의 경우도 조선왕조 5백 년 동안 즉위했던 임금들을 보통 묘호로 부른다. 학교에서 국사 공부를 할 때 태조太祖로부터 순종純宗에 이르기까지 조선시대 임금 27명에 관한 명칭을 '태정태세문단세, 예성연중인명선, 광인효현숙경영, 정순헌철고순'이라고 암기한 것도 누구로부터 비롯된 발상인지는 모르겠으나, 바로 묘호에다가 외우기 쉽게 가락을 붙여서 고안해 낸 것이다.

그런데 중국의 고문헌을 열람하다 보면 묘한 현상을 발견할 수 있다. 당나라 이전까지의 황제들에 대해서는 주로 시호로 부르다가, 당나라 이후의 황제들에 대해서는 주로 묘호로 부른다는 것이다. 이는 아마도 당나라 때부터 시호가 점차 길어져 매번 반복적으로 부르기 불편하기 때문이 아니었나 개인적으로 추측한다. 이를테면 당나라 때 황제인 이융기李隆基는 묘호가 현종玄宗이고, 시호는 '지도대명효황제至道大明孝皇帝'이다. 시호를 줄여서 '명황明皇'이라고 약칭하기도 하지만, 주로 묘호로 불려져 왔다. 이는 시호가 길기 때문이라는 연유 외에는 달리 적절한 연유를 찾을 길이 없다.

그런데 정작 우리나라 조선시대 군주의 시호와 관련해서는 일반 대중에게 거의 알려지지 않은 것 같다. 이 역시 길어서 사용하기 불편하기 때문에 생긴 현상이 아닐까?

6) 관호官號

관호는 문자 그대로 관직 명칭을 가져다가 일종의 존칭으로 삼는 것을 말한다. 오늘날에도 대통령으로부터 시작하여 장관이나 차관처럼 고위직 관료는 물론, 일반 회사에서도 '회장' '사장' '이사' '부장' '과장' 등의 직함에 '님'자를 붙여 상대방에게 예우를 해 주는 관례가 있다. 이는 고대 중국 사회에서도 마찬가지였다. 이를테면 태사太師나 태위太尉와 같은 최고위 관직으로부터 주사主事나 서기書記와 같은 말단 관직에 이르기까지 상대방의 본명을 피휘避諱하기 위해 자字나 호號처럼 관호로 상대방을 정중하게 지칭하는 것이 오랜 전통이자 관습이었다.

그런데 문제는 관호가 길어지면 어찌했을까 하는 점이다. 그런 경우는 불편을 해소하기 위해 약칭을 쓰기 마련이다. 예를 들어 당나라 때 시인인 유우석劉禹錫(772-842)의 별명을 '유빈객劉賓客'이라고 할 경우, 손님에 대한 총칭인 '빈객'이란 보통명사를 상대방에 대한 존칭으로 쓸 수는 없으므로, 당연히 유우석이 지낸 관직 가운데 최고위직이었던 '태자빈객太子賓客'의 준말을 가리킨다. 태자빈객은 '태자가 손님처럼 접대하는 관직'이므로 태자가 머무는 동궁東宮(청궁青宮)에서도 그 지위가 가장 높은 직책이었다.

또 이부시랑吏部侍郎이나 형부시랑刑部侍郎처럼 비교적 긴 관직 이름은 '이시吏侍'나 '형시刑侍'처럼 압축된 약어를 활용함으로써 특별한 관호를 만들어 냈다. 따라서 황제의 사위를 가리키는 '부마駙馬'라는 명칭도 의례껏 '부마도위駙馬都尉'의 약칭에 해당한다. 오늘날 온갖 약어가 난무하는 것도 편의성을 좇는 인간의 본성과 무관하지는 않을 듯 싶다. 이와 관련한 고사를 한 가지 소개하는 것으로 내용을 마무리하고자 한다.

> **오무릉은 당나라 (헌종) 원화(806-820) 연간에 태상박사를 지냈다. 당시 예시(예부시랑)를 맡고 있던 최언이 (하남성) 동도(낙양)에서 진사시험을 실시하자, 오무릉이 그에게 말했다. "공께서 천자를 위해 훌륭한 인재를 찾고 있기에, 보탬이 될 만한 것을 감히 바칩니다." 소매 안에서 글을 꺼내 홀에 꽂고는 최언을 위해 그것을 읽는데, 다름아니라 바로 두목이 지은 <아방궁을 읊은 부>였다. 그러면서 오무릉은 "장원급제로 그를 대우하십시오"라고 하였다.**[189]

제5절 음식

중국에서는 언제부터 누구에 의해서인지 모르겠으나, 그들의 식습관과 관련하여 황당하고도 해괴한 우스갯소리가 생겨났다. '중국

189) 元 無名氏 ≪氏族大全·平聲≫卷3: 吳武陵, 唐元和中, 爲太常博士. 時禮侍崔鄾試進士東都, 武陵謂曰, "君爲天子求奇士, 敢獻所益." 出袖中書搢笏, 爲鄾讀之, 乃杜牧阿房賦. 曰, "請以第一處之."

인들은 날아다니는 것 중에 비행기 빼고 다 먹고, 달리는 것 중에 기차 빼고 다 먹고, 다리가 달린 것 중에는 의자 빼고 다 먹는다'는 것이다. 이는 중국인들의 먹거리가 이루 헤아릴 수 없을 정도로 그 종류가 다양하다는 애기가 된다. 중국의 고문헌에 의하면 무척 오래 전인 상고시대부터 곰발바닥이나 원숭이골·낙타혹구이·닭발 등과 같은 특이한 음식들이 존재해 왔다. 심지어 외국인에게는 혐오감을 불러일으킬 만한 종류들도 상존하였다. 이 절에서는 중국인들의 음식 문화와 관련하여 대표적인 부류를 대상으로 한번 소개해 보고자 한다.

1. 술

고대 중국에서도 술과 관련한 여러 가지 신화와 전설이 발달하였다. 서양의 '박카스'처럼 고대 중국 사회에서도 술을 관장하는 주신酒神이 있었다. 중국에서 최초로 술을 빚었다는 신화적 인물로는 '의적儀狄'이란 설이 있는가 하면, '두강杜康'이란 설도 있다. 즉 문헌에 따라 여러 가지 '버전'이 생겨났다는 말이다.

우선 술과 관련하여 신화적 관점에서 비교적 상세하게 설명을 보탠 송나라 고승의 ≪사물기원≫권9의 기록을 옮겨적어 보면 아래와 같다.

≪주경≫에서는 "공상예반이 기장과 보리를 발효해서 맛좋은 술을 만들었다. 이것이 술의 기원이다"라고 하였다. 반면 ≪여씨춘추·심분람審分覽·물궁勿躬≫권17에서는 "의적이 술을 빚으면서 탁주가 맛좋게 바뀌었다"고 하였고, ≪전국책·위책魏策2≫권23에서는 "(우虞나라) 순왕舜王의 딸이 의적에게 술을 만들게 한 뒤, 이를 (하夏나라) 우왕禹王에게 바쳤지만, 우왕이 너무 맛이 좋다고 생각해 (술 때문에 정사를 그르칠까

봐) 결국 의적을 멀리하였다"고 하였으며, ≪고사고≫에서도 "의적이 술을 만들었다"고 하였다. 또 ≪박물지≫에서는 "두강이 술을 만들었다"고 하였고, (삼국) 위나라 무제는 시에서 "어떻게 내 시름을 풀까? 오직 두강의 술이 있다네"라고 하였으며, ≪옥편≫권30에서는 "술은 두강이 만든 것이다"라고 하였다. 한편 (진晉나라) 도잠의 문집에 수록된 <술을 읊은 시>의 서문에서는 "의적이 술을 만들고, 두강이 그것을 윤색하였다"고 하였다. 그러나 ≪황제내전≫에서 "서왕모가 (하남성) 숭산에서 황제黃帝와 만났을 때, 황제에게 정신을 보호하고 기운을 북돋아 주는 선약으로 주조한 반짝반짝 빛을 발하는 술을 마시게 했다. 또 연홍주·수광주 등도 있었다"고 하였으므로, 황제 때 이미 술이란 것이 있었다. 다만 두강이 어느 시대 인물인지 알려지지 않았는데도, 고금에 걸쳐 많은 사람들이 그가 처음으로 술을 만들었다고 말해 왔다. 또 한편으로는 "(하夏나라 군주인) 소강이 고량주를 빚었다"는 기록도 있다.190)

중국에서는 술과 관련하여 다양한 한자가 일찌감치 만들어졌다. 술의 주조 방식과 주정酒精 및 술의 맛, 빛깔에 따라 그 의미를 구별하기 위해 다양한 한자가 필요했기 때문이다. 우선 이와 관련하여 송나라 사유신의 ≪고금합벽사류비요≫외집권44의 기록을 소개하면 아래와 같다.

술은 한 가지이나 맑음과 탁함·진함과 싱거움·단 맛과 쓴

190) 宋 高承 ≪事物紀原≫卷9: 酒經曰, "空桑穢飯, 醞以稷麥, 以成醇醪. 此酒之始也." 呂氏春秋曰, "儀狄作酒, 醪變五味." 戰國策曰, "儀狄帝女造酒, 進之于禹, 甘之, 遂疎狄儀." 古史考亦曰, "儀狄造酒." 博物志曰, "杜康造酒." 魏武帝詩曰, "何以解我憂? 惟有杜康酒." 玉篇曰, "酒, 杜康所作." 陶潛集述酒詩序曰, "儀狄造酒, 杜康潤色之." 而黃帝內傳, "王母會帝于嵩山, 飲帝以護神養氣金液流暉之酒. 又有延洪·壽光之酒." 然黃帝時已有其物. 但不知杜康何世人, 而古今多言其始造酒也. 一曰, "少康作秫酒."

맛·홍색과 녹색 및 백색의 차별이 있다. 따라서 맑은 술은 '표醥'라고 하고, 맑으면서 단 술은 '이酏'라고 한다. 탁한 술은 '앙醠'이라고도 하고 '밀醓'이라고도 하며, 탁하면서 약간 맑은 술은 '잔醆'이라고 한다. 진한 술은 '순醇'이라고도 하고 '유醹'라고도 한다. 두 번 빚은 술은 '이酮'라고 하고, 세 번 빚은 술은 '주酎'라고 한다. 싱거운 술은 '이醨'라고 한다. 달면서 하룻밤 푹 익힌 술은 '예醴'라고 한다. 맛좋은 술은 '서醑'라고 하고, 맛이 쓴 술은 '전醰'이라고 한다. 붉은 술은 '제醍'라고 하고, 푸른 술은 '영醽'이라고 하고, 흰 술은 '차醝'라고 한다. 또 술의 재료가 있는데, 수수와 쌀이 그것이다. 또 '주모酒母'가 있는데, 누룩이 그것이다.[191]

또 고대 중국에서는 '봄 춘春'자를 즐겨 활용하여 술 이름 말미에 첨기하는 경우가 많았다. 예를 들면 송나라 소식蘇軾(1036-1101)이 광동성 혜주惠州의 나부산羅浮山에서 지낼 때 직접 빚었다는 '나부춘羅浮春'이나, 절강성 항주杭州 사람들이 배꽃이 필 무렵에 숙성시키는데 당나라 때 백거이白居易도 즐겨 마셨다는 '이화춘梨花春', 그리고 당나라 두보杜甫가 한 잔만 마셔도 즉시 취하는 독주라고 평한 사천성 기주夔州의 '국미춘麴米春'과 같은 주류들이 그러한 예이다. 아마도 가을에 곡식을 수확하여 겨울 동안 숙성시킨 뒤, 초봄인 춘절春節(설날)부터 제사와 음복에 이용하였기 때문이 아닐까 싶다.

그러나 오늘날에 이르러서는 술 이름에 '春'자가 첨기된 명칭을 발견하기가 쉽지 않다. 요즘 중국인들이 촌스럽고 구태스럽다고 생

191) 宋 謝維新 ≪古今合璧事類備要·飮膳門·酒≫外集卷44: 酒一也, 而有淸濁·厚薄·甜苦·紅綠白之別. 故淸者曰醥, 淸而甜者曰酏. 濁者曰醠, 亦曰醓, 濁而微淸者曰醆. 厚者曰醇, 亦曰醹. 重釀者曰酮, 三重釀曰酎. 薄者曰醨. 甜而一宿熟者曰醴. 美者曰醑, 苦者曰醰. 紅者曰醍, 綠者曰醽, 白者曰醝. 又有酒材焉, 秫·稻, 是也. 又有酒母焉, 麴櫱, 是也.

각해서 그런 것일까? 그 정확한 이유에 대해서는 알 수 없으나, 근자에 우연히 '검남춘劍南春'이란 술을 맛본 적이 있다. 소위 중국의 10대 명주에도 들어가는 상품이라고 하는데, 검산劍山 남쪽인 사천성 성도成都 일대에서 생산되는 술이기에 아마도 이런 이름이 붙은 듯하다. 1970년대 초 미국의 닉슨 대통령과 중국의 모택동 주석의 수교 회담에서 등장해 우리나라 사람들에게도 잘 알려진 '마오타이지우'(모대주茅臺酒)와 맛이 비슷한데, 아직 우리나라에는 널리 알려지지 않은 주류인 듯하다.

한편 고대 중국인들이 술에 대해 어떻게 생각했는지는 양면으로 갈린다. 즉 긍정적인 해석이 있는가 하면, 부정적인 견해도 많다. 비록 중국문학 가운데 시문에 술이 마치 단골 메뉴처럼 자주 등장하지만, 술을 좋아하는 문인이 아니라면 굳이 술에 대해 호의적인 반응을 보였을 리가 만무하다. 이와 관련하여 서로 대비되는 내용이 담긴 글을 두 편 아래에 인용해 보겠다.

술이란 하늘이 내린 복덩어리로 제왕이 천하 백성을 부양하고, 제사를 거들고, 복을 기원하며, 노약자와 병자를 돌보는 데 쓰는 것이다. 모든 예법을 거행하는 데 있어서 술이 없으면 할 수가 없다.[192]

그것을 병에 담았을 때는 술이지만, 술잔에 따른 뒤 뱃속에 부으면 선악과 희노의 감정이 교차하고, 화복과 득실이 갈리게 된다. 만약 혹여 성품이 흐려지고, 의지가 어지러워지고, 담력이 늘어나고, 마음이 광기에 젖게 되면, 평소에 감히 하지 않던 행동도 하고, 평소에 용납하지 않던 행위도 하게 되어, 언성이 불꽃처럼 높아지고, 일이 낭패에 빠지게 되니, 어찌 성인·현자라 할 수 있으리오? 한 마디로 요약하면 '화의 원천'이

---

192) 後漢 班固 ≪漢書・食貨志≫卷24: 酒者, 天之美祿, 帝王所以頤養天下, 享祀祈福, 扶衰養疾. 百福之會, 非酒不行也.

라고 말할 수 있을 뿐이다.[193]

결국 술에 대해서 어떻게 인지하느냐 하는 문제는 술을 마시는 사람의 자기 합리화와 직결되는 것이 아닐까? 진晉나라 사람 배작裴綽이 일찍이 석숭石崇과 함께 술자리에서 거나하게 취해 지나치게 거만하게 행동했을 때, 석숭이 상소문을 올려 그를 면직시키려고 하자, 배작의 형인 배해裴楷가 석숭에게 "남에게 술을 마시게 해 놓고, 그에게 바른 예법을 요구한다면 모순이 아니겠습니까?"라고 비호해 주었다는 고사[194]처럼, 술이 사람의 이성을 무너뜨리는 자연스런 현상을 어찌할 수 없다손 치더라도, 결국 술로 인한 재앙을 미연에 방지하는 것은 전적으로 당사자의 의지에 달려 있는 문제가 아닐까 싶다.

2. 차茶

중국인들이 술과 함께 상시적으로 복용했던 음식 가운데 하나로 차를 들 수 있을 듯하다. 서양인들에게 습관적인 음료로 커피가 있다면, 중국인들에게는 차가 있다고 할 수 있다. 아마도 기름진 음식을 즐기는 식습관 때문에 생긴 현상이 아닐까 싶다. 그렇기에 김치나 고추장처럼 매운 음식을 즐겨 먹는 우리나라 사람들에게는 그다지 권할 만한 음료는 아닐 듯 싶다. 위장에 부담을 줄 수 있기에 하는 말이다.

여하튼 고대 중국인들의 차에 대한 지대한 관심은 저술로도 이

---

193) 宋 陶穀 ≪淸異錄・酒漿・禍泉≫卷下: 置之缾中, 酒也, 酌於盃, 注於腸, 善惡・喜怒交矣, 禍福・得失歧矣. 倘或性昏志亂, 膽脹心狂, 平日不敢爲者爲之, 平日不容爲者爲之, 言騰煙焰, 事墮穽機, 是豈聖人・賢人乎? 一言蔽之曰, 禍泉而已.

194) 明 彭大翼 ≪山堂肆考・飮食≫卷191: 長水校尉裴季舒嘗與石崇酣燕, 慢傲過度, 崇欲表, 免之. 裴楷聞之, 謂崇曰, "飮人狂藥, 責人正禮, 不亦乖乎?" 예문에서 '季舒'는 배해의 동생인 배작의 자이다.

어져, 현전하는 사고전서四庫全書에만 해도 ≪차경茶經≫ ≪차록茶錄≫ ≪품차요록品茶要錄≫ 등 다수의 차 관련 서책들이 소장되어 있다.

특히 차를 마시는 과정은 현대인들의 방식과는 달리 그리 간단치가 않다. 그래서 송나라 채양蔡襄의 ≪차록≫에서는 이와 관련해 상권에서는 차의 빛깔·차의 향기·차의 맛·차를 보관하는 방법·묵은 찻잎을 데친 뒤 건조시키는 방법·차를 방아로 찧는 방법·차를 비단으로 싸는 방법·불의 세기와 물의 온도를 조절하는 방법·찻잔을 예열하는 방법·차를 우리는 방법에 대해 논하였고, 하권에서는 차를 건조시키는 도구·건조할 차를 보관하는 바구니·차를 찧는 도구·차를 데우는 도구·차를 찧는 방아·차를 포장하는 비단·찻잔·찻숟가락·뜨거운 물을 담는 병에 대해 논하는 등 그 기술이 무척 복잡하고 세밀하다.

먼저 차와 관련하여 산지와 명칭에 대해 간략하게 기술한 ≪산당사고≫권193에 인용된 ≪차경≫의 내용을 소개하면 아래와 같다.

차는 남방에서 자라는 아름다운 나무로, 크기가 한 자나 두 자에서 수십 자에까지 이른다. 그중 (사천성) 파주巴州**·양천**兩川**과 (광동성) 협산 일대에는 두 사람이 함께 끌어안을 정도로 큰 것이 있는데, 나무는 고로나무와 비슷하고, 잎은 치자나무와 비슷하며, 꽃은 백장미와 비슷하고, 열매는 종려나무와 비슷하며, 꼭지는 정향나무와 비슷하고, 뿌리는 호두나무와 비슷하다. 그 이름으로는 '차**茶**'(일찍 딴 차)가 있고, '가**檟**'(맛이 쓴 차)가 있고, '설**蔎**'(사천성에서 나는 차)이 있고, '명**茗**'(늦게 딴 차)이 있고, '천**荈**'(더 늦게 딴 차)이 있다.**[195]

195) 明 彭大翼 ≪山堂肆考·飮食≫卷193에 인용된 ≪茶經≫: 茶者南方嘉木, 自一尺·二尺至數十尺. 其巴川峽山有兩人合抱者, 樹如瓜蘆, 葉如梔子, 花如白薔薇, 實如栟櫚, 蒂如丁香, 根如胡桃. 其名一曰茶, 二曰檟, 三曰蔎, 四曰茗, 五曰荈.

위의 예문에서도 말했듯이 중국의 차는 주로 남방에서 생산되고, 맛과 시기에 따라 그 종류도 다양하다. 그런데 앞에서 언급한 술과 마찬가지로 차에 관한 고대 중국인들의 인식도 양갈래로 갈린다. 즉 긍정적인 관점이 있는가 하면, 부정적인 견해도 존재한다.

송나라 때 대문호인 소식蘇軾(1036-1101)이 "번뇌를 없애고 때를 벗기려면 실로 세상에 차가 없어서는 안 된다. 그러나 모르는 사이에 사람에게 해를 끼치는 것도 아마 적지 않을 것이다"[196]라고 진단하였듯이, 아마도 각성제로서의 역할과 동시에 중독성이 강한 성분을 겸유하고 있기 때문이 아닐까 싶다. 차에 관한 호불호를 잘 보여주는 예문을 아래에 각기 인용해 본다.

오랜 관례에 의하면 한림학사는 매년 늦봄에 사람들이 피곤함을 느낄 때가 되면, 매일 성상전成象殿**의 차를 하사받는다.**[197]

진나라 왕몽은 차 마시는 것을 좋아하여 손님이 찾아오면 늘 그들에게 차를 대접하였다. 사대부들은 무척 괴롭게 여겨 매번 왕몽을 인사차 방문하면, 꼭 "오늘도 쓴 물을 마시는 고난을 겪어야 합니까?"라고 말하곤 하였다.[198]

당나라 때 시인 백거이白居易(772-846)가 시를 지어 "잠이 깨는 것을 보니 차의 효능을 알겠구나"[199]라고 하였듯이, 각성제로서의

---

196) 宋 祝穆의 ≪古今事文類聚·香茶部·茶≫續集卷12에 수록되어 전하는 蘇軾의 <茶說>: 除煩去膩, 世固不可以無茶. 然暗中損人, 殆爲不少.

197) 明 彭大翼 ≪山堂肆考·飮食≫卷193에 인용된 唐 韓偓의 ≪金鑾密記≫: 故例, 翰林學士每春晚人困, 則日賜成殿茶.

198) 宋 李昉 ≪太平御覽·飮食部·茗≫卷867에 인용된 ≪世說≫: 晉王濛好飮茶, 客至, 輒飮之. 士大夫甚以爲苦, 每欲候濛, 必云, "今日有水厄?"

199) 唐 白居易 ≪白氏長慶集·律詩≫卷25에 수록된 五言律詩 <동쪽 이웃의 왕십삼에게 주다(贈東鄰王十三)> 가운데 頷聯 末句: 破睡見茶功.

효과가 탁월한 반면, 누군가에게는 쓴 맛이 고역이어서 영 달가운 음료는 아니었던 것 같다. 아마도 우리나라 사람 중에 상당수는 왕몽의 초대를 받은 손님들과 같은 느낌을 가지지 않을까? 요즘 서양 음료인 커피를 즐기는 사람들이 많은 반면, 필자처럼 위장에 부담을 느끼고 소화가 잘 안 되어 즐기지 않는 사람도 적잖은 경우와 같을 수 있기 때문에 하는 말이다.

3. 고기

물론 귀족에 비해 일반 서민들은 자주 고기를 섭취할 기회가 상대적으로 적었겠지만, 고대 중국인들도 육류를 좋아하였다. 그래서 고기에 대한 표현도 다양하였다. 여러 문헌에 의하면, 고기에 뼈가 붙어 있는 것을 '효肴'라고 하고, 순수한 살코기를 '자胾'라고 하며, 날 것 그대로의 고기를 '신脤'이라고 하고, 불에 익힌 고기를 '번膰'이라고 엄격하게 구분해서 표기하였다고 한다.

중국인들이 가장 선호하는 육류로는 돼지고기를 꼽을 수 있을 듯하다. 오히려 한때 돼지고기가 소고기보다 비싼 적도 있을 정도로, 우리나라와는 반대로 중국인들은 돼지고기를 좋아하는 편이다. 아마도 기름기가 많은 음식을 선호하는 중국인들의 식성에 기인하는 것이 아닐까 싶다. 그래서인지 오늘날 중국 음식에도 돼지고기는 늘 빠지지 않는 편이다.

한편 우리나라 사람들은 일부이기는 하지만, 여름이 되면 개고기를 즐겨 먹는다. 반면에 중국인들은 겨울에 개고기를 즐겨 먹는다고 한다. 그 연유에 대해서는 필자가 견문이 짧아 아직 들어보지 못 했다.

서양 사람들은 개를 마치 가족처럼 생각해 반려견에 대한 애정 때문에, 우리나라의 개고기 섭취 문화에 대해 강한 반발심을 표출하곤 한다. 특히 프랑스와 미국의 모 여배우는 이를 일종의 무슨

운동처럼 앞장서 전개하기도 하였다. 우리나라에서도 이러한 성향이 점차 강해져 개고기 섭취를 반대하는 목소리가 갈수록 높아지고 있다. 그러나 어느 측면에서 보면 이를 문화상대주의 내지는 문화우월주의에 의한 서양인들의 일종의 횡포라고 볼 수도 있을 듯하다. 그래서 필자의 입장에서는 마냥 달갑지만은 않은 주장으로 느껴질 때가 적지 않다.

중국도 이미 오래 전부터 개고기를 섭취하는 문화가 정착되어 있었다. 그럼에도 불구하고 개고기 섭취를 반대하는 외국 연예인들이 비겁하게도 중국보다는 우리나라를 주요 공격 대상으로 삼고 있으니, 이것도 국력의 차이에서 비롯된 것은 아닐까? 아래의 예문은 중국에서 개고기 식용을 무척 오래 전부터 당연시하였다는 하나의 방증이 될 것 같기에 한번 인용해 본다.

> **초나라에서 어떤 사람이 원숭이를 삶고서 이웃 사람을 불렀다. 이웃 사람은 개고기로 만든 국이라고 생각하고서 그것을 맛있게 먹었다. 뒤에 그것이 원숭이 고기였다는 얘기를 듣자, 땅에 웅크리고 앉아 먹었던 것을 모두 토해냈으니, 이 사람은 맛을 아직 모르는 자이다.**200)

또한 한국 사람이라면 중국인들의 음식 문화와 관련하여 '곰발바닥'이란 말을 한 번 쯤은 들어 보았음 직하다. 그런데 중국의 고문헌을 보면 중국인들이 곰발바닥을 식용으로 채택한 역사가 무척 오래되었다는 것을 알 수 있다. 춘추시대 역사를 기록한 ≪좌전·선공2년≫권21에 "진나라 영공이 군주답지 못 하게 굴어 (음식을 관장하는 관리인) 재부가 곰발바닥을 삶으면서 익히지 않자, 그를 죽여 시신을 삼태기에다 담고는, 궁녀에게 수레에 실어 조정을 지

---

200) 前漢 劉安 ≪淮南子·修務訓≫卷19: 楚有烹猴者, 而召其鄰人. 鄰人以爲犬羹而甘之. 後聞其猴, 據地而盡吐瀉其所食, 此未知味者.

나게 하였다"는 기록이 있고, 이와 관련하여 주에서 "'웅번熊蹯'은 곧 곰발바닥을 가리키는 말로서 익히기가 가장 어렵다"[201]고 한 것을 보면, 곰발바닥을 식용품으로 삼는 것이 그리 드문 일은 아니었다는 사실을 알 수 있다.

4. 죽粥

음식 가운데 쉽게 소화할 수 있도록 만든 먹거리가 '죽粥'이다. '죽'이라고 하면 흔히 순수한 우리말로 생각하기 쉽지만, 느낌과 달리 실제로는 '粥'이란 한자어이다. 그런데 고대 중국에서는 죽에도 두 가지 종류가 있었다. 비교적 물을 적게 넣어서 되게 만든 것은 '미糜' 혹은 '전饘'이라고 하고, 물을 많이 넣어서 묽게 만든 것은 '죽粥' 혹은 '이酏'라고 표기하였다. 오래 전에 실전된 ≪주서周書≫라는 고문헌에 의하면, 전설상의 임금인 삼황오제三皇五帝 가운데 황제黃帝가 처음으로 죽을 만들었다고 하였지만, 그 사실 여부에 대해서 현재로서는 증명할 길이 없다. 다만 곡물을 섭취하기 쉽게 죽의 형태로 만든 역사가 무척 오래되었다는 것을 미루어 짐작할 수 있을 뿐이다.

오늘날에는 죽을 주로 소화불량과 같은 위장병을 앓을 때 위에 부담을 주지 않고 편하게 먹기 위해서 만들지만, ≪예기·단궁하≫ 권10의 "(춘추시대) 제나라에 기근이 들자, 검오가 길에서 음식을 만들어 굶주린 사람을 기다렸다가 먹여주었다"[202]라는 기록이나, ≪연감류함≫권389의 "옛날에 성이 '축'씨이고 이름이 '염'인 사람이 일찍이 기근이 든 해에 죽을 베풀어, 각지의 가난한 사람들을 구제한 적이 있다"[203]는 기록에 의하면, 곡물에 물을 많이 부어

201) ≪左傳·宣公二年≫卷21: 晉靈公不君, 宰夫胹熊蹯不熟, 殺之, 寘諸畚, 使婦人載以過朝. 注云, "熊蹯, 卽熊掌, 最難熟."

202) ≪禮記·檀弓下≫卷10: 齊大饑, 黔敖爲食於路, 以待餓者而食之.

203) 淸 姜熙齊 勅撰 ≪淵鑑類函·食物部·粥≫卷389: 昔有姓祝名染者, 嘗遇歲

양을 불림으로써 많은 사람의 굶주림을 해결할 수 있도록 하기 위해 만들었던 것 같다. 여하튼 일반인들이 간편하게 만들어 먹을 수 있는 먹거리라는 점에서는 오늘날의 그것과 별 차이는 없었던 것으로 보인다.

5. 국

현대 사회에서 우리나라 사람들은 주로 국(갱羹)을 즐겨 먹는 반면, 중국 사람들은 탕湯을 즐겨 먹는다. 그러나 아마도 시대와 지역에 따라 차이가 있을 터이지만, 고대 중국인들은 국과 탕을 함께 습용하였던 것으로 보인다. 심지어 기록상으로만 보면 탕에 대한 내용은 거의 보이지 않고, 국에 관한 기록이 주를 이룬다.

그런데 굳이 오늘날 시중에 유행하는 음식을 가지고 차이점을 말한다면, 국은 후한 허신의 ≪설문해자≫권3하에서 "'갱羹'(국)은 여러 가지 맛을 섞은 것이다"라고 하였듯이, 고기나 야채 같은 건더기를 많이 넣어 별다른 반찬이 없어도 포만감을 느낄 수 있도록 만드는 반면, 탕은 약간의 채소와 기름만을 넣고 끓여서 음료수처럼 마시기 적당하기에 다양한 반찬을 곁들여 식사를 할 때 주로 음용한다는 것이다.

그래서인지 비교적 간편하고 빠른 식사 습관이 자리잡은 우리나라 음식 문화에서는 국 종류의 먹거리가 주류를 이루고 있는 것 같다. 실상 우리나라 음식 문화에서 '탕'이란 말은 무척 생소한 편이다. 끝으로 국 한 사발 때문에 운명을 달리한 어느 임금에 관한 웃지못할 고사 한 토막을 소개해 보고자 한다.

(춘추시대) 정나라 공자귀생이 초나라로부터 명을 받아 송나라를 정벌하게 되었다. 그러자 송나라 화원과 악여가 그를

饑, 施粥以濟四方之貧者.

방어하게 되었다. 그런데 화원은 양을 잡아 군사들에게 먹였지만, 자신의 마부인 양짐에게는 주지 않았다. 전투가 시작되자 양짐이 말했다. "예전에 양고기를 나눠준 것은 어르신이 주재를 하셨지만, 오늘 수레를 모는 일은 제가 주재할 것입니다." 양짐이 화원을 데리고 정나라 군대로 들어가는 바람에 전쟁에 패하고 말았다.204)

6. 떡

우리나라 사람들도 떡을 즐겨 먹듯이, 고대 중국인들도 떡을 무척 좋아하였다. 그래서 다양한 재료를 이용하여 여러 종류의 떡을 개발하였다. 이와 관련해 송나라 사유신의 ≪고금합벽사류비요・병이문・병≫외집권46에 다음과 같은 상세한 설명이 있기에 아래에 소개해 본다.

떡은 밀가루와 찹쌀가루로 만든 음식이다. 찹쌀가루와 밀가루를 구해 그것을 뭉쳐서 만든다. 그러나 그 모양은 동일하지 않다. 화로에 넣어서 볶은 것은 '오병熬餠'이라고도 하고, '소병燒餠'이라고도 한다. 대바구니에 넣어서 찐 것은 '증병蒸餠'이라고도 하고, '만두饅頭'라고도 한다. 탕에 넣어서 삶은 것은 '탕병湯餠'이라고도 하고, '습면濕麪'이라고도 하고, '불탁不托'이라고도 하고, '박탁餺飥'이라고도 한다. 참깨를 넣어서 속으로 삼은 것은 '호병胡餠'이라고도 하고, '마병麻餠'이라고도 한다. 나머지 할병餲餠・수병䭏餠・환병環餠 등 이름을 일일이 헤아릴 수 없지만, 대개 모두가 밀가루 음식이다. 수병은 콩가

204) ≪左傳・宣公2年≫卷21: 鄭公子歸生受命于楚, 伐宋. 宋華元・樂呂禦之. 將戰, 華元殺羊食士, 其御羊斟不與. 及戰, 斟曰, "疇昔之羊, 子爲政. 今日之事, 我爲政." 與入鄭師, 故敗.

루에 설탕을 섞어서 만든다. 환병은 이른바 '밀가루 튀김'이라는 것이 바로 그것이다.[205]

위의 기록에 의하면 깨를 넣어서 고소하게 만들어 많은 사람들의 구미를 당기게 하는 '깨떡'은 호족 땅에서 수입되어 '호병'으로 불렸다는 것을 알 수 있다. 그래서인지 오호십육국五胡十六國 후조後趙의 무제武帝인 석호石虎(295-349)는 '오랑캐'를 뜻하는 '호'란 말을 꺼림직하게 여겨, '호병'이란 명칭을 참깨를 뜻하는 '麻'자를 써서 '마병'으로 바꿨다[206]고 하니, 웃어야 할지 울어야 할지 야릇하기만 하다. 우리가 간식으로 즐겨 먹는 '호떡'이라고 부르는 음식도 같은 유래에서 비롯된 명칭이 아닐까 싶다.

우리나라와 마찬가지로 중국에서도 떡은 무엇보다 간식거리로서 요긴한 먹거리를 제공하였던 것 같다. 이와 관련하여 눈길이 가는 고사가 있기에 아래에 소개해 본다.

(당나라 때) 상서복야를 지낸 유안劉晏은 새벽 4시 경에 조정으로 출근하였다. 때마침 날이 춥자 도중에 찐 깨떡을 파는 곳에서 김이 모락모락 피어오르는 것을 발견하고는, 사람을 시켜 그것을 사게 한 뒤 도포 소매자락으로 잘 포장했다가 모자 밑에 넣어두고서 꺼내 먹었다. 게다가 동료에게는 "맛이 말로는 형언할 수 없을 정도로 좋답니다"라고 얘기하였다.[207]

---

205) 宋 謝維新 ≪古今合璧事類備要・餅餌門・餅≫外集卷46: 餅, 麪餈也. 搜麥麪, 使合併爲之也. 然其狀不一. 入爐熬者, 名熬餅, 亦曰燒餅. 入籠蒸者, 名蒸餅, 亦曰饅頭. 入湯烹之, 名湯餅, 亦曰濕麪, 曰不托, 亦曰餺飥. 入胡麻著之, 名胡餅, 又曰麻餅. 其他餲餅・餢餅・環餅, 名不可數計, 大抵皆麪食也. 餢餅, 以豆屑雜糖爲之. 環餅, 所謂'寒具', 是也.

206) 唐 徐堅의 ≪初學記・服食部・餅≫卷26에 인용된 北朝 北魏 崔鴻의 ≪十六國春秋・後趙錄≫: 石季龍諱胡, 改胡餅爲麻餅.

207) 唐 劉餗 ≪隋唐嘉話≫: 劉僕射晏五鼓入朝. 時天寒, 中路見賣蒸胡餅之處, 熱氣騰煇, 使人買之, 以袍袖包, 裙帽底啗之. 且謂同列曰, "美不可言."

또 한편으로는 떡과 관련하여 웃지못할 고사가 한 편 있기에 아래에 소개해 본다.

> **(당나라 때 사람) 원사덕은 (황제의 조서를 작성하는 중서성中書省 소속 고관인) 급사중을 지낸 원고袁高의 아들이다. 음력 9월 9일 중양절에 손님이 떡을 내놓자, 좌중 사람들에게 말했다. "저는 차마 먹을 수 없으니 여러분께서 드십시오." 고개를 숙인 채 한참 동안을 그렇게 시간을 보냈다. 아마도 부친의 이름이 '고高'(gāo)이기 때문에, 그래서 차마 (발음이 같은) 떡(고糕 gāo)을 먹지 않았을 것이다.**[208]

7. 빙수氷水

요즈음 여름이 되면 사람들은 곧잘 팥빙수를 찾는다. 냉장고와 쇄빙기가 발달한 오늘날에는 서민들도 여름에 마음껏 빙수를 즐길 수 있다. 그러나 냉장고가 없었던 고대 중국에서는 겨울에 얼음을 구해 늘 저온이 유지되는 얼음창고나 동굴에 보관했다가, 여름에 꺼내 사용할 수밖에 없었다. 물론 "(하남성 낙양의) 능운대에는 빙정이 있다. 내가 6월 늦여름에 들고서 그곳을 떠났는데, 하루가 지나도 얼음이 여전히 꽁꽁 얼어 있었다"[209]는 기록처럼 여름에도 얼음을 구할 수 있는 곳이 있었을지라도, 이는 매우 특별한 경우라 하겠다. 또 설령 그것을 시중에서 구할 수 있다고 해도, "(당나라 때 섬서성) 장안에서 얼음과 눈은 여름철이 되면 값이 황금이나 구슬과 맞먹는다"[210]는 기록처럼, 그 희소성 때문에 가격은 일반

---

208) 唐 韋絢 ≪劉賓客嘉話錄≫: 袁師德, 給事中高之子. 九日客出糕, 謂坐客曰, "某不忍喫, 請諸公食." 俛首久之. 蓋以父名高故, 不忍食糕也.

209) 明 彭大翼 ≪山堂肆考·地理≫卷23에 인용된 晉 戴延之 ≪西征記≫: 凌雲臺有氷井. 延之六月持去, 經日其氷猶堅.

210) 五代十國 南唐 馮贄 ≪雲仙雜記≫卷6에 인용된 ≪止戈集≫: 長安氷雪至夏

인들이 감당하기 어려울 정도로 고가였을 것이다. 특히 빙수는 얼음에 연유를 섞어 만든 황실의 전용 음식이었다. 그래서 황제가 기분이 좋으면 신하들에게 하사하기도 하였다.

한편 얼음은 이처럼 여름의 더위를 식히기 위해 빙수를 만드는 데 사용되었을 뿐만 아니라, 중요한 용도가 또 하나 있었으니, 그것은 바로 장례에도 활용되었다는 것이다. 즉 시신의 부패를 방지하기 위한 매개물로 사용되기도 하였다.[211] 그러나 날씨가 온화한 계절에 얼음을 구할 수 있는 것은 황실에 한정되었기에, 이는 보편적인 용도라고 볼 수는 없을 듯하다.

우리나라 조선시대 때 얼음을 공급하기 위해 동쪽과 서쪽에 얼음창고를 설치한 목적이 왕실에 한정되었던 것도 같은 이유에서였을 것이다. 그래서 생긴 지명이 서울의 '동빙고동東氷庫洞'과 '서빙고동西氷庫洞'인데, 그중 한 곳은 한때 민주화운동을 벌인 인사들을 고문하던 곳으로 악명을 떨쳤으니, 역사의 '아이러니'라고 할 수 있지 않을까?

8. 여지荔枝

중국 고유의 여름철 과일 가운데 '여지荔枝'라는 것이 있다. '枝'는 '支'로도 표기하는데, 과일 이름에 왜 '가지 지枝'자가 붙어 있을까? 이는 과일에 손상이 가지 않도록 가지를 통째로 꺾어서 열매를 수확하기 때문이라고 한다.

중국이 원산지인 여지는 남방 과일이기에, 중국의 사천성이나 광동성·광서성 등지에서 생산되지만, 그중에서도 복건성에서 생산되는 것을 최고급으로 간주하였다. 그래서 교통 수단이 발달하지

月, 則價等金璧.

211) ≪周禮·天官·凌人≫卷5에 의하면 "천자나 황후·세자의 상이 있을 때는 시신을 차갑게 하기 위한 그릇에 얼음을 담아서 공급한다(大喪供夷槃氷)"는 기록이 보인다.

않았던 고대 중국 사회에서는 북방 사람들이 이 과일을 음미하려면 손쉬운 일이 아니었다. 이로 인해 당나라 현종玄宗의 총희寵姬인 양귀비楊貴妃와 관련하여 다양한 고사들이 생겨났다. 양귀비와 여지를 소재로 한 송나라 때 저자 미상의 <만정방>이란 노래(사詞)를 한 수 소개해 본다.

> **해마다 도성으로 실어나르면,**
> **내시가 기뻐 소리치며,**
> **금쟁반에 곱게 담거니와,**
> **하물며 일찍이 (당나라) 양귀비의 웃는 얼굴을 자주 볼 수 있었으니 말할 나위가 있으랴?**[212)]

양귀비는 본래 사천성 촉주蜀州 출신이었기에, 어려서부터 여지를 무척 좋아하였다고 한다. 그러나 사천성으로부터 당시 당나라 때 도성인 섬서성 장안長安까지는 수천 리에 달할 정도로 상당히 먼 거리였기에, 여지가 부패하기 전에 도성까지 운송하려면 말들을 혹사시켜야 했다. 그래서 당시 준마들조차도 일주일 밤낮으로 달리느라 도중에 길 위에서 죽는 일이 자주 발생해, 백성들의 고충이 이루 말로 표현할 수 없을 정도였다는 것이다.

이 과일은 지명에도 반영되어 고대에는 광동성 광주부廣州府 동쪽에 여지나무가 가득 자란 '여지주荔枝洲'라는 삼각주도 있었다고 하니, 이 과일과 관련하여 다양한 고사가 발달한 것도 전혀 이상한 일은 아닐 듯 싶다. 조선시대 폭군으로 유명한 연산군도 중국에서 수입한 여지를 무척 좋아하였다고 한다. 이로써 보건대 예로부터 우리나라에서도 무척 고급스러운 과일로 인식되었던 것이 분명해 보인다.

---

212) 宋 陳景沂 ≪全芳備祖集·果部·荔枝≫後集卷1에 수록된 저자 미상의 <滿庭芳>詞: 年年輸帝里, 歡呼內監, 粧點金盤, 況曾得眞妃笑臉頻看?

한편 맛이나 생김새 면에서 여지와 유사한 과일로 '용의 눈알처럼 생겼다'는 의미의 '용안龍眼'이란 것이 있다. 삼국시대 위나라 문제文帝 조비曹丕가 조서를 내려 "남방 과일 가운데 진귀한 것으로 용안과 여지가 있으니, 해마다 공납케 하라"[213]고 명하였다고 하니, 일찍이 황실 사람들도 애용했다는 것을 알 수 있다. 속살은 여지와 너무나도 흡사해 구분이 잘 안 가지만, 외양 면에서는 여지가 붉은 빛을 띤 반면, 용안은 황색을 띠고 있기에 쉽게 구분할 수 있다. 요즘은 용안이나 여지 모두 우리나라에도 수입되어 대형마트에서 쉽게 구입할 수 있기에, 일반인들도 섭취하기 쉬운 편한 세상이 되었다. 다만 가격이 걸림돌이라고나 할까?

9. 감람橄欖

우리나라 사람들에게는 다소 생소하겠지만, 중국인들이 평소 즐겨 먹는 가을철 과일 가운데 '감람橄欖'이란 것이 있다. 일명 '빈랑檳榔'이라고도 한다. 중국인들은 간식처럼 일상적으로 음미하느라 평소 길거리에서도 입에 넣고서 씹고는 하는데, 과일즙이 붉은 색이라서 마치 흡혈귀와 같은 다소 볼성사나운 모습으로 비춰질 수도 있다. 필자도 처음에는 그 모습을 보고서 자신도 모르게 눈살을 찌푸린 적이 있다. 감람의 생김새와 맛에 대해 설명한 고문헌의 기록을 아래에 한번 소개해 보고자 한다.

> **감람은 열매의 크기가 대추만하고, 양쪽 끝이 뾰족하면서 청색을 띤다. 중춘 2월에 꽃이 폈다가 한가을 8월과 늦가을 9월에 열매가 익는다. 맛은 시지만, 꿀에 담그면 달게 된다.**[214]

213) 明 彭大翼 ≪山堂肆考・果品≫卷204: 魏文帝詔, "南方果之珍異者有龍眼・荔枝, 令歲貢焉."

214) 宋 祝穆 ≪古今事文類聚・菓實部・橄欖≫後集卷27에 인용된 ≪南州草木狀≫: 橄欖, 子大如棗, 兩頭尖, 青色. 二月華, 八九月熟. 味酸, 蜜藏乃甜矣.

특히 구취를 제거하는 데 탁월한 효험이 있어, 신하들이 황제 앞에서도 입에 물었다는 계설향보다도 향기가 강해 남방의 복건성 일대 사람들이 즐겨 먹었다고 하는데, 그에 대한 각별한 애정 때문에 웃지못할 고사가 전하기도 한다. 그 내용은 다음과 같다.

> 남조南朝 유송劉宋 때 사람인 유목지는 자가 도화이다. 집이 가난하여 아내의 오빠 집에 가서 얻어 먹다가 모욕을 당하는 일이 많았다. 그의 아내 강씨가 매번 그를 가지 못 하게 하였지만, 유목지는 그래도 찾아가곤 하였다. 식사를 마치고 빈랑(감람)을 달라고 하자, 강씨 형제들이 희롱조로 말했다. “빈랑은 음식을 빨리 소화시키기 위한 것이니, 자네가 왜 이것이 필요하겠는가?” 아내가 몰래 머리카락을 잘라 음식을 사다가 자기 오빠와 남동생들을 대신해서 유목지에게 차려주었다. 그 때부터 감히 남편 앞에서 머리를 빗거나 감지 않았다. 유목지는 (강소성) 단양윤에 임명되자, 아내의 오빠와 남동생들을 불러 술자리를 베풀고, 술에 흠뻑 취하자 금쟁반에 빈랑 한 휘를 담아 보내주었다.215)

제6절 교육 제도

이 세상에 남에게 과외수업을 시키고 싶은 사람이 어디 있을까? 금전적인 문제는 차치하고서라도, 타인을 100% 신뢰할 수 없으니 하는 말이다. 그러나 자기 자식을 직접 가르치는 것은 보통 어려운 일이 아니다. ‘자식을 가르칠 정도로 실력을 구비하고 있느냐?’ 하

---

215) 明 彭大翼 ≪山堂肆考・親屬≫卷94: 南宋劉穆之, 字道和. 家貧, 往妻兄家, 乞食, 多見辱. 其妻江氏每禁不令往, 穆之猶往. 食畢, 求檳榔, 江氏兄弟戲曰, “檳榔消食, 君何需此?” 妻密爲截髮, 市肴饌, 爲其兄弟, 以餉穆之. 自此不敢對夫梳洗. 及穆之爲丹陽尹, 名妻兄弟飮, 至醉, 以金盤貯檳榔一斛, 送之.

는 문제는 차치하고서라도, 정작 자식한테 '이것도 몰라?'라고 언성을 높이며 감정이 앞서 손부터 올라가는 일을 우리는 누구나 한 번 쯤 경험해 보았을 법하기 때문이다.

이는 옛 사람들도 마찬가지여서 자기 자식은 직접 가르치지 말라는 교훈을 고대 중국인도 이미 남긴 적이 있다. 이에 관한 고사가 유가儒家의 대표적 저서인 ≪맹자 · 이루상≫권7에 수록되어 전하기에, 아래에 한번 소개해 보고자 한다.

(전국시대 추鄒나라) 공손추가 말했다. "군자가 자기 자식을 가르치지 않는 것은 어째서입니까?" 맹자가 대답하였다. "형편상 그리하지 않는 것입니다. 가르치는 사람은 반드시 바른 태도로 해야 하는데, 바른 태도로 행하지 않다 보면 뒤를 이어 화를 내게 됩니다. 뒤를 이어 화를 내게 되면 도리어 부자지간의 정을 해치게 됩니다. '선생님은 저에게 바른 도리를 가르치면서도, 선생님은 바른 도리에서 출발하지 않고 있습니다'라고 한다면, 이는 부자지간에 서로 해악을 끼치는 것입니다. 부자지간에 서로 해악을 끼치는 것은 나쁜 일입니다. 옛날에는 자식을 바꿔서 가르쳤기에, 부자지간에 선을 요구하지 않았습니다. 선을 요구하면 서로 멀어지고, 서로 멀어지면 이보다 더 불길한 일은 없을 것입니다."[216]

'사람은 태어나면서부터 선하다'는 성선설性善說을 주창했다는 맹자마저도 자식 교육에 감정이 쉽게 앞서는 점을 경계하였다는 것을 알 수 있다. 헌데 이를 뒤집어서 생각하면, 성현으로 추앙받는 맹자 역시 자식 교육에 감정이 앞서 실수를 범하는 경험을 한 적

216) ≪孟子 · 离婁上≫卷7: 公孫丑曰, "君子之不教子, 何也?" 孟子曰, "勢不行也. 教者必以正, 以正不行, 繼之以怒. 繼之以怒, 則反夷矣. '夫子教我以正, 夫子未出於正也.' 則是父子相夷也. 父子相夷, 則惡矣. 古者易子而教之, 父子之間不責善. 責善則離, 離則不祥莫大焉."

이 있었다는 말로 해석할 수도 있을 듯하다.

유가든 도가든 각 학파가 성장하기 위해서는 교육의 과정을 거쳐야 할 수밖에 없을 것이다. 특히 중국을 수천 년 동안 지배해온 유가학파의 입장에서는 후학 양성이 매우 중요한 과업이었다. 오늘날은 교육 과정이 더욱 복잡해져 유치원·초등·중등·고등·대학·대학원 등 다단계로 세분화되어 있지만, 고대 사회는 비교적 간촐한 편이어서 소학小學과 태학太學(大學)으로 나뉘었다.

소학과 태학의 구분은 간단히 나이로 가를 수 있다. 시대마다 약간의 차이는 있지만, 대체로 소학은 15세 이전까지 다니는 교육기관이었고, 태학은 15세 이후의 학생이 입학하는 교육기관이었다.

그리고 요즈음의 기숙사 생활처럼 고대 중국에서도 학생들을 기숙사에 입사시켜 통제하에 두기도 하였다. 예를 들면 송나라 때 태학에 외사外舍·내사內舍·상사上舍를 설치하여 학업 성취도에 따라 숙소를 이동케 함으로써 일종의 승급제도를 마련한 것이 그러한 예이다. 예나 지금이나 교육에 대한 열기는 때와 장소를 가리지 않는가 보다.

제5장 고대 중국의 예술

중국은 예로부터 예술 방면에서 다양한 문화 유산을 남겼다. 이 장에서는 이와 관련하여 음악과 회화·서예·잡기 등 여러 분야로 나누어 개인적인 견해를 개진해 보고자 한다.

제1절 음악

지금처럼 초음속 여객기가 세계 각지를 날아다니고, 인터넷의 발달로 지식과 정보가 순식간에 지구 끝까지 전달되는 세상에서야, 여론의 수집이나 확산이 그리 어려운 일이 아닐 수 있겠으나, 교통과 통신이 발달하지 않은 옛날에는 민심이 어떻게 돌아가는지 살피기란 그리 쉽지 않았을 것이다. 따라서 위정자 입장에서는 여론의 동향을 파악하기 위해 사신을 파견하여 각지에서 유행하는 민가民歌들을 수집할 필요가 있었다. 지금까지 전해지는 기록물 가운데 그 일례로서 가장 오래된 것이 바로 ≪시경≫이다.

≪시경≫은 크게 풍風(15국풍國風)·아雅(대아大雅·소아小雅)·송頌(주송周頌·상송商頌·노송魯頌)으로 나뉜다. 그중 궁중의 연회에서 사용되던 '아'나 제사용 음악인 '송'을 제외한 '풍'이 바로 각지에서 수집한 민가에 해당한다. 그 분포가 15개 제후국에 걸쳐 있기에 다른 말로 '15국풍'이라고도 부른다.

민가 수집의 전통은 유학儒學을 국시國是로 선택한 한나라로도 이어져, 전한 무제 때 설치한 '악부樂府'라는 관청이 바로 전국의 민가를 모으는 역할을 담당하였다. 그리고 거기서 수집한 민가들을 관청 이름을 따서 '악부' 혹은 '악부시樂府詩'라고 부른다.

적잖은 재정이 소요되는 음악 관련 사업에 대해 반대한 묵가학파와는 달리, 왕권의 강화와 이해관계가 맞물렸던 유가학파에서는 그만큼 음악의 가치와 효용성을 중시하였다. 아래 ≪예기·악기≫ 권37의 기록이 이를 잘 말해준다.

무릇 음악은 사람의 마음에서 생기는 것이다. 감정이 마음 속에서 움직이기에 소리로 나타나고, 소리가 무늬를 이루면 이를 '음악'이라고 한다. 그래서 잘 다스려지는 세상의 음악은 편안하고도 즐거우며, 그 정치는 조화롭다. 어지러운 세상의 음악은 원망스럽고 분노에 차 있으며, 그 정치는 괴리가 생긴다. 망한 나라의 음악은 슬프고도 수심에 차 있으며, 그 백성들은 곤경에 빠진다.[217)]

상고시대 문헌인 ≪서경≫이나 ≪주례≫ ≪예기≫ 등의 기록에 의하면, 전설상의 왕조인 순왕舜王의 우虞나라 때 기夔라는 사람이 처음으로 제후들에게 포상하기 위해 음악을 제정하였다고 한다. 그 뒤로도 각 시대마다 나름대로의 독특한 음악을 구축하여 하夏나라 우왕禹王 때는 <대하大夏>가, 상商나라 탕왕湯王 때는 <대호大濩>가, 주周나라 무왕武王 때는 <대무大武>가 있었다고 하나, 후대에 전해지는 것이 없기에 그 실체에 대해서는 알 길이 없다. 더욱이 전설상의 임금인 삼황오제三皇五帝 때도 음악이 있었다고 하지만, 이를 확인할 방법은 더 더욱 요원할 수밖에 없다.

그런데 중국은 물론 우리나라의 고대 음악에서도 사용하던 음계를 살펴보면, 궁宮·상商·각角·치徵·우羽 5음에 변치變徵와 변우變羽를 합쳐 7음이 된다. 서양의 음계가 도·래·미·파·솔·라·시 7음인 것과 그냥 우연의 일치일까? 아마도 동양인이나 서양인이나 귀에 들리는 음계의 원리는 비슷한 것이 아닐까 싶다.

---

217) ≪禮記·樂記≫卷37: 凡音者, 生人心者也. 情動于中, 故形于聲. 聲成文, 謂之音. 是故治世之音, 安以樂, 其政和. 亂世之音, 怨以怒, 其政乖. 亡國之音, 哀以思, 其民困.

음악이 있으면 춤이 수반되는 것은 자연스러울 일일 것이다. 상고시대 가무희歌舞戲에 관해서는 단편적인 기록이 전하지만, 어떤 음악을 바탕으로 어떠한 형태의 춤이 연출되었는지에 대해서는 상세한 기록이 전무한 편이다. 다만 흥을 북돋우기 위한 여러 형태의 가무가 있었으리라 짐작된다. 한나라 때 춤과 관련한 고사를 한 토막 아래에 소개하는 것으로 음악에 관한 기술은 마무리짓고자 한다.

(선제宣帝의 장인인) 평은후 허백이 새 주택에 입주하자, 승상 이하 모든 관료들이 축하하였다. 술자리가 무르익고 음악이 연주되자, 소부를 맡고 있던 단장경이 일어나 춤을 추며 원숭이와 개가 다투는 장면을 연출하였기에, 좌중의 사람들이 모두들 박장대소하였다. 그러자 사례교위 갑관요가 "단장경은 구경九卿의 지위에 있으면서 원숭이 춤을 추었으니, 결례가 심하기 짝이 없나이다"라고 탄핵하였다. 허백이 사죄를 하고서야 일이 무마되었다.[218]

제2절 회화

고대 중국인들은 회화 방면에서 대상의 실체와 정신을 온전하게 표현하여 독자에게 전달하는 '전신傳神'의 경지를 무척 중시하였다. 이는 사람을 대상으로 하는 인물화든, 자연을 대상으로 하는 산수화든, 아니면 사물을 대상으로 하는 사생화든, 분야에 상관없이 마찬가지였다. 그중에서도 '기운생동氣韻生動'이란 경지를 최고의 수준으로 평가하였다. 이와 관련하여 아래의 고사는 그 의미를 '이미지'적으로 잘 나타내 주는 듯하다.

---

218) ≪漢書・蓋寬饒傳≫卷77: 平恩侯許伯入第, 丞相以下皆賀. 酒酣, 樂作, 少府檀長卿起舞, 爲沐猴與狗鬪, 坐上皆笑. 司隸蓋寬饒劾, "長卿爲列卿而爲沐猴舞, 失禮甚矣." 許伯爲謝, 乃解.

(삼국시대) 오나라 때 사람 조불흥이 병풍에 그림을 그리다가 먹물이 떨어져 바탕에 점이 찍혔는데, 그참에 그림으로 만들어 파리를 그려 넣었다. 병풍을 바치자, 손권은 진짜 파리라고 생각해 손을 들어 그것을 잡으려고 하였다.[219]

오나라 황제 손권이 그림 속의 파리를 살아 있는 생물로 착각할 정도로 정교하게 그렸다고 하니, 이것이 바로 '전신'과 '기운생동'의 경지가 아닐 수 없을 것이다. 아울러 아래의 예문은 그 경지에 도달하는 방법의 일면을 섬세하게 표현해 냈다고 평할 만하다.

소와 호랑이를 그릴 때는 늘 털을 그리면서 유독 말은 털을 그리지 않는다. 내가 이를 화공에게 물었더니, 화공이 "말의 털은 가늘어서 그릴 수가 없습니다"라고 대답하였다. 내가 이에 대해 의문을 제기하며, "쥐의 털은 더욱 가늘거늘, 어떻게 그린단 말이오?"라고 하였더니, 화공이 대답을 못 하였다. 무릇 말을 그릴 때는 그 크기가 한 자를 넘지 않는다. 이는 큰 것을 작게 그리기에 털이 가늘어서 그릴 수 없는 것이다. 쥐는 그 크기대로 그리기에 자연 털을 그려야 하는 것이다. 그러나 소와 호랑이는 비록 큰 것을 작게 그릴 경우 이치상 털을 볼 수 없을 터이지만, 소와 호랑이는 털이 길고 말은 털이 짧기에, 이치상 구별이 있는 것이다. 그래서 뛰어난 화가들은 소를 작게 그리고 호랑이를 작게 그릴 때, 비록 털을 그리더라도 단지 대충 문지르듯이 그려서 절로 신묘한 모습을 갖추게 된다. 만약 말을 그리면서 호랑이처럼 크게 그린다면, 이치상 당연히 털을 그려야 할 것이다.[220]

---

219) ≪三國志・吳志・趙達傳≫卷63의 南朝 劉宋 裴松之 注: 吳曹不興畫屏風, 墨落點素, 因就畫作蠅. 旣御, 孫權謂是眞蠅, 擧手彈之.

220) 宋 沈适 ≪夢溪筆談・書畫≫卷17: 畫牛・虎皆畫毛, 惟馬不畫毛. 予以問畫工, 工言, "馬毛細, 不可畫." 予難之曰, "鼠毛更細, 何以卻畫?" 工不能對. 大凡畫

고대 중국의 회화 방면에서 자주 거론되는 인물로 당나라 때 시인이자 남종화南宗畫의 대가인 왕유王維(699-759)를 예로 들 수 있다. 특히 그에 대해서는 송나라 때 대문호인 소식蘇軾(1036-1101)의 다음과 같은 평이 널리 잘 알려져 있다.

(송나라) 동파東坡 소식蘇軾이 말했다. "(당나라) 마힐(왕유)의 시를 음미하면 시 속에 그림이 있고, 마힐의 그림을 보면 그림 속에 시가 있다."221)

그런데 고대 중국인들은 산수화에서 사람의 모습을 점으로 극소화하여 표현함으로써 자연의 위대함과 대비시키는 경향이 농후하였다. 이는 아마도 자연에 대한 애정과 경외심을 표출하기 위한 하나의 수법이 아니었을까 추측된다. 끝으로 그림과 관련된 우스개소리를 한 토막 소개해 보고자 한다.

당나라 태종이 시신들과 함께 춘원지에 배를 띄웠다가, 기이한 새가 물결을 타고 오르내리는 모습을 보고서는, 기뻐서 좌중의 신하들에게 시를 지으라고 명하고, 염립본을 불러서는 그림을 그리게 하였다. 건물 밖에서 '염립본'이라는 호칭이 전해졌는데, 염립본은 당시 이미 주작낭중을 맡고 있었다. 연못 왼쪽에 엎드린 채 물감을 갈아 붓을 적시다가, 좌중의 신하들을 보고서는 수치심에 진땀을 흘렸다. 그래서 집에 돌아와 자식들에게 훈계하였다. "내 어려서부터 책을 읽어 문장이 동료들에게 뒤지지 않거늘, 이제 그림으로만 명성을 얻어 '듣보잡'

馬, 其大不過盈尺. 此乃以大爲小, 所以毛細不可畫. 鼠乃如其大, 自當畫毛. 然牛虎雖是以大爲小, 理亦不應見毛, 但牛虎深毛, 馬淺毛, 理須有別. 故名輩爲小牛小虎, 雖畫毛, 但約略拂拭, 自有神觀. 若畫馬如虎之大, 理當畫毛.

221) 宋 阮閱 ≪詩話總龜·評論門≫卷8: 東坡云, "一味摩詰之詩, 詩中有畫. 觀摩詰之畫, 畫中有詩." 예문에서 '마힐摩詰'은 왕유의 자이다.

들하고 같아졌구나. 너희들은 절대로 그림을 배우지 말도록 하거라."[222]

위에 소개한 고사에서도 알 수 있듯이, 회화를 대하는 고대 중국인들의 상반된 태도를 엿볼 수 있는데, 이는 '시의 나라'라는 표현처럼 상대적으로 문학, 그중에서도 특히 시를 중시한 중국적 특색이 잘 반영된 고약스러운 일화라 하겠다.

제3절 서예

전한 때 명문장가인 양웅揚雄(B.C.53-A.D.18)은 "글씨는 마음의 그림이다. 마음으로 형상을 그리면 군자인지 소인인지 다 드러나게 된다"[223]라고 하여, 글씨의 격조에 그 사람의 인품이 배어 있다고 평하였다. 고대 중국인 가운데 글공부를 한 사람이라면 누구나 서예에 공을 들였다. 서예는 육예六藝의 하나로서 사대부가 갖춰야 할 기본 소양이기도 했기 때문이다.

천박한 사람들의 글씨에 빼어난 곳이 없는 것은 대개 붓글씨를 오래도록 그냥 쓰기만 해서이지요. 의당 정신을 집중하고 마음을 비우고서 글씨를 써야 합니다. (강소성) 오중 출신의 육대부가 늘 저를 우세남에 견주는 것은 그냥 베끼기만 하지 않았기 때문입니다. 듣자하니 우세남이 이불 속에서 배 위에 글씨를 쓴 것이 저와 꼭 같다고 하더군요![224]

---

222) 明 彭大翼 ≪山堂肆考・技藝≫卷166: 唐太宗與侍臣泛舟春苑池, 見異鳥容與波上, 悅之, 詔坐者賦詩, 而召閻立本摹狀. 閣外傳呼閻立本, 立本是時已爲主爵郎中. 俯伏池左, 研吮丹粉, 望坐者羞恨流汗. 歸, 戒其子曰, "吾少讀書, 文辭不減儕輩. 今獨以畫見名, 與廝役等. 若曹愼毋習之."

223) 前漢 揚雄 ≪法言・問神篇≫卷4: 書, 心畫也. 心畫形, 君子小人見矣.

224) 明 彭大翼 ≪山堂肆考・字學≫卷133: 鄙夫書無工者, 將由水墨積習耳. 當精

위의 예문은 당나라 측천무후則天武后 때 서예에 조예가 깊었던 왕소종王紹宗이란 사람이 그 분야에서 최고의 경지에 오르기 위해 얼마나 노심초사 심혈을 기울였는지를 적나라하게 보여주는 일종의 독백이다. 최고 수준에 이르기 위한 노력이 어찌 서예 분야에만 한정될까? 흡사 스포츠 각 분야에서 최고의 위치에 오르기 위해 불철주야 노력을 경주한 인물들이 들려주는 이야기와도 일맥상통하는 듯하다.

또한 진晉나라 때 대표적 서예가인 왕희지王羲之(321-379)는 거위를 좋아하였다. 그가 거위를 좋아한 이유에 대해 송나라 육전陸佃(1042-1102)의 ≪비아埤雅 · 석조釋鳥 · 아鵝≫권6에는 다음과 같은 재미있는 일화가 전한다.

거위는 목을 잘 돌리기에, 옛날에 글씨를 배우는 사람들은 그것을 본떠서 손목을 놀렸다. 그래서 왕희지가 거위를 좋아한 것이다.225)

중국의 서체는 역대로 다양한 변화를 겪었다. 시대의 흐름과 필기 도구의 발달에 따라 원시적 형태에서 예술적 형태로 변모하면서, 고문자古文字 · 주서籀書 · 전서篆書 · 예서隸書 · 해서楷書 · 행서行書 · 초서草書 · 팔분서八分書 등으로 자형의 변화를 겪는가 하면, 서법의 차이와 필획의 모양에 따라서 고서藁書 · 봉서蓬書 · 현침서懸針書 · 수로서垂露書 · 비백서飛白書 · 저서塡書 · 안서雁書 · 호조서虎爪書 · 학두서鶴頭書 · 봉조서鳳鳥書 · 과두서蝌蚪書 · 충서蟲書 · 문각서蚊脚書 등 여러 형태의 서체도 생겨났다.

또 역대로 진晉나라 왕희지王羲之(321-379), 당唐나라 안진경顔眞

心率意, 虛神空思以取之. 吳中陸大夫常以余比虞世南, 以不臨寫故也. 聞世南被中畫腹, 與余正同!

225) ≪埤雅 · 釋鳥 · 鵝≫卷6: 鵝善轉旋其項. 古之學書者, 法以動腕. 故羲之好鵝.

卿(708-784), 송宋나라 미불米芾(1051-1107), 원元나라 조맹부趙孟頫(1254-1322) 등 훌륭한 서예가들이 배출되면서 그들의 이름을 딴 서체가 유행하였고, 우리나라에서도 한석봉韓錫琫(1543-1605)과 김정희金正喜(1786-1856) 등 독보적인 서체로 명성을 크게 떨친 이들이 다수 배출되었다. 아래에서는 고대 중국의 서체에 관해 간략히 소개해 보고자 한다.

1. 해서楷書

해서楷書는 한나라 때 왕중王仲이란 사람이 처음으로 만들었다고 전해진다. 해서는 문자 그대로 '모범적인(楷) 서체(書)'를 의미하기에, 오늘날 인쇄물에 등장하는 반듯하고 미려한 서체가 바로 그것에 해당한다. 먼저 해서의 필법에 관한 간단한 해설을 소개하면 아래와 같다.

(진晉나라) 일소逸少 왕희지王羲之는 15년 동안 서법에 심혈을 기울였으나, 유독 '영永' 자에 공을 들이더니, 이 글자의 여덟 가지 필법으로 모든 글씨에 통달하였다. 여덟 가지 필법은 '측側' '늑勒' '노努' '적趯' '책策' '약掠' '훼啄' '책磔'이 그것에 해당한다는 말이다.[226]

위의 예문에서도 밝혔다시피, 그 기초적인 모델은 '길 영永'이란 한자이다. 필자도 처음 서예를 배울 때 서예 선생님으로부터 이 '永'자를 반복해서 연습하라는 가르침을 받았던 기억이 난다. 이를 '영자팔법永字八法'이라고 한다. 이를 보다 구체적으로 설명하면, '측

226) 明 彭大翼 ≪山堂肆考·字學≫卷133에 인용된 宋 周越의 ≪法書苑≫: 王逸少工書十五年, 偏工永字, 以其八法之勢, 能通一切字也. 八法, 謂側·勒·努·趯·策·掠·啄·磔, 是也.

側'은 점을, '늑勒'은 가로획을, '노弩'는 곧게 내리긋는 획을, '적趯'은 왼쪽 위로 살짝 치켜올리는 획을, '책策'은 위로 삐쳐 올리는 획을, '약掠'은 왼쪽 아래로 길게 삐쳐서 내리긋는 획을, '훼喙'는 왼쪽 아래로 비스듬히 내리긋는 획을, '책磔'은 오른쪽 아래로 비스듬히 내리긋는 획을 가리킨다.

또한 당나라 때 서예의 대가 가운데 한 사람인 구양순歐陽詢(557-641)은 보다 이해하기 쉽게 아래와 같이 설명하였다.

당나라 구양순의 여덟 가지 비결은 '丶'은 높은 봉우리에서 바위가 떨어지듯이 긋고, '乚'은 긴 하늘에 새 달이 걸린 듯이 긋고, '一'은 천 리 멀리 뻗은 한 덩어리의 구름처럼 긋고, '丨'은 만 년 묵은 마른 덩굴처럼 긋고, '㇏'은 산꼭대기의 소나무가 부러져서 떨어지다가 바위 절벽에 걸린 듯이 긋고, '㇖'은 만 균의 쇠뇌가 화살을 발사하듯이 긋고, '丿'은 날카로운 검이 절단한 모서리처럼 긋고, '㇏'은 물결이 늘 여러 차례 변화를 일으키듯이 긋는 필법을 말한다.[227]

해서의 대가로는 송나라 때 시인이자 서예가인 황정견黃庭堅(1045-1105)도 인정한 당나라 때 서예가 장욱張旭(?-?)과 송나라 때 대문호인 구양수歐陽修(1007-1072)가 인정한 당대의 서예가 채양蔡襄(1012-1067)이 대표적인 인물로 손꼽힌다고 말할 수 있을 것 같다.

2. 초서草書

초서는 황제를 수행하며 수시로 그의 말을 적어야 하는 좌사左史

227) 明 彭大翼 ≪山堂肆考·字學≫卷133: 唐歐陽詢八訣, 謂丶如高峯之墜石, 乚如長空之新月, 一若千里之陣雲, 丨若萬歲之枯藤, ㇏如嶺松倒折落挂石崖, ㇖如萬鈞之弩發, 丿如利劍截斷之角, ㇏如一波常三過筆.

나, 그의 행동을 적어야 하는 우사右史와 같은 사관史官들이 황제의 언행을 따라잡아 빠른 속도로 기록하기 위해서 임의로 개발한 서체에서 유래하였다. 즉 오늘날로 말하면 국회나 법원 등 공공기관에서 발언자의 말을 빠른 속도로 옮겨 적기 위해 속기사들이 사용하는 속기용 서체와 속성상 유사하다고 일컬을 만하다.

후한 때는 장제章帝가 두조杜操·최원崔瑗·최실崔實 등의 초서체를 좋아하여, 상소문을 올릴 때도 초서로 글을 작성하게 하면서, '장제가 좋아한 초서체' 겸 '상소문(章)을 작성하기 위한 초서체'란 의미에서 '장초章草'라는 별칭이 생겨나기도 하였다. 해서로부터 초서로의 변천 과정과 관련하여 송나라 소식蘇軾(1036-1101)은 흥미를 끌 만한 말을 남긴 적이 있는데, 이를 인용하면 아래와 같다.

> 해서가 행서를 낳고, 행서가 초서를 낳았다. 해서는 사람이 서 있는 것과 같고, 행서는 사람이 길을 걷는 것과 같으며, 초서는 사람이 달리는 것과 같다. 일찍이 설 줄 모르면서 걸을 수 있고, 걸을 줄 모르면서 달릴 수 있는 사람은 없었다.[228]

위의 예문은 초서를 익히는 과정에 관해 사람의 걸음걸이의 과정을 빌어다가 비유적으로 설명한 것이다. 초서를 잘 쓰려면 진서眞書, 즉 해서부터 익혀야 하고, 그런 다음에 행서를 거쳐야 비로소 가능하다는 것이다. 지극히 상식적인 얘기이겠지만, 소식이 내뱉은 말이라서 더 권위를 갖는 것은 아닐까?

228) 宋 蘇軾 ≪東坡全集≫卷93에 수록된 <당나라 때 여섯 명의 서예가의 서첩 후미에 쓴 글(書唐氏六家書後)>: 眞生行, 行生草, 眞如立, 行如行, 草如走, 未有未能立而能行, 未能行而能走者也.

3. 비백飛白

비백은 달리 '비백飛帛'으로도 쓴다. 비백은 후한 말엽에 좌중랑左中郎을 지낸 채옹蔡邕(133-192)이 하남성 낙양의 홍도문鴻都門 아래서 영제靈帝의 황명을 받들기 위해 대기하고 있다가, 어느 일꾼이 끝이 갈라진 빗자루로 글씨를 쓰는 모습을 보고서 영감을 얻어 고안해 낸 것이라고 한다.229) 그래서 비백체는 끝자락이 휘날리는 '팔분八分'과도 유사한 모습 때문에 주로 현판에 글씨를 써 넣는 데 활용되었다. 비백체의 멋스러움과 관련한 고사를 하나 아래에 소개하는 것으로 마무리짓고자 한다.

당나라 태종이 현무문에서 연회를 열고 비백체로 글씨를 써서 신하들에게 하사하였다. 어떤 이는 심지어 술기운에 황제 앞에서 그것을 차지하려고 다투기까지 하였다. (임금을 측근에서 보필하는 직책인) 산기상시를 맡고 있던 유계가 황제의 평상에 올라와 손을 뻗어서 글씨를 차지하자, 태종이 웃으며 말했다. "옛날에 첩여가 술 취한 군주의 가마에 함께 타는 것을 사양하였다는 말을 들었건만, 이제 산기상시가 황제의 평상에 오르는 꼴을 보는구려."230)

229) 明 彭大翼 ≪山堂肆考・字學≫卷133: 飛白者, 東漢左中郎蔡邕所作. 靈帝嘉平中, 詔邕作聖皇篇. 篇成, 詣鴻都門, 上時方修飾鴻都門. 邕待詔門下, 見役人以堊箒成字, 心悅焉, 歸而爲飛白之書.

230) 明 彭大翼 ≪山堂肆考・字學≫卷133: 唐太宗宴玄武門, 作飛白字, 賜群臣. 或至乘酒, 爭取於帝前. 散騎常侍劉洎登御床, 引手得之. 帝笑曰, "昔聞婕妤辭醉輦, 今見常侍登御床."

제4절 잡기

1. 활쏘기

고대 중국 사회에서 활쏘기는 단순히 스포츠나 놀이 차원의 행사가 아니었다. 이는 '육예六藝' 가운데 한 종목으로서 예법을 습득하고 가늠하는 척도이기도 하였다. 이는 다음과 같은 ≪예기≫권62의 기록을 통해서 알 수 있다.

활쏘기는 나가고 물러나고 왼쪽으로 돌고 오른쪽으로 도는 것이 모두 반드시 예법에 맞아야 한다. 마음을 바르게 갖고 외모를 단정히 한 뒤라야, 활과 화살을 안정되게 들 수 있다. 활과 화살을 안정되게 든 뒤라야, 과녁을 명중시킬 수 있다. 이로써 덕행을 살필 수 있다.[231)]

서양에서 활쏘기의 명사수로 '로빈 훗'이나 '윌리엄 텔'과 같은 인물들이 전설처럼 전해내려온다면, 중국에서도 이와 비슷한 신화적인 인물들이 설정되었다. 다음의 두 고사는 바로 그들과 관련한 기록들이다.

예羿가 일찍이 오하를 따라 북쪽으로 놀러갔다가 참새를 보았다. 오하가 그에게 맞히라고 하자, 예가 말했다. "살릴까요? 죽일까요?" 오하가 왼쪽 눈을 맞히라고 하였는데, 예는 그 오른쪽 눈을 맞히고는 이를 수치스럽게 여겼다. 이 때문에 매번 활을 쏠 때마다 명중시켜 명성을 천하에 떨쳤다.[232)]

---

231) ≪禮記・射義≫卷62: 射者, 進退周旋, 必中禮. 內志正, 外體直, 然後持弓矢審固. 持弓矢審固, 然後可以言中. 此可以觀德行矣.

232) 晉 皇甫謐 ≪帝王世紀≫卷1: 羿嘗從吳賀北遊, 見雀焉. 賀命之射, 羿曰, "生

(춘추시대) 초나라 때 양유기란 사람이 활을 잘 쏘더니, 버들잎에서 백 보 떨어져서도 백 발을 쏘면 백 번 다 명중시켰다.[233]

특히 춘추시대 초나라 공왕共王 때 사람이라는 양유기란 인물은 활과 화살을 손에 들기만 해도 원숭이들이 두려움에 눈물을 흘렸다[234]는 다소 황당하면서도 과장된 고사가 전하기도 한다.

이외에도 북조北朝 북제北齊 때 곡률광斛律光이란 상수는 도독직都督職을 맡고 있을 때, 사냥하러 나가 활로 독수리(鵰) 목을 맞혀 떨구었다(落)고 해서 '낙조도독落鵰都督'으로 불리고, 당나라 때 고변高騈이란 사람은 시어사侍御史란 직책을 맡고 있을 때, 화살 한 발로 동시에 독수리 두 마리를 떨구었다고 해서 '낙조시어落鵰侍御'로 불렸다고 하니, 활쏘기 실력은 곧 무예의 수준을 나타내는 기준이었다. 그래서 당나라 측천무후則天武后 때부터 실시하기 시작한 무과시험에서도 장거리 활쏘기를 평가하는 '장타長垜', 말을 탄 상태에서 활쏘기 실력을 평가하는 '마사馬射', 걸으면서 얼마나 활을 잘 쏘는지를 평가하는 '보사步射', 비교적 먼 거리에서 과녁을 맞히는 것을 평가하는 '통사筒射' 등 과거시험의 당락을 좌우하는 중요한 과목으로 설정하였다.

2. 투호投壺

서양에서 수입된 놀이 가운데 요즘 시중에서 유행하는 놀이로 '다트(Darts)'라는 게임이 있다. 이 놀이의 유래에 대해서는 500년

之乎? 其殺之乎?" 賀請左目, 羿中厥右, 恥之. 由是每射妙中, 高出天下.

233) 前漢 司馬遷 ≪史記·周本紀≫卷4: 楚有養由基者, 善射, 去柳葉百步, 百發而百中之.

234) 明 彭大翼 ≪山堂肆考·技藝≫卷168: 楚共王獵, 見白猿, 自射之, 猿繞樹避箭. 王命養由基射, 始調弓矢, 未發, 猿抱樹以泣.

전 영국의 '30년전쟁' 때 전투에 지친 병사들이 술통에 화살을 던져 소일거리로 삼은 데서 비롯되었다고 하는데, 이와 유사한 것으로 고대 중국 사회에서는 '투호投壺'라는 놀이가 있었다. 이는 글자 그대로 풀이하면 병(壺) 속에 화살을 던져서(投) 집어넣는 기예를 가리킨다. 이 놀이의 형태에 대해서는 당나라 때 공영달孔穎達(574-648)이란 학자가 다음과 같이 매우 소상하게 설명한 적이 있다.

> 투호를 하는 장소는 세 군데가 있다. 정오 무렵에는 방에서 하고, 해가 저물면 대청에서 하고, 밤중에는 마당에서 하는데, 각기 조도照度를 따르기 때문이다. 투호용 화살은 길고 짧은 것이 있는데, 장소가 넓으냐 좁으냐를 따르는 것이다. 방은 좁기 때문에 화살의 길이가 5부이다. 대청 위는 조금 넓기 때문에 화살의 길이가 7부이다. 마당은 상당히 넓기 때문에 화살의 길이가 9부이다. 네 손가락의 너비를 '부扶'라고 하므로, 부의 너비는 네 치가 된다. 5부면 두 자이다. 7부면 두 자 여덟 치이다. 9부면 세 자 여섯 치이다. 화살에 비록 길고 짧은 것이 있지만, 사사司射가 호리병의 입구를 헤아려 모두 손님과 주인이 화살을 던지는 자리로부터 각기 화살 길이의 두 배 반의 거리를 두게 한다. 따라서 방안에서는 자리로부터 다섯 자가 떨어지게 하고, 대청 위에서는 자리로부터 일곱 자가 떨어지게 하고, 마당에서는 자리로부터 아홉 자가 떨어지게 한다.[235]

투호 놀이는 시대에 따라 약간의 변천이 있었던 것으로 보인다.

---

235) ≪禮記・投壺≫卷58 唐 孔穎達 注: 投壺有三處. 日中則于室, 日晩則于堂, 大晩則于庭中, 各隨光明故也. 矢有長短, 隨地廣狹. 室中狹, 矢長五扶. 堂上稍廣, 矢長七扶. 中庭太廣, 矢長九扶. 四指曰扶, 扶廣四寸. 五扶者, 二尺也. 七扶者, 二尺八寸也. 九扶者, 三尺六寸也. 矢雖有長短, 而司射度壺, 則皆使去賓主之席, 各二矢半也. 是室中去席五尺, 堂上去席七尺, 庭中則去席九尺也.

처음에는 화살이 병 안에서 튕겨져 나오지 않도록 병 속에 팥을 채웠지만, 병에서 튕겨져 나온 화살을 다시 손으로 잡는 잔재주에 묘미를 느낌에 따라, 뒤에는 오히려 이를 일종의 신기로 간주하였다. 끝으로 이와 관련한 일화가 수나라 사람 안지추의 ≪안씨가훈·잡예편≫권하에 전하기에 아래에 소개해 본다.

투호놀이의 예법상 옛날에는 팥으로 호리병 안을 채웠는데, 이는 화살이 튕겨져 나오는 것을 염려해서이다. 지금은 오로지 화살을 튕겨서 다시 잡아 던지기를 바라며, 많으면 많을수록 더 재미있게 생각하여 의간·대검·낭호·표미·용수라는 명칭이 생겨나기까지 하였다. 그 중에서도 더욱 절묘한 것으로 '연화표'라는 것이 있다. (하남성) 여남군 사람 주괴는 주홍정周弘正의 아들이고, (절강성) 회계군 사람 하휘는 하혁의 아들인데, 두 사람 다 화살 하나로 40번 넘게 튕겨져 나온 화살을 잡아서 던질 수 있었다. 하휘는 또 일찍이 작은 병풍을 만들어 그 밖에다가 호리병을 놓고서 병풍 너머에서 화살을 던져도 실패하는 일이 없었다. (하남성) 업에 도착한 뒤로, 또 광녕왕·난릉왕 등 여러 친왕에게도 이러한 물품이 있는 것을 보았는데, 전국에 걸쳐 한 번이라도 튕겨져 나온 화살을 잡아서 던질 줄 아는 이가 없었다.[236]

3. 바둑

주지하다시피 바둑은 인류가 만든 놀이 가운데서도 가장 오래되

236) 隋 顔之推 ≪顔氏家訓·雜藝篇≫卷下: 投壺之禮, 古者實以小豆, 爲其矢之躍而出也. 今則唯欲其驍, 益多益善, 乃有倚竿·帶劍·狼壺·豹尾·龍首之名. 其尤妙者有蓮花驍. 汝南周璝, 弘正之子, 會稽賀徽, 賀革之子, 竝能一箭四十餘驍. 賀又嘗爲小障, 置壺于外, 隔障投之, 無所失也. 至鄴以來, 又見廣寧·蘭陵諸王有此校具, 擧國遂無投得一驍者.

었을 뿐만 아니라, 바둑판의 형태는 가로와 세로로 19개의 줄이 그어진 단순한 모양이지만, 가장 복잡하고도 난해한 두뇌 유희에 해당한다. 그래서인지 송나라 때 대문호인 구양수歐陽修(1007-1072)의 ≪귀전록≫권하에는 다음과 같은 재미있는 말이 전한다.

바둑을 쉽게 생각하면 총명한 사람도 할 수 없지만, 어렵게 생각하면 어리석고 어린 사람도 왕왕 절묘한 수를 발휘할 수 있다.[237]

바둑은 중국에서 시작되었다. 그 역사가 1,500년 정도에 불과한 장기와 달리, 바둑의 역사는 거의 5,000년이 넘는 것으로 보인다. 물론 "(당唐나라) 요왕이 바둑을 만들어 아들 단주를 가르쳤다"라거나, "(우虞나라) 순왕이 아들 상균이 어리석어 바둑을 만들어서 그를 가르쳤다"와 같은 진晉나라 장화張華의 ≪박물지博物志≫의 기록[238]을 액면 그대로 믿을 수는 없지만, 그 역사가 유구하다는 사실만은 부정할 수 없을 듯하다.

바둑은 한자로 '기碁' 또는 '기棋'나 '기棊'로 표기하는데, 이는 바둑돌의 재료를 돌로 보느냐, 나무로 보느냐의 구분일 뿐, 발음이나 의미상에 아무런 차이가 없다. 또 바둑을 한편으로는 '수담手談'이라고도 한다. 이는 진晉나라 때 고승인 지둔支遁이 바둑을 '손으로 나누는 대화'라는 의미에서 그렇게 부른 데서 유래하였다고 전한다.[239]

그런데 2천년 전 사람인 후한 마융馬融(79-166)의 글을 보면, 옛

---

237) 宋 歐陽修 ≪歸田錄≫卷下: 以棋爲易, 則聰明者不能, 以爲難, 則愚下小人往往精絶.

238) 宋 祝穆의 ≪古今事文類聚・伎藝部・棊≫前集卷42에 인용된 ≪博物志≫: 堯造棋, 以敎子丹朱. 或云, "舜以子商均愚, 故作圍棋以敎之."

239) 南朝 劉宋 劉義慶 ≪世說新語・巧藝≫卷下의 梁 劉孝標 注: 支公(支遁)以圍棋爲手談.

날 사람이나 요즘 사람이나 바둑을 바라보는 관점에 별 차이가 없는 듯하여 무척 흥미로운 느낌을 준다. 이와 관련하여 그의 글을 소개하면 다음과 같다.

> 대략 바둑을 살펴보건대 용병술을 본받았으니, 세 자 짜리 바둑판은 전쟁터로다. 장병들을 모아 놓고 두 상대가 서로 마주하는데, 겁 먹으면 공이 없고 욕심을 부리면 먼저 망한다. 늘 네 귀를 차지하고서 방어할 때는 옆 돌을 의지하고, 변두리를 따라 대열을 막으면서 왕왕 상대방과 멀리서 대치한다. 말이 눈을 껌뻑이듯 듬성듬성 두지만, 기러기 줄처럼 이어지는 것이 중요하고, 대치하는 돌과 연결하는 돌을 사이사이 잘 배치하면서 중앙을 돌아다녀야 한다. 죽은 병사를 거두어들이면 다시 상대방과 대치시키지 말아야 하고, 잡아먹어야 할 때 잡아먹지 않으면 도리어 화를 당한다.[240]

바둑을 전투에 비유하여 어떤 마음가짐을 유지해야 하는지, 또 어떤 방식으로 바둑을 두는 것이 승리를 취할 수 있는 요체인지에 대해 설명한 부분이 오늘날 TV에서 프로 바둑 기사들이 내뱉는 해설과 매우 유사하여 놀랍기까지 하다.

2016년 이세돌과 인공지능 '알파고(AlphaGo)'의 세기적 대결이 끝난 뒤, 바둑계에서는 그야말로 '평지풍파'와 동시에 '천지개벽'이 일어났다. 이듬해인 2017년에 당시 세계 랭킹 1위이자 중국을 대표하는 바둑기사인 '커제(柯潔)'마저 알파고에게 전패를 당하고, 내로라하는 일류 기사들이 인공지능 바둑 프로그램을 상대로 2점, 3점의 접바둑에서 연달아 패배함으로써, 사람이 컴퓨터를 상대로 승

240) 저자 미상의 ≪古文苑·賦≫卷5에 수록된 後漢 馬融의 <바둑을 읊은 부(圍棋賦)>: 略觀圍棋, 法于用兵. 三尺之局, 爲戰鬪場. 陳聚士卒, 兩敵相當. 怯者無功, 貪者先亡. 常據四道, 守用依傍. 緣邊遮列, 往往相望. 離離馬目, 連連雁行. 踔度間置, 徘徊中央. 收取死卒, 毋使相迎. 當食不食, 反受其殃.

리하는 것이 거의 불가능한 것으로 받아들여지게 되었다. 그리고 알파고의 은퇴 이후로 '절예' '카타고' '블랙홀' 등 다양한 인공지능 바둑 프로그램이 출현하면서, 이는 갈수록 더욱 기정사실화되고 있다. 더욱이 이제는 세계 인공지능 바둑대회마저 별도로 개최되면서 인간의 수준을 한참 넘어섰다는 평가가 나오고 있다.

그러나 이제는 프로기사들마저 바둑 기량을 늘리는 방도로써 인공지능 프로그램을 활용하고, 심지어 바둑 대국을 해설할 때 인공지능 프로그램을 활용하여 설명하기까지 하기에, 한편으로는 '전화위복'의 기회로 삼고자 하는 분위기도 있는 듯하다. 바둑이 경우의 수가 무한한 데 반하여 컴퓨터 역시 무한한 계산이 가능하기에, 컴퓨터를 승부의 대상이 아니라 활용의 대상으로 삼고자 하는 발상의 전환도 인류에게 그리 불행한 일만은 아닐 듯 싶다. 끝으로 바둑과 관련한 재미있는 일화를 한 토막 아래에 소개해 본다.

태종 때 대조를 맡은 가현이란 자가 늘 황제를 모시고 바둑을 두었다. 태종은 가현에게 세 점을 보태주고 두었는데, 가현이 늘 한 집을 졌다. 태종은 가현이 속임수를 쓰면서 자기 실력을 다 발휘하지 않는다는 것을 알아챘다. 그래서 그에게 "이번 대국에서 그대가 진다면, 분명코 그대에게 곤장을 칠 것이네." 얼마 뒤 대국이 끝났는데, 승패가 나지 않았다. 태종이 말했다. "그대는 또 속임수를 썼으니 다시 한 판 두세. 그대가 이기면 그대에게 (고관의 관복인) 비의緋衣를 하사하겠지만, 그대가 이기지 못 하면 그대를 진흙구덩이에 던질 것일세." 얼마 뒤 대국이 비겨서 승부가 나지 않았다. 그러자 태종이 말했다. "내가 그대에게 세 점을 양보하였는데, 이제 비겼으니 이는 그대가 진 것일세." 좌우 신료에게 명하여 그를 안아다가 물에 던지게 하였다. 그러자 가현이 큰 소리로 "신의 손 안에 잡아먹은 바둑돌이 하나 더 있나이다"라고 외쳤다. 태종이 박

장대소하고는 비의를 하사하였다.[241]

4. 박새博塞

고대 중국의 잡기 가운데는 도박과 유사한 놀이가 다양하게 존재하였던 것으로 보인다. 이를 보통 '박새博塞'라고 하는데, 그 형태에 대해서는 '저포摴蒲' '오목五木' '격오格五' '육박六博' '쌍륙雙陸' 등, 시대와 장소에 따라 차이가 있어 정확히 어떠한 도구를 사용하여 어떠한 방식으로 진행했는지는 정확하게 설명하기 어려울 듯하다. 또 그것이 인도에서 수입되어 변형되고 발전한 것인지, 아니면 중국 본토에서 자생한 고유의 순수한 놀이인지도 불분명하다. 다만 우리나라의 윷이나 바둑돌, 혹은 서양의 주사위와 유사한 도구를 이용하여 금전이나 귀중품을 걸기도 하고, 아니면 그냥 소일거리 삼아 승부를 겨루기도 했던 것 같다. 그 단면을 엿볼 수 있는 일화를 하나 소개하면 아래와 같다.

(당나라) 측천무후 때 (광동성) 남해군에서 비취를 모아 만든 갖옷을 바치자, 측천무후가 이를 장창종에게 하사하였다. 적인걸이 상소문을 올리자, 그에게 장창종과 쌍륙을 하게 하였다. 측천무후가 말했다. "무슨 물건을 거시겠소?" 양국공 적인걸이 대답하였다. "신의 자색 깁으로 만든 핫옷을 걸고서 장창종의 비취 갖옷과 내기를 하겠습니다." 측천무후가 말했다. "이 갖옷은 값어치가 천금이 넘는 것이오." 적인걸이 대답하였

241) 宋 謝維新 ≪古今合璧事類備要·技術門·奕碁≫前集卷57에 인용된 王安石의 ≪荊公詩話≫: 太宗時, 有待詔賈玄者, 嘗侍上碁. 太宗饒玄三子, 常輸一路. 太宗知玄挾詐, 不盡其藝也, 乃謂之曰, "此局汝復輸, 我當榜汝." 既而滿局, 不生不死, 太宗曰, "汝亦詐也, 更圍一局. 汝勝, 賜汝緋, 不勝, 當投汝于泥中." 既而局平, 不勝不負, 太宗曰, "我饒汝子, 今既局平. 是汝不勝也." 命左右抱, 投之水, 乃呼曰, "臣握中更有一子." 太宗大笑, 賜以緋衣.

다. "신의 핫온은 대신이 조정에서 폐하를 알현할 때 입는 옷이고, 비취 갖옷은 총신이 사적으로 폐하를 뵐 때 입는 옷이니, 신의 핫옷과 견준다면 신이 오히려 불만스럽나이다." 장창종은 긴장하여 정신을 차리지 못 하더니, 여러 판 계속해서 지고 말았다. 적인걸이 어전에서 갖옷을 빼앗더니, 사례를 올리고 밖으로 나갔다. 광범문에 도착하자, 자기 집 노비에게 입으라고 주고는 말도 풀어준 뒤 그곳을 떠났다.[242)]

도박 형태의 놀이가 민간뿐만 아니라 궁중에서, 그것도 황제의 면전에서마저도 자연스레 행해진 것을 보면, 이러한 놀이가 고대 중국 사회에서 매우 보편적으로 유행했다는 것을 미루어 짐작할 수 있다. 다만 그 실체를 명확하게 알 수가 없어 아쉬울 뿐이다.

5. 기타

중국 고대 잡기 가운데는 민간에서 유행하던 여러 가지 놀이 외에도 전문적인 연예인들의 다양한 공연도 발달했던 것으로 보인다. 후한 때 문장가인 장형張衡이 <서경(섬서성 장안)을 읊은 부(西京賦)>에서 "(전국시대 진秦나라) 오획 같은 장사가 세발솥을 들쳐메고, (남방의) 도로국 사람 같은 광대가 장대를 타네"라고 하고, 또 "칼을 삼키고 불을 뿜으니 운무가 자욱하네"[243)]라고 한 것을 보면, 마치 오늘날 서커스단에서 볼 수 있는 차력술이나 공연장에서 구경할 수 있는 마술과 같은 공연들이 상업적인 목적으로 펼쳐졌

242) 唐 薛用弱 ≪集異記・集翠裘≫: 則天時, 南海貢集翠裘, 后以賜張昌宗. 狄仁傑奏事, 上命與昌宗雙陸. 則天曰, "賭何物?" 梁公曰, "以臣紫絁袍爲對, 賭昌宗集翠裘." 則天曰, "此裘價踰千金." 公曰, "臣袍乃大臣朝見之衣, 翠裘乃嬖倖寵遇之服, 對臣之袍, 臣猶怏怏." 昌宗神沮氣索, 累局連北. 公對御褫裘, 謝恩而出. 及光範門, 遂與家奴衣之, 縱馬而去.

243) 南朝 梁 昭明太子 蕭統의 ≪文選・京都≫卷2에 수록된 後漢 張衡의 <西京부>: 烏獲扛鼎, 都盧尋橦.… 呑刀吐火, 雲霧杳冥.

던 것 같다.

또 여러 기록들에 의하면, 오늘날 축구와 비슷한 '축국蹴踘'이란 놀이가 있었고, 그네뛰기에 해당하는 '추천鞦韆'이 있었으며, 사자춤을 의미하는 '서량기西涼伎'가 유행하였다고 전한다. 이를 통해 고대 중국인들도 여가 시간을 즐기기 위해 다양한 소일거리를 개발했다는 것을 알 수 있다. 끝으로 마술에 관한 다소 해학적 성격의 일화를 한 편 소개하는 것으로 마무리하고자 한다.

송나라 때 진국공晉國公에 봉해진 정위丁謂는 (도관을 관장하는 직책인) 옥청소응궁사를 지낼 때, 영국공英國公에 봉해진 하송夏竦이 판관에 임명되자, 하루는 재궁에서 연회를 베풀었다. 광대 중에 누군가 물건을 감추는 마술을 잘 부리자, 정위가 하송을 돌아보며 말했다. "고인 중에 아무도 마술을 읊은 시를 짓지 않았으니, 공께서 한 수 지어 보시지요." 그래서 하송이 다음과 같은 시를 지었다. "소매 나풀거려 구슬을 돌리다가 다시 방울을 뱉어내는 것을 보니, 물건을 감추는 기교가 수백 수천 가지는 되겠건만, 주공(정위)께서는 단정히 앉아 제대로 보지 못 하시고, 오히려 옆 사람(하송)이 냉정한 눈길로 구경하네."244)

244) 明 彭大翼 ≪山堂肆考・技藝≫卷169: 宋丁晉公爲玉清昭應宮使, 夏英公爲判官, 一日錫宴齋宮. 優人有褋手藏擫者, 公顧英公曰, "古人無詠藏擫詩, 請賦一章." 英公賦云, "舞袖挑珠復吐丸, 遮藏巧便百千端. 主公端坐無由見, 却被旁人冷眼看."

제6장 고대 중국의 종교

요즈음이야 서양에서 유입된 천주교와 기독교 및 이슬람교가 우리나라는 물론 아시아 전반에 걸쳐 종교 방면에서 크게 득세하고 있지만, 중국의 경우는 공산주의 정권 하에서 아직도 서양 종교가 크게 힘을 쓰지 못 하고 있는 듯하다. 더욱이 고대 중국의 경우는 자체적으로 생성된 유교와 도교 및 인도에서 유입된 불교가 주를 이루었다. 이 장에서는 고대 중국의 종교에 대해 간략히 서술해 보고자 한다.

제1절 유교

유교에서 가장 중시하는 덕목 가운데 공적인 것을 들라면, 임금에 대한 충성을 거론할 수 있을 듯하다. 이는 개인이나 가정을 떠나 국가를 지탱하는 기본 요소이기 때문이다. 그러나 충성을 바치는 데도 여러 가지 방법이 있을 수 있다. 이에 대해 ≪한시외전≫ 권4의 기록을 보면 다음과 같이 밝혔다.

충성의 방법에는 세 가지가 있는데, 도리로써 임금을 설득하여 그를 교화시키는 것이 큰 충성이고, 덕으로써 임금을 조절하여 그를 돕는 것이 다음 가는 충성이며, 옳은 말로 잘못을 간언하며 그를 원망하는 것이 제일 떨어지는 충성이다. (주周나라) 주공(희단姬旦)은 (조카인) 성왕(희송姬誦)에 대해 큰 충성을 보였다고 말할 만하다. (춘추시대 제齊나라) 관중(관이오管夷吾)은 환공에 대해 다음 가는 충성을 보였다고 말할 만하다. (춘추시대 오吳나라) 오자서吳子胥(오원伍員)은 부차에 대해 제일 떨어지는 충성을 보였다고 말할 만하다.[245]

다음으로 사적으로 중시하는 덕목은 삼강오륜三綱五倫이나 오덕五德을 꼽을 수 있다. 삼강오륜의 출발은 효에서 찾을 수 있을 듯하다. 효행을 나타내는 상징적 행동거지 가운데 걸음걸이를 가지고 애기해 보자.

고대 중국인들은 고향을 들어설 때 행실을 무척 조심하였다. 예를 들어 과거시험에 급제한 뒤 벼슬을 배수拜受받고 고향에 도착하면, 말이나 수레에서 내려 걸어서 들어가야 했다. 그래서 '수레에서 내린다'는 의미의 한자어인 '하마下馬'는 곧 벼슬길에 올라 지방관리로 부임하는 것을 가리킨다. 따라서 요즈음 '아무개가 하마평에 올랐다'고 할 때의 '하마평下馬評'도 바로 '관직을 맡을 사람에 대한 평판'을 의미한다.

또한 말이나 수레에서 내려 걸을 때도 약간 빠른 속도인 종종걸음으로 걸어야 했다. 속도가 곧 예법과 직결되기 때문이다. 다시 말해서 너무 느리면 건방지게 보일 수 있고, 너무 빠르면 경망스럽게 보일 수 있기 때문이다. 다음의 예문들은 이러한 의미를 웅변적으로 말해 준다.

> **후한 장담은 자가 자효로 (광무제) 건무(25-55) 초에 (섭서성) 좌빙익에 임명되자, 휴가를 얻어 고향인 평릉현으로 돌아갔는데, 멀리서 고을 출입문을 보자 수레에서 내렸다.**[246)]

> **(전한 때) 만석군 석분이 능리로 이사하자, 막내 아들인 내사(태수) 석경石慶과 아들들이 고을 입구에 들어서면 필시 집까지 종종걸음으로 걸었다.**[247)]

---

245) 前漢 韓嬰 ≪韓詩外傳≫卷4: 忠之道有三, 以道覆君而化之, 大忠也. 以德調君而輔之, 次忠也. 以是諫非而怨之, 下忠也. 周公之於成王, 可謂大忠也, 管仲之於桓公, 可謂次忠也, 子胥之於夫差, 可謂下忠也.

246) 晉 袁宏 ≪後漢紀・光武皇帝紀≫卷7: 東漢張湛, 字子孝, 建武初, 爲左馮翊, 告歸平陵, 望縣門而下車.

만약 과거시험에 급제하여 황제로부터 관직을 부여받아서 고향 땅에 임했을 때, 말이나 수레에서 내리지 않고 올라탄 채로 고을을 들어서거나, 말이나 수레에서 내리더라도 걸음걸이를 느긋하게 가진다면, 이는 매우 건방지고 불경한 행동으로 간주되었던 것이다. 유교사상은 이처럼 일거수일투족에도 상당한 제약을 가했다. 현대인에게 이러한 예법을 요구한다면 모두들 미친 사람 취급을 할지도 모르겠다.

제2절 불교

불교의 '불佛'은 부처를 뜻하는 '부다浮屠'라는 범어梵語, 즉 고대 인도어를 음역音譯한 것으로서 깨달음을 뜻하기에, 결국 '불교'라는 말은 '중생을 깨우치게 하는 가르침'을 의미한다.[248]

그런데 불교에 종사하는 스님들이 머무는 곳을 왜 '사寺'라고 할까? 원래 '寺'의 본음은 '시'로서 후대에 새로 만들어진 분별자分別字인 '시侍'의 본글자이다.

혹자는 ≪열자 · 주목왕≫권3의 "서쪽 먼 곳에 있는 나라에서 도인이 찾아와 주나라 목왕이 그를 스승으로 섬기며 중천대를 지어주었다"[249]는 기록에 근거하여, 이미 주나라 때 중국에 불교가 전해졌다고 하지만, 주나라 목왕 때는 석가모니가 태어나기 이전이므로 역사적 사실에 부합하지 않는다. 중국에 처음으로 불교가 전래된 시기에 대해서는 후한 명종明宗 때로 보는 것이 일반적이다.

명종 때 인도의 두 고승인 섭마등攝摩騰과 축법란竺法蘭이 당시의 도성인 하남성 낙양洛陽에 도착했을 때, 명종은 그들을 우대하여

247) 前漢 司馬遷 ≪史記 · 石奮傳≫卷103: 萬石君徙居陵里, 少子內史慶及諸子入里門, 必趨至家.

248) 晉 袁宏의 ≪後漢紀 · 孝明皇帝紀≫卷10: 浮屠, 佛也. 佛者, 漢言覺也. 將以覺悟群生也.

249) ≪列子 · 周穆王≫卷3: 西極之國有化人來, 周穆王事之, 作中天之臺.

당시 외국의 사신이나 손님을 접대하던 홍려시鴻臚寺에 머물게 하였고, 뒤에 다시 그들에게 자금을 제공하여 낙양 근처에 절을 짓게 하였다. 그러자 그들은 불경을 싣고 온 백마白馬와 자신들이 머물렀던 '홍려시'란 기관의 명칭을 따서 절 이름을 '백마시白馬寺'라고 지었다.[250] 따라서 절을 뜻하는 '寺'의 발음은 원래 의당 '시'였을 터이나, 후에 관청 명칭을 뜻하는 '시'와 구분하기 위해 발음을 '사'로 바꿔서 분별하게 되었을 것이다.

불교의 시조인 부처는 여러 가지 별칭을 가지고 있다. 즉 '공왕空王' '법왕法王' '상왕象王' '윤왕輪王' '등왕鐙王' '범제梵帝' 등이 그러한 예이다. 심지어 사찰의 중앙을 차지하는 건물인 대웅전大雄殿의 '대웅大雄'도 부처의 별칭이다.

불교는 불경의 가르침을 실천하는 것을 중시하는 교종敎宗과, 불교의 가르침은 경전 문구에 의지하지 않아도 된다는 '불립문자不立文字'라는 원리 속에 경전의 가르침이 아니더라도 참선에 의한 득도를 통해 누구나 부처가 될 수 있다고 주장하는 선종禪宗으로 나뉜다.

중국의 불교는 제1대 조사인 남천축국南天竺國(남인도) 출신 달마대사達磨大師와 달마대사의 제자로서 제2대 조사인 혜가선사慧可禪師를 거치며 선종을 중심으로 교세를 확장하였다. 아래에 달마와 혜가 사이에 얽힌 고사를 한 가지 소개해 보고자 한다.

(남조南朝 양梁나라) 달마대사가 입적하려 할 즈음에 제자들에게 명하여 각자 터득한 바를 말하게 하자, 도부가 대답하였다. "제가 본 바에 의하면, 문자를 고집하지 않고 문자에서 벗어나지 않으면서도 도의 쓰임새를 알았습니다." 달마가 말했

---

250) 宋 高承 ≪事物紀原・眞壇淨社部≫권7: 漢明帝於東都城門外立精舍, 以處攝摩騰・竺法蘭, 卽白馬寺也. 騰始自西域, 以白馬馱經來, 初上鴻臚寺, 遂取寺名, 創置白馬寺, 卽僧寺之始也.

다. "너는 내 가죽을 얻었구나." 니총지가 말했다. "저는 이제 한 번 보면 다시 볼 필요가 없습니다." 달마가 말했다. "너는 내 살을 얻었구나." 도육이 말했다. "육신은 본래 공허한 것이고, 오음(다섯 가지 번뇌)은 실존하는 것이 아니니, 제가 본 것에서는 얻을 만한 불법이 하나도 없습니다." 달마가 말했다. "너는 내 뼈를 얻었구나." 마지막으로 혜가가 예배를 올리고 제자리에 그대로 서자, 달마가 말했다. "너는 내 골수를 얻었구나!"251)

중국의 불교는 화엄종·천태종·조계종 등 여러 종파로 나뉘어 발전하였고, 우리나라에도 막대한 영향을 미쳤다. 그중 조계종은 광동성의 조계曹溪라는 지역에서 발원하여 우리나라까지 전파되었다. 그런데 정작 중국에서는 그다지 세력을 떨치지 못 한 조계종이 우리나라에서는 어째서 교세가 가장 큰 종파로 자리잡을 수 있었는지, 필자로서도 그 연유는 잘 모르겠다.

제3절 도교

도사道士는 '연사鍊師' '우객羽客' '황관자黃冠子' 등 다양한 별칭으로도 불린다. 도사는 처음에 결혼하여 가정을 꾸릴 수 있었으나, 송나라 태조太祖 이후로는 승려와 마찬가지로 혼인이 금지되었다.

역대로 황제들은 무병장수를 하며 신선의 경지에 오르고자 소망해서 그런지, 도사를 각별히 우대한 경우가 많았다. 당나라 현종玄宗 때 총희인 양귀비楊貴妃가 도사의 의복을 즐겨 입어 '양태진楊太

251) 明 彭大翼 ≪山堂肆考·釋敎≫卷146: 達磨將滅, 命門人各言所得. 道副曰, "如我所見, 不執文字, 不離文字, 而爲道用." 師曰, "汝得吾皮." 尼總持曰, "我今一見, 更不再見." 師曰, "汝得吾肉." 道育曰, "四大本空, 五陰非有, 而我所見無一法可得." 師曰, "汝得吾骨." 最後慧可禮拜, 依位而立, 師曰, "汝得吾髓!"

眞'으로 불린 예나, 오대십국五代十國 남당南唐 때 원종元宗 이경李璟이 복건성 천주泉州 출신의 도사 담자소譚紫霄를 신임하여 '금문우객金門羽客'이라고 부르며 궁궐을 자유로이 출입하게 한 일, 송나라 때 휘종徽宗이 도사 임영소林靈素를 총애하여 태청루太淸樓 연회에 동반한 사건 등이 그러한 예이다.

불교에서 참선參禪을 통해 부처의 경지에 오르고자 노력하듯이, 도교에서도 일종의 수행을 통해 신선의 경지에 오르고자 심혈을 기울였다. 특히 도교에서는 사람의 몸안에 득도를 방해하는 세 가지 독충毒蟲이 기생한다고 생각하여, 정신 수양을 통해 이를 제거하려고 하였다. 이와 관련하여 명나라 팽대익의 ≪산당사고·도교≫ 권148에 인용된 송나라 진재사의 ≪낙중이기≫의 기록을 소개하면 다음과 같다.

(당나라 때) 도사 정자소는 조정 관료를 데리고 밤에 (섬서성) 종남산의 태을관에서 회합을 가졌는데, 그 관료가 정자소의 소매를 당기며 함께 경신일 밤을 정좌한 채 지새자고 하였다. 그러자 정자소가 시를 지어 "경신일에 정좌한 채 밤을 지새지 않아도 의심받지 않을지니, 이 마음은 진실로 도와 서로 의지한답니다. 옥황상제께서 이미 행동을 알고 계시니, 그대 몸 안의 세 팽씨(독충)가 잘잘못을 마음대로 떠들게 내버려두소서"라고 말했다.[252]

위의 고사에서 말하는 세 마리 독충은 도교에서 말하는 기생충인 팽질彭質·팽교彭矯·팽거彭居를 가리킨다. 현대인의 관점에서 보면 다소 비과학적이고 얼토당토않은 얘기처럼 들릴 수 있지만,

252) 明 彭大翼 ≪山堂肆考·道敎≫卷148에 인용된 宋 秦再思 ≪洛中異記≫: 道士程紫霄有朝士, 夜會終南太乙觀, 拉師, 共守庚申. 師作詩云, "不守庚申亦不疑, 此心良與道相依. 玉皇已自知行止, 任汝三彭說是非."

이 세 마리 독충을 제거하면 신선의 경지에 오를 수 있다고 믿었다. 그래서인지 당나라 때 대문호인 유종원柳宗元(773-819)마저도 <독충을 나무라는 글(罵尸蟲文)>[253]을 지은 적이 있다. 그러나 유종원이 정말로 그러한 독충이 우리 몸 안에 기생하고 있다고 믿었을까? 그저 그것이 궁금할 뿐이다. 그렇다면 아마도 회충이나 편충·십이지장충 같은 기생충을 가리키는 말일 수도 있지 않을까? 여하튼 이제는 오랜 세월 기생충약의 보급을 통해 거의 박멸한 상황이니, 그나마 불행 중 다행이라고 하겠다.

253) 이 글은 당나라 유종원柳宗元의 문집인 ≪유하동집柳河東集·소10수騷一十首≫권18에 수록되어 전한다.

제7장 고대 중국의 과학

오늘날에는 대부분의 아시아 국가도 서양에서 수입된 과학 지식을 바탕으로 산업을 발전시키고 교육에 주안점을 두고 있는 듯하다. 그러나 굳이 흔히 '4대 발명품'이라고 일컫는 종이・화약・나침반・인쇄술을 거론하지 않아도, 유구한 역사를 자랑하는 중국은 다방면에서 과학이 발달했었다. 다만 대부분 서양으로 넘어가 그들에 의해 가일층 발전하면서 중국의 과학기술 수준이 희석된 측면이 없지 않은 듯하다. 이 장에서는 고대 중국의 과학에 대해 간략히 다루어 보고자 한다.

제1절 천문학

천문학의 발달은 농경사회와 긴밀한 관계가 있다. 곡물의 파종으로부터 수확에 이르기까지는 역법에 의지할 수밖에 없다. 그럼에도 불구하고 고대 중국의 역법은 주로 음력에 기반하고 있다. 다만 음력의 추산은 동지를 기준으로 하였던 것으로 보인다. 이와 관련하여 ≪좌전≫권17에는 다음과 같은 기록이 전한다.

선왕은 절기를 바로세울 때 동지를 시작으로 역법을 마련하고, 동지・춘분・하지・추분을 바로잡았으며, 남은 날을 끝에 모아 윤달을 만들었다. 동지를 시작으로 역법을 마련하였기에 시간의 순서에 잘못이 없게 되었고, 동지・춘분・하지・추분을 바로잡았기에 백성들이 혼동을 일으키지 않게 되었으며, 남은 날을 끝에 모아 윤달을 만들었기에 농사가 어긋나지 않게 되었다.[254)]

254) ≪左傳・文公元年≫卷17: 先王之正時也, 履端于始, 擧正於中, 歸餘于終. 履

고대 중국인들이 천체의 관찰을 통해 역법을 제정하면서 유독 음력에 집중했던 것은 어째서일까? 인간은 모르는 것을 두려워한다고 했던가? 양력은 밝은 대낮에 태양의 운행을 육안으로도 관찰함으로써 인지할 수 있기에 손쉬운 결과물인 반면, 음력은 칠흙 같은 밤에 달의 운행을 관찰함으로써 감지해야 하기에, 이에 대한 정확한 정보를 획득하기가 어려웠을 것이다. 해는 일출과 일몰이 일정한 반면, 달은 월출과 월몰이 일정하지 않고, 그 운행 시기도 변화가 많은 편이다. 그래서 대월大月인 30일과 소월小月인 29일을 설정한 다음 대략 3년마다 윤달을 덧붙여 1년 동안의 날짜를 계산해 낼 정도로 변화막측하기 그지없다. 윤달의 계산법에 대해서는 필자도 전문가 수준의 지식을 가지고 있지 못 하기에, 참고로 다음의 기록을 덧붙이는 것으로 대신하고자 한다.

이듬해의 윤달을 알고자 한다면 먼저 동지 뒤의 남은 날을 계산하고, 다시 큰 달(30일)인지 작은 달(29일)인지를 살펴서 결정했을 때 오차가 나지 말아야 한다. 만약 이듬해에 윤달을 두는 것이 맞다고 한다면, 올해 동지 뒤에 남은 날을 기준으로 해야 한다. 가령 올해 11월 22일이 동지면 그 달은 아직도 8일이 남았으므로, 내년의 윤달은 의당 8월에 두어야 한다. 만약 달이 작으면 단지 7일이 남은 것이므로 의당 윤달은 7월이어야 한다. 만약 동지가 상순에 있다면 보름날을 판단 기준으로 삼는데, 12일이 충족되면 거기에서 다시 1부터 시작에서 계산해야 한다.[255]

端于始, 序則無愆, 擧正于中, 民則不惑, 歸餘於終, 事則不悖.

255) 明 彭大翼 ≪山堂肆考・天文≫卷7에 인용된 저자 미상의 ≪推閏歌括≫: 欲知來歲閏, 先算至之餘, 更看大小盡, 決定不差殊. 謂如來歲合置閏, 則以今年冬至後餘日爲率. 假如今年十一月二十二日冬至, 則本月尙餘八日, 則來歲之閏, 當在八月. 若月小盡, 則止餘七日, 當閏七月. 如至在上旬, 則以望日爲斷, 十二日足, 則復起一數焉.

또 1년을 분절하면서 5일을 1후候, 3후 즉 15일을 1절후節候, 6절후 즉 3개월을 하나의 계절로 보았기에, 1년을 4계절・24절후로 나누었다. 그래서 1년 366일[256]을 1월 입춘立春부터 12월 대한大寒까지의 24절기로 나누어 절기의 순행을 확정지었다. 또 10일에 십간十干을 적용하면 '1순旬'이라고 하고, 12일에 십이지十二支를 적용하면 '1협浹'이라고 하였으며, 1일 24시간을 십이지를 활용하여 자시子時부터 해시亥時까지 12시간으로 획정하였다. 이 장에서는 고대 중국인들의 천문학 지식과 그에 얽힌 여러 가지 고사에 대해 개괄적으로 소개해 보고자 한다.

1. 천문 현상

고대 중국인들은 하늘을 어떻게 생각했을까? 여러 문헌에 의하면 중국인들은 천지창조의 근본적 기운인 태극太極이 음양陰陽을 낳고, 음양이 청탁淸濁의 기운을 낳고, 청탁의 기운이 천지天地를 형성하였다고 생각하였다. 정사正史인 ≪진서・천문지≫권11을 보면 다음과 같은 기록이 전한다.

> 하늘은 둥근 것이 마치 양산과 같고, 땅은 네모난 것이 마치 바둑판과 같다. 하늘은 옆으로 돌면서 반은 땅 위에 있고, 반은 땅 밑에 있다. 해와 달은 본래 동쪽으로 운행하는데, 하늘이 서쪽으로 돌아 바다로 들어가면서 그것을 끌고 서쪽으로 가는 것이다. 이는 마치 개미가 맷돌 위를 다닐 경우, 맷돌이 왼쪽으로 돌면 개미는 오른쪽으로 가는데, 맷돌이 빠르고 개미가 느리기 때문에 어쩔 수 없이 서쪽으로 가는 것처럼 보이는

256) 오늘날 양력에서는 1년을 365일과 여분의 시간으로 정확히 계산하여 남은 시간을 모아서 4년 마다 한 번씩 2월에 29일 윤달을 정하고 있다. 그래서 고대 중국인들은 여분의 시간을 올림하여 1년을 366일로 간주하기도 하였다.

것과 같다.[257]

중국인들이 이러한 생각을 품게 된 것은 어디까지나 천체의 운행과 관련해 지동설이 아닌 천동설에 기반해서 생각했기 때문이다. 위서緯書 가운데 하나인 ≪춘추원명포≫에 보면 "하늘은 왼쪽(동쪽)으로 돌고, 땅은 오른쪽(서쪽)으로 움직인다"[258]고 하였는데, 현대인의 시각에서 보면 우스꽝스러운 말처럼 들릴지 모르나, 천동설을 믿었던 고대 중국인들의 입장에서 보면 순수하게 시청각적 경험에 바탕을 둔 이론일 뿐이다.

따라서 오늘날 과학적 지식에 근거하면 정확한 이론은 못 되지만, 육안에 의한 경험학적 지식에 바탕을 두었기에, 천체의 일월성신日月星辰이 동쪽에서 서쪽으로 운행한다는 기본 관점에는 별반 차이가 없어 보인다. 명나라 말엽의 학자인 팽대익의 다음과 같은 주장도 이러한 시각적이고 경험적인 지식에 기반을 두고 있음을 알 수 있다.

천체는 북쪽이 높고, 남쪽이 낮다. 해가 북쪽으로 가까워지면(하지 때에 가까워지면), 땅끝으로부터 멀어져 일출은 빠르고 일몰이 늦다. 그래서 낮이 길다. 해가 남쪽으로 가까워지면(동지 때에 가까워지면), 땅끝으로부터 가까워져 일출은 느리고 일몰이 빠르다. 그래서 낮이 짧다. 하늘은 남쪽이 양이고, 북쪽이 음이다. 땅은 북쪽이 양이고, 남쪽이 음이다. 서로 대치하는 이치이다.[259]

---

257) 唐 房喬 ≪晉書·天文志≫卷11: 天圓如倚蓋, 地方如棋局. 天旁轉, 半在地上, 半在地下. 日月本東行, 而天西旋入於海, 牽之以西, 如蟻行磨上, 磨左旋, 蟻右行, 磨疾蟻遲, 不得不西.

258) ≪春秋元命苞≫: 天左旋, 地右動. 이 책은 원전은 실전되고 잔본殘本이 明 陶宗儀의 ≪說郛≫卷5上과 孫瑴의 ≪古微書≫卷6·7에 수록되어 전한다.

259) 明 彭大翼 ≪山堂肆考·天文≫卷1: 天體, 北高南下. 日近北則去地遠, 而出早入遲, 故晝長. 日近南則去地近, 而出遲入早, 故晝短. 天, 南爲陽, 北爲陰. 地,

고대 중국인들은 하늘에 대해서 경외심을 품어 인간세계의 제왕과 같은 존재로 간주하였다. 하늘에 대한 경외심을 천자의 지위와 연관시키려는 심경은 ≪삼국지 · 촉지 · 진복전≫권38의 다음과 같은 고사에서도 잘 드러난다.

(삼국시대 촉나라 사람) 진복은 자가 자칙이다. 오나라에서 장온을 보내 문안인사를 올릴 때, 진복은 나이가 고작 열두 살에 불과한데도 제갈양이 마련한 자리에 배석하였다. 장온이 진복에게 물었다. "하늘에 머리가 있는가?" 진복이 대답하였다. "머리가 있습니다." 장온이 말했다. "어느 쪽에 있는가?" 진복이 대답하였다. "≪시경 · 대아大雅 · 황의皇矣≫권23에 '이에 서쪽을 향해 고개를 돌리네'라고 하였으니, 이로써 추론해 보건대 머리는 서쪽에 있습니다." 장온이 말했다. "하늘에 귀가 있는가?" 진복이 대답하였다. "하늘은 높은 곳에 있으면서 낮은 곳을 듣습니다. ≪시경 · 소아小雅 · 학명鶴鳴≫권18에 '학이 깊은 연못에서 우니, 소리가 하늘까지 들리네'라고 하였습니다. 만약 하늘에 귀가 없다면 어떻게 들을 수 있겠습니까?" 장온이 말했다. "하늘에 발이 있는가?" 진복이 대답하였다. "≪시경 · 소아 · 백화白華≫권22에 '하늘이 고난의 길을 걷네'라고 하였으니, 만약 하늘에 발이 없다면 어떻게 걸을 수 있겠습니까?" 장온이 말했다. "하늘에 성씨가 있는가?" 진복이 대답하였다. "성이 '유劉'씨입니다." 장온이 말했다. "어떻게 아는가?" 진복이 대답하였다. "천자(유비劉備)의 성이 '유'씨이니, 이로써 알 수 있습니다."[260]

北爲陽, 南爲陰, 對待之理也.

260) 晉 陳壽 ≪三國志 · 蜀志 · 秦宓傳≫卷38: 秦宓, 字子勅. 吳使張溫來聘, 秦宓年十二, 在諸葛亮坐. 溫問宓曰, "天有頭乎?" 宓曰, "有之." 溫曰, "在何方?" 宓曰, "詩云, '乃睠西顧.' 以此推之, 頭在西方." 溫曰, "天有耳乎?" 宓曰, "天處高而聽卑. 詩云, '鶴鳴於九皋, 聲聞於天.' 若其無耳, 何以聽之?" 溫曰, "天

위의 예문은 삼국시대 촉나라의 꼬맹이인 진복의 지능과 재치를 부각시키기 위해 인위적으로 만든 고사일 가능성이 높다. 그렇지 않다면 아무리 제갈양이라 하더라도, 오나라를 대표하는 문장가이자 사신인 장온에게 엄청난 결례를 범한 것이 되기 때문이다.

여하튼 사실 여부를 떠나서 진복은 천자를 하늘 같은 존재와 동일시하고서, 자신이 받드는 황제인 유비劉備의 정통성과 존엄성을 돋보이게 하기 위해 ≪시경≫의 고사를 근거로 하늘의 본질에 대해 설명한 뒤, 촉나라 군주인 유비가 오나라 군주인 손권孫權보다 존귀한 존재라는 것을 증명해 나가는 총명함을 발휘하였다. 아울러 나이 어린 꼬마가 연배가 지긋한 성인을 상대로 말솜씨로 제압하는 장면을 통해, 촉나라의 우월성을 부각시키는 효과도 거두고 있다고 하겠다.

한편으로는 백성들의 여론인 민심을 제왕보다 더 중시하여 하늘에 견주기도 하였다. '민심이 곧 천심'이라는 말은 우리나라나 중국이나 매한가지인가 보다. 고문헌에 실린 다음과 같은 기록이 이를 방증해 준다.

> **제나라 환공이 관중(관이오管夷吾)에게 물었다. "군주는 무엇을 소중히 여겨야 하오?" 관중이 대답하였다. "하늘을 소중히 여겨야 합니다." 환공이 고개를 들어 하늘을 쳐다보자, 관중이 말했다. "제가 말씀 드린 하늘은 푸르고 드넓은 하늘이 아닙니다. 백성들 위에 거하는 자는 백성을 하늘로 여겨야 한다는 뜻이옵니다."**[261]

고대 중국인들은 지상에 천자가 존재하듯이 하늘에도 천제天帝가

有足乎?" 宓曰, "詩云, '天步艱難.' 若其無足, 何以步之?" 溫曰, "天有姓乎?" 宓曰, "姓劉." 曰, "何以知之?" 宓曰, "天子姓劉, 是以知之."

261) 前漢 劉向 ≪說苑・建本≫卷3: 齊桓公問管仲曰, "王者何貴?" 對曰, "貴天." 桓公仰視天, 仲曰, "所謂天者, 非蒼蒼莽莽之天也. 居人上者, 以百姓爲天."

존재하고, 천자 밑에 여러 신하들이 있듯이 천제 휘하에도 여러 천신天神들이 신하 역할을 하며, 지상에 구주九州와 같은 행정 구역이 있듯이 천체에도 각기 구역이 있어 이를 지상의 분야分野와 대칭시켰다. 하늘의 삼태성三台星, 즉 상태성上台星·중태성中台星·하태성下台星이나 이를 관장하는 천신을 황제 아래에서 가장 직급이 높은 삼공에 빗대고, 문창성文昌星의 여섯 개 별을 황제 휘하 조정의 핵심 행정 기관인 상서성尙書省의 여섯 부서 내지 이를 관장하는 장관인 육상서六尙書에 빗댄 것이 그러한 예이다. 또 천자의 수레를 끄는 신하로서 태복경이 있듯이, 태양을 모는 '희화羲和'라는 마부를 상정한 ≪광아廣雅·석천釋天≫권9의 기록262)이 이를 웅변적으로 말해 준다.

고대 중국인들은 하늘에도 통치자인 천제가 존재하여 각 구역을 분할해서 다스린다고 생각하면서 이를 '분야分野'라고 했는데, 천체와 지리의 일대일 대응관계와 관련해서는 다음과 기록을 통해서 그 얼개를 엿볼 수 있다.

> **각수角宿와 항수亢宿는 정나라의 분야로서 연주이고, 저수·방수·심수는 송나라의 분야로서 예주이며, 미수와 기수는 연나라의 분야로서 유주이다. 남두성(두수斗宿)과 견우성(우수牛宿)은 오나라·월나라의 분야로서 양주이고, 여수와 허수는 제나라의 분야로서 청주이며, 위수·실수·벽수는 위衛나라의 분야로서 병주이다. 규수와 누수는 노나라의 분야로서 서주이고, 위수와 묘수는 조나라의 분야로서 기주이며, 필수·자수·삼수는 위魏나라의 분야로서 익주이다. 동정(정수井宿)과 귀수는 진나라의 분야로서 옹주이고, 유수·성수·장수는 주나라의 분야로서 삼하(양주梁州)이며, 익수와 진수는 초나라의 분야로서 형주이다. 각수와 항수 등의 별을 '이십팔사二十八舍'(이십**

262) 北朝 北魏 張揖 ≪廣雅·釋天≫卷9: 日御, 曰羲和.

팔수二十八宿[263])라고 하는데, 12개 주를 주재한다.[264])

예를 들어 위의 예문에서 연주兗州는 대략 지금의 산동성 북부 일대에 해당하고, 예주豫州는 하남성 일대에 해당하며, 유주幽州는 하북성 일대에 해당한다. 이런 식으로 대입하면 위에서 말한 12개 주州와 현대의 20여개의 성省을 상호 조응시킬 수 있다. 즉 맨처음 세 분야는 중국의 동방 지역과 조응하고, 두 번째 세 분야는 중국의 북방 지역과 조응하며, 세 번째 세 분야는 중국의 서방 지역과 조응하고, 마지막 세 분야는 중국의 남방 지역과 조응하게 된다. 이러한 사유체계는 아마도 지상의 임금인 황제가 천상의 임금인 천제의 뜻을 잘 받들어, 천하에 태평성대를 이룩하기를 바라는 마음에서 비롯된 것이 아닐까 싶다.

2. 음양오행설陰陽五行說

고대 중국인들의 사유체계에서 중요한 기틀로 자리잡고 있는 것으로 '음양오행설'을 들 수 있다. 음양오행설은 사람이 야간에 하

---

263) 28개의 별자리. 동방 청룡靑龍 7수인 각角・항亢(수성壽星: 진辰)・저氐・방房・심心(대화大火: 묘卯)・미尾・기箕(석목析木: 인寅), 북방 현무玄武 7수인 두斗・우牛(성기星紀: 축丑)・여女・허虛・위危(현효玄枵: 자子)・실室・벽壁(추자娵訾: 해亥), 서방 백호白虎 7수인 규奎・누婁(강루降婁: 술戌)・위胃・묘昴・필畢(대량大梁: 유酉)・자觜・삼參(실침實沈: 신申), 남방 주작朱雀 7수인 정井・귀鬼(순수鶉首: 미未)・유柳・성星・장張(순화鶉火: 오午)・익翼・진軫(순미鶉尾: 사巳)을 말한다. 괄호 안은 12성차星次인데, 28수의 배열은 시계 반대 방향으로 진행되기에 성차의 배열과는 상반된다.

264) 明 彭大翼 ≪山堂肆考・天文≫卷1에 인용된 ≪星經≫: 角・亢, 鄭之分野兗州, 氐・房・心, 宋之分野豫州, 尾・箕, 燕之分野幽州, 南斗・牽牛, 吳越之分野揚州, 女・虛, 齊之分野靑州, 危・室・壁, 衛之分野幷州, 奎・婁, 魯之分野徐州, 胃・昴, 趙之分野冀州, 畢・觜・參, 魏之分野益州, 東井與鬼, 秦之分野雍州, 柳・星・張, 周之分野三河, 翼・軫, 楚之分野荊州. 角・亢等星, 謂之二十八舍, 主十二州. 단 지명의 배열에 다소의 착오가 있는 듯하지만, 여기서는 원문을 따른다.

늘에서 육안으로 관찰할 수 있는 가장 큰 별인 해와 달, 그리고 오성五星인 목성·화성·토성·금성·수성에서 유래하였다. 그중에서도 중국인의 사유체계상 근간을 이루는 음양은 곧 해와 달로 상징되는 말로서 역법의 뿌리이기도 하다. 음양은 인간사 대부분의 이치에도 근간으로 작동한다. 남녀 사이의 애정이나 인류 종족의 유지를 나타내기도 하고, 단추구멍에 단추를 끼운다든지 그릇에 뚜껑을 닫는다든지 하는 모든 사물의 조합에도 근본 원리로 작동한다.

음양의 원리와 관련된 여러 가지 사안들을 좀더 살펴보면, 우선 고대 중국인들은 숫자도 음과 양으로 분류하여 생각하였다. 1·3·5·7·9 등 홀수를 '양수陽數'라고 하고, 2·4·6·8·10 등 짝수를 '음수陰數'라고 하였다. 중국인들은 그중에서도 양수를 중시하고, 음수를 천시하였다. 이는 곧 남존여비 사상으로도 연계된다. 그리하여 명절을 설정할 때도 오로지 양수만을 중시하는 경향이 있었다. 다시 말해 양수가 중복되는 날은 명절로 설정하면서도, 음수가 중복되는 날은 꺼림칙한 날로 여기는 성향을 보였다.

이를테면 음력 1월 1일을 춘절春節(설날)이라고 하고, 3월 3일을 상사절上巳節이라고 하고, 5월 5일을 단오절이라고 하고, 7월 7일을 칠월 칠석이라고 하고, 9월 9일을 중양절重陽節이라고 하여 미풍양속을 실천하는 날로 여긴 것이 그러한 예이다. 이러한 명절들은 일부를 제외하고 대개 현대에 와서 고대만큼 중요한 명절로 대우받지 못 하고 있지만, 고대 중국인들은 양수가 중복되는 일자를 특별한 날로 여겨 여러 가지 풍습들을 형성해 왔다.

고대 중국인들은 음양과 더불어 오행을 만물의 생성과 변화의 중요한 요소로 생각하였다. 오행의 순환에 대해서는 오행이 서로를 낳는다는 오행상생설五行相生說과 오행이 서로를 이긴다는 오행상극설五行相克說로 나뉜다. 오행상생설은 나무(木)가 불(火)을 낳고, 불(火)이 흙(土)을 낳고, 흙(土)이 쇠(金)를 낳고, 쇠(金)가 물(水)을 낳고, 물(水)이 다시 나무(木)를 낳는다는 순환의 원리를 가리키고, 오행상극설은 나무(木)가 손자뻘인 흙(土)을 이기고, 흙(土)이 손자뻘인 물(水)을 이기고, 물(水)이 손자뻘인 불(火)을 이기고, 불(火)이 손자뻘인 쇠(金)를 이기고, 쇠(金)가 손자뻘인 나무(木)를 이긴다는 극복의 원리를 가리킨다. 즉 부친이 아들을 낳지만, 손자를 이기는 순환 논리를 말한다.

고대 중국인들은 이 두 가지 설을 왕조의 교체에도 적용해 왔다. 왕조의 교체와 관련해 후대의 왕조가 전대 왕조의 정통성을 계승했다고 생각하면 오행상생설을 적용하고, 후대의 왕조가 전대 왕조를 극복하고 새로이 건국되었다고 생각하면 오행상극설을 적용하는 것이 그러한 예이다. 이를테면 오행상생설을 적용할 경우 삼황오제三皇五帝 이후로 왕조의 교체를 복희伏羲(목덕木德)→신농神農(화덕火德)→황제黃帝(토덕土德)→소호少昊(금덕金德)→전욱顓頊(수덕水德)→제곡帝嚳(목덕)→당요唐堯(화덕)→우순虞舜(토덕)→하우왕夏禹王(금덕)→상탕왕商湯王(수덕)→주무왕周武王(목덕)→한고조漢高祖(화덕)의 순으로 전개시켰다.

특히 일반 가정에서 자식을 낳고 이름을 지을 때는 반드시 오행상생설에 근거해야지, 만약 오행상극설에 근거해서 돌림자로 택한다면, 아들이 부친을 죽이는 불길한 징조를 야기하는 결과를 초래하게 된다고 생각한다. 그렇기에 오행상극설에 의한 작명은 금기 중에도 금기 사항으로 간주되고 있다. 아마도 작명소의 주인들 역시 이러한 규칙을 반드시 준수하고 있지 않을까 싶다.

3. 별자리

고대 중국인들은 밤하늘의 수많은 별자리를 순전히 시력에 의지해 관찰하였지만, 그들의 관찰력은 결코 무시할 수 없는 수준이었다. 물론 별자리를 관찰하는 업무를 맡은 관원들은 일반인의 시력과는 큰 차이가 있었을 것이다. 이탈리아의 어부나 몽고의 유목민의 시력이 5.0 6.0을 훌쩍 넘는다는 얘기와 마찬가지로, 고대 중국인 중에서도 특별히 시력이 뛰어난 사람이 이러한 업무를 맡았을 것으로 짐작된다. 이 절에서는 그들이 관찰한 수많은 별자리에 얽힌 얘기들을 풀어 보고자 한다.

1) 해의 별칭 삼족오三足烏

고대 중국인들의 설화에 의하면, 하늘에 태양이 원래 열 개가 떠 있었는데, 그 열기로 인하여 초목이 말라 죽자, 당唐나라 요왕堯王이 활의 달인인 예羿를 시켜 아홉 개를 떨어뜨리고 하나만 남김으로써 생명체가 목숨을 유지할 수 있게 되었다는 흥미로운 얘기가 전한다.[265)]

또 고대 중국인들은 해에 발이 셋 달린 까마귀가 산다고 하여, 이를 '삼족오三足烏'라고 칭하였다. 이는 까마귀를 양기를 상징하는 동물로, 토끼를 음기를 상징하는 동물로 생각한 데서 비롯되었다. 그래서 까마귀는 해의 별칭으로, 토끼는 달의 별칭으로 활용되었다. '달에서 토끼가 방아를 찧는다'는 동화 같은 얘기를 어렸을 때 심심치 않게 들었던 기억이 난다.

심지어 혹자는 고대 중국인들이 이미 태양의 흑점黑點을 육안으로 관찰하고서, 이를 '삼족오'란 말로써 비유적으로 표현한 것이라고도 하지만, 이는 나가도 너무 나간 주장이 아닐까 싶다. 아래의 예문이 삼족오와 태양의 흑점이 별개라는 것을 뒷받침해 줄 수 있을 듯하다.

(송나라 휘종) 정화 2년(1112) 초여름 4월 신묘일에 해에

265) 前漢 劉安 ≪淮南子·本經訓≫卷8: (당唐나라) 요왕 때 열 개의 해가 한꺼번에 떠서 초목이 말라 죽자, 요왕이 예에게 명하여 열 개의 해를 쏘아 맞히게 하였다. 그중 아홉 개를 명중시켜 까마귀들이 모두 죽어서 깃털을 떨어뜨렸다.(堯時十日竝出, 草木焦枯. 堯命羿射十日, 中其九, 烏皆死, 墮羽翮.)

'흑점'이 나타났다. 갑자기 두 개가 되었다가 갑자기 세 개가 되었다가 하였는데, 크기가 밤송이 만했다.266)

즉 위의 예문에 의하면 흑점은 육안으로 관찰된 전혀 별개의 개념이었다는 것을 알 수 있다. 그런데도 '삼족오'를 흑점과 연계시키는 주장은 무엇에 근거한 것일까? 필자로서도 궁금하기 그지없다. 아마도 그냥 느낌에 의한 억측이 아닐까 생각된다.

2) 일식日蝕과 월식月蝕

오늘날 현대인들은 과학적 증명에 의해 일식과 월식이 어떤 현상인지를 대부분 학교 교육 과정을 통해서 배워 잘 알고 있는 편이다. '해가 침식을 당한다'는 의미의 '일식'은 해와 달과 지구가 일직선상에 놓여 달이 해를 가리는 자연현상을 가리키고, '달이 침식을 당한다'는 의미의 '월식'은 해와 지구와 달이 일직선상에 놓여 지구의 그림자가 달을 가리는 자연현상을 가리킨다. 그렇다면 고대 중국인들은 이를 어떻게 보았을까?

근대 이전의 서양인들과 마찬가지로 천동설을 믿었던 고대 중국인들은 일식에 대해 현대인이 알고 있던 지식과 별반 차이가 없는 인식을 하고 있었던 것으로 보인다. 왜냐하면 일식은 육안으로도 얼마든지 확인이 가능하기 때문이다. 다만 이를 음양의 이치를 적용하여 강성해진 음기(달)가 미약해진 양기(해)를 침식하는 현상으로 설명하였을 뿐이다. 그리고 이를 신하(음)가 황제(양)의 눈을 가리는 것으로 간주하여 불길하고 불충한 자연현상으로 해석하였다.

그러나 월식과 관련해서는 분명한 설명을 발견하기가 어렵다. 이는 천동설에 입각해서는 이러한 현상을 과학적이고 논리적으로

---

266) 元 托克托 ≪宋史・天文志≫卷52: 政和二年四月辛卯, 日中有黑子, 乍二乍三, 如栗大.

설명할 수 없는 뿐더러, 육안으로 관찰할 수도 없기 때문일 것이다. 단지 송나라 때 유학자인 소옹邵雍의 '달은 햇빛을 받아들이기는 하지만, 해의 정령을 받아들이지는 않는다'[267]는 모호한 표현을 통해 육안으로는 간파할 수 없지만, 무언가 해의 영향으로 인해 발생하는 자연현상으로 짐작하였던 듯하다.

다만 다음과 같은 예문에서 보여주는 일식과 월식에 대한 해석은 다소 비과학적인 측면이 없지 않아 보인다.

> 초가을 7월에 일식이 일어나자, 소공이 재신에게 물었다. "이것이 무엇이오? 화와 복 중에 어느 것이오?" 재신이 대답하였다. "동지와 하지, 춘분과 추분에 일식이 있는 것은 재앙이 되지 않습니다. 해와 달이 운행할 때 춘분과 추분은 황도黃道와 적도赤道가 같고, 동지와 하지는 황도와 적도가 서로 멀리 떨어집니다. 다른 달에는 재앙이 됩니다. 양기가 충분하지 못 하기에 늘 수재가 됩니다."[268]

한편 송나라 때 시인인 매요신梅堯臣(1002-1060)이 지은 <일식을 읊은 노래>[269]를 통해, 고대 중국인들이 일식을 얼마나 두려워하였는지 그 일면을 엿볼 수 있을 듯 싶기에 아래에 다시 한번 인용해 본다.

> 갈까마귀(삼족오)가 사는 곳(해) 이미 절로 평온하거늘,

---

267) 明 葉子奇 ≪草木子・管窺篇≫卷1: 邵子曰, "月受日之光, 不受日之精."

268) ≪左傳・昭公21년≫卷50: 秋七月, 日有食之, 公問於梓愼曰, "是何物也? 禍福何爲?" 對曰, "二至二分, 日有食之, 不爲災. 日月之行也, 分, 同道也, 至, 相過也. 其他月則爲災. 陽不充也, 故常爲水."

269) 宋 梅堯臣 ≪宛陵集≫卷25 <日蝕歌>: 老鴉居處已自穩, 三足鼎峙何乖慵? 而今有嘴不能噪, 而今有爪不能攻. 但看怪物翳天眼, 方且省事保爾躬. 日月與物固無惡, 應由此鳥招禍凶. 吾意髣髴料此鳥, 定亦閃避離日宮. 安逢后羿不乖暴, 直與審彀彎强弓, 射此貫怨鳥, 以謝惡毒蟲? 二曜各安次, 災害無由逢.

세 발로 떡 버티고 어찌 게으름을 부리랴?
하지만 지금은 주둥이가 있어도 울 줄 모르고,
지금은 발톱이 있어도 공격할 줄을 모르네.
단지 괴물(달)이 천신의 눈(해)을 가리는 것을 볼 뿐,
바야흐로 일을 줄이고 자기 몸을 돌보려 하는구나.
해와 달은 만물과 원래 악연이 없으니,
의당 이 새가 재앙을 부른 것이리라.
내 생각으로는 이 새를 헤아려 보건대,
분명 번개같이 몸을 빼 해의 궁전을 떠나려는 듯.
어디서 난폭하지 않은 후예后羿를 만나,
그저 함께 성심을 다해 강력한 활을 당겨서,
원망을 사는 이 새를 맞혀,
악독한 벌레(일식)를 피할 수 있을까?
두 빛(해와 달)이 각각 제 궤도에 안주한다면,
재앙은 만날 일이 없을 것이라.

3) 오성五星

음양으로 상징되는 해와 달을 제외하고서, 하늘에서 육안으로 관찰할 수 있는 가장 큰 별은 아마도 오성일 것이다. 오행상생설五行相生說에 입각해서 나열하면, 오성은 곧 목성·화성·토성·금성·수성을 가리킨다.

오성 가운데 목성은 고문헌에서 보통 '세성歲星'이라고 하였다. 고대 중국인들에게 목성은 태평성대나 성현聖賢의 출현을 상징하는 별로서, 동방의 태산泰山(동악東岳)과 서주徐州·청주青州·연주兗州를 관장하는 별로 인식되었다.

다음으로 화성은 고문헌에서 보통 '형혹熒惑'이라고 하였다. '나타나는 시기가 일정치 않아 사람들을 현혹시킨다'는 뜻에서 이름이

붙여졌다고 하는데, 고대 중국인들에게 화성은 남방의 곽산霍山(남악南岳)과 양주揚州·형주荊州·교지交趾를 관장하는 별로 인식되었다.

다음으로 토성은 고문헌에서 보통 '진성鎭星' 혹은 '전성塡星'이라고 하였는데, 중앙의 숭산崇山(중악中岳)과 예주豫州를 관장하는 별로 인식되었다. 그래서 종종 토성의 순행은 훌륭한 황제의 출현을 암시하는 현상으로 간주되기도 하였다.

오성 가운데 중국의 고문헌에 가장 많이 등장하는 별은 아마도 '금성'일 것이다. 순 우리말로는 보통 '샛별'이라고 불리지만, 고대 중국인들에게 금성은 군사와 전쟁을 관장하는 별로서, 서방의 화산華山(서악西岳)과 양주梁州·옹주雍州·익주益州를 관장하는 별로 인식되었다. 금성은 여러 가지 별칭을 가지고 있는데, '태백성太白星' '계명성啟明星' '장경성長庚星' 등이 그것이다. 다음과 같은 기록에 의하면, 당나라 때 대시인인 이백李白의 이름과 자도 이 별 이름에서 유래하였다고 한다.

> **(당나라) 이백(701-762)은 자가 태백으로 태어날 때 모친이 장경성(태백성)이 품안으로 들어오는 꿈을 꾸었기에, 그참에 그것으로 이름과 자를 지었다.**270)

끝으로 수성은 고문헌에서 보통 '신성辰星'으로 불렸다. 그리고 풍년과 국가의 안녕을 주재하는 별로서, 북방의 항산恒山(북악北岳)과 기주冀州·유주幽州·병주幷州를 관장하는 별로 인식되었다.

4) 은하수銀河水

중국 고문헌에서 가장 자주 등장하는 별자리 가운데 하나로 은

---

270) 元 無名氏 ≪氏族大全≫卷13: 李白, 字太白. 生時, 母夢長庚星入懷, 因以命之.

하수를 꼽을 수 있다. 고대 중국인들은 배가 강물을 지나듯이, 해와 달은 물론 금성·수성 등 주요 행성들이 이곳을 지나치기에 '하늘의 황하'라는 의미에서 '천하天河'라는 이름을 지어주었고, 또 '주요 행성들이 왕래하며 쉬는 나룻터'라는 의미에서 '천진天津'이란 이름도 지어주었다. 은하수는 주요 관심 대상이었던 만큼 후대에 이를 부르는 수많은 별칭들이 생겨났다. 필자가 조사한 바에 의하면, 가나다 순으로 나열했을 때 '강하絳河' '경하傾河' '금한金漢' '명하明河' '사한斜漢' '석목析木' '성하星河' '성한星漢' '소한霄漢' '승하繩河' '운한雲漢' '은만銀灣' '은한銀漢' '은황銀潢' '천한天漢' '하한河漢' 등 일일이 열거할 수 없을 정도로 많다.

고대 중국인들은 은하수도 인간사와 연계시켜 여러 가지 고사를 만들어 냈는데, 다음의 고사는 그러한 실례 가운데 하나이다.

> 은하수는 바다와 통한다. 근자에 어떤 사람이 바닷가에 살면서 매년 한가을 8월이면 뗏목을 띄워서 왕래하였는데, 한 번도 때를 놓치지 않았다. 일전에 그 사람은 색다른 생각을 품어 뗏목 위에 누각을 세우고, 식량을 싣고서 뗏목을 띄워 길을 떠나 정신없이 가느라, 낮인지 밤인지도 모르다가 갑작스레 한 곳에 도착하였다. 성곽과 가옥들이 있었고, 멀리서 바라보니 집안에 베를 짜는 아낙들이 많이 보였다. 한 사내가 소를 끌고 물가에 머물며 물을 먹이고 있었다. 소를 끄는 사내가 깜짝 놀라며 말했다. "어떻게 이곳에 오셨습니까?" 이 사람이 오게 된 경위를 소상히 말하면서 아울러 "이곳이 어디냐?"고 묻자, 그 사내가 대답하였다. "그대는 다시 촉 땅으로 가셔서 엄군평(엄준嚴遵)에게 물으면 아시게 될 것입니다." 다시 엄준에게 묻자, 엄준이 말했다. "모년 모월 모일에 객성이 북두성과 견우성을 침범하였구려." 그 연월을 계산하자, 바로 이 사람이 은하수에 도착하였던 때였다.271)

칠월 칠석날 밤에 까막까치가 은하수에 다리를 놓아 견우와 직녀를 만나게 해 준다는 설화 역시 우리나라 사람들에게도 널리 알려진 은하수에 얽힌 이야기이다.

흔히 우리말 사전에서 '까막까치'를 '까마귀와 까치'로 해석한 설에 근거하여, 견우와 직녀가 만난다는 '오작교烏鵲橋'에 대해 '까마귀와 까치가 놓는 다리'를 뜻하는 말로 보지만, 필자가 생각하기에 까마귀와 까치는 함께 어울려서 노니는 날짐승이 아니기에 설득력이 떨어진다고 생각한다. '오죽烏竹'을 '까마귀와 대나무'가 아니라 '검은 대나무'로 풀이하듯이, '오작烏鵲'도 '까마귀와 까치'가 아니라 까치의 일종으로서 유독 빛깔이 새까만 날짐승으로 해석하는 것이 적절하지 않을까 싶다. 왜냐하면 실제로 고문에서 '오작'을 까마귀만을 뜻하는 어휘로 사용한 예를 어렵지 않게 발견할 수 있기 때문이다. 보다 상세한 내용은 뒤의 '까치'항에서 다루고자 하니, 이를 참조하기 바란다.

제2절 고대 중국인의 자연관

우리는 늘 여러 가지 자연현상을 마주하게 된다. 천상에 나타나는 현상뿐만 아니라, 지상에서 나타나는 여러 가지 현상들도 있다. 바람이 불고, 지진이 일어나고, 바다의 밀물과 썰물을 마주하게 되는 것이 그러한 예이다. 이 절에서는 이러한 여러 가지 자연현상에 대해 고대 중국인들이 어떠한 생각을 품었었는지 개략적으로 살펴보고자 한다.

---

271) 晉 張華 ≪博物志·雜說下≫卷10: 天河與海通. 近世有人居海上, 每年八月, 浮槎往來, 不失期. 人有奇志, 立飛閣於槎上, 齎糧乘槎而去, 忽忽不覺晝夜, 奄至一處, 有城郭舍屋, 望見室中多織婦. 一丈夫牽牛, 渚次飮之. 牽牛人驚問曰, "何由至此?" 此人具說來意, 幷問, "此是何處?" 答曰, "君還至蜀郡, 訪嚴君平則知之." 還問君平, 君平曰, "某年月日, 客星犯斗牛." 計其年月, 卽此人到天河時也.

1. 바람

필자는 바다를 접하고 있는 강원도 강릉시에 거주한다. 그러기에 늘 접하는 것이지만, 해가 뜬 뒤 일정한 시간이 지나면 온도의 변화가 빠른 육지의 기온이 빨리 오르고 온도의 변화가 적은 바다의 기온이 상대적으로 낮아 해풍이 불었다가, 날이 저물면 반대로 육지의 기온이 빨리 떨어지고 바다의 기온이 상대적으로 높아 육풍이 부는 것을 체감한다. 옛날 사람들도 기본적으로 이러한 경험에 의해 자연현상을 관찰하였을 것으로 보인다.

명나라 때 자字가 인보仁寶인 낭영郎瑛이라는 사람은 각 계절에 부는 바람에 대해 다음과 같은 말을 한 적이 있다.

> **봄바람은 아래서부터 위로 올라가기에, 종이연이 이를 타고 날아오른다. 여름 바람은 공중에서 가로로 불기에, 나뭇가지 끝에서 바람 소리가 많이 난다. 가을 바람은 위로부터 아래로 내려가기에, 나뭇잎이 거기에 붙어서 떨어지는 것이다. 겨울 바람은 흙에 붙어서 불기에, 땅에서 소리가 나고 한기가 발생한다.**[272)]

정말로 각 계절마다 부는 바람의 흐름이 위의 말처럼 일정한 형태를 띠는지는 필자의 능력으로서는 입증할 수 없으나, 아마도 그 나름대로 체득한 바를 적은 것으로 보인다.

고대 중국인들은 바람을 관장하는 신의 존재를 상정하고, 이에 대해 '풍백風伯'이니 '비렴飛廉'이니 '풍사風師'니 하는 명칭을 붙여 주었고, 사방에서 동시에 불어댄다고 하여 돌개바람에 '사면풍四面

---

272) 明 楊愼 ≪升菴集·四時風≫卷74: 郎仁寶曰, "春風自下而上, 紙鳶因之而起, 夏風橫行空中, 樹杪多風聲. 秋風自上而下, 木葉着之而隕, 冬風著土而行, 吼地而生寒."

風'이란 재미있는 이름을 붙여주기도 하였다. 또 바람이 일어나는 현상에 대해 음기와 양기의 부조화로 설명하곤 하였는데, 이는 오늘날 대기과학에서 말하는 고기압과 저기압의 충돌로 이해하면 상통하지 않을까 싶다. 그리고 여덟 절기에 부는 바람과 그 시기에 할 일에 대해 다음과 같은 설명을 내놓았다.

> 여덟 절기에 부는 바람을 '팔풍'이라고 한다. 동지에 '광막풍'(북풍)이 불면 죄인을 처벌하고, 사형을 단행한다. 입춘에 '조풍'(북동풍)이 불면 사소한 죄를 지은 죄인을 사면하고, 재판에 계류되어 있는 이들을 풀어준다. 춘분에 '명서풍'(동풍)이 불면 대지의 경계선을 바로잡고, 농토를 개수한다. 입하에 '청명풍'(남동풍)이 불면 폐백을 내서 제후들을 예우한다. 하지에 '경풍'(남풍)이 불면 장수를 변별하고, 공신을 봉한다. 입추에 '양풍'(남서풍)이 불면 토목공사를 치하하고, 사방의 관리들을 예우한다. 추분에 '창합풍'(서풍)이 불면 걸어놓았던 물품들을 풀고, 금과 슬을 연주하지 않는다. 입동에 '부주풍'(북서풍)이 불면 궁궐을 수리하고, 변방의 성곽을 보완한다. 팔풍이 시절에 맞게 불면, 음양이 변화하고 교화가 이루어져 만물이 잘 자란다. 왕은 마땅히 팔풍에 순응하여 여덟 가지 정사를 펼쳐야 한다.273)

실상 이는 바람으로 인한 행정이 아니라 각 절기에 맞춰 적절한 정사를 상정한 것이라 보는 것이 더 적절하겠지만, 여하튼 바람의 운행과 국정의 관계도 가벼이 보아 넘기지 않았다는 사실에서 고

273) ≪易緯通卦驗≫: 八節之風, 謂之八風. 冬至廣莫風至, 誅有罪, 斷大刑. 立春條風至, 赦小罪, 出稽留. 春分明庶風至, 正封疆, 修田疇. 立夏清明風至, 出幣帛, 禮諸侯. 夏至景風至, 辯大將, 封有功. 立秋涼風至, 報土功, 禮四鄉. 秋分閶闔風至, 解懸垂, 琴瑟不張. 立冬不周風至, 修宮室, 完邊城. 八風以時至, 則陰陽變, 道化成, 萬物育生. 王者當順八風, 行八政.

인의 세심한 배려를 엿볼 수 있을 듯하다.

2. 구름

"구름은 용을 따르고, 바람은 호랑이를 따른다"274)는 말처럼, 고대 중국인들은 구름을 용이란 상서로운 상상의 동물과 연계시켜 생각하였다. 특히 울긋불긋 오색을 띤 구름의 등장을 무척 상서로운 징조로 여겼다. 송나라 때 학자인 한기韓琦(1008-1075)의 과거시험 급제도 오색 구름의 출현과 연관지을 정도였다.

송나라 한기는 자가 치규로 (하남성) 상주 안양현 사람이다. 과거시험에 급제하여 합격자 이름을 호명할 때, 사관이 오색 구름이 출현하여 전각과 정원을 비추었다고 상주하였다.275)

그러나 먹구름이 짙게 나타나 큰 비를 내리면 인간세상에 홍수를 불러일으키기에, 어떤 때는 재앙의 근원이 되기도 하고, 구름이 해를 가리는 것을 간신이 황제의 눈을 가리는 것으로 비유하기도 하는 등, 부정적 이미지 역시 상존하였다. 아래의 일화는 송나라 때 대표적 간신 가운데 한 사람인 장돈章惇(1035-1105)의 패악을 구름에 빗대 지어낸 흥미로운 고사 가운데 한 예이다.

송나라 장돈은 (광동성) 뇌주로 귀양가는 길에 소귀주의 남산사에 들러 봉서스님과 난간에 기대서 구름을 바라보다가 말했다. "여름 구름이 기이한 봉우리에 잔뜩 낀 것이 뭔가를 비유해서 표현하기에 더할 나위 없이 좋겠습니다." 봉서스님이

---

274) ≪易・乾卦≫卷1: 雲從龍, 風從虎.
275) 明 彭大翼 ≪山堂肆考・天文≫卷6: 宋韓琦, 字稚圭, 相州安陽人. 及第唱名, 史官奏五色雲見, 色映殿庭.

말했다. "상공께서는 여름 구름을 읊은 시를 보신 적이 있으신지요?" 시의 내용은 다음과 같다. "산봉우리 같기도 하고 불덩어리 같기도 하고 또 솜방망이 같기도 한 것이, 날아서 지나다가 미미한 음기로 난간 앞에 떨어졌네. 대지의 생명들이 말라서 죽어 가려고 할 때, 비구름은 이루지 못 하고 그저 하늘(천자)만 가렸었네." 아마도 장돈을 비난하는 작품이었을 것이다.[276)]

온세상의 생명체에 생기를 불어넣어야 할 구름이 오히려 태양을 가리는 것에 빗대, 장돈이 황제의 이목을 가리고 세상을 어지럽혔다는 얘기를 시를 통해 비유적으로 표현함으로써, 간신의 아픈 곳을 예리하게 헤집어 놓은 어느 스님의 촌철살인의 재치와 말재간을 엿볼 수 있다.

3. 비

옛날이나 지금이나 인류에게는 비가 매우 소중한 자연 자산이다. 특히 농경사회에서는 적절한 강우량이 농사에 필수불가결한 요건이 된다. 그렇다면 고대 중국인들은 적절한 강우의 주기를 어떻게 보았을까? 다음의 여러 기록들이 이를 잘 설명해 준다.

태평성대에는 무릇 한 해에 비가 서른여섯 번 내린다. 이는 징조가 상서롭고 시절이 순탄할 때 나타나는 반응이다.[277)]

276) 明 彭大翼 ≪山堂肆考・天文≫卷6: 宋章惇謫雷州, 過小貴州南山寺, 與僧奉忽倚檻, 看雲曰, "夏雲多奇峰, 眞善比類." 忽曰, "相公曾見夏雲詩否?" 詩云, "如峰如火復如綿, 飛過微陰落檻前. 大地生靈乾欲死, 不成雲雨漫遮天." 蓋譏惇也.

277) 明 彭大翼 ≪山堂肆考・天文≫卷4에 인용된 ≪京房易候≫: 太平之時, 凡歲三十六雨, 此休徵時若之應.

(주周나라) 주공(희단姬旦) 때는 바람이 가지를 울리지 않고 비가 대지를 부수지 않으면서 열흘에 한 번씩 내렸는데, 비가 오면 반드시 밤까지 내렸다.278)

태평성대의 상서로운 징조는 5일에 한 번 바람이 불고, 10일에 한 번 비가 오는 것이다.279)

한 달에 세 번 비가 내린 것은 누구의 힘 덕택일까? 백성들은 태수라고 하지만, 태수에게는 그런 힘이 없어 천자에게 공을 돌린다. 천자는 '그렇지 않소'라고 말하고는 조물주에게 공을 돌린다.280)

한 달에 세 번, 한 해에 서른여섯 번 내리는 비가 가장 바람직한 강우의 주기라면, 결국 평균 열흘에 한 번씩 비가 내리는 꼴이 된다. 이는 눈의 경우도 마찬가지여서 음력 정월에 눈이 세 차례 내리면 농부들이 좋아한다는 기록이 보인다. 하긴 눈도 비가 언 상태에서 내리는 것이니, 비와 속성상 차이가 없을 것이다.

정월에 세 번 흰 눈을 보면 농부들이 함박웃음을 짓는다. 또 서북방 사람들의 속담에 "보리가 잘 자라게 하려면 세 번 흰 눈을 보아야 한다"고 하였다.281)

한때 필자는 이를 곧이 곧대로 믿어 집에서 기르던 화초에 열흘

278) 前漢 桓寬 ≪鹽鐵論·水旱≫卷8: 周公之時, 風不鳴條, 雨不破塊, 旬日雨, 雨必至夜.

279) 後漢 王充 ≪論衡·是應篇≫卷17: 太平瑞應, 五日一風, 十日一雨.

280) 宋 蘇軾 ≪東坡全集·記≫卷35 <喜雨亭記>: 一月三雨, 伊誰之力? 民曰太守, 太守不有, 歸之天子. 天子曰, "不然." 歸之造物.

281) 宋 祝穆의 ≪古今事文類聚·天道部·雪≫前集卷4에 인용된 唐 張鷟의 ≪朝野僉載≫: 正月見三白, 田公笑嚇嚇. 又西北人諺曰, "要宜麥, 見三白."

에 한 번씩 물을 준 적이 있다. 그러나 이러한 행위를 반복하자, 화초가 얼마 안 있어 시들고 말았다. 그래서 다시 이를 배로 늘려 닷새에 한 번씩 물을 주었더니 화초가 되살아났다. 아마도 폐쇄된 집안 환경에서 키우는 화초와 자연 상태에서 생장하는 식물은 근본적으로 생태적인 환경이 다르기에, 이러한 결과를 초래한 것이 아닐까 싶다. 식물도 인위적인 환경에서는 스트레스를 극복하기 어려운가 보다.

비는 식물을 성장시키는 데 필수적인 요소일 뿐만 아니라, 인재를 해결하는 데도 없어서는 안 되는 자연현상이다. 다음의 설화는 후한 때 도사 난파欒巴가 도술을 부려 비를 이용해서 먼 고향 땅의 화재를 진압했다는 비현실적인 이야기이지만, 비의 효능에 대한 재미있는 일화로 이해하면 그만일 듯 싶다.

후한 사람 난파는 자가 숙원이고, (사천성) 촉군 출신으로, 황제의 부름을 받고 입궐하여 (장관급인) 상서가 되었다. 정월 초하루 대조회大朝會**가 열렸을 때, 난파는 술을 받았으나 마시지 않고 남서쪽을 향해 그것을 뱉어냈다. 그러자 담당관이 난파가 대단히 불경한 짓을 범하였다고 상주하였다. 황제가 조서를 내려 난파에게 묻자, 난파가 사죄를 올리며 대답하였다. "신의 고향은 성도(촉군)이온대, 저자에 불이 났기에 술을 뱉어서 비를 내려 불을 끄려고 한 것이옵니다." 황제가 역마**驛馬**를 통해 문서를 보내서 급히 물었더니, 모두들 대답하기를 "비가 북동쪽에서 왔는데, 술 냄새가 나더니 불이 결국 꺼졌습니다"라는 것이었다.**[282]

282) 晉 葛洪 ≪神仙傳・欒巴≫卷5: 後漢欒巴, 字叔元, 蜀人, 徵入爲尙書. 正朝大會, 巴得酒不飮, 面西南噀之. 有司奏巴大不敬. 詔問巴, 巴謝曰, "臣本縣成都, 市失火, 故噀酒爲雨, 救之." 帝以驛書馳問, 咸云, "雨從東南來, 有酒氣, 火遂熄." 원문에서 '東南'은 문맥상으로 볼 때 '東北'의 오기로 보인다.

그렇다면 고대 중국인들은 비가 내릴 조짐을 어떻게 알았을까? 지금처럼 슈퍼컴퓨터 같은 과학적 장비를 갖춘 기상청이 있는 것도 아니고, 겨우 육안으로 천체를 관찰하는 첨성대瞻星臺가 고작인 상황에서는 달리 동물의 움직임을 통해 이를 감지하였던 듯하다. 그 신빙성에 대해서는 의문을 제기할 여지가 있겠지만, 예를 들어 개미가 개미굴의 입구를 봉한다든지, 물고기가 수면에서 자주 주둥이를 벌름거린다든지 하는 자연현상을 관찰함으로써, 비가 내릴 조짐을 어느 정도 예측했던 것으로 보인다.

고대 중국인들의 강우에 대한 열망은 기우제의 형태로 나타났다. 이는 황제로부터 지방의 수령 및 아전에 이르기까지 예외가 아니었다. 심지어 스스로 자신의 몸을 불살라 비가 내리기를 소망하기까지 하였으니, 후한 때 서화현령西華縣令을 지낸 대봉戴封이나 일개 군郡의 아전을 지냈던 양보諒輔가 땔나무를 쌓아 놓고 분신을 시도하여 기우제를 지냈다는 고사[283]들은 그리 드물게 전하는 예가 아니다.

4. 서리

고대 중국인들은 음력 9월 늦가을에 음기가 강성해지면 서리가 내리기 시작한다고 보았다.[284] 그리고 중국의 고문헌을 보면, 오히려 '남자가 한을 품으면 오뉴월에 서리가 내린다'는 고사가 전한다.

(전국시대 때) 추연은 연나라 혜왕을 섬기며 충성을 다했으나, 좌우 신료들이 그에 대해 참언을 하는 바람에, 혜왕이 그를 감옥에 가두었다. 추연이 하늘을 우러러 통곡을 하자, 한여

283) 明 彭大翼 ≪山堂肆考・天文≫卷4에 인용된 三國 吳나라 謝承의 ≪後漢書・戴封傳≫, 南朝 劉宋 范曄의 ≪後漢書・諒輔傳≫卷111 참조.
284) ≪大戴禮記・曾子天圓≫卷5: 季秋之月, 霜始降. 蓋陰氣勝, 則凝而爲霜.

름 5월에도 하늘이 그를 위해 서리를 내려주었다.[285]

추연은 본래 전국시대 때 제齊나라 출신으로, 뒤에 연나라로 망명하여 혜왕을 섬겼다. 그러나 간신들의 참언으로 억울한 옥살이를 하게 되자 통곡을 하였고, 이에 하늘이 반응하여 서리를 내렸다는 것이 고사의 원형이다. 우리 속담에 '여자가 한을 품으면 오뉴월에도 서리가 내린다'는 말이 있다. 이 속담이 우리나라에서 자체적으로 생겨난 것인지, 아니면 추연의 고사가 전래되는 과정에서 변질된 것인지 궁금할 따름이다.

5. 이슬

이슬은 깨끗함을 상징한다. 그래서 고대 중국인들은 이슬을 받아 마시면 장수하는 것으로 생각하였다. 특히 진하고 단맛이 돈다는 '감로甘露'를 중시하였다. 요즘처럼 환경이 오염된 세상에서는 꿈도 꿀 수 없는 일일 것이다. 심지어 전한 무제武帝 이후로 궁중에서는 황제에게 바치기 위해 깨끗한 이슬을 받는 그릇을 설치하기도 하였다. 이를 '선인장仙人掌'이라고 한다. 예로부터 황제들은 늘 신선세계에 들어갈 수 있기를 갈망하였는데, 감로를 받는 그릇의 모양이 신선의 손바닥처럼 생겼다고 상상한 데서 유래한 것으로 보인다. 오늘날에는 주로 사막에서 자라는 식물의 생김새가 이와 유사하다고 해서 잎이 가시처럼 변한 식물 이름으로 쓰이고 있다.

당나라 때 현종玄宗의 총희인 양태진楊太眞(양귀비楊貴妃)이 숙취가 해소되었을 때 가슴에 열이 나서 고통을 겪게 되면, 후원을 다니며 꽃잎에 맺힌 이슬을 마셔 가슴을 시원하게 했다는 고사도 고대 중국인들의 이슬에 대한 남다른 애착을 보여준다.[286]

---

285) ≪藝文類聚·歲時部上·夏≫卷3에 인용된 前漢 劉安의 ≪淮南子≫: 鄒衍事燕惠王, 盡忠, 左右譖之, 王繫之獄. 衍仰天而哭, 夏五月, 天爲之下霜.

그러나 이러한 이슬에 대한 남다른 애착이 역으로 모종의 계기가 되어 화를 부르기도 하였다. 당나라 문종文宗 때 이훈李訓과 정주鄭注 등이 궁중에 감로가 내렸다는 소문을 퍼뜨려, 환관宦官들을 유인해서 살해하려고 하다가 실패하여 도리어 죽임을 당했다는 ≪신당서·정주전≫권179의 고사가 그 중 하나이다. 이를 사서에서는 '감로지변甘露之變'이라고 부른다.

6. 안개

'피어오르는 수증기가 위로 넘치기에 안개가 된다'[287]는 오래전에 실전된 ≪장자≫의 기록에 의하면, 고대 중국인들도 안개가 수증기의 형태임을 경험적으로 이미 알고 있었던 것으로 보인다.

안개가 끼면 사물이 잘 보이지 않기 마련이다. 그래서인지 고대 중국인들은 이 자연현상을 은둔세계와 연결시키곤 하였다. 진위 여부를 떠나, 전한 말엽에 유향劉向이 지었다고 하는 ≪열녀전列女傳≫ 권2의 다음과 같은 일화는 이를 잘 설명해 준다.

도陶나라 답자가 도나라를 다스린 지 3년 동안 명예는 일어나지 않고 집안의 재산만 세 배로 불어나자, 그의 아내가 여러 차례 간언하였다. "옛날에 초나라에서 영윤을 지낸 자문이 다스릴 때는 집이 가난하고 나라가 부유하여, 복이 자손들에게 미치고 명성이 후대에까지 알려졌습니다. 이제 당신은 지나치게 부에 탐닉하여 후환을 돌보지 않고 있습니다. 신첩이 듣자하니, 남산에 사는 검은 표범은 안개와 비 속에 7일 동안 동물을 잡아 먹으러 내려 오지 않는다고 합니다. 어째서일까요?

---

286) 五代 後蜀 王仁裕 ≪開元天寶遺事·吸花露≫卷4: 楊太眞宿酒初消, 苦肺熱, 晨遊後苑, 口吸花露以潤肺.

287) 明 彭大翼 ≪山堂肆考·天文≫卷4: 莊子曰, "騰水上溢, 故爲霧."

> **가죽과 털을 윤기나게 하고, 무늬를 아름답게 만들기 위함이지요. 그래서 숨어서 해악을 멀리하는 것입니다. 이제 당신은 이와 반대로 행동하고 있으니, 후환이 없을 수 없겠지요." 1년이 지나서 답자의 집이 정말로 그 때문에 강도와 살해를 당했다.**[288]

특히 안개는 전장에서 궁지에 몰린 군사들에게는 죽음에서 벗어날 수 있는 좋은 기회를 제공하기도 한다. 전한 고제高帝 유방劉邦이 흉노족匈奴族에게 포위당했을 때, 사흘 동안 안개가 끼는 바람에 사신과의 협조 속에 난관에서 벗어날 수 있었다는 ≪한서·고제본기高帝本紀≫권1의 고사가 그 대표적 일례이다.

끝으로 다음과 같은 설화는 안개에 얽힌 재미있는 이야기거리를 제공해 주기도 한다.

> **(후한) 왕숙·장형·마균 세 사람이 함께 짙은 안개를 헤치며 길을 갔는데, 한 사람은 별탈이 없고, 한 사람은 병이 들었으며, 한 사람은 사망하였다. 그 까닭을 묻자, 별탈 없는 사람이 대답하였다. "저는 술을 마셨고, 병든 사람은 밥을 배불리 먹었고, 죽은 사람은 아무것도 먹지 않았습니다."**[289]

7. 우레

사람들은 어렸을 때 우레(천둥)가 치면 공포에 질리는 경험을 누

288) 前漢 劉向 ≪列女傳·賢明傳·陶答子妻≫卷2: 陶答子化陶三年, 名譽不興, 家富三倍, 其妻數諫曰, "昔楚令尹子文之化, 家貧而國富, 福結子孫, 名垂後代. 今夫子貪富務大, 不顧後害. 妾聞南山有玄豹, 霧雨七日, 不下食者, 何也? 欲以澤其衣毛, 而成其文章, 故藏以遠害. 今君與此背, 不無後患乎." 處期年, 答子之家, 果以盜誅.

289) 晉 張華 ≪博物志·雜說下≫卷10: 王肅·張衡·馬均, 俱冒重霧行. 一人無恙, 一人病, 一人死. 問其故, 無恙者曰, "我飮酒, 病者飽食, 死者空腹."

구나 해 보았을 법하다. 우레는 공포의 대상이면서 또한 위엄의 상징물이기도 하다. 고대 중국인들은 날이 따듯해지기 시작할 때가 되면 우레가 치기 시작했다가, 날이 추워지기 시작할 즈음이 되면 우레가 잦아든다고 생각하였다. 실제로 우리도 습도가 높은 여름에는 폭우와 더불어 번개와 우레를 자주 볼 수 있지만, 습도가 낮은 겨울철에는 번개와 우레를 접할 기회를 거의 갖지 못 한다.

고대 중국인들도 과학적 분석 없이도 경험을 통해 이러한 현상을 체감하였을 것이다. 아래의 예문은 우레가 치는 시기에 대한 고대 중국인들의 관념을 엿보게 해 준다.

> 중춘 2월에 낮과 밤이 똑같이 나뉘는 춘분이 되면, 우레가 비로소 소리를 내기 시작한다. 중추 8월에 낮과 밤이 똑같이 나뉘는 추분이 되면, 우레가 비로소 소리를 거둬들이기 시작한다.[290]

> 우레는 중춘 2월에 땅에서 나와서 183일을 활동한다. 우레가 나오면 만물도 자라난다. 한가을 8월에 땅으로 들어가서 183일을 숨는다. 우레가 들어가면 만물도 시든다. 우레가 들어가면 해로운 일을 제거하고, 우레가 나오면 이로운 일을 일으키니, 군주의 상징이다.[291]

1년 365일 가운데 딱 절반을 우레가 치는 시기로 잡고, 딱 절반을 우레가 잦아드는 시기로 잡은 것이 과학적으로 정확한가는 차치하더라도, 경험적으로 우레의 발생 시기는 얼추 수긍이 가는 면

---

290) ≪禮記・月令≫卷15: 仲春之月, 日夜分, 雷乃發聲. 仲秋之月, 日夜分, 雷始收聲.

291) 宋 潘自牧 ≪記纂淵海・天文部・雷≫卷2에 인용된 後漢 王充의 ≪論衡≫: 雷二月出地, 百八十三日. 雷出則萬物出. 八月入地, 百八十三日. 雷入則萬物入. 入則除害, 出則興利, 人君之象也.

이 없지 않다. 습도가 낮은 겨울에 천둥 소리를 듣기 어려운 것도 자연스런 현상이기 때문이다.

후한 말엽 유비가 아직 세력을 확장하지 못 하여 조조의 영향권 안에 있을 때, 우레를 빌미로 궁지에서 벗어났다는 다음과 같은 일화는 흥미를 유발하기에 부족함이 없다.

> **(후한 말엽에) 조조**曹操**가 일찍이 선주 유비**劉備**와 자리를 함께 하였을 때, 유비에게 말했다. "천하에 영웅은 오직 사군(유비)과 나 조조뿐이오. 원본초(원소**袁紹**) 등은 끼기에 부족하지요." 선주가 막 음식을 들려다가 마침 우레가 칠 때 수저를 놓치고는 짐짓 조조에게 말했다. "성인이신 공자**孔子**께서 '크게 우레가 치고 바람이 맹렬하게 불면 반드시 태도가 변한다'고 하였는데, 실로 다 이유가 있어서였습니다."**[292]

조조가 유비에게 영웅이라고 칭찬하였지만, 유비의 입장에서는 매우 소름끼치는 얘기로 들릴 수밖에 없었을 것이다. 왜냐하면 자신을 제거 대상 1호인 호적수로 보았기 때문이다. 유비는 이에 대경실색하여 수저를 놓쳤지만, 우레 때문에 놀라서 수저를 떨구었다고 둘러댐으로써 곤경에서 벗어날 수 있었다. 그러나 과연 조조가 그의 의중을 알아채지 못 했을까? 아마 알면서도 체면상 짐짓 모른 척했을 가능성도 없지 않아 보인다.

8. 번개

우리는 어려서 번개가 치고 우레가 울리면 두려움에 떨었던 경

---

292) 晉 常璩 ≪華陽國志·劉先主志≫卷6: 曹公嘗與先主共坐, 謂先主曰, "天下英雄, 惟使君與操耳. 本初之徒, 不足數也." 先主方食, 會雷震, 失匕箸, 謂公曰, "聖人言, '迅雷風烈必變,' 良有以也."

험을 누구나 한 번 쯤 해 보았을 것이다. 단순한 자연현상임에도 무지에서 비롯된 순진한 공포감일 뿐이었다. 비록 전한 무제武帝 때 사람인 동방삭東方朔(B.C.154-B.C.93)이 "태평성대에 치는 번개는 눈을 어지럽히지 않고 빛을 널리 보여줄 뿐이다"[293]라고 대범하게 설명하기는 했지만, 중국인들에게도 번개는 경외의 대상일 수밖에 없었을 것이다.

고대 중국인들은 번개가 치는 것도 음양의 원리를 적용하여 설명하였다. 즉 번개는 음기와 양기가 부딪혀 소리(우레)와 함께 빛을 발산하는 것이라고 보았다.[294] 현대 과학에서 전기적 현상으로 설명하는 것과도 어느 정도 상통하는 면이 없지 않다. 다만 과학적 근거를 명확하게 밝히지 못 하였을 뿐이다.

당나라 때 문인인 오무릉吳武陵이 "우레가 울리고 번개가 치는 것은 하늘이 노한 것이지만, 하루종일 그러지는 않습니다"[295]라고 말한 것도 경험학적인 설명에 해당한다. 다만 과학적으로 이를 명쾌하게 설명할 수 없었을 뿐이었을 것이다.

9. 무지개

무지개를 한자로는 '홍예虹蜺'라고 한다. 이에 대해 고대 중국인들은 음양의 결합으로 인식하여 수컷 무지개를 '홍虹', 암컷 무지개를 '예蜺'라고 하였다.[296] 또 무지개를 일명 '체동蝃蝀'이라고도 하였다.[297]

무지개 역시 수증기에 햇빛이 반사되어 발생하는 자연현상이기

---

293) 前漢 劉歆 ≪西京雜記≫卷5: 董仲舒曰, "太平之時, 電不眩目, 宣示光耀而已矣."
294) 宋 陸佃 ≪埤雅・釋天・電≫卷20: 陰陽激耀, 與雷同發而爲光者也.
295) 宋 歐陽修 ≪新唐書・吳武陵傳≫卷203: 雷砰電射, 天之怒也, 不能終朝.
296) 宋 陸佃 ≪埤雅・釋天・虹≫卷20: 雄曰虹, 雌曰蜺.
297) ≪詩經・鄘風・蝃蝀≫卷4: 蝃蝀在東, 莫之敢指.

에, 우기에 등장하고 건기에 보이지 않는 것은 당연한 일이다. 그래서 ≪예기・월령≫권15에서도 "늦봄 3월에 무지개가 처음 나타나고, 초겨울 10월이 되면 무지개는 숨어서 나타나지 않는다"[298]고 하였다. 실상 습도가 낮은 겨울에 무지개를 보기 힘든 것은 예나 지금이나 마찬가지다.

고대 중국인들은 무지개의 출현을 성군의 탄생이나 성인의 등장과 연계시켜 상상의 나래를 펼치기도 하였다. '전설상의 임금인 당唐나라 순왕舜王의 모친 악등握登이 무지개를 보고서 임신하여 순왕을 낳았다'[299]는 고사나, '춘추시대 노魯나라 때 공자가 ≪춘추경≫과 ≪효경≫을 짓고서 목욕재계한 뒤, 북두성을 향해 절을 하고 천제에게 상세히 고하자, 붉은 무지개가 하늘에서 내려와 문장이 적힌 길이가 석 자 가량 되는 황옥黃玉을 하사하였다'[300]는 고사가 그러한 예이다.

아래의 고사는 일반인들도 무지개에 대해 어떠한 인식을 가지고 있었는지를 잘 보여주는 일례라 하겠다.

당나라 위고가 (사천성) 촉주 일대를 진수할 때, 일찍이 서쪽 정자에서 연회를 열었다가 폭풍우를 만났다. 잠시 뒤 비가 개더니, 무지개가 허공에서 내려와 잔치상에 머리를 숙인 채 음료를 마시고, 음식도 거의 다 먹어치웠다. 머리는 나귀처럼 생겼는데, 비 갠 날 노을처럼 자욱하였다. 위고가 말했다. "무지개란 요망한 기운이라서 나는 이것이 두렵소." 그러자 두노서가 말했다. "사실은 천하의 상서로운 징험입니다. 무릇 무지개는 천제의 사신입니다. 사악한 사람에게 내려오면 나쁘지만, 바른 사람에게 내려오면 상서로운 일입니다. 공은 바른 분이시

298) ≪禮記・月令≫卷15: 季春之月, 虹始見, 孟冬之月, 虹藏不見.
299) 晉 皇甫謐 ≪帝王世紀・五帝≫卷2: 舜母握登見大虹, 感而生舜.
300) 晉 干寶 ≪搜神記≫卷8: 孔子作春秋・孝經. 既成, 齋戒, 向北辰而拜, 告備於天. 有赤虹自上而下, 化爲黃玉, 長三尺, 有刻文. 孔子跪受而讀之.

니, 이는 분명 경사이고 상서로운 일이기에 감히 축하를 드리고자 합니다." 뒤에 열흘이 지나서 과연 조서가 내려와 (재상인) 중서령에 임명되었다.301)

제3절 수학

오늘날도 아이들이 초등학교에 입학하면 수학 시간에 맨먼저 학습하는 것이 '구구단九九段'이다. 구구단이 산술의 기본 지식임은 누구나 주지하고 있는 사실이다. 중국에서도 구구단의 역사는 무척 오래되었다. 이는 다음의 기록에서 여실히 증명된다.

(춘추시대 때) 제나라 환공은 선비 가운데 알현하러 찾아오는 사람들을 위해 마당에 횃불을 설치하였지만, 1년이 지나도록 아무도 찾아오지 않았다. 동쪽 교외에 사는 한 시골 사람이 구구단을 가지고 알현하려고 하자, 환공이 말했다. "구구단이 어찌 알현할 만한 거리가 되겠소?" 그가 대답하였다. "신은 알현하기에 족하다고 생각하는 것이 아닙니다. 신은 '주군께서 마당에 횃불을 설치하고 선비들을 기다리셨으나, 1년이 지나도록 선비들이 찾아오지 않았다'는 말을 들었나이다. 주군께서는 천하에 어진 군주이십니다. 사방의 선비들이 모두 스스로를 평하여 주군께 미치지 못 한다고 생각하고 있습니다. 그래서 찾아오지 않는 것입니다. 무릇 구구단은 얄팍한 재능에 불과합니다. 그러나 주군께서 그래도 이를 예우해 주신다면, 구구단보다 더 뛰어난 재능을 가진 사람들이야 말할 나위가 있겠나

---

301) 宋 李昉 ≪太平廣記・虹・韋皋≫卷396에 인용된 ≪祥驗集≫: 唐韋皋鎭蜀, 嘗宴西亭, 遇暴風雨. 俄頃而齊, 有虹蜺自空而下, 垂首於筵, 吸其飮, 食且盡. 首似驢, 霏然若晴霞. 公曰, "虹蜺者, 妖沴之氣, 吾竊懼此." 竇盧署曰, "眞天下祥符也. 夫虹蜺, 天使也, 降於邪則爲戾, 降於正則爲祥. 公正人也, 是宜爲慶爲祥, 敢以爲賀." 後旬日, 果有詔, 拜中書令.

이까?" 환공이 말했다. "옳은 말이오." 이에 그를 예우해 주자, 1개월만에 사방의 선비들이 서로 손을 잡고 함께 찾아왔다.[302]

위의 예문에 등장하는 환공은 춘추시대 제나라에서 B.C.685년부터 B.C.642년까지 무려 43년 동안이나 군주 자리를 지켰던 인물로서, '관포지교管鮑之交'란 고사성어에 등장하는 관중管仲과 포숙鮑叔을 신하로 거느리고서 강국을 세운 군주로도 잘 알려져 있다. 위의 예문을 액면 그대로 받아들인다면, 중국인들은 이미 거의 3,000년 전부터 구구단이란 계산법을 숙지하고 있었다는 얘기가 된다. 더욱이 그것을 하찮은 잔재주로 여겼던 것으로 보아, 구구단을 습득한 사람이 한두 명이 아니었다는 사실을 짐작할 수 있다.

또 서양 중심의 교육이 자리잡고 있는 현대 교육 현장에서 흔히 '피타고라스 정리'로 잘 알려진, 즉 '직각삼각형의 빗변의 제곱이 직각을 낀 두 변의 제곱과 같다'는 공식도 이미 중국에서는 피타고라스 생존 시기보다 수백 년 앞서 등장하였고, 원주율의 계산법도 서양보다 훨씬 앞선 것으로 알려져 있다. 그래서 어느 서양의 과학자는 ≪중국과학사≫를 기술하면서 세계 과학의 역사를 다시 써야 한다고 주장하였다고 한다. 물론 세계 최초라는 역사적 기점을 서양으로 할 것이냐, 아니면 동양으로 할 것이냐는 경쟁적 논리가 중요한 것은 아니라 하더라도, 과학을 서양 중심으로만 보려고 하는 관점은 이제 재고의 여지가 있어 보인다.

302) 明 彭大翼 ≪山堂肆考·君道≫卷34: 齊桓公設庭燎, 爲士之欲造見者, 期年而不至. 于是東野鄙人, 有以九九之術見者, 桓公曰, "九九, 何足以見乎?" 對曰, "臣非以爲足以見也. 臣聞, '主君設庭燎以待士, 期年而士不至.' 夫主君天下賢君也. 四方之士, 皆以自論而不及君, 故不至也. 夫九九, 薄能耳, 而君猶禮之, 況賢于九九乎?" 桓公曰, "善." 乃因禮之, 期月, 四方之士, 相攜而至.

제4절 과학기술

고대 중국의 과학기술이 어느 정도까지 발전하였는지에 대해 한마디로 정의하기는 어렵겠지만, 역대 문헌의 기록을 살펴보면 다양한 발명품들의 출현을 통해 그 얼개를 짐작할 수 있을 듯하다. 다만 그 내용 중에는 현대 과학기술의 관점에서 볼 때 사실에 부합하는지 여부에 의구심이 드는 것도 없지 않다. 여기서는 독측한 발명품 한 가지를 소개하는 것으로 가름하고자 한다.

고대 중국인들도 현대인과 마찬가지로 여러 가지 천재지변, 이를테면 운석이나 지진, 홍수 등 자연현상에 대해 커다란 두려움을 품고 있었다. 오늘날이야 그 원인을 명확히 규명할 수 있기에 두려움의 강도가 약해졌지만, 고대 중국인들은 과학적 지식이 부족한 데다가, 미신까지 가미함으로써 그 두려움의 강도가 상당하였던 것으로 보인다.

오늘날과 마찬가지로 옛날에도 중국에서는 지진이 상당히 빈번하였던 것으로 보인다. 이를 미리 감지하기 위해 일종의 지진계를 발명하였다는 기록이 고문헌에 보이기에, 아래에 소개해 보고자 한다.

후한 장형은 자가 평자로 (하남성) 남양현 사람이다. ('풍향을 살피고 지진을 감지하는 의기'라는 의미에서) '후풍동지의'라는 기구를 만들었는데, 순정한 구리로 주조하였다. 그 기계는 지름이 여덟 자이고, 덮개 부분이 높이 솟아 있어 모양이 술동이와 비슷한데, 전서체와 산·거북·날짐승·들짐승의 형상을 새겨 넣었다. 그릇 중앙에는 구리 기둥이 있고, 옆으로 여덟 개의 통로를 내서 기관 장치를 설치하였다. 밖으로는 여덟 개의 용 머리를 만들어 각각 구리 탄환을 입에 물게 하고, 아래로는 두꺼비를 만들어 입을 벌리고 그것을 받게 하였다.

땅이 혹 움직이면 그 방향을 따라 용이 구리 탄환을 뱉어 냈다. 그러면 관찰하는 사람이 이를 따라 지진이 일어나는 곳을 감지할 수 있었다.[303]

이상의 기록을 보면 묘사한 실체에 대해 시각적으로도 상상하기 쉽지 않고, 사실 여부도 단정하기 어려운 점이 있지만, 그 역사가 2천 년이나 된다는 점이 놀랍다. 혹여 위의 기록이 사실이라면 그 규모면에서도 감탄스럽지만, 작동 방식도 무척 신선해 보인다. 지진의 두려움으로부터 벗어나고자 하는 고대인의 노력이 실감나게 느껴지기까지 한다. 이것이 필자만의 느낌만은 아닐 것이다.

303) 明 彭大翼 ≪山堂肆考・地理≫卷15: 東漢張衡, 字平子, 南陽人. 作候風動地儀, 以精銅鑄. 其器圓徑八尺, 蓋合隆起, 形似酒罇, 飾以篆文及山・龜・鳥・獸之狀. 罇中有都柱, 旁行八道, 施關發機. 外有八龍首, 各銜銅丸, 下有蟾蜍, 張口承之. 地或動, 則隨其方面, 龍吐銅丸. 伺者因此, 乃知震動之所在.

제8장 고대 중국의 생물학

고대 중국인들은 실존하는 생물에 대한 기록뿐만 아니라, 그들 나름대로 상상의 나래를 펼쳐 여러 가지 생명체를 창조하여 다양한 기록을 남겼다. 이를테면 서양에 'Dragon'이 있다면 중국에는 '용龍'이, 서양에 'Pheonix'가 있다면 중국에는 '봉황鳳凰'이, 서양에 'Unicon'이 있다면 중국에는 '기린麒麟'이 존재하는 것이 그러한 예이다.

아마도 동양이나 서양이나 사람들이 상상의 나래를 펼치는 것은 별반 차이가 없어 보인다. 이 장에서는 실존하는 생물뿐만 아니라 상상의 산물로서의 생물체에 관한 유래와 그에 얽힌 흥미로운 고사에 대해 간략히 소개해 보고자 한다. 그 종류가 이루 다 헤아릴 수 없을 정도로 많기에, 필자의 개인적인 관점에서 고문헌에 가장 많이 등장하는 객체를 대상으로 몇 종류에 한정해 논의를 개진해 보고자 한다. 또 그 분량이 비교적 많기에 앞의 자연과학 분야와 별도로 분리해 설정하였음을 밝힌다.

제1절 상상의 동물

1. 용龍

중국 고문헌에 등장하는 생물 가운데 가장 빈도가 높은 것은 단언코 '용龍'이라고 할 수 있다. 용은 비늘이 달린 동물인 인충鱗蟲 가운데 수장이다.[304] 용은 인간이 만들어낸 상상의 동물이라서 "숨을 줄도 알고, 나타날 줄도 알며, 작은 형태를 띨 수도 있고, 커다란 형태를 띨 수도 있으며, 짧은 모습을 갖출 수도 있고, 기다란

---

304) 後漢 許愼 ≪說文解字≫卷11: 鱗蟲三百六十, 而龍爲之長.

모습을 갖출 수도 있다"[305]는 ≪설문해자≫권11의 기록에서처럼, 각양각색의 모양새를 띨 수 있다.

그러나 "용과 뱀이 겨울잠을 자는 것은 몸을 보존하기 위해서이다"[306]라는 ≪역경·계사전하≫권12나, "깊은 산과 큰 연못에서는 실제로 용과 뱀이 태어난다"[307]는 ≪좌전·양공≫권21의 기록처럼, 용은 어디까지나 뱀의 일종으로서 고착되어 있었기에, 그 생김새의 구현은 뱀의 형상에서 크게 벗어나지 않았던 것 같다. 또 "춘분에는 하늘에 오르고, 추분에는 깊은 연못으로 들어간다"[308]는 설명처럼, 언제나 하늘이나 물과 밀접한 관계를 맺고 있다. 다만 그 권위와 위엄을 고양시키기 위해 후대로 내려올수록 더욱 무시무시한 모양새로 형상화된 듯하다.

일반적으로 신령하고 상서롭기만 할 것 같은 용의 존재도 경우에 따라서는 사람에게 해악을 끼치는 존재로 각인되기도 하였다. 그래서 ≪장자·열어구≫권10에는 "주평만은 지리익에게서 용을 도살하는 법을 배우느라 천금의 가산을 탕진하고 3년만에 기술을 완성하였지만, 그 기술을 쓸 데가 없었다"는 기록처럼, 용을 전문적으로 도살하는 사냥꾼에 관한 고사가 등장하기도 하였다. 아마도 뒤에서 언급할 '교룡'처럼 인간에게 해를 끼치는 악어 같은 동물에 대한 비유적 표현이 아니었을까 추측된다.

용도 여러 종류로 분류를 시도하여, 물고기처럼 물에 살면서 비늘이 있으면 '교룡蛟龍'이라고 하고, 날개가 달려 있으면 '응룡應龍'이라고 하고, 뿔이 있으면 '규룡虯龍'이라고 하고, 이무기처럼 뿔이 없으면 '이룡螭龍'이라고 하고, 승천하지 못 하면 '반룡蟠龍'이라고 구분하기도 하였다.[309] 그리고 하늘로 승천하면 '신룡神龍'이라고

305) 後漢 許愼 ≪說文解字≫卷11: 能幽能明, 能細能巨, 能短能長.
306) ≪易經·繫辭傳下≫卷12: 龍·蛇之蟄, 以存身也.
307) ≪左傳·襄公二十一年≫卷34: 深山大澤, 實生龍·蛇.
308) 後漢 許愼 ≪說文解字≫卷11: 春分而登天, 秋分而入淵.
309) 北朝 北魏 張揖 ≪廣雅·釋魚≫卷10: 有鱗曰蛟龍, 有翼曰應龍, 有角曰虯龍,

하였다.

그런데 실제 현실 세계에서도 '교룡'이 등장하는 경우가 있다. 그 일례로 장강 일대에 관한 기록인 ≪형주기≫의 내용을 인용해 본다.

> **면수가 굽이 흐르는 곳에 있는 못은 무척 깊은데, 전에는 교룡이 있어서 해를 끼쳤다. 등하가 (호북성) 양양태수가 되어 검을 뽑아 들고 물 속에 들어가자, 교룡이 그의 발을 휘감았다. 등하가 직접 검을 휘둘러 교룡을 몇 토막으로 자르자, 피가 흘러나와 물이 붉게 물들었다. 교룡으로 인한 재앙이 마침내 사라졌다.**[310]

중국의 고문헌에 등장하는 '교룡'은 흔히 사람이나 가축을 해친다는 기록이 자주 보이는 것으로 볼 때, 대개 악어나 철갑상어, 특히 악어를 가리키는 경우가 대부분인 것으로 유추된다. 따라서 실제로 전설상의 동물인 용을 가리킨다고 생각해 무턱대고 비현실적인 이야기로만 치부할 필요는 없을 것 같다.

≪역경·건괘·문언전≫권1에 인용된 "구름은 용을 좇고, 바람은 호랑이를 좇듯이, 성인이 일어나면 만물이 우러러본다"[311]는 공자의 말에서 유추해 볼 수 있듯이, 용은 대개 황제를 상징하는 대표적인 동물로 전해내려왔다. 그래서 황제의 의복에도 용이 새겨진다. 이를 흔히 '곤룡포袞龍袍'라고 한다. 다만 중국 황제의 곤룡포는 의복 전체를 중앙을 상징하는 황색으로 감싸고 있어 다른 빛깔

無角曰螭龍, 未升天曰蟠龍.

310) 明 彭大翼 ≪山堂肆考·地理≫卷21에 인용된 南朝 劉宋 郭仲産의 ≪荊州記≫: 沔水隈潭極深, 先有蛟爲害. 鄧遐爲襄陽太守, 拔劍入水, 蛟繞其足. 遐自揮劍, 截蛟數段, 流血水丹. 蛟患遂息.

311) ≪易經·乾卦·文言傳≫卷1: 孔子曰, "雲從龍, 風從虎, 聖人作而萬物覩. 本乎天者親上, 本乎地者親下, 各從其類也."

이 일부 섞인 제후국의 그것과는 차별을 두는 것이 특징이라 할 수 있다. 민족적 자존심이 상하는 얘기이긴 하지만, 조공을 바치는 조선시대 임금이 온통 황색의 곤룡포를 착용할 수 없었던 것은 그저 먼 옛날 얘기이니, 이제는 신경쓸 필요가 없을 듯하다.

2. 봉황鳳凰

흔히 '봉황'은 수컷(鳳)과 암컷(凰)을 합친 말이라고 풀이한다. 그러나 '기린麒麟'을 수컷(麒)과 암컷(麟)을 합친 말로 풀이하는 것이 별 의미가 없듯이,[312] '봉황'도 상상의 조류에 대한 총칭으로 이해하면 그만일 듯 싶다. 무척 희귀하게도 고문헌 가운데 봉황의 생김새에 대해 상세하게 묘사한 기록이 발견되기에, 아래에 한번 옮겨 적어 본다.

> **무릇 봉황은 앞쪽은 기러기 같고, 뒤쪽은 기린 같으며, 머리는 뱀 같고, 꼬리는 물고기 같으며, 문양은 용 같고, 몸통은 거북 같으며, 털은 제비 같고, 주둥이는 닭 같다.**[313]

위의 내용은 전설상의 임금인 황제黃帝의 질문에 대해 역시 전설상의 신하인 천로天老가 내뱉은 답변에 불과하다. 따라서 그저 상상 속의 묘사일 뿐이다. 아울러 오늘날 우리가 접하는 그림 속의 모양새와는 많은 차이가 있다. 아마도 어차피 상상의 동물이기에 시대에 따라 그 모양새는 충분히 가변적일 수 있는 것으로 보면

312) 이는 송宋나라 육전陸佃의 ≪비아埤雅≫권3의 설을 따른 것이지만, 후한後漢 허신許愼의 ≪설문해자說文解字≫에서는 정반대의 주장을 내세우기도 하였다. 그러나 어차피 상상의 동물이기에 암수를 따지는 것 자체가 별 의미는 없어 보인다.

313) 前漢 韓嬰 ≪韓詩外傳≫卷8: 夫鳳象鴻前而麟後, 蛇頭而魚尾, 龍文而龜身, 燕頷而雞喙.

될 것 같다.

용과 마찬가지로 봉황 역시 권력을 상징하는 동물이다. 그래서 '성군聖君이 등장하면 봉황이 궁궐에 날아내린다'는 설화가 고문헌에 자주 등장한다. 그러나 봉황은 용에 비해서는 한 등급 아래로 취급당했던 것 같다. 우리나라의 대통령 집무실에서는 아직도 권력의 상징물을 봉황으로 나타내고 있지만, 이제는 중국에 조공을 바치는 속국도 아니고 하니, 이참에 우리나라 최고 권력자를 상징하는 문양도 봉황 대신 용을 사용하는 것이 어떨까? 물론 필자의 이런 넉두리를 받아들일 정치인은 아무도 없으리라 자위한다.

3. 기린麒麟

오늘날 동물원에서 구경할 수 있는 목이 긴 아프리카산 동물을 '기린'이라고 부르는 것은 일제강점기를 거치면서 잘못 굳어진 명칭이 아닐까 싶다. 중국인들은 '기린'을 여전히 상서로운 상상 속 동물로 여기기에, 아프리카에서 수입된 목이 긴 동물은 생김새 그대로 '목이 긴 사슴'이란 의미에서 '장경록長頸鹿(chángjìnglù)'이라고 부르고 있으니, 명칭의 제정상 이것이 원칙에 맞는 말일 것이다. 그렇다고 해서 새삼스레 우리 역시 '기린'이란 명칭을 버리고 새로운 명칭을 만들기에는 이미 너무 오랜 기간 굳어졌기에 어려운 일일 듯 싶다.

기린은 원래 어떠한 형상을 하고 있었을까? 어차피 상상의 동물이니 그리는 사람의 생각에 따라 제각각일 수 있겠지만, 중국 고문헌에 등장하는 기린의 형상을 예로 들면 다음과 같다.

숫기린은 몸은 큰사슴처럼 생겼고, 꼬리는 소처럼 생겼으며, 뿔이 하나이다.314)

314) 전국시대 저자 미상의 ≪爾雅·釋獸≫권11: 麐, 麕身, 牛尾, 一角.

기린은 몸은 큰사슴처럼 생겼고, 꼬리는 소처럼 생겼으며, 머리는 이리처럼 생겼고, 발은 말처럼 생겼다.[315]

위의 기록에 의하면 오늘날 우리가 동물원에서 구경하는 기린과는 생김새에서 상당한 차이를 보인다는 것을 알 수 있다. 따라서 소설류의 기록과 달리 역사적 사건을 기록한 고문헌에 등장하는 기린은 아마도 사슴 중에 돌연변이 형태의 독특한 생명체가 아니었을까 짐작해 본다.

기린은 태평성대를 상징하였다. 그래서 춘추시대 말엽에 기린이 잡히자, 노나라 공자도 이를 애통하게 여겨 춘추시대 역사책인 ≪춘추경≫을 제작하였다고 한다. 그저 우리에게는 일종의 신화나 전설 같은 이야기처럼 들리기만 할 뿐이다.

4. 해태獬豸

'해태獬豸'는 우리에게도 무척 익숙한 전설상의 동물이다. '치豸'는 원래 '발이 없는 동물'을 지칭하는 한자이지만, 상상의 동물을 가리킬 때는 '태'로도 발음한다. 실제로 우리나라에서는 '해치'라는 독음보다는 '해태'라는 독음이 더 많이 쓰이고 있다. 특히 과자를 생산하는 회사 이름이자 프로야구팀 이름으로도 우리에게는 익숙한 명칭이다.

해태는 전설상의 동물이기에 원래는 생김새를 알 수 없는 존재였다. 다만 중국 고문헌에서는 누구로부터 비롯되었는지 알 수 없지만, 상상의 나래를 통해 일정한 형상이 구체화된 바 있다. 여러 문헌의 기록을 종합해 보면, 해태는 '법률을 관장하는 짐승'이란 의미에서 '임법수任法獸'로도 불렸는데, 중국의 동북방에 사는 뿔이

315) 明 彭大翼 ≪山堂肆考・毛蟲≫卷217에 인용된 南朝 劉宋 何法盛의 ≪晉中興徵祥記≫: 麟, 麢身, 牛尾, 狼頭, 馬足.

하나 달린 양처럼 생긴 동물로서, 천성이 충직하여 사악한 것을 보면 공격하는 성향을 지닌 상상의 동물이다.316) 그것이 오늘날 우리나라에서는 어쩌다가 사자 모양의 형상으로 변하였는지 의문스럽다.

해태는 엄정한 법집행을 상징하기에, 중국 고대 법관인 어사御史들은 자신들이 쓰는 모자를 '해태관獬豸冠'이라고 불렀다. 언뜻 유추해 보건대, 영국의 법관들이 가발을 씀으로써 일종의 권위를 과시하듯이, 중국의 법관들이 해태관을 쓰던 것도 모종의 상징성을 돋보이게 하기 위해서였을 것이다.

5. 구미호九尾狐

우리는 일상생활에서 흔히 '구미호九尾狐'라는 말을 듣게 된다. 특히 단골 메뉴처럼 소재로 등장시키는 '전설의 고향' 같은 TV 드라마로 인해 더욱 익숙해진 말이기도 하다. 그리고 이 말 속에는 요물의 이미지가 강하게 내재되어 있다.

구미호는 글자 그대로 풀이하면 '아홉(九) 가닥의 꼬리(尾)가 달린 여우(狐)'라는 말이 된다. 아무리 심한 돌연변이라 할지라도 꼬리 아홉 달린 여우가 어찌 실존할 수 있으리오? 당연히 전설상으로 만들어진 상상의 동물일 수밖에 없다.

그러나 구미호는 우리가 현재 사용하는 말처럼 원래부터 사람을 홀리는 사악한 이미지를 지닌 요물은 아니었다. 중국의 고문헌에 등장하는 구미호에 대한 기록들을 시대순으로 몇 가지 열거해 보면 다음과 같다.

---

316) 南朝 劉宋 范曄 ≪後漢書·輿服志≫卷40: 해태는 신령한 양으로 시비곡직을 구별할 줄 안다.(獬豸, 神羊, 能別曲直.) 저자 미상 ≪神異經≫: 천성이 충직하고 사악한 것을 보면 들이받는데 동북방에 사는 동물이다.(性忠而觸邪, 東北方之獸也.) 唐 段成式 ≪酉陽雜俎·支動≫續集권8: 뿔에 살이 달려 있고 정수리 부위에 흰 털이 나 있다.(肉角, 當頂有白毛.)

동쪽 300리 되는 곳에는 '청구'라는 산이 있다. 그 남쪽 기슭에서는 옥이 많이 나고, 그 북쪽 기슭에서는 청색 안료를 만드는 돌이 많이 난다. 그곳에는 짐승이 있는데, 생김새는 여우를 닮았으면서 꼬리가 아홉 개나 달렸고, 사람을 잡아먹는다. 그것을 먹은 사람은 재앙을 당하지 않는다.317)

덕이 짐승에게 이르면 구미호가 나타난다.318)

도산국 사람들이 "아름다운 흰 여우, 아홉 개의 꼬리가 토실토실하다네. 시집가서 가족을 이루면, 우리나라가 번창하리라"라고 노래하였다. 그래서 (하夏나라) 우왕은 결국 도산국의 여인에게 장가들었다.319)

구미호는 신령한 동물로서 청구산에서 나는데, 울음소리는 아기와 같다. 그것을 먹으면 재앙을 당하지 않는다.320)

위의 예문들에 의하면, 구미호는 원래 사람을 잡아먹는 무서운 동물이면서도, 재앙을 막아주고 번영을 가져다주는 신령한 동물의 이미지를 구축하고 있었다.

그렇다면 구미호는 왜 요망한 동물로 둔갑하게 된 것일까? 이는 송나라 때 간신으로 지목받은 진팽년陳彭年(961-1017)이라는 사람과 관계가 있어 보인다. 진팽년은 한림원翰林院 소속 한림학사翰林學士를 지낼 만큼 박학하고 총명한 사람이었지만, 성품이 "원래 간교하

317) ≪山海經·南山經≫卷1: 東三百里曰, '青丘之山.' 其陽多玉, 其陰多青雘. 有獸焉, 其狀如狐而九尾, 其音如嬰兒, 能食人. 食者不蠱.

318) 後漢 班固 ≪白虎通·德論下·封禪≫卷下: 德至鳥獸, 則九尾狐見.

319) 後漢 趙曄 ≪吳越春秋·越王無余外傳≫卷4: 塗山人歌曰, "綏綏白狐, 九尾龐龐. 成于家室, 我都攸昌." 禹乃娶塗山女.

320) 明 彭大翼 ≪山堂肆考·毛蟲≫卷219에 인용된 ≪名山記≫: 狐, 神獸, 出青丘山, 音如嬰兒. 食之, 不蠱.

고 아첨을 잘 하여 사람들이 그에게 '구미호'라는 별명을 붙여주었다"321)고 한다. 아마도 이러한 고사로 인해 구미호가 상서로운 동물에서 요망한 동물로 변신하게 된 것이 아닐까 싶다. 구미호는 언제쯤 다시금 본래의 명예를 되찾을 수 있을까?

제2절 실존 동물

1. 호랑이

현존하는 동물 가운데 아프리카산 사자를 제외하면, 우리나라 사람은 물론 중국인들도 가장 두려워하는 부류는 아마도 호랑이가 아닐까 싶다. 그래서 일찌감치 약 3천 년 전에 주周나라 목왕穆王이 "마음이 불안한 것이 마치 호랑이 꼬리를 밟고 있는 듯하구나!"322) 라고 말했다는 고사가 전한다. 호랑이는 '산을 다스리는 군주'라는 의미에서 '산군山君'으로도 불렸고, '산림을 총괄하는 관리'라는 의미에서 '우리虞吏'로도 불렸다.

그렇게 무시무시한 맹수임에도 불구하고, 고대 중국인들은 호랑이를 길들이고자 무척 애쓴 듯하다. 이와 관련한 고문헌의 기록이 발견되기에 아래에 소개해 본다. 원문은 ≪열자·황제≫권2에 다음과 같이 전한다.

무릇 순리를 따르면 기뻐하고, 순리를 거스르면 화를 내는데, 이는 혈기가 있는 맹수의 본능이다. 그러나 기뻐하고 화내는 것을 어찌 함부로 부리겠는가? 모두가 순리를 거스러서 생기는 일이다. 호랑이에게 먹이를 주는 사람이 살아 있는 동물을 주어서는 안 되는 것은 그것을 죽이면서 화를 내기 때문이

321) 宋 陳均 ≪九朝編年備要≫卷8: (陳彭年)素姦諂, 號九尾狐.
322) ≪書經·周書·君牙≫卷18: (周穆王曰,) "心之憂危, 若蹈虎尾!"

다. 또 온전한 형태의 동물을 주어서는 안 되는 것은 그것을 갈기갈기 찢으면서 화를 내기 때문이다.[323]

위의 예문에서도 볼 수 있듯이 호랑이의 사나운 본성을 잠재우기 위해 죽은 고기를 던져주었다고 하니, 오늘날 동물원의 사육사들이 맹수에게 살육 처리된 육류를 던져주는 것도 그래서일까? 평소 생각해 보지 못 했던 궁금증이기도 하다.

호랑이는 모두가 두려워하는 맹수인 만큼 이에 관한 고사가 중국의 고문헌에 많이 전한다. 호랑이를 강대국에 빗대어 흥미를 자아낸 고사와 호랑이에 빗대 만용을 삼갈 것을 훈계하는 고사를 두 가지 소개하는 것으로 마무리하고자 한다.

(전국시대) 진나라 혜왕이 진진에게 말했다. "한나라와 위나라가 서로 싸운 지 1년이 지났는데도 그치지 않고 있는데, 혹자는 과인에게 도와주는 것이 좋다고 말을 하고, 혹자는 도와주지 않는 것이 좋다고 말을 하고 있소. 그대가 과인을 위해 한번 계책을 짜 보시오." 그러자 진진이 대답하였다. "옛날에 변장자가 호랑이를 잡으려고 하자, 관수자가 이를 만류하며 말했습니다. '두 호랑이가 소를 잡아먹게 되면 소가 맛있어서 반드시 경쟁하게 되고, 경쟁하면 반드시 싸우게 됩니다. 싸우면 큰 놈은 다치고, 작은 놈은 죽습니다. 상처를 입는 놈부터 잡으면 일거에 틀림없이 호랑이 두 마리를 잡는 효과를 볼 수 있을 것입니다.' 변장자가 그의 말을 따랐기에, 정말로 호랑이 두 마리를 잡았습니다."[324]

---

323) 戰國時代 鄭 列禦寇 ≪列子・黃帝≫卷2: (梁鴦曰) 順之則喜, 逆之則怒, 此有血氣者之性也. 然喜怒豈妄發哉? 皆逆之所犯也. 夫食虎者不敢以生物與之, 爲其殺之之怒也. 不敢以全物與之, 爲其碎之之怒也.

324) 明 彭大翼 ≪山堂肆考・毛蟲≫卷217에 인용된 ≪春秋後語≫: 秦惠王謂陳軫曰, "韓・魏相攻, 朞年不解, 或謂寡人救之便, 或謂勿救便, 子爲寡人計之." 軫

당나라 종부는 젊었을 때 술에 취한 채 호랑이와 맞닥뜨려서 싸운 적이 있다. 호랑이가 자신의 어깨를 물자, 종부도 호랑이를 붙들고서 놓아주지 않았다. 마침 누군가 호랑이의 목을 베는 바람에 화를 면할 수 있었다. 고관에 오르고 난 뒤, 이를 후회하여 아들들에게 다음과 같이 훈계하였다. "선비는 지혜와 계략을 중시해야지, 나처럼 맨손으로 호랑이를 잡으려고 해서는 안 되느니라."[325]

2. 여우

'여우 같은 마누라와 토끼 같은 자식'이란 속어처럼, 우리나라 사람들은 여우에 대해 잔꾀를 잘 부리고 상대하기 어려운 동물로 생각한다. 우리와 마찬가지로 고대 중국인들에게도 여우는 꾀가 많은 동물로 여겨졌던 것 같다. ≪초사장구≫권1에 수록된 ≪이소離騷≫에 관한 후한 왕일王逸의 주에 적힌 아래의 문구가 이를 잘 말해 준다.

여우는 의심이 많아서 조심스럽게 듣기를 잘 한다. 황하에 얼음이 얼면, 여우는 건너고자 할 때 반드시 귀를 바싹 들이대고 먼저 듣는다. 물 소리가 없고서야 건넌다. 그래서 사람들이 황하를 건너고자 하면, 필시 여우가 지나가기를 기다린 뒤에야 감히 건너는 것이다.[326]

曰, "昔卞莊子刺虎, 管豎子止之曰, '兩虎方食牛, 牛甘必爭, 爭必鬪. 鬪則大者傷, 小者死. 從傷而刺之, 一擧必有雙虎之功.' 莊子從之, 果獲兩虎."

325) 明 彭大翼 ≪山堂肆考 · 毛蟲≫卷217: 唐鍾傅少時醉, 遇虎與鬪. 虎搏其肩, 傅亦持虎不置. 會人斬虎, 得免. 旣貴, 悔之, 戒諸子曰, "士尙智與謀, 勿效吾暴虎也."

326) 後漢 王逸 ≪楚辭章句 · 離騷≫卷1 注: 狐多疑而善聽. 河氷合, 狐欲渡, 必帖耳先聽, 無水聲而後過. 故人過河者, 要須狐行, 然後敢渡.

그러면서도 한편으로는 자신의 본분을 아는 어진 성품의 동물로 간주하기도 하였다. 그래서 ≪예기·단궁상≫권7에서는 "옛 사람들이 말하길 '여우는 죽으면 자신의 굴을 향해 머리를 똑바로 둔다'고 하였는데, 이는 어진 본성 때문이다"327)라고 하였고, ≪백호통의≫권하에서는 "자신의 굴을 향해 머리를 똑바로 두는 것은 근본을 잊지 않는 것이다"328)라고 하였다. 그래서 여우를 의인화하여 '신비한 언덕을 지키는 장교'라는 의미에서 일명 '현구교위玄丘校尉'로 불렀다고도 한다.

여우와 관련하여 아마도 우리에게 가장 널리 알려진 이야기로는 정계와 관련한 뉴스에 단골 메뉴처럼 등장하는, '여우가 호랑이의 위세를 빌리다', 즉 남의 위세를 믿고서 함부로 설쳐대는 행위를 비유하는 '호가호위狐假虎威'라는 고사성어가 아닐까 싶다. 그 원전을 소개하면 다음과 같다.

호랑이가 짐승들을 사냥해 잡아먹다가 여우를 잡게 되었다. 그러자 여우가 말했다. "자네는 감히 나를 잡아먹어서는 안 될 것이네. 천제께서 나보고 짐승들을 거느리라고 하셨거늘, 이제 자네가 나를 잡아먹는다면 이는 천제의 명령을 거역하는 것이 되네. 자네가 내 말을 믿지 못 하겠다면, 내 자네를 위해 앞장서 걸어갈 터이니, 자네는 내 뒤를 따르면서 짐승들이 나를 보고서 감히 도망치지 않는지 살펴보시게." 호랑이가 그럴 듯하다고 생각해 결국 여우와 함께 길을 가게 되었는데, 짐승들이 그들을 보고서는 모두 도망을 쳤다. 호랑이는 짐승들이 자신을 두려워하여 도망치는 줄은 모르고, 여우를 무서워하는 것이라고 생각하였다.329)

327) ≪禮記·檀弓上≫卷7: 古人有言, "死正首丘," 仁也.
328) 後漢 班固 ≪白虎通義·德論下·封禪≫卷下: 正首丘, 不忘本也.
329) ≪戰國策·楚策≫卷14: 虎求百獸而食之, 得狐. 狐曰, "子無敢食我也. 天帝使我長百獸, 今子食我, 是逆天帝命也. 子以我爲不信, 吾爲子先行, 子隨我後, 觀

또한 한편으로 여우는 사람에게 해악을 가하는 간교한 동물로 묘사되기도 하고, 어떤 때는 상서롭지 못 한 조짐을 미리 인지하게 만드는 불길한 동물로 묘사되기도 하였다. 이와 관련하여 '수많은 여인을 강간했다가 죽임을 당한 여우'에 관한 소설적인 이야기를 한 토막 소개해 보고자 한다. 내용은 진晉나라 때 전원시인田園詩人으로 유명한 도연명陶淵明(365-427)이 지었다고 하는 ≪수신후기≫ 권9에 다음과 같이 전한다.

(강소성) 오군 사람 고전이 한 언덕에 도착하였을 때, 돌연 사람의 말소리가 들렸다. "아! 이제 나이도 들었으니, 다른 이들과 함께 언덕 꼭대기를 찾아야겠구나!" 웅덩이가 하나 있었는데, 오래된 무덤이었다. 여우가 한 마리 나타나더니, 무덤 한가운데 웅크리고 앉아 앞에 장부를 한 권 놓았다. 여우가 장부 앞에서 손가락을 꼽는 것이 무언가 계산하는 듯하였다. 개가 그것을 물어서 죽였기에 장부를 가져다가 살펴보았더니, 모두가 강간한 여자의 명단이었다. 이미 강간한 여자는 붉은 갈고리 끝으로 긁어서 표시해 놓았다. 이름이 백여 명이나 되었는데, 고전의 딸도 명부에 들어 있었다.[330)]

3. 코끼리

현대인들에게 코끼리는 온순하고 친근한 동물로 각인되어 있지만, 고대 중국인들에게 코끼리는 그야말로 공포의 대상이었다. 고

百獸之見我而敢不走乎?" 虎以爲然, 故遂與之行, 獸見之皆走. 虎不知獸畏己而走也, 以爲畏狐也.

330) 晉 陶淵明 ≪搜神後記≫卷9: 吳郡顧旃至一岡, 忽聞人語聲云, "咄咄! 今年衰, 乃與衆尋覓岡頂!" 有一穽, 是古時塚. 見一老狐, 蹲塚中, 前有簿書一卷. 老狐對書屈指, 有所計較. 犬咋殺之, 取視簿書, 悉是姦人女名. 已經姦者, 朱鉤頭所疏. 名有百數, 而旃女亦在簿次.

문헌에 의하면 중국의 군대가 베트남을 침공했을 때 가장 두려워했던 존재가 바로 코끼리였다고 한다. 하긴 어마어마한 덩치의 코끼리가 전면에 나서서 돌진해 들어온다면, 어찌 두렵지 않을 수 있으리오? 그래서 남조南朝 유송劉宋 때 장수인 종각宗慤은 베트남을 침공했을 때, 코끼리 부대에 대항하기 위해 사자 모양의 형상을 만들어서 코끼리를 쫓아냈다는 고사가 ≪송서宋書 · 종각전≫권76과 같은 정사正史에까지 전하고 있다.

또한 한편으로 코끼리는 힘이 세기에 활용 가치가 높기도 하였다. 그래서 황제나 황후의 수레를 끄는 데 이용하기도 하고, 황제의 의장대 앞에 배열하여 그 위용을 뽐내기도 하였다.

그렇다면 코끼리는 중국 내의 자생 동물일까? 아니면 외국에서 수입된 외래종일까? ≪후한서 · 남만열전≫권116에 "(광서성) 교지 남쪽에 월상국(베트남)이 있는데, (주周나라) 주공이 섭정을 행한 지 6년만에 월상국 사람들이 세 마리 코끼리를 타고서 여러 차례 통역을 거쳐 흰 꿩을 바쳤다"[331]는 기록이 있는 것으로 보아, 후자에 해당할 듯하다. 또 전한 때 고사를 수록한 ≪서경잡기≫권5에 '황제나 황후가 타는 수레 중에 코끼리가 끄는 것이 있었다'[332]는 기록이 보이고, 전국시대 때 지어진 것으로 추정되는 ≪산해경 · 해내남경海內南經≫권10에 "'파사巴蛇'라는 전설상의 뱀은 코끼리를 통째로 삼키고서 3년이 지나 그 뼈를 뱉어낸다"[333]는 우화 같은 얘기가 전한다. 따라서 코끼리가 중국에 전래된 것은 무척 오래 전의 일로 여겨진다. 코끼리를 뜻하는 '象'자가 일찌감치 제작된 것도 이를 방증한다.

얼마 전에는 중국 서남방의 사천성에서 삶의 터전을 잃은 코끼리들이 마을로 내려와 사람들을 해치기에, 골치덩어리로 전락했다

331) ≪後漢書 · 南蠻列傳≫卷116: 交阯之南, 有越裳國, 周公居攝六年, 越裳以三象重譯而獻白雉.

332) 南朝 梁 吳均 ≪西京雜記≫卷5: 漢朝, 輿駕有象車, 鼓吹十三人引道.

333) ≪山海經 · 海內南經≫卷10: 巴蛇呑象, 三歲而出其骨.

는 뉴스를 접하기도 하였다. 우리나라에 코끼리가 언제 처음으로 수입되었는지는 잘 모르겠으나, 우리나라도 조선시대 태종과 세종 때 일본으로부터 예물로 받은 코끼리가 사람을 해치고, 각 지역에서 감당키 어려운 식성 때문에 서로 코끼리 사육을 떠넘기려고 했다는 기록을 인터넷상에서도 쉽게 검색할 수 있다. 우리나라나 중국이나 코끼리 때문에 골치를 썩은 것이 어제 오늘의 일은 아닌 듯하다.

끝으로 코끼리와 관련해 원나라 때 저자 미상의 ≪씨족대전≫권7에 수록된 총기어린 꼬마에 대한 흥미로운 고사를 한 토막 소개하는 것을 마무리하고자 한다.

> **(삼국 위魏나라 때 13세의 나이로 요절한 조조曹操의 막내아들) 조충(198-210)은 자가 창서로, 대여섯 살의 꼬마임에도 지혜가 성인과 맞먹었다. 당시 오나라에서 코끼리를 바쳐 조조가 그 무게를 알고 싶어하자, 조충이 아뢰었다. "코끼리를 커다란 배에다 두고서 그로 인한 물자국을 표시한 뒤, 물건의 무게를 재서 거기에 실어 비교하면 될 것이옵니다."**[334)]

4. 학

당나라 때 백거이白居易(772-846)는 자신의 시에서 "(학은) 굶주려도 썩은 쥐고기를 먹지 않고, 목이 말라도 (도둑질하게 만드는) 도천의 물을 마시지 않는다네"[335)]라고 하였다. 이 말에서처럼 고대 중국인들은 학의 고고한 자태에 반해서인지, 조류 가운데서도 특별히 학을 좋아하여 신선과 연계시키곤 하였다. 그래서 송나라

334) 元 無名氏 ≪氏族大全≫卷7: 曹沖, 字倉舒, 五六歲, 智慧若成人. 時吳貢大象, 操欲知斤兩. 沖曰, "置象大船中, 而刻其水痕, 稱物以載之."

335) 唐 白居易 ≪白氏長慶集・諷諭1≫卷1에 수록된 <感鶴詩>: 饑不啄腐鼠, 渴不飮盜泉.

때 대학자인 이방李昉은 학을 '선객仙客'이라고 불렀고, 대문호인 소식蘇軾은 '도사道士'라는 별명을 붙여 주었다.

심지어 남조南朝 유송劉宋 때 시인인 포조鮑照는 학을 난생卵生이 아니라 '태생胎生하는 선계의 새'[336]라고 하였고, 송나라 때 언어학자인 육전陸佃은 "목소리로 교배하여 새끼를 밴다"[337]고까지 하였으니, 과학적 지식이 부족한 시대라고 해도 우스꽝스러운 언사가 아닐 수 없다. 아마도 고대 중국인 가운데는 학의 둥지를 살펴서 알을 낳는다는 사실을 직접 눈으로 관찰한 이가 없었던 것 같다.

고대 중국인들의 학에 대한 각별한 애정으로 인하여 웃지못할 고사도 생겨났다. 끝으로 이를 여과없이 보여주는 예를 아래에 한 토막 소개해 보고자 한다.

(춘추시대 때) 적족 사람들이 위나라를 침공하였을 때, 위나라 의공이 학을 좋아하여 학 중에는 수레에 올라탄 것이 있었다. 그러자 장차 전투가 벌어질 즈음에 백성 중에 갑옷을 받은 자들이 모두 말했다. "학을 싸움터에 보냅시다! 학이 실제로 녹봉과 직위를 받고 있으니, 우리가 어찌 전투에 참가할 수 있겠소?"[338]

5. 까치

까치(鵲)는 일명 '비박飛駁'이라고도 하고, '신녀神女'라고도 하는데, 우리나라에서는 기쁜 소식을 전하는 길조로 여기지만, 중국에서는 길조와 흉조의 양면성을 지니고 있어 시대마다 그 이미지가

336) 南朝 梁 蕭統 ≪文選・鳥獸≫卷14에 수록된 劉宋 鮑照의 <舞鶴賦>: 散幽經以驗物, 偉胎化之仙禽!

337) 宋 陸佃 ≪埤雅・釋鳥・鶴≫卷6: 以聲交而孕.

338) ≪左傳・閔公二年≫卷10: 狄人伐衛, 衛懿公好鶴, 有乘軒者. 將戰, 國人受甲者皆曰, "使鶴! 鶴實有祿位, 余焉能戰?"

달라지기도 하였다.

까치라고 하면 가장 흔히 떠올리는 명절이 아마도 음력 7월 7일인 칠석七夕일 것이다. 칠석은 견우牽牛와 직녀織女가 은하수에서 만난다는 전설과 관련이 있는 명절이다. 그런데 그때 은하수에 다리를 놓아서 견우와 직녀를 만날 수 있게 해 주는 매개체로 '오작烏鵲'을 거론하고, 그로 인해 만들어진 다리를 '오작교烏鵲橋'라고 한다.

그런데 우리나라에서는 왜 '오작'을 '까마귀와 까치'라고 풀이하는 것일까? 까마귀와 까치는 서로 상종하는 새들이 아니기에, 두 조류가 힘을 합쳐 다리를 놓았다는 얘기는 아무리 신화 전설이라 할지라도 선뜻 수긍이 가지를 않는다. 따라서 '오작'은 '까마귀와 까치'가 아니라 까마귀의 한 품종인 '까막까치'로 이해하는 것이 합리적이지 않을까 생각한다.

중국 고문에서 '오작烏鵲'은 경우에 따라서 까막까치라는 단일 품종을 가리킬 때도 있고, 까마귀와 까치 두 품종의 합칭을 가리킬 때도 있다. 전자와 관련성이 있는 예문들을 아래에 열거해 본다.

까막까치는 둥지에서 알을 낳고, 물고기는 물거품에 의지해서 알을 낳는다.339)

까막까치는 칠월 칠석에 은하수를 채워서 직녀를 건너게 해 준다.340)

붉은 고기가 걸리면 까막까치가 모여들고, 매가 이르면 까마귀들이 흩어진다.341)

---

339) ≪莊子・天運≫卷5: 烏鵲孺, 魚傅沫.

340) 明 彭大翼 ≪山堂肆考・天文≫卷2에 인용된 ≪淮南子≫: 烏鵲七月七夕, 塡河而度織女.

341) 前漢 劉安 ≪淮南子・說林訓≫卷17: 赤肉懸則烏鵲集, 鷹隼至則衆烏散.

달 밝고 별 드문데, 까막까치가 남쪽으로 날아가네.[342)]

위의 예문들은 모두 '오작'이 까막까치를 뜻하는 말로 쓰인 예들이다. 특히 ≪장자≫의 기록에서 만약 '오작'을 '까마귀와 까치'로 해석한다면, 앞의 말과 뒤의 말의 대구가 어색하게 된다. 또 ≪회남자≫의 기록 역시 만약 '오작'을 '까마귀와 까치'로 해석한다면, 뒤의 까마귀와 중복이 되기에 문맥을 해치게 된다. 따라서 앞으로는 '오작'을 까마귀와 까치로 이해하는 일은 지양해야 하지 않을까?

6. 까마귀

춘추시대 역사를 기록한 ≪좌전左傳≫에 '까마귀가 나타나면 그 불길한 징조 때문에 군사들이 도주하였다'는 내용이 자주 등장하는 것으로 보아, 까마귀가 불길한 징조를 상징하는 '흉조'라는 이미지는 우리나라뿐만 아니라 고대 중국 사회에서도 고착화된 지 이미 무척 오래된 듯하다.

그러나 까마귀는 보기에도 흉측한 생김새 때문에 흉조라는 불명예를 뒤집어쓰기도 했지만, 반면에 나중에 어미새에게 먹이를 제공해 정성껏 봉양하는 생리 때문에 효성스러운 새, 즉 '효조孝鳥'의 대명사로도 각인되어 있다. 까마귀가 지니고 있는 양면성을 보여주는 기록을 아래에 소개해 본다.

요즈음 사람들이 까치가 지저귀는 소리를 들으면 기뻐하고, 까마귀가 지저귀는 소리를 들으면 침을 뱉는 것은 까마귀가 괴이한 현상을 보면 지저귀기 때문이다. 그래서 흉조에 침을

342) 明 張溥 ≪漢魏六朝百三家集・魏武帝集≫卷23에 수록된 三國 魏 武帝 曹操의 <短歌行>: 月明星稀, 烏鵲南飛

뱉는 것이다.343)

까마귀는 어미에게 먹이를 다시 먹이니 어진 새요, 새매는 새끼를 불쌍히 여기니 의로운 새이다.344)

한편 고대 중국인들은 까마귀를 해와 연계시켜 상상의 나래를 펼치곤 하였다. 그래서 해와 달과 지구가 일직선에 놓여 달이 해를 가리는 일식日蝕의 원인을 까마귀에서 찾곤 하였다. 이와 관련한 시가를 한 수 소개하면 다음과 같다. 예시는 송나라 때 시인인 매요신梅堯臣(1002-1060)의 작품으로 일식의 원인을 해에 산다는 세 발 달린 까마귀인 '삼족오三足烏'의 게으름에서 찾아 시로 승화시켰다. 앞에서 이미 인용한 적이 있지만, 다시 한번 소개해 본다.

갈까마귀(삼족오) 사는 곳(해) 이미 절로 평온하거늘,
세 발로 떡 버티고 어찌 게으름을 부리랴?
하지만 지금은 주둥이가 있어도 울 줄 모르고,
지금은 발톱이 있어도 공격할 줄을 모르네.
단지 괴물(달)이 천신의 눈(해)을 가리는 것을 볼 뿐,
바야흐로 일을 줄이고 자기 몸을 돌보려 하는구나.
해와 달은 만물과 원래 악연이 없으니,
의당 이 새가 재앙을 부른 것이리라.
내 생각으로는 이 새를 헤아려 보건대,
분명 번개같이 몸을 빼 해의 궁전을 떠나려는 듯.
어디서 난폭하지 않은 후예后羿를 만나,
그저 함께 성심을 다해 강력한 활을 당겨서,

343) 宋 陸佃 ≪埤雅・釋鳥・烏≫卷6: 今人聞鵲噪則喜, 聞烏噪則唾, 以烏見異則噪. 故唾其凶也.

344) 五代 南唐 譚峭 ≪化書・仁化・畋漁≫卷4≫: 烏反哺, 仁也. 隼憫胎, 義也.

원망을 사는 이 새를 맞혀,
악독한 벌레(일식)를 피할 수 있을까?
두 빛(해와 달)이 각각 제 궤도에 안주한다면,
재앙은 만날 일이 없을 것이라.345)

그런데 왜 고대 중국인들은 월식의 원인에 대해서는 정확한 답을 내놓지 못 했을까? 이는 서양과 마찬가지로 지동설에 대한 지식이 없이 천동설을 믿었기에, 육안으로 관찰할 수 있는 일식과는 달리, 해와 지구와 달이 일직선상에 놓여 지구의 그림자가 달을 가려서 생기는 월식은 육안으로 관찰해서 알아낼 수 없었기 때문일 게다. 지구가 둥글다는 것을 몰랐던 세상이니 이상할 것도 없다.

제3절 상상의 식물

1. 주초朱草

'주초'는 상상의 동물인 봉황이나 기린처럼 태평성대에 세상에 나타난다는 풀 이름을 가리킨다. 그래서 전설상의 임금인 당唐나라 요왕堯王이나 주周나라 때 성인인 주공周公과 연계되어 등장하곤 하였다. 그러나 그 실체가 무엇인지에 대해 명확하게 설명한 기록이 없기에, 전설상의 식물로 간주하는 것 외에는 달리 이해할 길이 없어 보인다. 우선 이와 관련하여 시기적으로 비교적 이른 기록을 소개해 본다.

---

345) 宋 梅堯臣 ≪宛陵集≫권5에 수록된 <日蝕歌>: 老鴉居處已自穩, 三足鼎峙何乖慵? 而今有嘴不能噪, 而今有爪不能攻. 但看怪物翳天眼, 方且省事保爾躬. 日月與物固無惡, 應由此鳥招禍凶. 吾意嫪毐料此鳥, 定亦閃避離日宮. 安逢后羿不乖暴, 直與審慤彎强弓, 射此賈怨鳥, 以謝惡毒蟲? 二曜各安次, 災害無由逢.

요왕은 황제 지摯를 보좌하다가 당나라를 봉토로 받고서 나이 스물에 황제의 자리에 올랐는데, 불의 덕으로 나무의 덕을 계승하였다. 그러자 경성이 하늘에서 빛나고, 감로가 땅에 내렸으며, 주초가 교외에 자라고, 봉황이 마당에 내려앉았다.[346)]

실제로 송나라 때 부친인 정가간鄭可簡은 차를 바쳐 벼슬에 오른 반면, 그의 아들인 정대문鄭待問은 '주초'를 바쳐서 관직을 얻었고, 이러한 일화가 시로도 작성되었다는 기록이 전하지만,[347)] 이는 아마도 산삼처럼 특효가 있는 약초를 미화하여 표현한 말로 추측된다. 따라서 현실세계에서는 존재하지 않는 선초仙草나 특정할 수 없는 미지의 약초를 가리키기 위한 어휘가 아닐까 싶다. 여하튼 정치적 상황이나 시대적 특성을 미화하기 위해 만들어낸 식물로 간주된다.

2. 부상扶桑

'부상'은 고대 중국인들이 해가 운행하기 위해 거쳐야 하는 곳에 위치한 뽕나무라고 믿었던 상상 속의 식물을 가리킨다. 일설에는 중국 동해에 위치하고 있다고 믿었던, 신선들이 사는 세 삼신산三神山[348)] 가운데 하나를 가리킨다고도 하였다. 또 '부상국扶桑國'이란 어휘는 우리나라와 견원지간犬猿之間인 일본의 별칭으로도 쓰였다.

현대인들이 들으면 황당하고 어이없어 할 이야기겠지만, 전한 사

346) 晉 皇甫謐 ≪帝王世紀 · 五帝≫卷2: 堯佐帝摯, 受封于唐, 年二十而登帝位, 以火承木. 景星耀于天, 甘露降于地, 朱草生于郊, 鳳凰止于庭.

347) 元 無名氏 ≪氏族大全≫卷19: 宋鄭可簡以貢茶遷福建運使. 其子待問以獻朱草得官. 好事者作詩云, "父貴因茶白, 兒榮爲草朱."

348) 보통은 봉래산蓬萊山 · 방장산方丈山 · 영주산瀛洲山을 가리키는 말로 보지만, 한편으로는 부상扶桑 · 봉래蓬萊 · 곤륜崑崙의 세 섬을 가리킨다는 설도 있다.

람 유안劉安은 ≪회남자·천문훈≫권3에서 해의 여정에 대해 다음과 같이 상세하게 설명하였다. 원문 전체를 소개하면 아래와 같다.

> 해는 양곡에서 나와서 함지에서 목욕하고 부상을 지나는데, 이를 '신명'이라고 한다. 부상에 올라 비로소 길을 가게 되는데, 이를 '비명'이라고 한다. 곡아에 도착하면, 이를 '단명'이라고 한다. 증천에 임하면, 이를 '조식'이라고 한다. 상야에 머물면, 이를 '안식'이라고 한다. 형산 남쪽에 이르면, 이를 '우중'이라고 한다. 곤오와 마주하면, 이를 '정중'이라고 한다. 조차에서 쓰러지면, 이를 '소환'이라고 한다. 비곡에 도착하면, 이를 '포시'라고 한다. 여기에 도착하면, 이를 '대환'이라고 한다. 우천을 경유하면, 이를 '고용'이라고 한다. 연석에 머물면, 이를 '하용'이라고 한다. (해를 모는 마부인) 희화를 멈춰 세우고 여섯 마리 용을 쉬게 하면, 이를 '현거'라고 한다. 우연에 머물면, 이를 '황혼'이라고 한다. 몽곡에 빠지면, 이를 '정혼'이라고 한다. 해는 엄자에 들어가고 세류를 경유해서 우연의 물가에 들어갔다가 몽곡의 포구에서 빛을 발하는데, 해가 서쪽으로 나무 끝에 그림자를 드리우면, 이를 '상유'라고 한다.349)

위의 기록은 태양의 운행 궤도에 각 지점마다 명칭을 만들어 놓고 그 운행 형태를 친절하게 설명한 것으로 보인다. 그러나 다른 한편으로 생각하면, 마치 새총처럼 생긴 물체에 태양을 올려 놓고 멀리 쏘는 장면이 언뜻 머리 속에 연상된다. 여하튼 고대 중국인들

---

349) 前漢 劉安 ≪淮南子·天文訓≫卷3: 日出於暘谷, 浴於咸池, 拂於扶桑, 是謂晨明. 登於扶桑, 爰始將行, 是謂朏明. 至於曲阿, 是謂旦明. 臨於曾泉, 是謂蚤食. 次於桑野, 是謂晏食. 臻於衡陽, 是謂隅中. 對於昆吾, 是謂正中. 靡於鳥次, 是謂小還. 至於悲谷, 是謂晡時. 至於女紀, 是謂大還. 經於隅泉, 是謂高春. 頓於連石, 是謂下春. 爰止羲和, 爰息六螭, 是謂懸車. 薄於虞淵, 是謂黃昏. 淪於蒙谷, 是謂定昏. 日入崦嵫, 經於細柳, 入於虞淵之汜, 曙於蒙谷之浦, 日西垂景在樹端, 謂之桑楡.

의 상상의 나래는 다채롭기도 하다.

한걸음 더 나아가 ≪해내십주기≫에서는 '부상'에 대해 다음과 같이 친절하고도 소상하게 묘사한 바 있다.

> **부상은 동해 한가운데 있는데, 나무는 길이가 수천 장에 둘레가 천 아름이 넘는다. 두 줄기가 같은 뿌리에서 나와 서로 의지한다. 이 때문에 이름을 '부상'이라고 하는 것이다.**[350)]

끝으로 '부상'과 관련한 흥미로운 고사를 한 토막 소개해 보고자 한다.

> **오대 후진**後晉 **때 사람 상유한은 자가 국교로 당초 진사시험에 응시했을 때, 시험감독관이 그의 성씨 '상**桑**(sāng)'자가 '초상을 치르다'란 뜻의 '상**喪**(sāng)'자와 음이 같은 것을 꺼림직하게 여겼다. 누군가 그에게 본업을 바꾸라고 권하자, 상유한은 '해가 부상에서 뜬다'는 내용의 부를 지어 자신의 의지를 밝혔다.**[351)]

위의 고사에 등장하는 상유한桑維翰이란 사람의 성씨인 '뽕나무'를 뜻하는 '桑'이란 한자는 '상을 당하다'의 '喪'이란 한자와 중국음으로 읽으나 한글음으로 읽으나 동일하다. 따라서 '직업을 바꾸라'는 말은 관리가 되기 위해 과거시험에 응시할 것이 아니라, 초상집의 고민거리를 해결해 주는 장의사가 되라는 말로 읽혀진다. 이에 <일출부상부日出扶桑賦>라는 글을 지어 과거시험 응시에 대한 의지를 불태웠다는 것이다. 즉 자신의 신념을 표출하기 위해 '부상'이

350) 前漢 東方朔 ≪海內十洲記≫: 扶桑在碧海中, 樹長數千丈, 一千餘圍, 兩幹同根, 更相依倚, 是以名扶桑.

351) 明 彭大翼 ≪山堂肆考・人品≫卷104: 五代晉桑維翰, 字國僑, 初學進士, 主司惡其姓桑與喪同, 有勸其改業者, 維翰著'日出扶桑'賦, 以見志.

라는 상상 속의 식물을 활용한 고사에 해당한다.

3. 영지靈芝

요즘은 몸에 좋은 보양식품의 하나이자, 버섯류의 채소 가운데 한 종류로 '영지버섯'이란 식물이 있다. 그러나 중국 고문헌에 등장하는 '영지'는 그 실체가 모호하다. 영험하기 그지없는 상상의 식물을 가리킬 때가 있는가 하면, 비록 중국과 우리나라 사이에 개념상 차이가 존재한다 하더라도, 오늘날 '영지버섯'이라고 할 때의 그것과 비슷한 건강식품을 가리킬 때도 있는 듯하다.

먼저 영지와 관련하여 비교적 시기가 빠른 기록을 하나 소개하면 다음과 같다.

> **(삼국시대) 위나라 명제가 (숙부인) 동아왕(조식曹植)에게 조서를 내려 말했다. "옛날 선제 때는 감로가 자주 인수전 앞에 내리고, 영지가 방림원에서 자랐도다. 내가 (이슬을 받는 쟁반인) 승로반을 세운 이래로 감로가 다시 내렸노라."**[352]

위의 기록에서 '영지'라고 하는 것은 "신선의 도성에 지포가 있는데, 온통 영지만 심어져 있다"[353]라는 ≪광이기≫의 기록이나, "서왕모西王母의 스무번째 딸인 자미부인은 '옥으로 빚은 술과 금으로 만든 음료·마주보고 자라는 선계의 배·방장산의 불대추·오묘한 빛을 발하는 영지 등을 나는 의당 산속에 사는 허도사(허옥부許玉斧)에게 줄지언정, 인간세상의 허장사(허목許穆)에게 주지는 않

352) 宋 李昉 ≪太平御覽·天部·露≫卷12에 인용된 ≪魏志≫: 魏明帝與東阿王詔, "昔先帝, 甘露屢降於仁壽殿前, 靈芝生於芳林園. 自吾建承露盤已來, 甘露復降."

353) 明 彭大翼 ≪山堂肆考·地理≫卷27에 인용된 唐 戴君字의 ≪廣異記≫: 僊都有芝圃, 悉種靈芝.

을 것이오'라고 말했다"[354]는 ≪산당사고·인사≫권138의 기록처럼, 원래 신선세계에서 자란다는 전설상의 풀 이름이지만, 당시는 궁중 정원에서 자라난 뭔가 독특하고 영험해 보이는 식물을 비유하는 말로 쓰인 듯하다.

어쨌든 그 신령함 때문에 경우에 따라서는 걸출한 인물을 비유하는 말로 쓰일 때도 있었고, '영지궁靈芝宮'이나 '영지원靈芝園' '영지지靈芝池' '영지사靈芝寺'처럼 아름다운 궁궐이나 훌륭한 정원, 멋진 연못, 고즈넉한 산사의 이름으로 쓰일 때도 있었다. 그런데 오늘날 영지버섯이란 말은 언제부터 누구에 의해서 쓰이기 시작한 것인지 궁금하다. 아직 필자는 거기까지는 명쾌한 해답을 찾지 못했다.

제4절 실존 식물

드넓은 대지를 보유하고 있는 중국은 식물에서도 이루 헤아릴 수 없을 정도로 많은 품종을 보유하고 있다. 송나라 때 문장가인 증조曾慥는 열 가지 꽃을 벗삼으면서 각기 품종에 따라 특성을 매겨, 난초는 '향기로운 친구'라고 하고, 매화는 '맑은 친구'라고 하고, 납매는 '기이한 친구'라고 하고, 서향화는 '특이한 친구'라고 하고, 연꽃은 '깨끗한 친구'라고 하고, 치자나무꽃은 '승려 같은 친구'라고 하고, 국화는 '아름다운 친구'라고 하고, 물푸레나무꽃은 '신선 같은 친구'라고 하고, 해당화는 '명성이 있는 친구'라고 하고, 찔레꽃은 '운치 있는 친구'라고 칭했다고 한다.[355] 여기서는 그중

354) 明 彭大翼 ≪山堂肆考·人事≫卷138: 王母第二十女紫微夫人曰, "玉醴·金漿·交生神梨·方丈火棗·玄光靈芝, 我當與山中許道士, 不以與人間許長史."

355) 明 彭大翼 ≪山堂肆考·花品≫卷197: 宋曾端伯取友於十花, 芳友者蘭也, 淸友者梅也, 奇友者臘梅也, 殊友者瑞香也, 淨友者蓮也, 禪友者薝蔔也, 佳友者菊也, 仙友者巖桂也, 名友者海棠也, 韻友者荼蘼也. 예문에서 '端伯'은 증조曾慥의 자이다.

문학 작품의 소재로 자주 등장하는 몇몇 꽃나무들에 대해 간략하게 소개해 보고자 한다.

1. 매화梅花

흔히 매화는 군자의 덕목을 지닌 식물을 가리키는 '사군자四君子', 즉 '매란국죽梅蘭菊竹' 가운데서도 첫 번째로 언급되는 꽃이다. 꽃봉오리가 수북히 만발하고 향기가 은은하면서 그윽하여 만인의 사랑을 받는다. 필자가 거주하는 이곳 강원도 강릉의 허균許筠 생가에도 봄이 되면 커다란 매화나무들이 그 위용을 자랑한다.

매화는 피는 위치에 따라 그 명칭에 차이를 두기도 하였다. 그래서 강가에 있는 것은 '강매江梅'라고 하고, 산등성이에 있는 것은 '영매嶺梅'라고 하고, 들판에 있는 것은 '야매野梅'라고 하고, 관청에 심은 것은 '관매官梅'라고 부르기도 하였다.[356] 매화의 고결하고 탈속적인 모습을 읊조린, 남송南宋을 대표하는 시인 육유陸游(1125-1210)의 칠언절구七言絶句 한 수를 아래에 소개해 본다.

그윽한 향기 담박하고 그림자 성긴데,
눈이 학대하고 바람이 위세를 부려도 그저 태연자약하기만 하구나.
바로 꽃 중에서도 (당唐나라 요왕堯王 때의 은자인) 소보와 허유 같은 존재라서,
인간세상의 부귀에는 아무런 관심도 없다네.[357]

---

356) 宋 郭知達의 ≪九家集注杜詩≫卷33에 수록된 唐 杜甫 <江梅>詩의 趙彦材注: 江邊曰江梅, 在嶺曰嶺梅, 在野曰野梅, 官中所種曰官梅.

357) 宋 陸游 ≪劍南詩稿≫卷11: 幽香淡淡影疏疏, 雪虐風威只自如. 正是花中巢許輩, 人間富貴不關渠.

2. 난초蘭草

초봄에 꽃이 피는 난초는 고급스럽고 향기로운 화초로 인식되어 부유층이 선호하는 화훼花卉로 널리 알려져 있다. 한편 난초와 유사한 모양의 화초로서 '혜초蕙草'가 있는데, 혜초는 '잎이 약간 크고, 줄기 하나에 꽃이 다섯에서 일곱 송이 열린다. 꽃이 피는 시기는 언제나 여름과 가을 사이인데, 향기는 난초에 미치지 못 한다'[358]고 한다.

난초에 대한 중국인들의 사랑은 그 역사가 무척 오래되었다. 사실 여부를 증명할 수는 없지만, 당나라 때 대유大儒 한유韓愈의 말에 의하면 '이미 춘추시대 노魯나라 공자도 난초에 대한 각별한 애정을 드러내 <의란조猗蘭操>란 노래를 지은 적이 있다'[359]고 하였고, 전국시대 애국시인인 굴원屈原도 자신의 글인 <시름을 만나 읊은 노래(離騷)>에서 "나는 널찍한 정원에서 난초를 가꾸기도 하고, 백 마지기 밭에 혜초를 심기도 했네"[360]라고 하였다.

끝으로 난초의 속성과 이미지를 빌어 어쩔 수 없이(?) 정계로 진출하는 자신의 처지를 하소연하는 듯한, 남송 때 시인 양만리楊萬里(1124-1206)의 시를 한 수 소개해 보고자 한다.

눈 내린 길에 남몰래 열은 벽색 꽃이 피었고,
얼음처럼 투명한 뿌리에서 어지러이 작고 붉은 싹이 돋았네.
살아서는 복사꽃과 자두꽃처럼 봄바람을 반기는 얼굴이 없

---

358) 明 彭大翼 ≪山堂肆考・花品≫卷198: 葉差大, 一幹而五七花. 花時常在夏秋間, 香不及蘭也.

359) 宋 魏仲擧 編 ≪五百家注昌黎文集≫卷1에 수록된 唐 韓愈의 <琴操十首> 序: 猗蘭操, 孔子傷不逢時作

360) 後漢 王逸의 ≪楚辭章句≫卷1에 수록된 屈原의 <離騷>: 予旣藝蘭之九畹, 又樹蕙之百畝.

어도,
명성이 산속 처사의 집에 남아 있다네.
바로 나라를 대표하는 향기 때문에 조정으로 가기에,
서릿발 같은 절조를 지키며 노을 속에서 늙지 못 하나 보다.
향초 가득한 난초밭은 내 짝이 아닌지,
시인묵객에게 건네줄 때도 차등을 두는구나.[361]

3. 국화菊花

국화는 가을에 피는 꽃으로 황색과 백색 두 종류가 있는데, 주변에서 흔히 볼 수 있는 것은 전자이다. 고대 중국인들은 국화를 '담장을 꾸미는 식물'이란 의미에서 '치장治蘠'[362]으로도 부르고, '가을철을 대표하는 꽃'이란 의미에서 '절화節花'로도 부르고, '해의 정령'이란 의미에서 '일정日精'으로도 부르고, '주위를 가득 채우는 꽃'이란 의미에서 '주영周盈'으로도 불렀다.

중국에서는 고대로부터 국화를 신선의 식재료로 간주하였기에, 국화주도 즐겨 빚어서 마셨다. 고대 중국인 가운데서도 '국화주'라고 하면 연상되는 인물로는 진晉나라 때 전원시인田園詩人인 도연명陶淵明(365-427)을 들 수 있다. 그가 남긴 작품 가운데에는 연작시連作詩인 <술 마시며 지은 시(飮酒詩)>가 유명한데, 그중 국화가 등장하는 대표적인 작품을 한 수 아래에 인용해 본다.

사람 사는 곳에 집을 지었어도,
수레와 말이 내는 소음이 없다네.

---

361) 宋 楊萬里 ≪誠齋集・詩・朝天續集≫卷28: 雪徑偸開淺碧花, 氷根亂吐小紅芽. 生無桃李春風面, 名在山林處士家. 正坐國香到朝市, 不容霜節老雲霞. 江蘺蕙圃非吾耦, 付與騷人定等差.

362) ≪爾雅・釋草≫卷8: 菊名治蘠. 원래 '장蘠'은 '장미 장薔'의 이체자異體字인데, 여기서는 '담장 장牆'의 통용자通用字로 쓰였다.

그대에게 묻노니 '어찌 그리할 수 있는가?'
'마음이 멀어지면 땅도 절로 멀어지기 때문이라오.'
동쪽 울타리 아래서 국화를 따는데,
아득히 멀리 남산이 보이네.
산의 기운이 저녁이라서 아름다울 때,
날아다니던 새들도 함께 둥지로 돌아가는데,
이 속에 진정한 뜻이 있건만,
말로 표현하자니 말을 이미 잊었구나.363)

국화라는 명칭이 붙은 술 이름은 우리나라에서도 어렵지 않게 발견할 수 있다. 심지어 양조회사의 명칭에도 보인다. 그러나 일부 야생국화에는 독성 물질이 들어 있기에, 시기와 장소를 잘 선택해서 국화주를 담가야 한다고 하니 조심하고 볼 일이다. 끝으로 국화의 속성과 이미지를 잘 표현한 송나라 소순蘇洵(1009-1066)의 시를 한 수 아래에 소개해 본다.

시인묵객이 그 덕에 시상을 떠올려,
향초라며 군자에 비견하였네.
하물며 이 서리 아래의 준걸은,
맑은 향기가 난초보다 빼어나,
기상은 오행 중 쇠(가을)의 정수를 물려받았고,
품격은 진심의 미덕을 갖춘 바에야 더 말할 나위가 있으랴?
예로부터 백발의 노인은,
국화꽃을 먹고 그 물을 마셨는데,
단지 쑥과 명아주가 해칠까 두려워,

---

363) 晉 陶淵明 ≪陶淵明集≫卷5에 수록된 <飮酒詩> 제5수: 結廬在人境, 而無車馬喧. 問君何能爾, 心遠地自偏. 採菊東籬下, 悠然見南山. 山氣日夕佳, 飛鳥相與還. 此中有眞意, 欲辯已忘言.

내게 관리 감독을 맡겼나 보다.[364]

4. 대나무

주지하다시피 대나무는 그 효용성이 무척 다양한 편이다. 죽간竹簡의 재료이기에 필기도구로서의 효용성은 차치하고서라도, 태형笞刑을 집행할 때의 형벌 도구로도 쓰였고, 소중한 음식 재료인 죽순竹筍[365]을 제공하기도 하였으며, 피리나 통소와 같은 관악기의 재료로도 활용되었고, 금속 무기를 방어할 수 있는 갑옷의 재료[366]로도 이용되었다.

대나무도 그 품종이 무척 다양한 편인데, 그 크기에 따라 크게 양분하여 작은 대나무는 '소篠'로, 큰 대나무는 '탕簜'으로 한자를 달리하여 표기하기도 하였다. 대나무 품종 가운데 얼룩무늬가 있는 독특한 문양의 '반죽斑竹'은 당唐나라 요왕堯王의 두 딸이자 우虞나라 순왕舜王의 부인인 아황娥皇과 여영女英이 남편을 좇아갔다가 만나지 못 하고, 동정호에 있는 산에 도착해 눈물을 떨구어서 문양이 생겨나게 된 것이라는 흥미로운 고사[367]가 전한다.

---

364) 宋 陳思 ≪兩宋名賢小集・老泉集≫卷70에 수록된 蘇洵의 <국화를 읊다(詠菊)>: 騷人足以思, 香草比君子. 況此霜下傑, 淸芬絶蘭茝. 氣稟金行秀, 德備黃中美? 古來鶴髮翁, 飡英飮其水. 但恐蓬藋傷, 課僕加料理.

365) 죽순도 '죽태竹胎' '초황初篁' '죽맹竹萌' '택룡籜龍' '용손龍孫' 등 다양한 별칭으로 불렸다.

366) 남조南朝 유송劉宋 유의경劉義慶의 ≪세설신어世說新語・첩오捷悟≫권중卷中에 "(삼국) 위나라 무제는 길이가 모두 몇 치 정도 되는 대나무 조각을 수십 휘나 가지고 있었지만, 사람들은 모두들 쓸모가 없다고 생각하였다. 무제는 무척 아깝다는 생각이 들어 이를 활용할 방도를 구상하다가, 대나무 갑옷을 만들면 좋겠다는 생각이 들었다. 이를 대놓고 얘기하기 전에 사자를 보내 덕조德祖 양수楊修에게 생각을 물었더니, 마침 자신의 의견과 같았다(魏武有數十斛竹片, 咸長數寸, 衆竝謂不堪用. 太祖意甚惜, 思所以用之, 謂可以作竹甲. 而未顯言, 馳使, 問楊德祖意, 正同)"는 고사가 전한다.

367) 宋 祝穆 ≪古今事文類聚・竹笋部・竹≫後集卷24에 인용된 ≪博物志≫: 舜南巡不返, 葬於蒼梧之下. 堯二女娥皇・女英追之不及, 至洞庭之山, 淚下, 染竹卽斑.

익히 널리 알려져 있다시피, 대나무는 '사군자四君子' 가운데서도 지조를 상징하는 대표적인 식물이다. 대나무와 군자의 상관관계를 잘 나타내 주는 당나라 백거이白居易(772-846)의 글을 한 편 소개해 보고자 한다.

> 대나무가 현자와 비슷한 것은 어째서일까? 대나무는 뿌리가 견고한데, 견고하기에 덕을 세울 수 있어, 군자가 그 뿌리를 보면 덕을 잘 세워 흔들리지 않는 것을 생각한다. 대나무는 본성이 곧은데, 곧기에 몸을 세울 수 있어, 군자가 그 본성을 보면 중립을 지키면서 치우치지 않는 것을 생각한다. 대나무는 속이 비어 있는데, 비어 있기에 도를 체득할 수 있어, 군자가 그 속을 보면 상황에 적응할 때 마음을 비우는 것을 생각한다. 대나무는 마디가 정갈한데, 정갈하기에 뜻을 세울 수 있어, 군자가 그 마디를 보면 명예와 품행을 갈고 닦아 평안한 때나 위태로운 때나 한결같은 것을 생각한다. 무릇 이러하기에 군자는 대개 대나무를 심으면서 정원을 채울 재목으로 삼는다.368)

그래서인지 고대 중국인들의 대나무에 대한 사랑은 각별하였다. 그러한 모습이 진晉나라 때 사람 왕휘지王徽之의 고사에 잘 나타나 있기에 아래에 소개해 본다.

> (강소성) 오현 일대에 있는 한 사대부의 집에는 아름다운 대나무가 있었다. 왕휘지가 그것을 구경하고 싶어서 집을 나서 수레를 타고 대나무 아래로 찾아가 시를 읊조렸다. 한참 뒤에

368) 唐 白居易 ≪白氏長慶集·記序≫卷43 <養竹記>: 竹似賢, 何哉? 竹本固, 固以樹德, 君子見其本, 則思善建不拔者. 竹性直, 直以立身, 君子見其性, 則思中立不倚者. 竹心空, 空以體道, 君子見其心, 則思應用虛受者. 竹節貞, 貞以立志, 君子見其節, 則思砥礪名行, 夷險一致者. 夫如是, 故君子多樹之, 爲庭實焉.

주인이 청소를 하더니 자리를 잡으라고 청하였지만, 왕휘지는 고개도 돌리지 않고 그곳을 떠났다. 일찍이 빈 집을 빌려 거처하면서 하인을 시켜 대나무를 심게 하였는데, 누군가가 연유를 묻자, 왕휘지는 단지 휘파람을 불고 시를 읊조리더니, 대나무를 가리키며 말했다. "어찌 하루라도 이 친구가 없이 살 수 있겠소?"369)

5. 해당화海棠花

한 시대를 넘어 중국을 대표한다고 평가받는 당나라 때 시인 두보杜甫(712-770)의 시문에는 해당화가 등장하지 않는다. 해당화는 당화棠花, 즉 팥배나무의 일종으로서 바다 너머 해외에서 수입되었기에 앞에 '바다 해海'자를 붙여 해당화라는 명칭이 생겨났다.

중국인들은 역대로 해당화를 가장 아름다운 꽃 중에 하나로 인식하여 왔기에, 시문에 곧잘 이 꽃을 등장시키곤 하였다. 그러나 두보만은 자신의 글에서 해당화를 작품의 소재로 등장시키지 않았다. 그 이유가 무엇일까? 명나라 팽대익의 ≪산당사고≫에 의하면, 두보 자신의 모친 이름이 '해당'이기 때문이라고 한다.

이를 '피휘避諱'라고 한다. 중국인들은 자신의 글에 황제나 스승, 직계존속의 이름에 해당하는 글자를 쓰는 것을 무척 금기시하였다. 황제나 스승, 직계존속의 이름을 입에 올리는 것을 불충, 불경, 불효한 행위로 간주하였기 때문이다.

예를 들어 부처 가운데 일인인 '관세음보살觀世音菩薩'을 '관음보살觀音菩薩'로 줄여서 지칭하는 것도 바로 이러한 이유에서이다. 당나라 태종太宗의 본명은 이세민李世民이다. 그래서 당나라 시기에는

369) ≪晉書・王徽之傳≫卷80: 吳中一士大家有好竹. 王徽之欲觀之, 便出坐輿, 造竹下諷詠. 良久, 主人灑掃, 請坐, 徽之不顧而去. 嘗借居空宅中, 便令栽竹. 或問之, 徽之但嘯咏, 指竹曰, "何可一日無此君耶?"

'세世'나 '민民'이란 글자를 문장에 사용하는 것을 금기시하였다. 그리하여 '관세음보살'에서 '세'자를 생략하여 '관음보살'로 약칭하게 된 것이다. 당나라 때 문인들이 글을 쓸 때 '세대 세世'자 대신 '시대 대代'자를 사용하거나, '백성 민民'자 대신 '사람 인人'자를 활용한 것도 같은 이유에서이다.

본론으로 돌아가서 해당화가 중국에 언제 처음으로 수입되었는지는 명확하게 단정하기 어렵다. 다만 해당화를 소재로 시를 지은 최초의 시인은 남조南朝 양梁나라 때 문장가인 심약沈約(441-513)으로 전한다. 그 뒤로도 여러 시인들이 해당화를 소재로 시를 지었는데, 송나라 때 시인인 진여의陳與義(1090-1138)가 지은 <두원에서 취중에 전후로 지은 칠언절구 5수(竇園醉中前後五絶句)> 가운데 제2수를 아래에 소개해 본다.

해당화는 말이 없지만 시를 빨리 지으라고 재촉이라도 하듯,
해 저물자 자주빛 솜마냥 무수히 피었네.
이 꽃의 빼어난 점을 알고 싶거든,
내일 아침 비가 내릴 때 다시 찾아와 보시게.370)

6. 경화瓊花

중국인들이 선호하는 꽃 가운데 대표적인 품종으로 '경화'라는 것이 있다. 특히 경화와 긴밀한 관계를 맺은 지역으로는 강소성 양주揚州를 들 수 있다. "양주의 (토지신을 모신 사당인) 후토묘에는 경화가 있는데, 혹자는 '당나라 때 사람이 심은 데서 유래하였다'고 한다. 나무가 크고 꽃이 무성하며 고결하고 사랑스럽기는 세상

370) 宋 陳與義 ≪簡齋集・七言絶句≫卷13: 海棠默默要詩催, 日暮紫綿無數開. 欲識此花奇絶處, 明朝有雨試重來.

에 오직 이 나무 한 그루뿐이다. 그래서 송나라 때 구양수도 양주 자사를 맡자 무쌍정을 짓고서 그 꽃을 감상하였다"[371]는 명나라 팽대익의 ≪산당사고・화품≫권197의 기록처럼, 강소성 양주의 후토묘에 심어져 있던 경화는 천하제일의 아름다운 꽃으로 고대 중국인들의 주목을 끌었다고 한다. 그래서인지 중국의 대표적 포털사이트인 '바이두(百度)'의 설명에 의하면, 지금도 양주시에서는 경화를 시를 상징하는 '시화市花'로 지정하여 재배와 보존에 힘쓰고 있다고 한다.

'경화'라는 꽃은 우리나라 사람들에게는 다소 생소할 수 있으나, 중국인들에게는 무척 친숙한 품종으로 보인다. 그래서 예로부터 문인들의 문장에 곧잘 등장하곤 하였다. 그중 다른 꽃과의 비교를 통해 경화의 우수성을 설파한 작품이 있기에 아래에 소개해 본다. 아래 작품은 송나라 때 서적徐積이란 시인이 지은 <경화를 읊은 노래(瓊花歌)>라는 장편의 칠언고시七言古詩 가운데 8구만 인용한 것이다.

이 꽃은 동그란 모양을 좋아하고 이지러진 모습을 좋아하지 않기에,
가지 하나에 꽃을 피워도 보름달과 같다네.
(전국시대 초楚나라) 양왕은 한밤중에 이 꽃을 보고 구름이라고 하였고,
(진晉나라 때 여류시인) 사도온謝道韞은 황혼녘에 시를 읊조리며 눈이라고 하였지.
살구꽃은 속되고 요염하고 배꽃은 거칠며,
버들꽃은 자잘하고 매화는 성기네.
복사꽃은 단정하지 못 하여 용모가 야하고,
모란꽃은 조신하지 못 하여 몸을 잘 드러낸다네.[372]

371) 明 彭大翼 ≪山堂肆考・花品≫卷197: 揚州后土廟瓊花, 或云, "自唐人所植." 樹大, 花繁, 潔白可愛, 天下獨此一株. 故宋歐陽修爲揚州, 作無雙亭以賞之.

7. 모란牡丹

우리나라 사람들도 누구나 '모란(牡丹花)'이란 꽃 이름을 한 번쯤은 들어보았을 법하다. 왜냐하면 통일신라 선덕여왕과 관련된 고사가 워낙 널리 알려져 있기 때문이다. 선덕여왕이 소녀 시절에 모란꽃이 그려진 그림을 보고서, '꽃은 아름답지만 나비가 없는 것으로 보아 향기가 없겠네요!'라고 추론하여 총명하다는 칭찬을 받았다는 얘기는 너무나도 유명한 일화이다.

그러나 실상 모란꽃에도 꿀이 있고 향기가 있어서 나비나 벌이 날아든다. 아마도 선덕여왕의 일화 때문에 잘못 알려진 것이 아닐까 싶다. 이에 대해서는 중국에서 모란꽃 그림을 선물하면서 일부러 신라 왕실을 조롱하기 위해 그렇게 그려서 생긴 오해라는 설이 있다. '오대십국五代十國 때 오월국吳越國 사람 왕경王耕이 모란을 그려 마당에 그림을 펼쳐 놓으면 벌과 나비가 모여들었다'[373]는 송나라 진찬陳纂의 ≪보광록葆光錄≫의 기록을 통해서도 이를 확인할 수 있다.

그러나 여하튼 모란은 외양이 무척 화려하고 아름다워 사람들에게 많은 사랑을 받아온 꽃으로 유명하다. 필자 역시 친구의 집에서 모란을 직접 감상한 뒤로 이에 동의할 수밖에 없었던 경험이 있다. 또 옛날에 중국인들은 모란꽃이 작약꽃과 흡사하다고 하여 '목작약木芍藥'으로도 불렀다. 고대 중국인들이 꽃 중의 으뜸이라고 하는 모란의 전래와 관련해 당나라 위현韋絢의 ≪유빈객가화록≫에서는 다음과 같이 적고 있다.

---

372) 宋 徐積 ≪節孝集・古詩十四首≫卷2: 此花愛圓不愛缺, 一枝花開似明月. 襄王夜半指爲雲, 謝女黃昏吟作雪. 杏花俗艶梨花麄, 柳花瑣碎梅花疏. 桃花不正其容冶, 牡丹不謹其體舒.

373) 明 彭大翼 ≪山堂肆考・技藝≫卷166에 인용된 ≪葆光錄≫: 王耕善畵, 而牡丹最佳, 春日張於庭廡間, 則蜂蝶萃至. 耕本業文, 因畵所掩, 竟不成事.

세간에서 모란이 근자에 생겼다고 말하는 것은 아마도 이전 문인들의 문집에 모란에 대해 읊은 시가가 없기 때문일 것이다. (태자빈객太子賓客을 지낸) 유우석劉禹錫은 일찍이 "양자화가 모란을 그린 그림을 남겼는데, 처리 기법이 지극히 선명하다"고 말한 적이 있다.[374]

위의 예문에서 언급한 '양자화'란 사람이 북조北朝 북제北齊 때 저명한 화가인 것으로 보아, 모란이 중국에 전래된 것은 그 유래가 무척 오래된 듯하다.

중국에 모란꽃이 전래된 이후로 한족 사람들은 그것을 더 아름답게 개량하는 데 심혈을 기울였다. 그래서 여러 가지 개량종이 탄생했는데, 여러 기록에 의하면 북방의 섬서성과 산동성뿐만 아니라, 서남방의 사천성이나 동남방의 절강성 일대에서도 재배하였다고 한다. 이로써 살펴보건대 모란꽃은 기후에 상관없이 전국적으로 고루 재배된 듯하다.

개중에서도 송나라 구양수歐陽修(1007-1072)가 전문적인 서책[375]을 저술할 정도로 하남성 낙양洛陽과 강소성 양주揚州의 품종이 가장 우수한 것으로 알려졌다. 끝으로 모란꽃이 당나라 현종玄宗과 양귀비楊貴妃의 애정 고사에도 출현하기에, 그에 관한 일화를 모란꽃을 극찬한 시와 함께 아래에 소개해 본다.

현종玄宗이 양귀비楊貴妃와 함께 (섬서성 장안의) 화청궁에 행차하여 밤새 술을 마시다가, 막 깨서는 양귀비의 어깨에 기대어 함께 모란꽃을 구경하였다. 현종은 몸소 가지를 하나 꺾어 양귀비에게 주면서 번갈아 그 향기를 맡았다. 그러더니 현

374) 唐 韋絢 ≪劉賓客嘉話錄≫: 世謂牡丹花近有, 蓋以前朝文士集中無牡丹歌詩. 禹錫嘗言, "楊子華有畵牡丹, 處極分明."

375) 宋 歐陽修의 ≪낙양모란기(洛陽牡丹記)≫는 그의 문집인 ≪文忠集·外集22·記≫卷72에 수록되어 전한다.

종이 말했다. "원추리만 근심을 잊게 해주는 것이 아니라, 이 꽃의 향기도 술을 깨게 하는구려."[376]

다 지고 남은 붉은 꽃잎이 비로소 향기를 토해내니,
아름다운 이름 ('온갖 꽃 중의 왕'이란 의미에서) '백화왕'으로 불리네.
천하에 비할 데 없는 아름다움을 다투어 자랑하면서,
홀로 인간세상에서 제일 가는 향기를 지녔어라.[377]

8. 계수나무

우리나라 사람들이 계수나무라고 하면 가장 먼저 떠올리는 상징적인 사물은 아마도 달과 월계관이 아닐까 싶다. 당나라 단성식의 ≪유양잡조・천지≫권1에 보면, "달 속의 계수나무는 높이가 5백 장이나 된다. 그 아래서는 한 사람이 늘 도끼질을 하는데, 나무에 상처가 생기면 바로 아물곤 한다"[378]는 전설이 전하는데, 어떻게 해서 달과 계수나무가 연관된 전설이 생겨났는지는 알 수 없으나, 식물 중에는 계수나무를 달과 연계시키고, 동물 중에는 토끼를 달과 연계시키는 신화가 탄생했다.

또 진晉나라 때 극선郤詵이 현량과賢良科에 합격하고 난 뒤 황제 앞에서 과거시험 급제에 대해 '계림桂林의 가지 하나 꺾는 것처럼 쉽다'고 건방진 농담을 건넸다는 ≪진서・극선전≫권52의 고사[379]

376) 五代十國 後蜀 王仁裕 ≪開元天寶遺事・醒酒花≫卷2: 明皇與妃子幸華淸宮, 因宿酒初醒, 凭妃子肩, 同看木芍藥. 帝親折一枝, 與妃子, 遞嗅其艷. 帝曰, "不惟萱草忘憂, 此花香艷, 亦能醒酒."

377) 明 彭大翼 ≪山堂肆考・花品≫卷197에 인용된 唐 皮日休 詩: 落盡殘紅始吐芳, 佳名號作百花王. 競誇天下無雙艶, 獨占人間第一香.

378) 唐 段成式 ≪酉陽雜俎・天咫≫卷1: 月中桂樹, 高五百丈, 下有一人常斫之, 樹創隨合.

379) ≪晉書・郤詵傳≫卷52: 郤詵對曰, "臣擧賢良對策及第, 猶桂林一枝, 崑山片

에서 유래하여, 오늘날에는 계수나무가 올림픽 같은 시합에서 금메달을 획득하는 것을 상징하는 어휘로 쓰이고 있다. 계수나무와 과거시험 급제와의 연관성을 잘 보여주는 고사를 한 편 아래에 소개하는 것으로 마무리한다.

오대십국五代十國 때 두우균은 (하북성) 어양현 사람으로 다섯 아들인 두의竇儀·두엄竇儼·두칭竇偁·두간竇侃·두희竇僖를 낳았는데, 모두 과거시험에 급제하였다. 그래서 풍도가 시를 증정하며 "연산 일대(어양현) 사람 두십랑(두우균)은 아들들에게 바른 도리를 가르쳤기에, 신령한 참죽나무(두우균) 비록 늙었어도, 붉은 계수나무 다섯 가지(다섯 아들)가 꽃을 피웠구나(과거시험에 급제하였구나)"라고 하였다.[380]

9. 복사꽃

요즘 우리나라 사람들에게 복숭아나무는 그저 영양가 높고 맛좋은 열매를 제공하는 나무로 잘 알려져 있지만, 고대 중국인들에게 복숭아나무는 열매뿐만 아니라 화사한 꽃을 감상할 수 있는 수종樹種이었다. 게다가 복숭아나무는 다른 품종에 비해 비교적 빨리 성장하여 꽃과 열매의 혜택을 보다 더 신속하게 제공해 주는 유익한 나무로 인식되었다. 송나라 때 육전이 지은 ≪비아≫권13의 다음과 같은 기록이 이를 잘 말해 준다.

속담에 "백발의 나이가 되면 복숭아나무를 심는다"고 하였고, 또 "복숭아는 3년, 자두는 4년, 매실은 12년"이라고 하였

玉."

380) 明 彭大翼 ≪山堂肆考·親屬≫卷97: 五代竇禹鈞, 漁陽人, 生五子儀·儼·偁·侃·僖, 俱登科. 馮道贈詩曰, "燕山竇十郎, 敎子以義方. 靈椿一株老, 丹桂五枝芳."

는데, 이는 복숭아나무는 3년 자라면 꽃과 열매를 맺어 매화나무나 자두나무보다 이르기에, 그래서 머리가 비록 백발이 되고 나서도 그 꽃과 열매가 가져다주는 이익을 기대할 수 있다는 말이다.[381]

또 전설상의 임금인 황제黃帝 때 '신서神荼'와 '울루鬱壘'라는 두 신인神人이 복숭아나무 아래 살면서 악귀를 잡아다가 호랑이 먹이로 주었다[382]는 신화로 인하여, 고대 중국인들 사이에서는 복숭아가 '오행의 정기라서 사악한 기운을 물리치고 온갖 잡귀를 제어할 수 있다'[383]는 미신류의 믿음이 전해내려오고 있었다. 그래서 신년에는 복숭아나무로 만든 부적을 출입문에 세워 액땜을 하기도 하였다.

또 민간신앙에 바탕을 둔 도교와도 관계가 깊은데, 당나라 때 유우석劉禹錫(772-842)은 복사꽃이 만발한 섬서성 장안의 현도관玄都觀이란 도관道觀에 꽃구경을 갔다가 지은 시 때문에 예기치 못한 필화사건에 휘말리기도 하였다. 이에 관한 고사를 소개하면 다음과 같다.

당나라 (덕종德宗) 정원 21년(805)에 유우석은 둔전원외랑의 신분으로 도성을 나서, (사천성) 연주자사를 말았다가 (호남성) 낭주사마로 폄적당했다. 11년이 지난 뒤 황제의 부름을 받고 경사로 돌아와 현도관에 들렀다가, 도사가 심은 복숭아나무가 마치 노을처럼 무성한 것을 보고서는, <장난삼아 꽃구경

---

381) 宋 陸佃 ≪埤雅·釋木·桃≫卷13: 諺云, "白頭種桃." 又曰, "桃三李四, 梅子十二." 言桃生三歲, 便放華果, 早於梅李, 故首雖已白, 其花子之利可待也.

382) 後漢 應劭 ≪風俗通·祀典·桃梗葦茭畫虎≫卷8: 黃帝上古之時有二神, 一曰神荼, 一曰鬱壘. 兄弟二人能執鬼於度朔山桃樹下, 簡閱百鬼之無道者, 縛以葦索, 執以飼虎.

383) 明 彭大翼 ≪山堂肆考·時令≫卷8에 인용된 ≪歲時記≫: 蓋桃者, 五行之精, 厭邪氣, 制百鬼也.

> 하는 여러 군자에게 드리는 시>를 지어 "자주빛 도성길 위로 붉은 먼지가 얼굴을 때리는데, 사람들 모두 꽃구경 하고 돌아온다고 하네. 현도관 안의 천 그루 복숭아나무는, 모두 나 유랑(유우석)이 떠난 뒤 심은 것이구나"라고 하였다. 얼마 안 있어 다시 참언을 당해 도성을 나서 외지의 자사를 맡았다. 14년이 지난 뒤 다시 도성에 들어와 주객낭중을 맡으면서 다시금 현도관을 유람하게 되었는데, 복숭아나무가 한 그루도 남지 않고, 오직 새삼과 귀리만이 봄바람에 살랑거릴 뿐이었다. 그래서 다시 <현도관을 유람하며 읊은 시>를 지어 "백 마지기 정원에 반은 이끼요, 복사꽃 다 없어지고 채소꽃이 피었네. 복숭아나무를 심었던 도사들은 다들 어디로 갔을까? 지난 번의 나 유랑이 이제 다시 찾아왔건만"이라고 하였다.[384]

유우석이 시를 통해 말하고자 하는 바가 무엇인지는 물론 유우석 본인만이 알 수 있을 것이다. 그런데 당시 조정의 정적政敵들은 유우석의 시에 등장하는 복숭아나무를 심은 도사들을 자신들을 비꼬는 말로 이해하여 그를 정계에서 축출하였던 것이다. 유우석이 억울하게 폄적을 당한 것인지, 아니면 정말로 그러한 의도로 시를 지은 것인지 확언할 수는 없으나, 적어도 나중에 지은 시에 등장하는 도사들은 자신을 축출했다가 사라진 정적들을 조롱하기 위해 비유적으로 쓴 말임에 분명해 보인다.

또 복숭아나무는 정치적 상징성도 지니고 있어 고대 문장에 자주 등장하였다. 그중에서도 당나라 측천무후 때 재상에 오른 적인

---

384) 明 彭大翼 ≪山堂肆考·宮室≫卷174: 唐貞元二十一年, 劉禹錫以屯田員外郎出牧連州, 貶朗州司馬. 居十一年, 召還京師, 過玄都觀, 見道士植桃, 其盛若霞, 作戱贈看花諸君子詩, "紫陌紅塵拂面來, 無人不道看花回. 玄都觀裏桃千樹, 盡是劉郎去後栽." 未幾, 又被讒出牧. 居十四年, 復入, 爲主客郎中, 重遊此觀, 蕩然無復一株, 惟兎葵·燕麥動搖春風耳. 復作遊玄都觀詩, "百畝庭中半是苔, 桃花淨盡菜花開. 種桃道士歸何處? 前度劉郎今又來."

걸狄仁傑(630-700)과 관련한 다음과 같은 고사는 인구에 회자되는 잘 알려진 이야기이다.

> **(당나라 측천무후) 천수(690-692) 연간에 적인걸이 지관시랑(호부시랑) 겸 (재상인) 동평장사의 신분으로 추천한 장간지·환언범·경휘·요숭 등은 모두 중흥기를 빛낸 명신들이었다. 누군가 그에게 "천하의 복사꽃과 자두꽃이 모두 공의 문중에 있습니다 그려!"라고 하자, 적인걸은 "현자를 추천하는 것은 나라를 위해서이지, 사사로운 이익을 위한 것이 아니오"라고 대답하였다. 예종이 즉위한 뒤 양국공에 봉해졌다.**[385)]

그래서 오늘날까지도 훌륭한 제자들을 많이 배출하는 것을 비유하는 말로서, '복사꽃과 오얏꽃이 천하를 가득 채운다'는 의미의 '도리만천하桃李滿天下(Táolǐ mǎn tiānxià)'라는 고사성어가 중국인들 사이에서는 상용어처럼 널리 쓰이고 있다. 중국인 가운데 모르는 사람도 있는 것 같긴 하지만, 여하튼 필자 역시 이 말을 늘 듣고자 하는 소망을 안고서 이 책의 퇴고推敲를 마친다.

385) 元 無名氏 ≪氏族大全≫卷21: 天授中, 以地官侍郎·同平章事所薦張柬之·桓彦範·敬暉·姚崇等, 皆爲中興名臣. 或謂之曰, "天下桃李, 盡在公門!" 公曰, "薦賢爲國, 非爲私也." 睿宗卽位, 封梁國公.

저자 소개

김 만 원 (金 萬 源)

국립서울대학교 중어중문학과 학사 / 석사 / 박사
국립대만대학교 중국문학연구소 방문학자
국립강릉대학교 인문학연구소장
국립강릉원주대학교 인문대학장 겸 교육대학원장
현 국립강릉원주대학교 인문대학 중어중문학과 교수

≪山堂肆考 譯註≫ (20책), 도서출판역락(2014)
≪事物紀原 譯註≫ (2책), 도서출판역락(2015)
≪氏族大全 譯註≫ (4책), 도서출판역락(2016)
≪四庫全書簡明目錄 譯註≫ (4책), 도서출판역락(2017)
≪白虎通義 譯註≫, 도서출판역락(2018)
≪獨斷・古今注・中華古今注 譯註≫, 도서출판역락(2019)
≪金樓子 譯註≫, 도서출판역락(2020)
≪蘇氏演義・刊誤・資暇集 譯註≫, 도서출판역락(2021)
≪死不休 - 두보의 삶과 문학≫, 공저, 서울대학교출판부(2012)
≪두보 고체시 명편≫, 공역, 서울대학교출판문화원(2015)
≪두보 근체시 명편≫, 공역, 서울대학교출판문화원(2018)

고대 중국의 이해

초판 인쇄 2022년 8월 12일
초판 발행 2022년 8월 26일

저 자 김만원
펴낸이 이대현
펴낸곳 도서출판역락
서울 서초구 동광로 46길 6-6 문창빌딩 2층
전화 02-3409-2058(영업부), 2060(편집부)
팩시밀리 02-3409-2059
홈페이지 www.youkrackbooks.com
이메일 youkrack@hanmail.net
등록 1999년 4월 19일 제303-2002-000014호

ISBN 979-11-6742-402-0 03820